달꽃과 늑대

달꽃과 늑대

한동림 장편소설

문학동네

차례

프롤로그 _007

1부

검은 초원 _011
달꽃과 늑대 _023
가녀린 섬, 짐승 같은 파도 _055
우두머리 수컷 _081
늘 울부짖는 파도 _129
야만의 땅 _167
무른 잇몸에 돋는 송곳니 _207
뿔 _249
복수 _279
파국 _310

2부

떠다니는 뿌리 _331
어머니의 고향 _358

에필로그 _383

해설 | 허병식(문학평론가) 성스런 저주 _385
작가의 말 _404

프롤로그

　야만의 바다 한복판에 외롭게 떠 있는 작은 섬에서 나는 태어났다. 따사로운 햇살이 꽃비처럼 내리는 그곳에는 건드리기만 해도 부러질 것만 같은 가녀린 꽃자루에 탐스러운 꽃송이를 위태롭게 매단 꽃나무들이 지천으로 자라고 있었다.

검은 초원

1

유년의 길목에서 나는 수상한 네발짐승 한 마리와 마주쳤다. 윤이 자르르한 흑색 털을 휘날리며 교교한 달빛으로 물든 들판을 가로질러 달려오더니 파르스름한 안광을 번득이며 짐승은 내 안으로 성큼 뛰어들었다.

2

"건방진 새끼!"
깜치는 그 한마디를 뱉자마자 내게 주먹을 날렸다. 나는 콧잔등을 정통으로 얻어맞았다. 충격으로 인해 고개가 들리면서 상체가 뒤로 젖혀졌다. 곧이어 균형을 잃고 흙바닥에 나동그라져버렸다.
"벌써 빌빌거리면 어떻게 해? 난 아직 땀도 안 났는데. 이건 너무 시시하잖아?"

깜치가 조롱을 퍼붓는 동안 나는 지척에 서 있는 소나무를 향해 짐승처럼 네발로 엉금엉금 기어갔다. 소나무 줄기를 손으로 짚어가며 몸을 일으켰다. 저만치서 깜치가 오만하게 턱을 치켜들고서 나를 깔떠보고 있는 것이 눈에 들어왔다.

"뭐 해? 서 있지만 말고 어서 덤벼봐."

깜치가 한쪽 다리를 건들거리며 이죽거렸다. 바로 그때였다. 비릿한 액체가 내 입으로 흘러들었다. 손끝으로 인중을 더듬어보니 코피였다. 빨갛게 손을 적신 피, 그 선명한 빛깔 때문이었을까. 나는 통증도 잊고 두 주먹을 그러쥐었다.

"아아아아악!"

깜치를 향해 달려들면서 내지른 고함소리는 나 자신에게도 낯설게 들릴 만큼 표독스러웠다.

3

소나무가 군락을 이루고 있어서 솔밭이라고도 불리는 시민공원은 산책을 나온 사람들로 늘 붐볐다. 주말이면 장사치들까지 곳곳에 파라솔을 펴고 아이스크림이며 커피를 파는 통에 유원지 분위기가 나는 곳이었다. 하지만 산등성이를 향해 가파르게 뻗어올라간 서북 방향의 산책로만은 사시사철 인적이 드물었다. 그 한갓진 산책로의 끄트머리에는 낡은 벤치 하나가 놓여 있었으며, 그 뒤편으로는 길이라고 부르기가 망설여질 정도로 희미한 오솔길이 잡초

사이로 나 있었다. 다들 뱀길이라고 부르는 그 길에 접어들면 습기를 머금은 풀잎에 쓸려 바짓부리가 축축하게 젖게 마련이었고 곳곳에 도사린 진흙구덩이에 빠져 신발을 망치기 일쑤였다.

뱀길을 따라 야트막한 언덕배기를 넘으면 앞이 트이면서 작은 공터가 모습을 드러냈다. 대낮에는 사람 그림자조차 비치지 않는 외딴곳이지만 밤이 이슥해지면 사정이 달라져서 그곳을 찾는 사람들이 제법 있는 모양이었다. 최근에 버려진 것으로 보이는 생리대, 속옷, 콘돔, 스타킹 따위가 공터 여기저기서 쉽게 눈에 띄었다. 풀숲을 뒤지다보면 심심치 않게 동전이나 지폐를 줍게 되기도 했다. 들리는 소문에 따르면 피 묻은 칼이나 쇠파이프가 응달진 수풀 속에 버려져 있는 것을 발견하는 일도 간혹 있는 모양이었다. 심지어는 한 소년이 목 없는 시신을 발견했는데 그 소년은 너무 놀란 나머지 실어증에 걸렸으며 경찰 수십 명이 경찰견을 앞세워 인근을 왈칵 뒤졌는데도 끝내 사라진 머리를 찾지 못했다는 식의 허무맹랑한 소문도 끈질긴 생명력을 자랑하며 공터 주변의 음습한 숲속을 굴러다녔다.

그 지저분하고 으슥한 공터에서, 해가 기울 대로 기운 오후에 나는 코피를 쏟아가며 숨을 씨근거리고 있었다. 상대는 깜치라는 별명의 동급생이었다. 나는 흘러내리는 코피를 이따금씩 손등으로 닦아가면서 기회를 엿보다가 깜치의 턱을 향해 주먹을 날렸다. 깜치가 적시에 고개를 젖히는 바람에 이번에도 내 주먹은 깜치의 귓불을 스친 후에 허공으로 치솟았다. 내가 주먹을 미처 거둬들이기도 전에 깜치의 주먹이 무방비상태인 내 안면으로 날아들었다. 깜치의 주먹이 내 콧잔등에 또다시 적중하자 주위에서 "와!" 하고 함성이 일었다.

참관인 자격으로 따라온 다섯 명의 같은 반 아이들이 응원에 열을 올리고 있었다. 녀석들은 깜치가 유효타를 날릴 때마다 환성을 질렀고 내가 주먹을 휘두르기 시작하면 야유를 퍼부었다. 그들이 다리품을 팔아가며 이곳까지 따라온 것은 오로지 내가 깜치에게 늘씬하게 두들겨맞는 광경을 구경하기 위해서였으며, 깜치는 그 기대에 부응하여 능숙한 솜씨로 싸움을 풀어가는 중이었다.

깜치가 날린 주먹들은 어김없이 내 얼굴에 꽂혔지만 내 주먹은 번번이 허공만 가를 뿐이었다. 깜치가 어려서부터 태권도 도장을 제집처럼 드나들며 싸움질을 익혀왔다는 말이 뜬소문은 아닌 듯했다. 그에 반해 나는 무술도장은커녕 그 흔한 헬스클럽조차 구경해본 적이 없었다. 아직 초등학생에 불과한 남동생과 함께 일정한 규칙도 없고 긴장감도 없는 시시껄렁한 공놀이를 비좁은 골목에서 이따금씩 즐기는 것이 내가 하는 운동의 전부였다.

나는 숨을 거칠게 몰아쉬다 주춤주춤 뒷걸음을 했다. 그러자 깜치가 앞니를 드러냈다. 웃고 있었다. 그 웃음을 보는 순간, 나는 전의를 잃고 말았다. 입에서 단내가 났고 어깨가 묵직하게 느껴졌다. 다리도 휘청거렸다. 한두 차례만 더 깜치의 주먹을 허용했다가는 무릎이 꺾이고 말 것이 분명했다.

그러던 어느 한순간이었다. 나는 뒷걸음을 멈췄다. 여전히 나는 겁에 질려 있었지만 발은 마치 땅바닥에 들러붙기라도 한 것처럼 한 발짝도 떨어지지 않았다. 쓰러질 자리는 있을지언정 물러설 자리는 없다는 절박한 각오가 내 발목을 붙들고 있었다. 설혹 달걀로 바위 치기라고 할지라도 죽기 살기로 부딪쳐보는 것 외에 다른 선택의 여지가 없었다.

 나는 숨을 한 차례 깊게 들이마시고 나서 다짜고짜 깜치의 하복부를 향해 온몸을 날렸다. 내 어깨에 부딪힌 깜치는 뒤로 나가떨어졌고, 나는 양손으로 땅바닥을 짚으며 앞으로 넘어졌다. 따라서 다시 몸을 일으켜 두 발로 서기까지 걸리는 시간이 깜치보다 내가 더 짧았다. 나는 일어나자마자 깜치에게 발길질을 했다. 한쪽 무릎을 세우고 막 일어서려던 찰나에 복부를 걷어차인 깜치는 맥없이 고꾸라졌다.

 쓰러진 깜치의 몸뚱이에 나는 발을 날렸다. 등이며 옆구리며 허벅지를 차이며 흙바닥을 네댓 차례 구른 후에야 깜치는 간신히 일어나 두 발로 섰다. 하지만 잠시뿐이었다. 나는 숨 돌릴 틈도 주지 않고 지체 없이 다시 몸을 날려, 어깨로 깜치의 복부를 들이받았다. 이번에도 깜치는 속수무책으로 나동그라졌다. 나는 깜치가 몸을 일으키려는 순간을 놓치지 않고 또 발길질을 퍼부었다. 깜치가 신음소리를 내질렀다. 그 소리를 듣는 순간 나는 온몸에 전류가 흐르는 듯한 희열을 느꼈다.

 "죽어! 죽어!"

 나는 발부리가 깜치의 몸에 꽂힐 때마다 격앙된 목소리로 "죽어!"라고 고함질렀다. 깜치는 흙먼지를 뒤집어써가며 땅바닥을 굴러다니다가 가까스로 몸을 일으켰다. 오만상을 찌푸린 채 한쪽 다리를 절뚝거리는 깜치의 몰골을 보는 순간, 나는 승리를 예감했다. 한 차례만 더 깜치를 넘어뜨리면 싸움을 매듭지을 수 있을 것 같았다.

 나는 가슴을 부풀리며 공기를 한껏 들이마셨다가 "합!" 하는 기합과 함께 숨을 토해냈다. 그러고는 곧장 깜치에게 몸을 날렸다.

그런데, 이전까지와는 달리 깜치는 중심을 잃고 쓰러지는 순간에 내 겨드랑이로 손을 집어넣어 나를 끌어당겼다. 그 바람에 나는 깜치와 뒤엉켜 흙바닥을 함께 굴러야 했다. 내가 깜치의 몸뚱이 위로 올라앉으면 주먹을 날릴 수 있었지만, 곧이어 깜치가 내 중심을 무너뜨린 후에 위로 올라앉으면 반대로 주먹세례를 허용해야 했다.

끝내버려! 어? 뭐야? 에이 지랄! 옳지! 그래그래!

깜치와 내가 한 덩어리가 되어 엎치락뒤치락하면서 승부를 예측하기 어려운 공방을 이어가자 구경하던 아이들이 흥분하여 왁자하게 고함을 쏟아놓았다.

4

깜치와 나는 지칠 대로 지쳐 무척추동물처럼 흐느적거렸다. 구경하는 아이들의 함성도 잦아든 지 오래였다. "뭐 헤?" "춤춰?" 따위의 심드렁한 야유가 이따금씩 공터에 울려퍼질 따름이었다.

"너 제법이다."

좀처럼 승부가 가려질 기미가 보이지 않자 깜치가 내게 한마디 툭 던졌다. 일종의 휴전 제의였다. 내가 녀석의 말을 적당히 받아넘겨주면 녀석이 내 말꼬리를 물고 무슨 말인가를 다시 건넬 것이고 그런 식으로 몇 차례 대화가 오가다보면 적당한 선에서 타협이 이루어져 싸움이 종결될 터였다. 무승부를 이끌어내기만 해도 나로서는 큰 성공이었다. 내가 깜치를 맞아 이토록 선전하리라고는 나 자신을 포함한 어느 누구도 예상하지 못했다.

하지만 나는 깜치의 제안을 선뜻 받아들이지 못했다. 내 안에서 들려오는 이성의 목소리는 타협에 응하라고 속삭이고 있었지만, 의식의 심연에서 울려나오는 기괴한 목소리는 정반대로 극단적인 행동을 종용하고 있었다. 내 속에는 또다른 내가 살고 있었다. 증오와 복수심과 오기가 어우러져 빚어낸 비뚤어진 영혼이었다. 녀석은 악귀처럼 늘 화난 얼굴을 하고서 몹쓸 충동질을 일삼았다. 아니, 어쩌면 녀석은 정말로 내 영혼 안에 몰래 숨어든 악귀인지도 몰랐다. 처음에는 의식의 한편에 드리워진 거뭇거뭇한 그림자에 불과했던 악귀는 내 영혼의 신음을 거름 삼아 마치 비 온 뒤의 죽순처럼 하루가 다르게 몸집을 키우더니 어느덧 주인 행세를 하려 들 만큼 거대해져 있었다.

악귀는 교활하게도 평시에는 의식의 수면 아래 잠겨 있다가 결정적인 순간이 되면 고개를 물 위로 내밀어 내 영혼의 멱살을 틀어쥐곤 했다. 그때마다 나는 마치 줄에 매달린 인형처럼 악귀의 수작에 속수무책으로 놀아났다. 이번에도 마찬가지였다. 악귀는 싸움의 막바지에 불쑥 튀어나와 내 귀에 뜨거운 입김을 토하고 있었다. 타협이라는 것은 겁쟁이들이나 하는 것이라고, 이따위로 뜨뜻미지근하게 살아갈 바에야 차라리 혀를 빼물고 죽는 편이 낫다고 윽박질러가며 내 팔다리를 멋대로 조종하고 있었다.

"아가리 닫아! 좆도, 계집애처럼 입으로 싸워?"

나는 깜치의 면전에 침을 뱉고 나서 기세 좋게 악다구니를 퍼부었다. 내친김에 발치에서 어른 주먹만한 돌 하나를 집어들었다. 돌을 머리 위로 치켜든 채 깜치에게 다가섰다. 깜치는 나의 예상치 못한 행동에 당황한 기색이 역력했다. 슬금슬금 뒤로 물러서며 동

검은 초원 17

그렇게 뜬 눈만 자꾸 끔벅거렸다.
 그때, 홀연 내 눈앞에 떠오르는 얼굴이 하나 있었다. 한 여인이 눈물이 그렁그렁한 눈을 홉뜨고서 하얗게 질려 있었다. 어머니였다. 깜치의 머리통을 돌로 내리쳐 곤죽으로 만든 뒤에 경찰서에 끌려가 있으면 어머니는 그렇게 겁먹은 얼굴을 하고서 허겁지겁 달려올 것이 분명했다. 나는 그런 어머니와 대면하는 광경을 상상하다가 아프도록 아랫입술을 깨물었다. 겁에 질린 어머니의 얼굴을 가까이서 지켜보는 것보다 가혹한 고문이 또 있을까.
 "그래 좋아. 찍어! 찍어보란 말이야!"
 내가 머뭇거리자 깜치가 태도를 바꾸어 핏대를 세웠다. 괜한 객기를 부리다가는 큰코다치는 수가 있다고 을러대기까지 했다.
 "닥쳐!"
 돌을 머리 위로 한껏 치켜들며 나는 악을 썼다. 눈앞을 어지럽히는 어머니의 잔영을 떨치기 위해 시선을 깜치의 이마에 집중했다. 망설일 이유가 없지 않느냐고 스스로를 다그쳤다. 깜치는 패배자가 되어 병원으로 실려가고 나는 승리자가 되어 경찰서로 끌려가는 것이야말로 진정 내가 원하는 영광스런 파국이었다. 동시에 그것은 지난 한 달 동안 나를 집어삼키려고 갖은 수단을 동원해온 홍준식의 마수에서 벗어나는 길이기도 했다.
 "미안하지만 난 널 도울 수 없구나. 전학을 가는 게 어떻겠니?"
 눈두덩에 멍이 든 얼굴로 등교한 날, 담임교사는 나를 교무실로 부르더니 나직한 목소리로 전학을 권유했다. 그것이 담임교사가 내게 보여준 가장 호의적인 모습이었다. 하지만 나는 면전에서 단호하게 거절해버렸다. 거듭되는 권유에도 내가 고집스레 머리를 내뱉자 담임교사는 당혹스러운 표정을 감추지 못했다.

"그 모양이 되도록 두들겨맞으면서도 이 학교를 다니고 싶으냐?"

고집을 피우는 이유가 뭐냐고 담임교사가 캐물었지만 나는 침묵으로 일관했다. 한참 동안 고개를 숙인 채 이를 악물고 있자니까 담임교사의 비아냥거림이 들려왔다.

"손뼉도 마주 쳐야 소리가 난다더니만, 이 자식도 꼴통이구먼."

당장이라도 부모에게 저간의 사정을 이야기하면 일사천리로 전학수속이 진행되어 홍준식의 손아귀에서 벗어날 수 있을 테지만 나는 그런 식의 결말을 받아들일 수가 없었다. 그렇게 도망치는 것은 겁 많은 초식동물에게나 어울리는 치졸한 대처였다. 날카로운 송곳니를 가진 육식동물의 당당한 태도와는 거리가 멀었다.

당시 나는 아프리카 초원의 육식동물에게 매혹되어 있었다. 틈만 나면 버스로 사십 분이나 걸리는 국립도서관까지 가서 두꺼운 학술서적과 씨름해가며 손이 저려오도록 깨알 같은 글씨로 육식동물들의 생태와 습성을 공책에 정리했다. 내 나이와 지적 수준을 감안하면 터무니없이 벅찬 일이었는데도 나는 질리지도 않고 그 일을 몇 달째 계속하고 있었다. 단순한 관심이나 흥미를 넘어선, 병증에 가까운 집착이었다. 나는 이따금씩 도감이나 사진집에서 탐나는 그림이나 사진이 눈에 띄면 도서관 사서의 눈을 피해 오려내는 짓도 서슴지 않았다. 인쇄체로 또박또박 적어넣은 글씨들과 멋들어진 그림들로 채워진 공책은 두 달에 한 권꼴로 권수가 늘어나서 어느덧 세 권째에 접어들고 있었다.

아프리카의 광활한 초원에는 오직 두 부류의 동물들이 살고 있었다. 한편은 잡아먹는 쪽이었고 다른 한편은 잡아먹히는 쪽이었다. 이들은 초원에서 생존을 놓고 잔혹한 경주를 벌였다. 마지막 숨을 몰아쉬는 순간까지 그치는 법이 없는 경주의 승리는 으레 육식동물의 차지였다. 병들었다거나 늙었다거나 하는 너주레한 변명으로 육식동물의 누리끼리한 송곳니를 피해갈 수는 없었다. 날카로운 송곳니는 동정심이 끼어들 여지가 없는 순결한 정의이자, 강자가 약자에게 베푸는 최선의 자비였다.

나는 간절하게 그 날카로운 송곳니를 소망했다. 그것이 내 무른 잇몸에 돋아나기를 바랐다. 그리하여 당당한 육식동물이 되고자 했다. 기왕이면, 위엄 있는 갈기와 미끈한 몸매를 가진 사자가 되고 싶었다. 백수의 제왕이라는 찬사만으로는 부족한 그 아름다운 짐승을 닮고 싶었다. 그것이 어렵다면 초원의 무법자 하이에나라도 좋았다. 몸집에 비해 터무니없이 거대한 턱을 반쯤 벌리고서 꼽추처럼 구부정한 등성이 위로 비죽 솟아오른 어깻죽지를 실룩거리며 볼썽사납게 겅중거리는, 추레하기 짝이 없는 그 얼룩점박이 네발짐승이 되고 싶었다. 그것마저도 어렵다면 떼로 몰려다니면서 시끄럽게 짖어대는, 몸집 큰 초식동물은 물론이고 설치류와 썩은 고기까지 닥치는 대로 먹어치우는 승냥이라도 좋았다.

내 어머니처럼 혹은 내 아버지처럼 잡아먹히는 쪽에 속하고 싶지는 않았다. 바스락거리는 작은 소리에도 귀를 쫑긋거리며 도망갈 궁리만 하는 초식동물은 구역이 날 만큼 혐오스러웠다. 겁먹은 눈으로 사방을 두리번거리며 비굴하게 삶을 이어가느니 차라리 깨끗하게 죽음을 택하는 것이 낫다고 생각했다.

"씹할 새꺄, 대가리 까부수기 전에 무릎 꿇어!"

나는 악다구니를 퍼붓고 나서 깜치를 쏘아보며 이를 뽀드득뽀드득 갈아댔다. 하지만 깜치는 눈 하나 깜짝하지 않았다.

"싫다면 어쩔 건데? 그걸로 찍을 거야? 할 테면 해봐! 왜? 겁나? 그럴 거면서 짱돌은 뭐 하러 집어들어?"

깜치는 입가에 비웃음을 흘려가며 깐죽거리고 있었다. 주위에서 구경하고 있던 놈들 중 하나가 "그만 해. 싸움은 끝났어. 그 돌 내려놔"라고 말하는 소리도 들려왔다.

"죽어!"

나는 짤막하게 씹어뱉었다. 돌을 움켜쥔 손이 부르르 떨렸다. 이제 내리쳐야 했다. 만약 겁에 질려 꽁무니를 뺀다면 나 역시도 별수 없이 내 부모처럼 눈이 맑은 초식동물이라는 사실을 자인하는 셈이었다.

"죽어버려!"

영광스러운 파국이 목전에 이르렀다는 사실이 감정을 고조시키고 있었다. 나는 초원의 강자가 된 듯한 도취에 휩싸여 거칠게 숨을 몰아쉬었다. 그 순간, 내 눈에 어떤 광기라도 어렸던 것일까. 깜치의 얼굴이 갑자기 경직되었다. 깜치의 눈이 휘둥그레졌는데 까무잡잡한 피부색 때문에 흰자위가 유난스레 도드라져 보였다.

그때였다. 느닷없이 내 입에서 울음이 터져나오기 시작했다. 뱃속에서부터 솟구쳐올라오는 목울음에 휘말려 나는 야무지게 그러쥐고 있던 돌을 떨어뜨렸다. 그와 동시에 나는 거꾸러지듯 흙바닥에 주저앉고 말았다.

"뭐야 이 새끼, 사이코잖아?"

깜치는 그 한마디를 남겨놓고 공터를 떠나버렸다. 뒤에 남겨진 나는 패배자였다. 전의를 상실한 것으로도 모자라 울음까지 터뜨렸으니 변명할 여지조차 없는 완벽한 패배였다.
"쪼다새끼."
"나가 죽어라, 씹쌔야."
"등신."
구경하던 아이들도 싱거운 결말에 어이없어하며 저마다 욕지거리를 한마디씩 던져놓고는 공터를 빠져나갔다. 홀로 남게 되자 나는 한층 목소리를 높여 서럽게 울었다. 느닷없이 터져나온 울음 때문에 허무하게 패배를 당한 것이 억울하기도 했지만, 그보다는 내 행동이 사자나 하이에나 같은 육식동물을 닮기는커녕 두려움에 질려 사방팔방으로 달음질치기에 급급한 스프링복이나 임팔라를 닮았다는 자괴감을 견디기 힘들었다. 내 몸의 세포 하나하나에 빌어먹을 초식동물의 유전자가 옹이처럼 박혀 있다는 사실을 자각한 순간, 나는 세상이 끝나버린 듯한 절망감에 사로잡혔다.

달꽃과 늑대

1

무의미하게 흘려보낸 숱한 시간들 저편으로 마뜩잖은 시선을 돌이키면 칼자루를 쥔 듯한 증오와 새벽녘 꿈결처럼 허황된 공상이 넝쿨처럼 서로 뒤얽혀 있는 살풍경이 펼쳐진다. 미끈거리는 욕망의 넝쿨을 손끝으로 더듬어가며 어두운 기억의 심연에 다다르면 거기에는 작은 섬이 하나 있다. 대해 한복판에 외롭게 떠 있는 그 볼품없는 섬은 해수면 위로 간신히 머리를 내밀고 있는 형국이어서 금방이라도 파도에 휩쓸려 흔적도 없이 사라져버릴 것처럼 위태롭다.

2

유년 시절, 나는 어느 이름 모를 작은 섬에서 내가 태어났을 것이라는 터무니없는 상상에 빠져 있었다. 실제로 내가 태어난 곳은 내륙에 위치한 소도시였건만 어찌된 영문인지 그같은 망상에서 좀처럼 헤어날 수 없었다.

"말 같잖은 소리 좀 작작 해라."

어느 날 내가 용기를 내서 할머니에게 내 출생지에 대해 캐묻자 할머니는 실소를 터뜨리더니 그렇게 쏘아붙였다. 눈물이 핑 돌 만큼 면박을 들었으니 엉뚱한 상상을 그만둘 법도 했건만 나는 끈질기게 미지의 섬에 집착했다.

"진천중학교 관사에서 두 해 남짓 살았는데 거기서 널 낳았지. 네 외할머니께서 손수 핏덩이를 받으셨어."

아버지가 들려준 이야기 속에서 나는 분명히 내륙에 위치한 작은 도시에서 태어나고 있었다.

"내가 삽을 들고 가서 학교 뒤 야산에 네 태를 파묻었지."

아버지가 삽질을 하는 시늉을 해 보이고 나서 너털웃음을 터뜨렸다. 콧등에 주름을 지어가며 웃고 있는 아버지의 얼굴을 올려다보며 나는 마음속으로 도리질을 했다. 이름도 생경한 그 도시가 내 출생지일 리가 없다고 생각했다.

"너한테 진천시에 대한 기억이 없는 게 당연하지. 네가 두 돌도 되기 전에 서울로 이사를 왔거든."

그쯤에서 나는 사실을 받아들여야 옳았다. 하지만 나는 그러지를 못했다. 아버지를 비롯한 가족 모두가 한통속이 되어 내 출생지에 대해 거짓말하고 있는지도 모른다는, 터무니없는 몽상이 나를 붙들고서 놓아주지 않았다.

"네가 말하는 섬은 아마 우덕도일 게다. 내가 널 우덕도에 처음 데려간 것이 언제였냐면, 그러니까 어디 보자, 세 돌이 갓 지났을 무렵이었지 아마?"

이름 모를 섬에 집착하는 꼬마 고집쟁이의 머리를 쓰다듬어준 뒤에 아버지는 우덕도라는 섬 이름을 입에 올렸다. 남녘 바다의 그 외딴섬은 아버지의 고향이었다.

"해진포에서 배를 타고 우덕도로 건너가던 일이 네 기억에 희미하게 남아 있는 걸 게야."

아버지의 말에 귀를 기울이다가 나는 문득 양철로 만든 매미를 떠올렸다. 아버지가 포구의 잡화점에서 골라준 그 장난감은 배 부위를 누르면 얇은 양철이 휘면서 똑딱거리는 소리를 냈다. 나는 보물이라도 되는 양 양철매미를 잠시도 손에서 놓지 않았다. 시커먼 연기를 뿜어내는 철선을 타고 바다를 건너는 동안에도 원형의 유리창 너머로 단조롭게 펼쳐지는 암청색 바다를 바라보며 쉴새없이 양철매미의 배를 엄지손가락으로 눌러댔다.

"기억나요. 양철매미를 사주셨잖아요."

내가 말참견을 하자 아버지의 눈이 둥그레졌다. 혼자서는 대소변조차 변변하게 해결하지 못하던 코흘리개 시절의 일을 내가 기억하고 있다는 사실이 믿기지 않는 모양이었다. 아버지는 양철매미의 생김새며 가지고 노는 방법을 꼬치꼬치 캐물었다. 내가 막힘없이 대답하자 아버지는 만면에 흡족한 미소를 지었다.

"기특하기도 하지. 그 어린 나이에 벌써 고향 가는 길을 마음속에 새겼더냐? 암만, 그래야 하고말고. 네가 누구냐. 우리 집안의 종손이 아니냐? 허허허."

아버지는 너털웃음을 터뜨리더니 "과연 내 아들이다"라는 말을 몇 번이고 되풀이했다. 그것만으로는 부족했는지 내 뺨을 어루만지기도 하고 어깨를 토닥이기도 하다가 종국에는 목말까지 태워주었다. 중증의 허리디스크에 시달리고 있었기에 무거운 물건을 드는 것을 삼가야 했던 아버지에게 그것은 최고의 애정표현이었다. 하지만 분에 넘치는 사랑을 받는 와중에도 내 마음속에서는 의구심이 가시지 않고 있었다.

'그 이름 모를 섬이 정말로 우덕도일까.'

의문을 풀 수 있는 실마리는 어디에도 보이지 않았다. 너저분한 상념들이 다투어 피어올라 어슴새벽에 섬으로 밀려드는 농밀한 해무처럼 시야를 허옇게 뒤덮고 있었다.

3

코흘리개였던 나는 이름과 주소가 적힌 명찰을 항상 가슴에 달고 다녔다. 혹시라도 내가 미아가 됐을 경우를 대비하여 아버지가 만들어준 것이었다.

"이름이 뭐냐? 주소는?"

명찰만으로는 안심할 수 없었던 것일까. 아버지는 내가 이름과 주소를 막힘없이 욀 수 있게 훈련을 시켰다. 그러고는 틈만 나면 질문을 던져 혹시 내가 암기한 내용을 잊어버리지나 않았는지 확인했다.

"장원군 해진면 신우리……"

아버지가 요구할 때마다 나는 앵무새처럼 그 주소를 외야 했다. 내가 한 구절도 틀리지 않고 외우면 아버지는 내 머리를 쓰다듬으며 듣기 민망할 정도로 과분한 칭찬을 퍼부었다. 덕분에 나는 어른이 된 지금까지도 그 주소를 암기하고 있다. 수십 년의 세월이 흐르는 동안 행정구역 개편이 수차례나 이루어져 이제는 면사무소의 대장에서조차 자취를 감춰버린 옛 주소를 번지수 끝자리까지 분명하게 기억한다. 수없이 암송해야 했던 그 주소를 어떻게 잊을 수 있겠는가.

한 가지 이상스러운 점은, 그 주소가 남해의 외떨어진 섬에 위치한 낡은 한옥의 주소라는 것이었다. 꼭두새벽에 집을 나서도 그날 중에 도착할 수 있을지 장담하기 어려울 정도로 먼 곳이었다. 게다가 그 주소로는 전화 연락도 할 수 없었다. 전기가 들어오지 않아 밤이면 칠흑 같은 어둠으로 뒤덮이는 오지에 전화가 있을 턱이 없었다.

'만약에 내가 정말로 도시 한복판에서 길을 잃고 미아가 된다면 이런 섬동네의 주소가 무슨 도움이 될 수 있을까?'

아버지의 주문을 납득하기 어려웠던 나는 미간에 힘을 줘가며 의문을 제기했다. 머나먼 남녘 섬마을의 주소 대신 내가 현재 살고 있는 곳의 주소를 외워둬야 마땅하지 않느냐고 물었다. 그러자 아버지는 확신에 찬 어투로 잘라 말했다.

"나중에 네가 커서 어른이 된 뒤에 혹시 길을 잃게 되면 그 주소가 필요하게 될 게다."

아버지의 대답은 내 머릿속을 혼란스럽게 만들었다. 다 큰 어른이 어찌 길을 잃는단 말인가? 설령 어른이 칠칠치 못하게 길을 잃는 일이 벌어진다손 치더라도 이 주소가 무슨 소용이란 말인가? 나는 수수께끼 같은 이야기만 늘어놓는 아버지에게 그런 질문들을 연이어 던졌다. 하지만 아버지는 아무런 대답도 하지 않고 빙 굿이 미소만 지을 뿐이었다.

4

 어린 시절의 추억에서 외할머니가 들려주던 옛날이야기를 빼놓을 수 없다. 외할머니의 허벅지를 베고 누워서 졸음 때문에 자꾸만 감기려는 눈꺼풀을 비벼가며 듣던 이야기는 때론 우습고 즐거웠으며 때론 음산하고 무시무시했다. 그중에서도 달꽃에 얽힌 옛날이야기 한 토막은 묘한 마력을 발휘하며 내 어린 영혼을 사로잡아버렸다.
 옛날 어느 마을에 아리따운 처녀가 살았다. 처녀는 나물을 캐러 뒷산에 홀로 올랐다가 낯선 짐승과 맞닥뜨렸다. 생김새는 늑대를 닮았지만 몸집이 커서 송아지만했고 반짝거리는 은색 털로 뒤덮여 있었다. 그 신비한 짐승은 흑단 같은 두 눈을 반짝이며 처녀의 주위를 맴돌기 시작했다. 처녀를 축으로 큰 원을 그리다가 시나브로 원의 크기를 줄이며 처녀와의 거리를 좁혔다. 처녀는 짐승의 찬연한 털빛에 마음을 빼앗긴 나머지, 짐승이 조금씩 다가오고 있다는 사실을 감지하지 못하고 그 자리에 얼어붙은 듯이 서 있을 따름이었다. 마침내 처녀의 치맛자락에 털끝이 스칠 정도로 가까이 다가선 짐승은 처녀가 손쓸 틈도 주지 않고 기다란 꼬리로 처녀의 다리를 칭칭 감아버렸다.
 그 일이 있고 나서 처녀는 배가 불러왔고 사내아기를 낳았다. 그 아기는 사람의 형상을 하고 있긴 했지만, 입 안에 날카로운 송곳니가 돋아 있었고 살갗에는 반들거리는 새까만 털이 다보록했다. 소문을 들은 마을 사람들은 불경한 아기를 죽여 없애려고 처녀의 집으로 몰려갔으나 홀연히 그 은빛 짐승이 나타나 아기를 물고 깊은 산속으로 사라져버리는 바람에 뜻을 이루지 못했다.

그로부터 십수 년이 흐른 뒤에 마을에 불행이 닥쳤다. 늑대도 아니고 사람도 아닌 털북숭이 괴물이 밤만 되면 마을에 나타나 사람들을 괴롭혔다. 외양간이며 닭장에서 쥐도 새도 모르게 가축을 잡아갔고, 밤늦게 돌아다니는 어린아이나 아낙을 덮치기도 했다. 이에 고을 원님은 그 괴물을 잡기 위해 군대를 동원했다. 하지만 괴물은 완력이 고래 힘줄 같은데다가 바람처럼 빨랐으므로 수백 명의 군대로도 당해낼 수가 없었다. 패전을 거듭하던 원님은 용하다는 무당을 불러 괴물을 퇴치할 묘책을 구했다.

"그놈은 달빛을 삼켜 원기를 얻사옵니다. 그런 까닭에 달이 없는 그믐밤에는 쇠약해지옵니다. 그때를 노리면 능히 놈의 목을 벨 수 있을 것이옵니다."

무당이 일러준 방책에 따라 원님은 그믐밤에 출정했다. 창칼로 무장한 군대에게 횃불을 대낮처럼 밝혀 들게 하고 잘 훈련된 개들을 앞세워 괴물의 냄새를 쫓게 했다. 괴물은 허둥지둥 숲속으로 몸을 숨겼지만 후각이 예민한 개들을 따돌릴 수는 없었다. 괴물의 은신처를 발견한 군사들은 일사불란하게 공격을 가했다. 괴물은 무당의 말대로 힘 한 번 써보지 못했다. 회복 불능의 상처를 입고 피를 흘리며 첩첩산중으로 달아났다. 원님의 군대는 사기가 충천하여 핏자국을 따라 뒤를 쫓았고 마침내 막다른 계곡으로 괴물을 몰아넣는 데 성공했다. 원님은 득의양양하여 속히 괴물의 목을 대령하라는 명을 내렸다.

바로 그 순간, 반인반수의 괴물이 제 발로 군대 앞에 모습을 드러냈다. 놀랍게도 괴물은 조금 전까지와는 달리 원기 왕성한 모습이었다. 상처는 말끔하게 아물어 있었으며 다보록한 검정색 털은 기름을 발라놓은 것처럼 윤기가 돌았다. 원님과 군사들은 용기를 잃지 않고 총공격을 감행했지만 기력을 회복한 괴물을 쓰러뜨리기에는 역부족이었다. 원님의 군대는 마지막 한 사람까지 물러서지 않고 싸우다 전멸하고 말았다.

"그 막다른 계곡 안에 달꽃이 지천으로 피어 있었던 게야."

외할머니는 반인반수의 괴물이 금세 원기를 회복한 이유를 그렇게 설명했다. 달꽃은 사람들의 눈을 피해 깊고 깊은 계곡에만 뿌리를 내리는 영험한 화초였다. 스무사흘간 밤마다 달빛을 빨아들여 꽃봉오리에 응축해뒀다가 그믐칠야에 꽃망울을 터뜨려 은빛 꽃잎을 펼쳤다. 죽기 직전이었던 반인반수의 괴물은 칠흑 같은 어둠 속에서 교교한 빛을 뿜어내고 있는 그 신비로운 꽃을 발견하고 엉금엉금 기어가서 꽃을 따먹었다. 꽃에 서린 달의 정기는 괴물의 몸속에 들어가자마자 놀라운 힘을 발휘하여 꺼져가던 생명을 기적적으로 회복시켰다.

"모르긴 몰라도……"

이야기를 마친 외할머니는, 이야기 속의 세계에 빠져 헤어나지 못하고 있는 나에게 눈을 찡긋해 보이며 덧붙였다.

"네 고향마을 어딘가에도 틀림없이 달꽃이 피어 있을 게다. 그게 아니라면 그 벽촌에 뭐가 있다고 네 아버지가 그리도 열심히 발길을 하겠냐?"

　내 아버지의 집요한 고향 사랑에 대한 은근한 책망이 담긴 농담이었다. 어리석게도 외할머니의 속내를 헤아리지 못하고 곧이곧대로 농담을 받아들인 나는 깜짝 놀라서 몸을 일으켰다. 진의를 확인하기 위해 외할머니의 표정을 찬찬히 살폈지만 눈초리에 걸린 애매한 웃음만을 볼 수 있을 뿐이었다.

　시들시들한 푸성귀처럼 풀죽어 지내다가도 고향에만 다녀오면 생기가 돌고 활력이 넘치는 아버지였다. 그러잖아도 아버지의 그런 급격한 변모를 이상스럽게 생각하던 차에 외할머니의 알쏭달쏭한 말을 듣고 나니 나는 어린 마음에 더럭 겁부터 났다. 그믐밤을 시름시름 앓다가도 달꽃만 따먹으면 거짓말처럼 원기를 회복한다는 괴물의 피가 어쩌면 아버지의 혈관 속에도 흐르고 있는지 모를 일이었다. 그 불온한 피가 달의 운행에 따라 일렁이면 아버지는 허겁지겁 고향으로 달려내려가, 깊은 밤에 눈부신 달꽃을 욕심 사납게 혼자서만 몰래 따먹는 것이리라. 그리하여 원기를 회복하고 나면 안광을 번득이며 바람처럼 산을 넘고 바다를 건너 천지를 휘젓고 돌아다니다가 새벽녘이 되어서야 잠자리로 돌아와 시치미를 떼고 이불 속으로 기어드는 것이 아닐까.

5

　아버지의 마음속에서는 마치 달이 차오르듯 고향에 대한 그리움이 시시각각 커지는 모양이었다. 이윽고 만월이 되면 아버지는 만사를 제쳐두고 귀향을 단행했다. 아버지가 느닷없이 국방색 가방을 방 한가운데에 꺼내놓고 옷가지, 세면도구, 손전등, 비상약품 등을 챙겨담느라 집 안을 왈칵 뒤집어놓으면 그것이 귀향의 시작이었다.

이튿날 꼭두새벽에 나는 손등으로 눈두덩을 비벼가며 밥상머리에 앉아야 했다. 어머니가 떠먹여주는 밥을 잠결에 몇 숟갈 받아먹고 나서 아버지의 손에 이끌려 컴컴한 골목을 나섰다. 새벽 다섯시에 출발하는 첫 고속버스를 타려면 시내버스가 운행을 시작하는 시간까지 기다릴 수 없었으므로 택시를 잡아타야 했다. 텅 빈 도로를 거침없이 달리는 택시 안에서 보내는 십여 분은 그 여행에서 가장 안락한 시간이었다.

고속버스는 끔찍했다. 비좁은 좌석에 여섯 시간 동안 꼼짝 않고 앉아 있노라면 좀이 쑤셔 허리가 뒤틀리고 팔다리가 배배 꼬였다. 그래도 허름한 식당에서 국밥으로 끼니를 때운 뒤에 갈아타게 되는 후락한 시외버스에 비하면 그건 호강인 셈이었다. 담배연기와 땀내와 정체 모를 악취가 한데 뒤섞여 흘러다니는 시외버스에 올라타는 순간부터 고단한 여정은 본격적으로 막을 올렸다.

아이로니컬하게도 당시 내 꿈은 그 더럽고 후락한 시외버스의 운전사가 되는 것이었다. "넌 앞으로 뭐가 될 테냐?" 하고 누군가 물어올 때마다 나는 "이담에 커서 꼭 시외버스 운전기사님이 될 거예요"라고 자랑스럽게 꿈을 펼쳐 보였다. 내 대답을 들은 어른들은 하나같이 눈을 가늘게 뜨고서 입술을 실룩거리며 힘겹게 웃음을 참아냈다. 나는 어른들이 그처럼 실소를 금치 못하는 이유를 도통 알 수가 없었다.

"다음에 누가 또 묻거든 장차 장군이 될 작정이라고 대답해라."

어느 날 아버지의 직장동료가 집에 놀러 왔다가 내게 귀띔을 해주었다. 곁에서 듣고 있던 아버지도 그 말에 맞장구를 쳤다.

"사내자식이 기왕이면 꿈을 크게 가져야지. 달을 보고 활을 쏴야 소나무에라도 맞는 법이란다."

그날 이후로 누군가 내게 장래의 꿈을 물어오면 나는 미리 준비해둔 대답을 꺼내놓았다.

"장군이 될 거예요."

내 새로운 대답을 듣고 어른들은 탄복을 금치 못했다.

"우와! 될성부른 나무는 떡잎부터 알아본다더니, 이 녀석 좀 보게. 말하는 게 범상치 않네?"

"잘 보여야겠는걸! 미리 사인이라도 하나 받아둘까?"

다들 나를 대견스러워했다. 곁에서 지켜보고 있던 아버지도 흡족한 미소를 지었다. 나는 어른들의 그런 반응이 이상스럽기만 했다. 내 대답이 어떻게 해서 어른들을 기쁘게 한 것인지, 시외버스 운전사라는 더없이 훌륭한 직업이 어른들의 눈에는 왜 그토록 하찮게 보이는 것인지, 나로서는 도무지 이해할 수가 없었다.

"만장하신 승객 여러분! 기체 안녕하시고 가내 두루두루 평안하시지라우?"

찜통처럼 달궈진 해진포행 시외버스에 앳된 남자 차장이 모자를 삐딱하게 쓰고 올라와 우렁찬 목소리로 일장 연설을 늘어놓기 시작하면 장바닥처럼 왁자하던 버스 안이 일시에 조용해졌다.

"자고로 미국은 대통령이 왕이고 대한민국은 돈 있는 놈이 왕이지만서도 일단 배에 올라타게 되면 이도 저도 다 소용없고 선장이 왕인 것이요. 마찬가지로다가 버스에서는 기사님이 왕이요, 왕! 그라고 기사님 바로 다음이 차장이요. 여기 서 있는 이 몸이시다, 그 말씀이요."

초등학교 사회시간에 '우리나라는 농업국가'라고 배우던 시절이었다. 버스 승객의 대부분은 무지몽매한 농투성이거나 하급 노동자들이었다. 교양이나 공중도덕하고는 거리가 먼 승객들을 다그쳐서 버스 안의 기강을 세우기 위해 차장은 첫 대면부터 다짜고짜 엄포를 놓기 일쑤였다.

"버스 안에서 술 처먹고도 토악질 안 하는 장사는 여적 못 봤소. 정신이 총총한 사람도 버스를 오래 타면 위장이 느글거림서 구역질이 나는 법인디 거기다가 술까정 처먹어놓으면 그 속이 오죽하겠소? 하기사 토하기만 하믄 그나마 양반이제. 술 마신 뒷자리에 쌈 안 나고 그냥 지나갑디여? 만일에 이 버스에서 그런 불상사가 일어날 적에는 바로 파출소 앞에다가 버스를 대서 법대로 조처할 텐께, 콩밥 먹고 싶지 않으면 알아서들 처신하쇼."

차장은 오만상을 찌푸려가며 거들먹거리는 중이었다. 턱을 쳐들고 가슴을 앞으로 내밀면서 어깨를 으쓱거리는 모습이 암탉들 앞에서 거만 떠는 수탉과 흡사했다.

"운행에 협조하지 않는 승객은 쫓아낼 수 있다고 보다시피 약관에 분명하게 나와 있지라우? 괜한 객기 부리지 말고 목적지까지 조용하게 가십시다. 그러는 편이 신상에도 좋을 것이요."

차장이 자기 손마디를 우두둑우두둑 꺾어대며 말끝을 협박조로 야무지게 매듭지었다. 여차하면 완력 행사도 불사하겠노라는 위협이 차장의 말투와 몸짓에 담겨 있었다.

"여보시오, 출발할 시각이 훨씬 지났구만 운전사 양반은 어째 안 오는 거요?"

차장이 한창 거만을 떨고 있을 때 승객들 중 누군가 분위기 파악을 못 하고 미련스러운 질문을 던지면 차장은 도끼눈을 하고서 잡아먹을 기세로 달려들었다.

"까불지 말고 기다리쇼. 이 차가 시동 걸고 움직이는 그때가 바로 출발시각이고, 브레끼 걸고 문 열어줄 때가 바로 도착시각인께로."

차장은 자기보다 나이가 곱절은 많아 보이는 승객에게도 눈 하나 깜짝하지 않고 막말을 퍼부었다. 그렇게 해야 승객들이 자신을 무서워해 말을 고분고분 들어줄 것이라고 생각하는 모양이었다. 하지만 아무리 그래봤자 승객들은 차장을 조금치도 어렵게 생각하지 않았다. 단지 대거리하기 귀찮으니까 차장이 하는 짓거리를 아무 말 않고 지켜봐주는 것뿐이었다. 그 속을 알 리 없는 차장은 승객들이 고분고분하게 구는 것에 고무되어 점점 더 방자하게 굴었다. 그렇게 거만을 떨수록 승객들에게 비웃음을 살 뿐이라는 사실은 까맣게 모르는 모양이었다.

"이런 호래새끼를 봤나. 너 시방 나이가 몇이냐?"

간혹 도가 지나치게 거들먹거리다가 임자를 제대로 만나 곤욕을 치르기도 했다. 차장을 나무라고 나서는 승객은 대개 꼬장꼬장한 노인이었다.

"꼭지에 피도 안 마른 것이 어따가 말꼬랑지를 잘라먹고 입만 열면 반말지거리여? 버스 차장이 무슨 벼슬이라도 되는 줄 아는 모양이다마는, 이 자식아, 사람 탈을 썼으면 예의범절이라는 것을 좀 알아라."

수염이 허연 노인이 자리를 박차고 일어나서 목에 핏대를 세우면 여기저기서 기다렸다는 듯이 맞장구가 터져나왔다.
"거 말씀 한번 시원하게 하시는구먼."
"아따, 체증이 확 내려가네이."
"뭐 하냐? 어르신께 얼른 사과드리잖구서?"
사방에서 날아드는 야유와 질타에 차장은 벌겋게 얼굴이 달아올라 어찌할 바를 몰랐다. 그런 모습을 보며 승객들은 즐거워했다. 낄낄거리기도 하고 박수를 치기도 했다. 몇몇 짓궂은 승객들은 휘파람을 획획 불어 차장의 부아를 돋웠다. 하지만 승객들의 반란은 거기까지였다. 한없이 이어질 것 같던 소동은 버스에 운전사가 모습을 나타내기가 무섭게 잦아들었다. 승객들은 약속이라도 한 것처럼 일제히 입을 닫고 낯빛을 유순하게 바꿨다.
"다 탔어?"
운전사는 차장을 향해 짤막하게 묻고는 조금 전에 열고 들어온 쪽문을 세차게 닫았다. 아, 그 문! 운전사는 결코 버스 옆구리에 나 있는, 승객이나 차장이나 잡상인 따위가 들락거리는 대문짝만한 문으로 버스에 오르내리는 법이 없었다. 모든 버스에는 오직 운전사만을 위한 전용 출입문이 따로 달려 있어 운전사의 특별한 지위를 웅변했다. 나는 한 번이라도 좋으니 그 운전사 전용 출입문으로 들락거려보고 싶었다. 모두가 지켜보는 가운데 거드름을 피워가며 버스에 올라타서는 호주머니에서 열쇠를 꺼내 시동을 걸고 싶었다.
"네, 네, 다 탔습니다요."
차장이 고양이 앞의 쥐처럼 운전사에게 허리를 굽실거려가며 머리를 조아렸다. 운전사의 눈치를 살피며 알랑거리기에 바쁜 것은 승객들도 매한가지였다.

"거기 앞에 앉은 양반! 기사님께 부채라도 부쳐드리잖고 뭐 하쇼? 저 땀 흘리시는 것이 보이지도 않는갑네이?"

누군가 책망조로 던진 말 한마디에 운전석 바로 뒤편에 앉아 있던 중늙은이는 체통도 벗어던지고 부채질에 열을 올렸다. 하지만 운전사에게 그런 좁쌀 같은 바람은 어울리지 않았다. 운전사가 버스를 움직이면, 땀냄새와 짜증 섞인 욕설이 뜨끈하게 고여 있던 버스 안으로 바람이 다투어 몰려들었다. 버스가 도로로 나서 속도를 올리면 바람은 폭풍처럼 거세졌다.

"워매, 인자 살 것 같네이."

"숨통이 뻥 뚫려블구마이."

승객들이 길게 숨을 토해내며 한마디씩 보탰다. 나는 그때, 마음속에서 존경심이 절로 우러나는 것을 느끼며 운전사의 뒷모습을 바라보고 있었다. 운전사는 더위와 악취로부터 우리들을 구해낸 사람이었다. 불평을 터뜨리는 승객들을 눈빛 하나로 제압하고 집채만한 쇳덩이에 생명을 불어넣어 도로 위를 달리게 한 사람이었다. 어디 그뿐인가.

"뒤에 누가 신발 벗었어? 쌍, 고린내 땜시 운전을 못 하겠네이."

운행중에 운전사가 일갈을 하면 버스 안은 발칵 뒤집어졌다. 부리나케 차장이 뒤로 달려가서 문제를 일으킨 장본인에게 삿대질을 해가며 야단쳤고, 사방에서 승객들도 나서서 어떤 놈이 그런 몰상식한 짓을 해서 운전기사의 심기를 어지럽히느냐고 소리소리 질러댔다. 그러면 문제를 일으킨 사람은 허리를 굽실거리며 백배 천배 사죄했다. 그만한 일로 이리 법석을 피울 것까지는 없지 않느냐고 한 번쯤 볼멘소리를 해볼 법도 하건만 그러지를 못했다. 당시에는 이상할 것이 없는 광경이었다. 버스 안에서 운전사는 제왕이었으며 그 권위는 실로 절대적이었다.

나는 제왕의 일거수일투족을 싫증도 내지 않고 유심히 관찰했다. 운전대를 돌리고 변속기어를 조작하고 가속페달을 밟는 운전사의 동작 하나하나가 나를 매료시켰다. 특히 반대편 차선에서 달려오는 버스의 운전사와 절도 있게 거수경례를 주고받는 순간에는 넋이 빠져 숨조차 제대로 쉬지 못했다. 금테 두른 모자를 쓰고 운전석에 앉아 하얀 장갑을 낀 손으로 멋들어지게 거수경례를 하는 내 모습이 어느새 운전석에 투영되고 있었다.

6

미끈한 아스팔트도로 위를 기분좋게 달리는 것은 잠시뿐이었다. 도시를 채 벗어나기도 전에 아스팔트도로는 흙길로 바뀌었다. 뱀처럼 구불구불 뻗은 도로는 곳곳에 웅덩이가 패고 돌부리가 솟아 있었다. 그 길 위에서 버스는, 노인네들의 푸념을 그대로 옮기자면 선불 맞은 호랑이처럼 날뛰었다. 버스가 울컥거릴 때마다 의자 위에 눌러앉혀놓은 엉덩이가 공중으로 번쩍번쩍 들렸다. 굽잇길에서 운전사가 감속하지 않고 곡예하듯 운전대를 꺾어댈 때면 좌석 등받이 위로 솟은 머리통들이 일제히 한쪽으로 쏠리곤 했다.

거친 운전보다 더 참기 힘든 것은 흙먼지와 매연이었다. 도로 폭이 좁은 까닭에 마주 오는 차를 만날 때마다 버스는 도로 가장

자리에 바싹 붙어 정차하거나 서행하여 간신히 비켜갔는데, 그럴 때면 버스 뒤꽁무니에서 부옇게 일어났던 흙먼지가 차창으로 고스란히 쏟아져들어와서 사람들의 눈썹을 허옇게 만들어버렸다. 콧속은 솜뭉치라도 쑤셔박은 것처럼 뻑뻑해졌고, 입 안에서는 깔깔한 모래알들이 굴러다녔다. 게다가 저질 연료와 형편없는 엔진 성능으로 인해 배기구에서는 늘 시커먼 매연이 구름처럼 피어났는데, 그 매연까지 차창을 넘어와 콧속은 물론이고 위장까지 들쑤시는 통에 비위 약한 사람들 몇몇은 비닐봉지를 움켜쥐고 토악질을 해댔고 어린아이들은 악에 받쳐 울어댔다.

그래도 승객들은 불평 한마디 하지 않았다. 그저 버스가 탈없이 굴러가주는 것을 감지덕지할 뿐이었다. 만약 버스가 길 위에서 덜컥 멈춰 서기라도 하면 큰일이 아닐 수 없었다. 뒤에 오는 버스를 기다렸다가 옮겨타는 수밖에 없었는데, 해진포행 시외버스는 오전 여섯시 정각에 출발하는 첫차와 오후 다섯시 삼십분에 출발하는 막차를 포함하여 모두 네 대가 전부였으므로 배차 간격이 네 시간 안팎이었다. 그 긴 시간을 무료하게 기다리는 일쯤이야 대수로울 것이 없었지만, 뒤차가 도착한 뒤에 벌어지게 될 일은 상상하는 것만으로도 끔찍스러웠다. 뒤에 오는 버스도 정원을 넘어서는 승객을 싣고 오게 마련인데 거기다가 또다시 그만큼의 승객을 추가로 태운다는 것은 녹록한 일이 아니었다.

숨쉬기도 힘들 만큼 압박하며 사람들이 버스 안으로 밀고 들어오면 여기저기서 비명과 신음이 터졌다. 그러나 미어터지도록 밀어넣은 뒤에도 미처 버스에 오르지 못한 사람들이 여남은 명쯤 남게 마련이었다. 그러면 운전사는 액셀러레이터와 브레이크를 번갈아 밟아 버스 안의 승객들을 앞뒤로 쏠리게 했다. 마치 그득한 쌀독을 흔들어주면 몇 주먹의 쌀을 더 담을 수 있듯, 버스가 몇 차례 요동치고 나면 두세 명을 더 태울 수 있었다. 버스는 맨 마지막 승객이 올라탈 때까지 계속해서 요동쳤고, 승객들은 이리 치이고 저리 몰리며 합창이라도 하듯 입을 모아 비명을 질러댔다. 그런데 승객들의 고초는 그것으로 끝이 아니었다. 짐짝처럼 구겨진 채로 네댓 시간, 운이 안 따라주면 예닐곱 시간을 묵묵히 버텨야 하는 지옥 같은 여정이 남아 있었다.

"염병할, 또 지랄이네."

모두의 바람을 저버리고 걸핏하면 버스는 말썽을 일으켰다. 가장 흔한 건 타이어 펑크였다. 땜질자국 투성이인 재생타이어는 툭 하면 펑크가 났으므로 타이어를 교체하느라 이삼십 분씩 지체되는 것은 이야깃거리도 못 되었다. 하지만 운전사가 욕설을 주워섬기며 차 밑으로 기어들어가면 사정이 달랐다. 순식간에 버스 안의 분위기는 무겁게 가라앉았다. 운전사의 지시에 따라 연장을 집어주기도 하고 시동을 걸어보기도 하며 분주하게 움직이던 차장의 표정이 어두워지면 승객들도 덩달아서 얼굴이 굳어졌다.

"부속 하나가 못 쓰게 되어버린 모양인디?"

"고치기는 틀려븐 것 아니여? 허어, 큰일나브렀네이."

승객들은 불안한 눈빛을 서로 주고받으며 웅성거렸다. 개중에는 창밖으로 허리까지 내밀고 바깥을 내다보는 사람도 있었고, 아예 차에서 내려 조수 노릇을 자청하는 사람도 있었다. 그렇게 초조한 시간이 지나고 운전사가 다시 운전석에 앉으면 승객들은 숨을 죽였다. 몇 번의 시도 끝에 어렵사리 시동이 걸리면 승객들은 탄성을 터뜨렸고, 다투어 운전사의 정비 실력을 칭송하느라 버스 안이 떠들썩했다.

진흙구덩이 속에 바퀴가 빠져 헛도는 통에 오도 가도 못하게 되는 일도 왕왕 일어났다. 차장이 머리통만한 돌들을 주워 뒷바퀴 밑에 받쳐도 버스가 헛바퀴만 돌면서 나아가지 못하면 승객들은 차장의 지시에 따라 한 사람도 남김없이 버스에서 내려야 했다. 사지 멀쩡한 사내라면 너 나 할 것 없이 팔을 걷어붙이고 버스 꽁무니며 옆구리에 달라붙었다. 양복 차림에 반질거리는 구두를 신은 신사라고 해서 예외일 수는 없었다. 운전사를 제외한 모든 남정네들은 진흙구덩이 속에 발을 디디고 버스를 밀어올리기 위해 땀을 뻘뻘 흘려가며 용을 썼다.

비죽 솟은 돌부리를 만나 버스가 크게 요동치는 바람에 갑자기 엔진이 멈춰버릴 때도 있었다. 엎친 데 덮친 격으로 시동장치마저 작동이 시원찮으면 승객들은 언덕마루까지 버스를 밀고 올라가야 했다. 버스가 정상에 이르러 아래로 굴러내려가기 시작하면 다들 버스를 밀던 손을 거두고 초조하게 버스 뒤꽁무니를 지켜봤다. 이윽고 저만치 언덕 아래로 멀어져가던 버스에서 엔진 소리가 들려오면 승객들은 양팔을 하늘로 치켜들며 "와! 걸렸다, 걸렸어!" 하고 감격에 겨운 환호성을 질러댔다.

"아이고, 기사님 욕보셨습니다요."

정작 모진 고생은 자기들이 다 했으면서도 승객들은 버스에 다시 올라타면서 운전사에게 그렇게 인사를 건넸다. 신발이 진흙투성이가 되고 매연에 얼굴이 새까매졌는데도, 고장의 징조를 미리 발견하지 못한 정비사의 태만이나 폐차 직전의 고물버스를 노선에

배치한 버스회사의 시커먼 뱃심에 대해 불만을 토로하는 사람은 없었다.

7

물론 여행이 고달프기만 한 것은 아니었다. 개차반이 되도록 술에 취한 승객 몇 명이 어우러져 난투를 벌이는 통에 돈 주고도 보기 힘든 싸움 구경을 하는 경우도 가끔 있었다. 차장이 싸움을 뜯어말리기 위해 싸움판 한가운데 뛰어들고 운전사가 서둘러 버스를 길 가장자리에 세우면 대개는 싸움이 일단락되었지만, 간혹 싸움꾼들이 분김에 저마다 소주병을 깨들고서 너 죽고 나 죽자며 고래고래 소리를 질러댈 때도 있었다. 양쪽이 흉기를 쥐고 있을 때는 서로 으르렁거리기만 할 뿐이었지만, 어느 한쪽이 취기를 빌려 용감하게 옷을 훌렁 걷어올리고 맨살을 드러내 보이며 찌를 테면 찔러보라고 씻대를 올리는 경우에는 얘기가 달랐다. 버스 안은 일시에 긴장감에 휩싸였고 몇몇 아낙들은 발을 굴러가며 "오매 어짜스꼬!"를 외쳐댔다. 하지만 실제로 피를 본 일은 한 번도 없었다. 종국에는 화해를 하여, 조금 전의 일은 까맣게 잊은 채 어깨동무까지 해가며 통성명을 하게 마련이었다. 각박한 요즘 세상과는 달리 당시에는 사람들 사이에 인정이라는 보이지 않는 끈이 있었다. 설혹 상대가 생면부지의 타인일지라도 같은 하늘을 이고 산다는 이유만으로 서로에게 유대감을 느끼던 시절이었다.

취객들은 싸움뿐만 아니라 갑작스레 통곡을 하여 주위 사람들을 놀라게 하거나 버스 바닥에 토사물을 쏟아놓아 차 안을 역한 냄새로 진동하게 만들기도 해 늘 골칫거리였다. 하지만 개중에는 운전석 옆까지 걸어나와서 노래 한 곡조를 뽑아 지루한 여행의 청량제 구실을 하는 사람도 있었다. 취객이 과장된 몸짓으로 정중하게 인사한 뒤에 우스꽝스럽게 엉덩이를 흔들어가며 유행가 가락을 뽑으면 버스 안은 때 아닌 박수와 환호로 흥청거렸다. 목을 길게 늘여 간드러지는 목소리로 높은 음정을 아슬아슬하게 넘어갈 때면 열광적인 박수갈채가 쏟아졌고, 노래 끝에 제 흥에 겨워 바닥에 넙죽 엎드려 큰절까지 올리면 사방에서 박장대소가 터져나왔다.

얄궂다고 할지도 모르겠지만 해진포행 시외버스를 타다보면 여인네가 대로변에서 소변을 보는 진풍경도 종종 구경할 수 있었다. 정류소와 정류소 사이가 길어야 한 시간이면 닿을 거리인 까닭에 도중에 요의를 느껴도 조금만 참으면 다음 정류소의 화장실을 이용할 수 있었지만, 버스가 고장나는 바람에 몇십 분 혹은 몇 시간씩 지체되면 곤란을 겪게 마련이었다. 다행히 버스가 멈춰 선 곳이 수풀 근처라면 어딘가 사람의 눈에 띄지 않는 곳으로 숨어들어가서 요의를 해결할 수도 있겠지만, 불행하게도 허허벌판뿐인 평야 한가운데서 멈춰 서버리면 난감한 일이 아닐 수 없었다. 어디에도 몸을 숨기고 소변을 볼 만한 곳이 없으니 방광이 터질 지경이 되도록 참고 또 참아야 했다. 하지만 그게 어디 참는다고 해결될 일이던가.

"저기요, 기사님, 죄송스럽지만 차 좀 세워주시면 안 될까라우?"

수리를 마친 버스가 다시 비포장도로를 질주하기 시작하면 버스의 흔들림 때문에 요의를 참아내기가 한층 힘들어지게 마련이었다. 더이상 참을 수 없게 된 젊은 처자가 운전석까지 비척거리는 걸음으로 나아가서는 얼굴이 홍당무가 되어 어렵사리 말을 건네면 운전사는 두말 않고 길가로 차를 붙여세웠다. 길에 내려선 처자는 종종걸음으로 버스 뒤편에 도달하기가 무섭게 치마를 걷고 쪼그려앉았다. 버스 안의 수많은 눈들이 젊은 처자의 일거수일투족을 지켜보고 있었고, 나 역시 처자의 발치에서 빠르게 번지는 물얼룩을 훔쳐보며 키득거리는 중이었다.
"점잖지 못하게스리, 시방 뭣들 하는 거요? 처녀가 오줌 좀 누기로서니 그것이 고로코롬 재미지요?"
승객들 중 나이 지긋한 아낙이 날선 목소리로 꾸짖었지만, 남정네들은 굴하지 않고 큰 소리로 농을 주고받으며 킬킬거렸다.
"쪼까 멀리 가서 일을 본단 말이제, 어쩌자고 조롷게 가깐 데서 연설을 한다냐?"
"옷에다가 싸게 생겼는디 그런 거 저런 거 따질 정신이나 있겄소?"
"그나저나 홍수 나졌네, 홍수 나졌어."
"아직까정 저러고 앉았는 걸 본께로 어지간하게 참았나보네이, 히히히."
"영락없이 논에 물 대는 형국이구마이, 큭큭큭."
볼일을 마친 처자가 고개를 푹 숙이고서 금방이라도 눈물을 쏟을 듯한 표정으로 버스에 올라서면 남정네들의 농지거리는 한층 노골적으로 변했다.
"올매나 시원하시오그래?"

"그걸 말이라고 하는가 시방? 허벌나블제."
"날아갈 것 같겄제."
"기사님! 밖에다가 많이 내다버렸은께 인자부터 이 차가 속도 쪼까 낼 모양이오?"

웃음이 왁자한 가운데 버스가 출발했다. 젊은 처자가 도로 한복판에 남긴 물얼룩이 시야에서 사라진 뒤에도 사내들의 짓궂은 농담은 그칠 줄을 몰랐다.

8

왁자한 웃음이 마치 여름 한낮의 소나기처럼 한바탕 지나가고 나면 잠시 잊고 있었던 멀미와 피로가 다시금 밀려들었다.
"해진포는 아직 멀었어요?"
차창 밖은 어느새 어두워져 있었다. 나는 나무들이 버스의 전조등 불빛에 허옇게 질린 몰골을 드러냈다가 순식간에 어둠 속으로 사라지는 광경을 물리도록 지켜보다 아버지에게 고개를 돌렸다.
"얼마나 더 가야 해요?"
나는 그때까지 수도 없이 던진 질문을 다시 한번 던지고는 간절한 심정으로 아버지의 입을 바라봤다.
"다 왔다. 조금만 더 참아라."
무정하게도 아버지는 판에 박은 듯한 대답을 심드렁하게 되풀이할 뿐이었다. 나는 고개를 다시 차창 쪽으로 돌렸다. 입을 비죽 내밀고서 울상을 짓고 있는 꼬맹이의 얼굴이 유리창에 흐릿하게 비쳤다. 유령처럼 핏기 없는 그 얼굴을 응시하며, 나는 입 안에 침이 고이기를 기다렸다가 한꺼번에 꿀꺽 삼키는 동작을 하릴없이 반복했다. 그것은 무료함과 차멀미를 이겨내기 위해 내가 개발해낸 일종의 놀이였다. 수십 번, 아니 수백 번, 어쩌면 수천 번쯤 그 재미없는 놀이를 반복한 뒤에야 버스는 불 꺼진 종점에 도착했다.

마치 세상의 끝에 도달한 느낌으로 버스에서 내려 땅을 디디자마자 나는 폐부 깊숙이 공기를 들이마셨다. 그러고는 다른 승객들과 함께 해진포의 유일한 밥집이자 술집인 해진식당으로 몰려가서 멀미 때문에 울렁거리는 위장 속으로 감태무침, 파래김치, 회무침, 생선구이 따위를 집어삼켰다. 귀가 먹먹해질 만큼 큰 소리로 억센 사투리를 주고받는 검은 얼굴빛의 사람들 틈바구니에서, 설거지한 것이라고는 믿기지 않는 지저분한 식기에 담긴 이상한 모양새의 음식을 더러운 숟가락과 젓가락을 동원하여 입으로 가져가는 것은 차라리 고역이었다. 음식은 하나같이 얼굴을 펴고 먹을 수 없을 만큼 짜고 매웠으며, 옆구리가 움푹 들어간 양은주전자에 담긴 냉수에서는 비린내가 났다.

"구수하지? 이것이 고향 냄새다."

아버지는 걸신들린 사람처럼 음식을 입으로 가져가며 코를 벌름거렸다. 조금 전까지 버스 안에서 여독에 지쳐 흐느적거리던 아버지는 어디론가 사라져버리고, 눈앞에는 어느새 생기 넘치는 늑대 한 마리가 번드레한 털빛을 자랑하며 게걸스럽게 음식을 씹어 삼키는 중이었다.

"누군고 했더니 연흥댁 장남 아닌가? 참말로 오래간만이네이."

아버지는 자신을 알아보고 말을 걸어오는 누군가에게 인사하기 위해 몇 번씩이나 숟가락을 내려놓고 자리에서 일어나야 했다. 그들과 인사를 주고받고 나면 아버지는 자연스럽게 화제를 돌려 고향의 피붙이들에 관한 소식도 챙기고 배편도 물색했다.
"자네 엄니사 건강하시제. 엊그저께도 길에서 뵈었는디 남정네도 못 이길 짐을 혼자서 이고 가시데. 워낙에 타고난 강골 아니신가. 그란디, 요 며칠 마음고생을 하셔서 그런가 눈 밑은 쪼까 꺼칠하데."
"움마? 자네 그걸 몰라서 묻는가 시방? 자네 동생 재명이가 사고 쳐서 돈 물어주게 생긴 것 말고 달리 무슨 걱정이 있으시겠는가?"
"첨 듣는 소리여? 나는 자네가 그 일 해결할라고 역부러 내려온 줄로 알았더니만."
"그나저나 배편은 구했는가? 버스가 원체 늦어놔서 똑딱선은 폴쎄 떨어져브렀는디."
"아따, 머시 걱정인가? 이따가 내 배로 같이 건너가면 쓰겠구먼."
마침내 배를 타고 바다를 건너 우덕도 선착장에 내리면 밤은 깊을 대로 깊어 있었다. 하지만 아버지의 고향은 아직도 멀기만 했다. 우덕도는 마을이 여덟 개나 들어앉은 제법 큰 섬이었는데 한재라고 불리는 산봉우리가 섬을 양분하고 있었다. 선착장에서 올려다보면 까마득히 높게만 보이는 그 산 너머가 아버지의 고향이었다.
당시에는 걸어서 한재를 넘어가는 것 외에는 다른 방도가 없었다. 희미한 달빛에 의지해 어둑한 산길을 헐떡거리며 올라가다 돌부리에 채어 넘어진 적이 한두 번이 아니었다. 그럴 때마다 나는 손바닥과 무릎에 살갗이 벗겨지는 상처를 입고 울음을 터뜨리기 일쑤였다. 특히 나를 힘들게 했던 것은 온갖 괴담이 떠돌아다니는 한재 중턱의 공동묘지였다. 그 옆을 지날 때면 하필 두견이까지 지척에서 울어댔고, 가끔은 안광을 발하는 여우나 살쾡이 같은 짐승이 나타나 나를 혼겁하게 했다.

그래도 봄부터 가을까지의 세 계절 동안은 산행을 견딜 만했다. 하지만 겨울에 한재를 넘는 것은 어린 나에게 벅찬 일이었다. 언젠가 한겨울에 아버지와 단둘이서 어둠에 싸인 한재를 넘던 일은 성인이 된 지금까지도 생생하게 기억에 남아 있다. 내가 다섯 살이나 여섯 살쯤 되었을 때였다. 온종일 여로에 시달려 피로한데다가 바다에서 불어오는 매서운 바람에 몸이 꽁꽁 얼어버린 나는 더는 못 가겠노라고 막무가내로 떼를 썼다. 그러자 아버지가 가방을 열어 자신의 양말을 네 켤레 꺼냈다. 내가 신은 신발 위로 양말을 두 겹으로 겹쳐 신겨준 것은 그다지 이상할 게 없었지만 나머지 두 켤레를 내 양손에 장갑처럼 겹겹이 씌워준 것은 어린 마음에 신기하게 여겨졌다.

"발에 신는 양말을 왜 손에나 껴요?"
"깨끗하게 빤 거라서 손에 껴도 괜찮아."

아버지는 나를 업고 숨을 헐떡거리며 가파른 산길을 올라갔다. 나는 양말 속에서 손가락을 몇 번 꼼지락거려보다가 아버지의 넓은 등에서 설핏 잠을 이루었다. 얼마나 그렇게 잤을까. 힘에 부친 아버지가 숨을 돌리려고 나를 풀밭에 내려놓자 나는 선잠에서 깨어 울었다. 아버지는 내 울음을 그치게 하려고 사탕을 입에 물려줬다. 나는 단물을 삼키다 말고 버석버석한 마른 풀밭 위에 모로 누워 몸을 웅크렸다. 그리고 눈을 감았다. 춥고 컴컴한 고갯길은 그날따라 유난히 멀고 가팔랐으며, 나는 추위와 피로에 지친 나머지 집요하게 잠만 탐할 따름이었다.
"다 왔다. 저어기 마을이 보이지?"
구름도 쉬어간다는 고갯마루에 오르면 발아래로 내려다보이는 밤바다가 달빛을 받아 별이 쏟아진 것처럼 반짝거렸다. 산자락에는 자잘한 집들이 마치 갯바위에 붙은 따개비들처럼 촘촘하게 들어앉아 형형한 바다를 굽어보고 있었다.
"저기 저 기와집이 우리 고향집이다."
유독 기와지붕 하나가 둥근 초가지붕들 사이에 솟아 있어 멀리서도 도드라져 보였다. 마을의 전답 대부분을 소유하고 소작농을 여럿 거느리던 시절에 지어올린, 솟을대문과 중문을 갖춘 큰 집이었다.
"저쪽에 정자가 하나 보이지? 거기부터 저기 끝까지가 전부 우리 땅이었다."
아버지는 마을 앞에 펼쳐져 있는 들을 가리키며 옛일을 추억했다. 우덕도는 지형이 독특하여 한재가 너른 들을 품에 안고 있는 형국이었는데, 인근의 뭍에서도 구경하기 힘든 그 기름진 들에는 크고 작은 논들이 조각보처럼 이어져 있었다. 아버지의 설명에 따르면 그 논들 대부분이 과거에 우리 집안의 소유였다.
"오대조 할아버지께서는 대단한 문장가셨어. 그분의 학덕을 기려 해마다 향교에서 유생들이 제를 올린단다."
아버지는 땅 이야기를 마치고 나면, 오대조 할아버지의 식견을 경청하기 위해 얼마나 많은 선비들이 바다를 건너와 문지방이 닳도록 사랑채에 드나들었는지 실제로 목격한 것처럼 소상하게 들려줬다. 오대조 할아버지에 대한 이야기가 끝나면 이어서 할아버지의 활약상이 펼쳐졌다. 할아버지가 천도교의 본산에서 수학했던 일부터 시작하여, 야학을 세워 계몽운동에 참여했다는 대목을 거쳐, 육이오동란중에 인민군에 의해 처형될 뻔한 친지 두 사람을 살려냈던 일화로 마무리되는 장황한 이야기였다.

하지만 아버지는 가세가 기운 연유와 과정에 대해서는 한 번도 이야기해주지 않았다. 고조할아버지가 술과 노름을 좋아하는 한량이었으며 본부인 외에도 여러 첩을 거느렸다는 소문을 귀동냥하긴 했지만 사실 여부는 확인할 길이 없었다. 증조할아버지가 큰 병에 걸려 용하다는 의원을 찾아다니는 와중에 적잖은 재산이 축났다는 이야기도 어디선가 주워듣긴 했지만 그것 역시 아버지가 침묵으로 일관하는 바람에 자세한 내막을 알 수가 없었다. 아버지의 입을 통해 확인할 수 있었던 것이라고는 증조할아버지가 삶을 마감하면서 남긴 재산이 겨우 입에 풀칠 할 수 있을 정도의 전답 몇 마지기와 기울어버린 가세에 걸맞지 않게 규모가 큰 기와집 한 채가 전부였다는 사실뿐이었다.

"가세를 다시 일으켜세우려고 네 할아버지께서 얼마나 눈물겹게 고생하셨는지 모른다."

할아버지의 무용담에 가까운 고생담은 언제 들어도 따분했다. 아버지는 할아버지가 다시 사들인 땅이 몇마지기였는지, 그 땅을 되사기까지 얼마나 많은 피땀을 흘려야 했는지를 시시콜콜한 대목까지 소상하게 들려줘야만 직성이 풀렸는데, 혹여 내가 지루해하며 한눈을 팔기라도 하면 곧바로 날카로운 질문 공세를 퍼부었다.

"조금 전에 내가 말했던 그 논에서 일 년에 쌀 몇섬이 나온다고 했지?"

"그 논의 주인 이름이 뭐라던? 그 사람이 처음에 부른 가격이 얼마였지?"

대답이 막히면 아버지는 이야기를 처음으로 되돌려 다시 시작했으므로 고통의 시간은 곱절로 늘어났다. 그 길고 긴 이야기는 잃어버린 선산에 이르러서야 대단원을 맞았다.

"다른 것은 몰라도 최가 손에 넘어가버린 선산만큼은 꼭 되찾아야 한다."

할아버지는 선산을 되찾겠다는 뜻을 이루지 못하고 눈을 감았다. 아니, 아버지의 말에 따르면 할아버지는 생전에 선산을 되찾지 못한 것이 한스러워 편히 눈을 감지도 못했다고 한다.

"내가 못 하면 네가 해야 한다. 너도 못 하면 네 자식이라도 해야 한다. 몇 대를 내려가서라도 그 선산만큼은 꼭 찾아와야 한다."

아버지의 당부는 숫제 명령조였다. 그것은 선택의 여지 없이 내게 주어진 일종의 숙명이었다. 나는 아버지가 만족할 때까지 몇 번이고 고개를 끄덕여가며 숙명을 받아들일 마음의 준비가 되어 있다는 것을 또랑또랑한 음성으로 밝혀야 했다.

9

"그새 고향을 뼛속에 새겼더냐. 허허허, 고놈 참."

아버지가 연이어 너털웃음을 터뜨렸다. 어린 아들이 자신의 출생지가 섬일 거라고 억지를 부리는 것이 못내 대견스러운 모양이었다.

"아무렴, 그래야지. 우리 종손이 그쯤은 되어야 하고말고."

아버지는 나를 들어올려 목말을 태운 채 어깨를 굼실거리며 마당을 거니는 중이었다. 금방이라도 양팔을 벌리고 춤사위를 펼칠 듯 가뿐한 걸음걸이였다.

"내가 고생고생하면서 널 열심히 고향에 데리고 다닌 보람이 있구나. 기특한 것."

아버지는 내 마음속에 자리하고 있는 정체불명의 섬이 우덕도일 것이라고 단정하고 있었다. 하지만 나는 마음속으로 연방 도리질을 했다. 그 섬의 정체가 아버지의 고향일 것이라는 추측은 당치도 않았다. 아버지의 고향인 남녘의 섬을 생각하면 불콰한 얼굴로 고함치는 술꾼들과 그들에게서 풍기는 쉬척지근한 술냄새가 떠올랐다. 그에 반해 내 마음속에 오롯하게 떠 있는 작은 섬에서는 어머니의 품을 연상하게 하는 고소한 젖내가 물씬 풍겨왔다. 이토록 판이하게 다른 두 섬을 어떻게 혼동할 수 있단 말인가.

물론 나는 속으로만 도리질을 할 뿐, 속마음을 발설하는 어리석은 짓은 하지 않았다. 눈의 초점도 제대로 맞추지 못하는 갓난아이 때의 느낌이 기억에 남아 있다고 주장해봐야 아무도 믿어주지 않을 게 뻔했다. 믿어주기는커녕 자칫 짓궂은 사촌형제들의 귀에 들어가기라도 하면 두고두고 조롱거리가 될 것이 분명했다.

그날 이후로 나는 그 섬에 대해 언급하지 않았다. 하지만 섬을 잊은 것은 아니었다. 비록 어느 누구에게도 털어놓을 수는 없었지만 내 가슴속에는 작은 섬을 연상케 하는 어떤 느낌이 분명하게 자리하고 있었다. 굳이 표현하자면 아늑한 고립감이라고나 할까. 그것은 마치 집 안에서 동네 친구들과 숨바꼭질을 하다가 이불장 속으로 기어들어가 숨었을 때 느꼈던 기분과 흡사했다.

그때 나는 이불장 안으로 문을 닫고 들어가 술래에게 들키지 않으려고 숨을 죽이고 있었다. 얼마나 그렇게 웅크리고 있었을까. 나는 어둡고 좁은 공간이 만들어내는 마술적인 힘에 조금씩 빨려들어가기 시작했다. 그곳이 세상에서 가장 안전하고 편안한 공간처럼 느껴졌다. 마음이 차분하게 가라앉더니 온몸이 노곤해졌다. 스르르 눈이 감겼다.

저녁밥상 앞에 식구들이 모두 모였을 때에도 나는 이불장 안에서 깊은 잠에 빠져 있었다. 비로소 나의 부재를 깨달은 식구들은 뿔뿔이 흩어져 내 이름을 외치며 온 동네를 샅샅이 뒤졌다. 열시가 가까워서야 지친 몸을 이끌고 집으로 돌아온 식구들은 유괴사건이 분명하다는 결론에 도달했고 경찰에 신고했다. 그러고는 다들 안방에 모여앉아 유괴범이나 경찰로부터 연락이 오기만을 초조하게 기다렸다.

내가 요의 때문에 잠에서 깬 것은 자정이 넘어서였다. 졸린 눈을 비벼가며 이불장에서 걸어나와 안방을 가로질러 방문을 열고 마루에 놓인 요강 앞에 쪼그리고 앉을 때까지, 식구들은 단 한마디도 입 밖으로 꺼내지 못하고 하나같이 입을 딱 벌린 채 나를 바라보고만 있었다. 나는 다시는 이불장 속에 들어가지 않겠노라고 식구들 앞에서 엄숙하게 맹세해야만 했다. 내게서 그렇게 맹세를 받아낸 것은 현명한 처사였다. 맹세가 아니었다면 그후로도 나는 몇 번이고 이불장 안으로 기어들어갔을 것이다. 그곳에는 형언하기 어려운 평화와 안식이 존재했으며, 그것은 어린 나에게 뿌리치기 힘든 유혹이었다.

　내 마음속에 떠 있는 작은 섬에도 그때 이불장 속에서 느꼈던 것과 유사한 마술적인 힘이 있었다. 섬을 떠올리는 것만으로도 마음이 편안해지면서 행복감이 밀려들었다. 그래서였을까. 나는 사춘기에 접어들면서 한층 더 집요하게 그 섬에 매달렸다. 내가 섬에 집착하면 할수록 실제 출생지인 내륙의 작은 도시는 자꾸만 현실감을 잃어갔다. 그 도시는 지도상에도 존재하지 않는 신기루처럼 느껴졌다. 그와는 반대로 상상 속의 섬은 점점 구체화되어 실재하는 섬처럼 여겨졌다. 그렇게 현실과 상상이 서로 뒤섞여 뒤죽박죽 되어버리는 바람에 혼란에 빠져 갈팡질팡하노라면 내 속에서 우렁우렁한 목소리가 들려왔다.

　'나는 어디에서 태어난 것일까.'

　해묵은 의구심이 부리부리한 눈으로 나를 노려보고 있었다. 나는 벙어리처럼 아무 말도 못 했다. 까닭 모를 서글픔에 휘말려 괜한 눈물만 찔끔거릴 뿐이었다.

가녀린 섬, 짐승 같은 파도

1

그 이름 모를 섬의 정체를 어렴풋하게나마 짐작하기 시작한 것은 내 나이 열넷, 중학교에 갓 입학했을 무렵이었다. 그날 학교에서 돌아온 나는 여느 때처럼 대문 안으로 들어서며 "다녀왔습니다" 하고 소리쳤다. 그런데 어찌 된 영문인지 내 인사에 답하는 어머니의 음성이 들려오지 않았다. 나는 목소리를 한층 높여 "엄마!" 하고 외치며 마루로 올라갔다.

"여기야, 여기."

그때, 어머니의 목소리가 희미하게 들렸다. 소리가 멀게 느껴지는 것으로 봐서 어머니가 집 안에 있는 것 같지는 않았다. 나는 이내 뒤꼍을 떠올렸다. 김치를 담글 때마다 비좁은 부엌 대신 곧잘 뒤꼍에다 일판을 벌이는 어머니였다. 김장김치라면 아직 독에 넉넉하게 남아 있을 터인데 무슨 일로 뒤꼍에 나가 있는 것일까. 나는 무언가 심상찮은 일이 벌어지고 있다는 것을 직감하고 황급히 뒤꼍으로 달려갔다.

석유곤로의 파르스름한 불꽃 위에 양은솥이 놓여 있었고, 어머니는 금방이라도 울음을 쏟을 듯한 표정을 하고서 양손으로 솥뚜껑을 누르고 있었다. 석유곤로가 위아래로 길쭉하게 생긴데다가 그 위에 놓인 솥도 양동이처럼 기다란 원통형이었으므로, 어머니는 자신의 어깨보다 높은 위치에 있는 솥뚜껑을 누르기 위해 분유 깡통 두 개를 나란히 놓고 그 위에 위태하게 올라서 있었다.

"안에 뭐가 들었기에 그렇게 누르고 계세요?"

마치 솥 안에 사나운 맹수를 가둬놓기라도 한 것처럼 겁먹은 표정으로 솥뚜껑을 누르고 있는 어머니를 향해 나는 궁금증을 참지 못하고 물었다.

"장어! 산 놈!"

어머니는 그렇게만 내뱉고는 다부지게 입을 다물었다.

"장어요? 그런데 왜 솥뚜껑을 누르고 계세요?"

나는 어리둥절하여 고개를 갸웃거렸다.

"물이 뜨거워지면, 펄쩍펄쩍, 뛰어오를 거야."

토막토막 끊어서 뱉어놓은 말마디들이 모두 꿰어지자 어머니는 "흡!" 하고 숨을 들이마셨다. 나도 덩달아 모두숨을 쉬어가며 마음을 졸였다. 그러다가 한 가지 꾀를 생각해냈다. 고생스럽게 손으로 누르고 있을 것이 아니라 큼직한 돌을 몇 개 주워와 솥뚜껑 위에 올려놓으면 한결 수월하지 않겠냐고, 나는 숨도 쉬지 않고 말했다.

"장어가, 굉장히 힘이, 세다더라."

장어들이 죽을힘을 다해 한꺼번에 날뛰기 시작하면 그깟 돌 몇 개로는 어림도 없을 거라며 어머니는 머리를 내저었다. 나는 금방이라도 쏟아질 것만 같은 어머니의 커다란 눈망울을 바라보다가 고개를 갸웃거렸다. 유난히 겁이 많은 어머니였다. 고기요리를 할 때면 쇠고기나 돼지고기에서 배어나온 검붉은 핏물이 도마 위로 번지는 것을 보며 소름끼쳐했고, 생선 배를 갈라 창자를 꺼내야 할 때면 금방이라도 눈물을 쏟을 듯한 표정으로 진저리를 쳤다. 이미 죽은 동물을 만지는 것도 그렇게 끔찍스러워하면서 어쩌자고 살아 있는 동물을 시장에서 사온 것인지 모를 일이었다.

"싱싱한 놈을, 산 채로 삶아야, 약이 된다더라."

어머니는 말을 마치자마자 다시 한번 "흐읍!" 하고 숨을 한꺼번에 들이마셨다. 그제야 나는 어머니의 행동을 이해할 수 있었다. 폐병으로 몇년째 입원과 퇴원을 반복하고 있는 아버지를 위해 이번에도 어머니는 민간요법에 따라 보약을 마련하고 있는 모양이었다.

"오매, 어쩔거나, 오매매, 이것들이 뛰기 시작하네!"

퉁, 퉁, 퉁. 장어들이 뛰어올라 솥뚜껑에 부딪치는 소리가 간헐적으로 들리기 시작했다. 장어의 몸부림 때문에 솥 안의 물이 출렁이는 소리도 들려왔다. 솥뚜껑 틈으로 새어나온 물이 솥을 타고 흘러내리다가 석유곤로의 불꽃에 이르러서 칙칙 소리를 내며 수증기를 만들었다.

"어서 가거라. 여긴 무섭다. 어서! 어서!"

퉁퉁거리는 소리가 최고조에 달하자 어머니가 나를 향해 소리쳤다. 어머니의 낯빛은 하얗게 질려 있었으며 휘둥그런 두 눈에는 눈물이 그렁그렁했다. 그 눈물 때문이었을까. 나는 어머니의 말을 좇아 도망칠 수 없었다. 두 주먹을 불끈 쥔 자세로 뻣뻣하게 서서 어머니를 응시할 따름이었다.

얼마나 그렇게 버텼을까. 마침내 솥 안이 잠잠해졌다. 이를 악물고 있던 어머니가 입을 반쯤 벌리고 한숨을 내쉬었다. 솥뚜껑을 누르고 있던 양팔을 거두어 이마에 번들거리는 땀을 훔쳐내며 혼잣말을 했다.

"다 죽었나보다."

솥에서 한 차례 요동이 일어난 것은 바로 그때였다. 솥뚜껑이 솟구치더니 요란한 소리를 내며 바닥에 떨어졌다. 떨어진 것은 솥뚜껑만이 아니었다. 시커먼 장어 한 마리가 솥뚜껑 바로 옆에서 꿈틀거리고 있었다. 명줄이 고래 힘줄처럼 질긴 놈이었다.

"오매, 오매, 오매."

장어의 뜀질로 물이 솥 바같으로 넘쳐흘러 석유곤로의 불을 반 이상 꺼뜨리는 바람에 휘발성 냄새가 코를 찔렀다. 어머니는 놀라서 어쩔 줄을 모르다가, 바닥에서 꿈틀거리고 있는 장어를 향해 냉큼 걸음을 내디뎠다. 당황한 나머지 자신이 분유깡통 위에 올라서 있다는 사실도 잊어버린 모양이었다. 어머니는 한쪽 발을 분유깡통에서 떼자마자 이내 균형을 잃고 둔탁한 소리를 내며 바닥에 모로 쓰러졌다. 분유깡통이 달그랑거리며 담장 밑으로 굴러갔다.

"아으으으, 아으으."

어머니의 얼굴이 처참하게 일그러져 있었다. 입으로 숨을 내쉴 때마다 신음인지 울음인지 구별이 가지 않는 소리가 섞여나왔다.

어렵사리 몸을 일으킨 어머니는 비척거리는 걸음으로 다가가 장어를 맨손으로 움켜쥐었다. 흙투성이인 장어를 고무대야로 가져가서 맑은 물로 씻은 뒤에 솥 안으로 던져넣었다. 남은 일은 솥뚜껑을 덮는 것뿐이었다. 어머니는 바닥에 떨어져 있는 솥뚜껑을 집기 위해 허리를 숙였다. 그 짧은 찰나, 장어가 또다시 물을 튀기며 허공으로 솟구쳤다. 솥뚜껑을 집어들다가 물소리를 들은 어머니는 자라목이 되어 비명을 질렀다.
"오매! 어무니 아부지!"
시커멓고 번들거리는 장어가 다시 바닥에 떨어져 꿈틀거리고 있었다. 어머니는 장어를 노려보다가 진저리를 쳤다. 추위를 타는 사람처럼 턱을 바르르 떨어가며 다시 한번 장어를 물로 씻었다. 이번에는 솥뚜껑을 그릇처럼 사용하여 장어를 담아올렸다. 그러고는 솥뚜껑을 기울여 솥 안에 장어를 떨어뜨리는 것과 동시에 솥뚜껑을 닫아버렸다. 장어는 또다시 뛰어오르기 시작했고, 어머니는 솥뚜껑 중앙에 달린 검정색 플라스틱 꼭지를 양손으로 힘주어 눌렀다.
분유깡통이 굴러가버린 까닭에 어머니는 발뒤꿈치를 쳐들고 서서 버텨야 했다. 마치 벌을 서는 것처럼 불편한 자세였다. 보다 못한 나는 담장 아래에서 분유깡통을 집어다가 어머니의 발밑에 밀어넣기 위해 안간힘을 썼다. 몇 번의 실패 끝에 간신히 분유깡통을 딛고 올라선 어머니의 다리는 금방이라도 꺾일 것처럼 후들거렸다.
"잠깐 이러다가 말 거야."
어머니가 창백한 낯빛으로 말했다. 하지만 그 말을 건네는 동안에도 장어가 첨벙거리는 소리가 들려오고 있었다.
"괜찮아. 금방 지나갈 거야."
어머니는 겁에 질려 동그래진 눈을 깜박거리며 "금방 지나갈 거야"라는 말을 되풀이했다. 내가 야릇한 기분에 사로잡힌 것은 바로 그때였다. 언젠가 유사한 상황에 처한 적이 있었던 것만 같은 느낌이 들었다. 그것도 한두 번이 아니라 여러 번 반복해서 벌어졌던 낯익은 광경이 다시금 내 눈앞에서 펼쳐지고 있는 것 같았다.

2

"개새끼들아, 문 열어!"
　나무로 만든 대문이 덜컹거리고 있었다. 한밤중에 대문을 부술 듯이 두들기며 갈라진 목소리로 울부짖고 있는 사람은 작은아버지인 재경이었다.
　"모가지를 싸그리 비틀어블기 전에 싸게 문 못 열어? 느그들이 이 박재경이를 문전박대하고도 무사할 성싶으냐?"
　소란에 놀라 잠에서 깬 나는 어머니부터 찾았다. 내가 "엄마" 하고 부르자마자 지척에서 바로 대답이 들려왔다. 어머니는 불 꺼진 방 안에 동그마니 앉아 내 머리맡을 지키고 있었다. 나는 어머니의 품으로 파고들며 몸을 떨었다.
　"내가 누군 줄 알고 푸대접이여? 이 쌍녀르 년놈들이 죽고 싶어서 환장을 했네이!"
　저러다 지쳐서 돌아가겠거니 하는 기대는 번번이 무너졌다. 잠시 잠잠해지는가 싶다가도 다시 끔찍스러운 욕설이 어둠에 싸인 방 안으로 쏟아져들어오곤 했다.
　"이것들아아아아! 으아아아아!"
　대문 밖에서 으르렁거리는 것은 더이상 작은아버지가 아니었다. 심지어 사람도 아니었다. 그것은 피에 굶주린 짐승이었다. 우리 식구들의 목을 물어뜯으려고 발광하고 있는 포악한 맹수였다. 그런데, 그 맹수가 집 안으로 들어오지 못하도록 막아주고 있는 것은 다름아닌 나무로 만든 작은 대문이었다.

"대문을 못살게 굴면 밤에 요에다 오줌 싸지."

며칠 전 내가 대문에 매달려서 그네 타듯 앞뒤로 발을 구르며 놀고 있자니까 어머니가 그렇게 나무랐다.

"착하지, 어서 내려오너라. 그러다가 경첩 떨어지겠다."

몸집이 작은 내가 매달리기만 해도 부서질 것이라던 그 조그만 대문이 용케도 포악한 짐승의 거듭되는 주먹질과 발길질을 버텨주고 있었다.

"문 열란 말이여어ㅡ! 이 싸가지 없는 새끼덜, 다 죽여버릴란께, 씹헐 놈들."

덜컹덜컹, 다시 대문이 부서질 것처럼 요란한 소리를 냈다. 그 소리를 듣다가 나는 문득 대문이 부서져 열렸을 때 벌어지게 될 일을 상상해봤다. 순간 온몸에 소름이 돋고, 머릿속이 하얗게 바래버렸다. 공포가 내 육신과 영혼을 마비시키더니 급기야 목덜미를 조이기 시작했다. 호흡이 거북해지면서 가슴이 답답해졌다. 나는 어머니의 품에 얼굴을 파묻고서 가쁜 숨을 몰아쉬었다.

"여보, 이러고만 있을 게 아니라 얼른 도망가셔요. 설마 우리들한테야 해코지를 하겠어요?"

어둠 속에서 정물처럼 앉아 있는 아버지를 향해 어머니가 소곤거렸다. 그러자 정물이 움직이기 시작했다. 점퍼를 주섬주섬 챙겨 입고 나서 살그머니 방문을 열고 마루로 나섰다. 달빛이 쏟아지고 있는 앞마당으로 아버지가 도둑고양이처럼 소리없이 내려서는 것을 나는 열린 문틈으로 내다보고 있었다. 아버지는 소란스러운 대문 쪽을 힐끔 보더니 화단 안으로 걸어들어가 담장에 손을 얹었다. 몇 번의 발버둥 끝에 한쪽 다리를 담장에 걸쳐놓는 데 성공한 아버지는 어렵사리 몸을 끌어올리더니 담장 너머로 사라졌다.
"걱정 말아라. 금방 지나갈 거다."
어머니는 아버지의 모습이 담 너머로 사라진 후에 내게 그렇게 속삭이고는 전기스위치를 올려 방에 불을 밝혔다. 마루로 나서며 짐짓 천연덕스럽게 "아재요? 이 밤에 어쩐 일이셔요?" 하고 알은체를 했다. 그러자 짐승이 미친 듯이 악을 쓰기 시작했다.
"이 육씰헐 년아, 가랑이를 쫙쫙 찢어블기 전에 냉큼 뛰어와서 이 문 못 열겄냐?"
마당에 내려선 어머니는 신발도 신지 못하고 맨발로 달려가 대문의 빗장을 풀었다. 악몽처럼 대문이 열리자 짐승이 집 안으로 뛰어들어왔다. 방 안까지 침범한 짐승은 아버지의 모습이 보이지 않자 세간을 집어던져가며 포악을 부렸다.
"네 서방 어디로 빼돌렸어?"
짐승은 어머니에게 달려들어 핏발 선 눈알을 부라렸다. 어머니는 사지를 바들바들 떨어가며 모른다는 말만 되풀이할 뿐이었다. 나는 어머니의 두 눈을 응시하고 있었다. 겁에 질려 흰자위가 허옇게 드러날 정도로 홉뜬 두 눈에 눈물이 맺혀 있었다. 그 안타까운 눈빛을 지켜보면서도 나는 감히 짐승에게서 어머니를 구해낼 엄두를 내지 못하고 숨죽이며 방구석에 웅크리고 있을 뿐이었다.
"말 못 하겄다 이거여? 네 새끼를 조져도 고따위로 버팅기는지 어디 보자."
짐승이 나에게로 고개를 돌렸다. 마치 맹수가 어린 짐승을 사냥

할 때처럼 한달음에 달려들어 내 멱살을 거머쥐었다. 아버지가 있는 곳을 대라며 누런 이빨과 선홍색 잇몸을 드러냈다.
"이 손 치워요! 어린애가 뭘 안다고 이러시오? 당장 놓으란 말이오! 우리 애 숨막혀 죽소!"
내 멱살을 틀어쥐고 있는 짐승의 팔뚝에 매달리며 어머니가 찢어지는 듯한 목소리로 소리쳤다. 어머니의 그같은 언행이 짐승의 성깔을 건드린 게 분명했다. 짐승은 눈동자를 희번덕거리며 으르렁거렸다. 당장이라도 달려들어 어머니의 목덜미를 물어뜯을 기세였다.
"도망갔어요, 저, 저기로, 담 넘어서."
나는 숨을 몰아쉬며 간신히 몇 마디를 이었다. 썩은 고기 한 토막을 미끼 삼아 던져주는 심정으로 내뱉은 말이었는데 다행히 짐승이 그 미끼를 덥석 물어주었다.
"쥐새끼같이 도망을 쳐? 잡히기만 해봐라."
짐승은 나를 방바닥에 내동댕이치고는 마당으로 뛰어내려갔다. 흉포한 짐승이 대문을 박차고 뛰쳐나간 뒤에도 비좁은 방 안에는 욕지거리와 발소리가 굴러다녔다. 환청이었다. 나는 뒤늦은 울음보를 터뜨리며 어머니에게 무릎걸음으로 다가갔다.
"괜찮아, 이제 지나갔다."
어머니가 나를 끌어안고 머리를 쓰다듬어주며 그렇게 말했다. 나는 심장의 고동소리가 빠르게 이어지고 있는 어머니의 가슴에 얼굴을 파묻었다.
"눈 감아라. 눈을 꼭 감고서 가만히 있으면 금세 잠이 오는 법이란다."

어머니는 나를 다독거리며 타일렀다. 그 말에 나는 고개를 가로저었다. 언제나 어머니의 말이 옳았지만 이번만은 어머니가 틀렸다고 생각했다. 금방이라도 짐승이 다시 뛰어들어올지도 모르는 마당에 어떻게 잠을 청할 수 있단 말인가. 정신은 찬물을 뒤집어쓴 것처럼 맑은데다가 입에서는 침이 마르고 심장이 벌떡거리는 판국에 잠이 오겠는가.
"그렇게 자꾸 움직이면 잠이 달아나지. 자, 자, 어서 눈 감으래도."
어머니가 손바닥으로 내 눈두덩을 가볍게 쓸어내리자 나는 마지못해 눈을 감았다. 내 가슴을 토닥거리는 어머니의 손길 때문이었을까. 어머니의 품에서 느껴지는 온기 때문이었을까. 나는 외부세계와 단절된 듯한 느낌에 조금씩 젖어들었다. 아늑하게 느껴지는 그 고립감은 부드러우면서도 편안하게 나를 보듬었다. 오래지 않아서 나는 거짓말처럼 잠을 이룰 수 있었고, 다시 눈을 떴을 때는 날이 훤히 밝은 뒤였다.

3

솥뚜껑을 누르고 있는 어머니의 창백한 얼굴을 바라보면서 나는 해묵은 수수께끼와 씨름하고 있었다. 내가 작은 섬에서 태어났다고 줄곧 믿어왔던 이유를, 그리고 하늘을 시커멓게 덮을 만큼 거대한 파도가 느닷없이 밀려와서 그 소중한 섬을 흔적도 없이 휩쓸어버릴지도 모른다는 망상의 근원을 캐들어가는 중이었다.

"괜찮아. 금방 지나갈 거야."
 눈앞에서 어머니는 해쓱한 얼굴로 그렇게 말하고 있었다. 내 기억에 담겨 있는 유년 시절의 숱한 장면들 속에서도 어머니는 똑같은 표정으로 똑같은 말을 하고 있었다. 머릿속에 얽혀 있던 실타래의 매듭 하나가 풀려나간 것은 바로 그때였다. 마치 흩어져 있던 퍼즐조각들이 맞춰지면서 단일한 형상의 그림이 드러나듯, 내 상상 속에만 존재하던 미지의 섬이 어렴풋하게 윤곽을 드러냈다.
 섬은 어머니의 영역이었다. 가족, 평화, 안녕, 행복 등으로 이름 붙일 수 있는 소중한 가치들을 보듬어품은 둥지였다. 어머니가 만든 정서적 공간이자 물리적 공간이었으며, 어머니라는 존재 그 자체이기도 했다.
 생각이 거기까지 미치자 나는 어떤 식으로 그 섬이 험악한 파도들로부터 지켜져왔는지를 기억해냈다. 섬이 파도에 휩쓸려 깊은 바다 밑으로 가라앉는 것을 막으려고 가녀린 두 팔을 벌려 파도 앞을 막아서던 어머니의 두려움에 찬 얼굴을 떠올린 나는 아픈 줄도 모르고 입술을 질끈거렸다. 그러다 문득 한 가닥 의구심이 떠올랐다.
 '그런데 왜 어머니는 혼자였을까.'
 이상한 일이었다. 망각의 늪에서 건져올린 수많은 기억의 편린들 어디에도 아버지의 모습은 보이지 않았다. 침노하는 파도 앞을 가로막은 것은 항상 어머니 혼자였다. 어머니의 안타까운 몸짓을 돕는 사람은 어디에도 없었다.
 '아버지는 어디로 사라진 거지?'
 아버지와 어머니는 서로에게 의지해가며 삶의 격랑을 헤쳐온 금실 좋은 부부였다. 이따금씩 의견이 갈릴 때에도 오래도록 밀고 당겨가며 의논을 마친 후에 보란 듯이 한목소리를 냈다. 그런 두 사람을 지켜봐온 내가 어째서 침노하는 파도를 연상할 때마다 홀로 서 있는 어머니의 위태한 모습만을 떠올리는 것인지 알 수 없었다. 가정을 지켜내기 위해 어머니와 함께 사력을 다했을 아버지의 모습이 내 기억 속에서 깨끗하게 지워져버린 이유가 궁금했다. 대체 무엇이 나로 하여금 그처럼 왜곡된 기억을 갖게 한 것일까.

4

"이만하길 천만다행이에요."
 잠결에 어머니의 목소리가 들려왔다. 그 한마디는 내 흐릿한 의식에 찬물을 끼얹었다. 눈을 뜨자마자 나는 간밤에 흉포한 짐승이 집 안까지 침범했던 일을 떠올렸다.
 '내가 잠든 뒤에 또 무슨 일이 일어났던 걸까.'
 나는 호기심에 이끌려 이부자리에서 빠져나와 무릎걸음으로 어머니에게 다가갔다. 어머니는 단추가 줄줄이 뜯겨나간 아버지의 와이셔츠에 새 단추를 다느라 고개를 숙이고 있었다. 아버지는 방 한가운데서 아침상을 받아놓고 앉아 있었는데 하룻밤 사이에 반쪽이 되어버린 얼굴에는 침울한 표정이 담겨 있었다.
 "나중에는 식칼을 들고 쫓아오더구먼. 그놈이 술에 취해서 잘 뛰질 못했기에 망정이지 하마터면 큰일 치를 뻔했어."
 아버지의 입에서 식칼이라는 말이 튀어나오자 어머니는 바느질을 멈추고 놀란 눈으로 아버지를 바라보았다.

"언제까지 이렇게 살아야 해요? 평소에는 멀쩡하던 사람이 술만 마시면 미쳐 날뛰니, 후유, 한두 번도 아니고 이젠 정말 징글징글해요."

어머니가 말허리부터 슬그머니 짜증을 내비쳤다. 입맛이 당기지 않는지 밥상만 내려다보고 있던 아버지가 그 말을 듣고 눈가에 주름이 잡히도록 얼굴을 찡그렸다.

"그래도 어쩌겠는가. 하는 짓이 밉다고 저것을 감옥에 처넣겠는가? 감옥에 넣어놓으면 저놈 하나만 보고 살아가는 제수씨랑 어린 조카들은 어찌 되겠는가? 저놈이 저러다가도 술만 깨면 제정신이 돌아와서 제 처자식 먹여살리겠다고 된똥깨나 누고 다니는 모양인데."

아버지는 국물만 두어 숟갈 뜨는 둥 마는 둥 하고는 밥상을 물려버렸다. 그렇게 빈속으로 출근하면 무슨 기운으로 학생들을 가르칠 수 있겠냐며 국에다 밥을 말아서 몇 숟갈 더 떠보라는 어머니의 권유에도 아버지는 손사래를 쳤다.

"괜히 곡기를 넣었다가 체하느니 한 끼 건너뛰는 편이 낫지."

그날 아버지는 어머니가 서둘러 준비한 설탕물만 한 잔 마시고 출근길에 나섰다. 어머니와 나는 아버지를 배웅하기 위해 대문 앞까지 따라나섰다. 내가 어머니의 치맛자락에 매달린 채 손을 흔들자 아버지는 답례로 싱긋 웃어 보였다.

굳은 얼굴, 쑥 들어간 눈자위, 침울한 눈빛에 어울리지 않게 오로지 입술만 빙긋 웃고 있었다. 아버지의 그 이상한 표정을 통해 나는 난생처음 증오라는 감정을 터득했다. 물론 그때 내가 느낀 감정이 성숙하고 완전한 형태의 증오는 아니었을 것이다. 밉다거나 싫다거나 하는 감정이 범주를 약간 넓힌 것에 불과했겠지만, 분명한 것은 거기에 기억에 대한 강박이 깔려 있었다는 점이다. 인간의 감정 중에서 기억을 강제하는 감정은 적어도 내가 아는 한에는 증오밖에 없다.

언젠가 외가에 놀러 갔다가 창고 한편에 쌓여 있는 철 지난 잡지들을 뒤적거린 적이 있었다. 그러다가 이차세계대전이 끝난 뒤에 일본의 왕이 영국을 방문했을 때의 일화를 우연히 읽게 되었다. 일본의 왕이 영국의 여왕을 접견한 자리에서 침략전쟁에 대해 용서를 구하자 여왕이 "용서는 하되 결코 잊지는 않겠다"고 대답했다는 내용이었다. 그때 나는 키만 좀 자랐을 뿐이지 사고의 수준은 코흘리개들과 별반 다를 바 없는 유치한 소년이었을 뿐만 아니라 여왕의 그 한마디에 담긴 역사적 의미나 배경에 대해 전혀 알지 못했음에도 불구하고, 여왕의 대답 속에 깊은 증오심이 담겨 있다는 사실을 단번에 알아챌 수 있었다. 잊지 않겠노라고 다짐하게 만드는 감정은 증오 외에는 없다는 사실을 익히 알고 있었기 때문이다.

여왕이 '기억하겠다'는 말로 증오심을 에둘러 표현했다는 사실을 꿰뚫어본 순간, 나는 내 속에 깃든 증오의 감정을 의식했다. 그 감정은 마치 독립된 생물처럼 살아 꿈틀거리며 왕성하게 몸집을 키우고 있었다.

'저 흉측한 놈이 언제부터 내 속에서 살고 있었던 걸까.'

나는 스스로에게 물었다. 그러자 시곗바늘이 반대방향으로 빠르게 돌아가기 시작했다. 시곗바늘이 멈춰 서자 아버지의 얼굴이 보였다. 아버지가 침울한 낯빛을 지우지 못한 채 오로지 입술만 움직여 억지웃음을 지어 보이며 나를 향해 손을 흔들고 있었다.

'잊지 말아야 해. 절대로 잊어서는 안 돼.'

코흘리개에 불과했던 나는 어머니의 치맛자락에 매달려 아버지를 바라보며 그렇게 다짐하고 있었다. 왜 잊어서는 안 되는 것인지 그 이유도 모르면서, 아버지의 저 기묘한 표정을 잊지 말라고 나 자신을 다그치는 중이었다.

5

아버지와 어머니는 재경의 행패를 단순히 술주정으로만 여겼다. 술이 원수지 사람이 무슨 죄겠냐며 한숨만 내쉴 뿐이었다. 하지만 나는 그것이 단순한 술주정이 아니라는 것을 간파하고 있었다. 술만 마시면 전혀 다른 사람으로 변한다는 연극적 설정의 이면에 음흉한 속셈이 숨어 있다는 것을 어린 나에게 가르쳐준 사람은 다름 아닌 재경이었다.

내가 열한 살이 되던 해의 초봄에 고모 희영이 결혼을 했다. 전국 각지에서 모여든 하객들로 피로연장은 북새통이었다. 수십 개의 식탁에는 설렁탕, 홍어회, 각종 떡과 과일 그리고 술과 청량음료가 판박이처럼 똑같은 모양새로 차려져 있었으며, 각각의 식탁에 유행 지난 양복이나 촌스러운 한복을 차려입은 낯빛 거무레한 사람들이 둘러앉아 흡사 싸움이라도 벌이는 것처럼 서로의 면전에 고함을 질러대고 있었다. 금방이라도 멱살잡이를 하고 주먹이 오갈 것만 같은 그 고함지르기는 우덕도 사람들의 일상적인 대화방식이었다.

"당신이 가서 좀 말려요. 벌써 두 병째예요."

어머니가 눈짓으로 가리키는 쪽으로 시선을 옮기니 재경의 옆모습이 보였다. 재경은 불쾌한 낯빛으로 한 무리의 술꾼들과 어울려 술잔을 주고받고 있었다.

"저 개망나니한테서 술병을 빼앗으란 말인가? 말귀를 알아듣는 위인이라면 열 번이라도 그렇게 하겠네만 저것이 어디 사람이라야 말이지."

아버지가 머리를 내저었다. 재경의 불같은 성미를 건드려 화를 자초하느니 못 본 체하는 것이 현명한 처신이라는 것이었다.

"그렇다고 보고만 있어요? 아직 정신이 총총할 때 잘 구슬려서 더는 못 마시게 말려봐야죠."

아버지가 뜨뜻미지근한 반응을 보이자 어머니는 울상을 지으며 발을 굴렀다. 아버지는 어머니의 성화에 못 이겨 내키지 않는 걸음으로 재경에게 다가갔다. 나는 호기심이 발동하여 아버지의 뒤를 쫓아 쉰내가 뭉클거리는 술꾼들의 소굴로 들어갔다.

"뭣이여? 술을 그만 마시라고?"

재경은 뜨악한 눈초리로 아버지의 얼굴을 쳐다보더니 대뜸 혀 꼬부라진 소리로 고함을 쳤다. 그리고 자리에서 튕겨오르듯 일어났다.

"내가 술을 마시느냐 마느냐가 언제부터 형님 소관이었소?"

재경은 떡 벌어진 어깨와 검게 그을린 피부 때문에 다부진 인상을 풍겼다. 그에 반해 아버지는 마른 체형인데다 살갗이 희어 섬약해 보였다. 다행히 아버지가 재경보다 나아 보이는 점이 한 가지 있긴 했다. 키가 훨씬 더 컸다. 그러나 그마저도 금세 역전되고 말

앉다. 재경이 눈을 부라리며 턱을 치켜들자 이상한 일이 벌어졌다. 아버지의 어깨에도 미치지 못하는 재경의 작은 체구가 갑자기 풍선처럼 부풀어오르더니 천장에 머리가 닿을 만큼 장대해졌다. 재경이 거대해진 몸집을 앞세워 위압하자 아버지는 점점 위축되어 급기야 난쟁이처럼 작아졌다.

"내가 참견할 일은 아니지만서도 옆에서 듣자니까 형님께서 참말 너무하시는구마이."

재경과 어울려 술잔을 주고받던 친지들도 볼멘소리를 보태 재경을 편들었다.

"형님처럼 많이 배운 양반들은 어쩌는지 몰라도 우리같이 못 배운 놈들은 이럴 때 한 번씩 꼭지가 돌게 술을 부어줘야 기름칠이 돼갖고 팽팽 잘 돌아가라우."

"여동생 시집보내고 서운해서 한잔하는 것이 무슨 큰 죄라고 이러시요? 공자님, 예수님, 부처님이랑 줄줄이 사돈이라도 맺으셨소?"

"넨장칠, 한창 기분내고 있는디 고춧가루 팍팍 뿌려싼께로 술맛이 똑 떨어져버리네이."

그들은 모두 재경과 같은 부류였다. 평소에는 우유부단하고 과묵하여 사람 좋다는 평을 듣지만 술만 마시면 딴사람으로 변해 미쳐 날뛰는 자들이었다. 나이 지긋한 노인네들의 표현을 빌리자면 모두 개종자였다. 꼬리를 가랑이 사이에 감추고 똥 마려운 시늉을 하다가 갑자기 돌변하여 입에 거품을 물고 발광하는 꼬락서니가 꼭 닮았다는 것이었다.

"오늘처럼 좋은 날에 혹시라도 취중에 실수를 할까봐서 걱정이 되어 이러는 게 아닌가. 그리고 아우도 몸을 생각해야지. 뭐든지 과하면 건강에 해로운 법이네."
 아버지가 온화한 미소를 앞세워 사근사근 말을 이어나갔다. 그러자 재경이 무대 위의 배우처럼 양팔을 넓게 벌린 자세로 비아냥거렸다.
 "아우 몸 생각이요? 형님이 끔찍스럽게 내 건강을 염려하는 줄은 미처 몰랐소. 가슴이 다 뭉클하네이. 어? 이거 눈물 아니여? 뭔 일이래? 눈물이 다 나오네?"
 재경이 말끝에 너털웃음을 터뜨렸다. 술판에 둘러앉아 있던 개종자들도 일제히 낄낄거리기 시작했다. 나는 그 웃음소리에 담겨 있는 모욕과 경멸에 몸을 떨었다. 뺨이 훅 달아올랐다. 분했다.
 그때, 아버지의 눈시울이 꿈틀했다. 도드라진 턱근육으로 인해 아버지가 이를 악물고 있음을 한눈에 알 수 있었다. 나는 아버지가 모든 사람이 보는 앞에서 재경을 본때 있게 꾸짖을 모양이라고 지레짐작하며 군침을 꼴깍 삼켰다. 하지만 아버지는 무슨 말인가를 꺼내려고 벼르기만 하다가 끝내 입 밖에 내지 못하고 등을 보였다. 아버지는 뒤도 돌아보지 않고 잰걸음으로 그 자리를 벗어나버렸다. 그러자 개종자들은 신바람을 내며 건배를 하더니 단숨에 술잔을 비웠다.
 "그나저나 형님한테 이렇게까지 해도 뒤탈이 없겠는가? 아무리 술김이라고 해도 너무 심한 것 아닌가 몰겄네이."
 술꾼들 중 누군가 재경에게 물었다. 조금 전까지 아버지에게 퍼붓던 혀 꼬부라진 소리와는 달리 차분하고 분명한 말투였다.
 "모르는 소리 말어. 배운 놈한테 차근차근 이치를 따져갖고는 당해내질 못하는 법이여. 그저 평소에 드잡이를 해두는 게 젤이여. 잊어버릴 만하면 멱살잡이도 한 번씩 하고 칼부림도 보여준께로 저렇게 설설 기제. 안 그랬어봐. 버얼써 머리 꽁지에 올라앉아브렀제."

재경 역시 또렷한 발음으로 대꾸했다. 그때였다. 술꾼들 중 하나가, 식탁 바로 아래서 그들의 대화에 귀 기울이고 있는 나를 발견하고는 재경에게 눈짓을 했다.

"요 꼬맹이가 방금 그 형님네 큰놈이제? 허어, 자네 말조심해야 겠네. 지 애비한테 죄다 일러바치면 어쩔라고 말을 함부로 해싼가."

그 말이 끝나자 다들 나를 힐끔거리며 말을 아꼈다. 그러자 재경이 식탁을 두들겨가며 큰소리를 쳤다.

"허허, 걱정도 팔자네이. 저 어린것이 뭘 알겠는가? 아, 그라고, 형님 귀에 들어가봤자제, 제까짓 게 뭣을 어쩌겠어?"

재경은 식탁 위에 놓인 접시에서 인절미 한 조각을 집어들더니 나에게로 시선을 돌렸다. 억지로 눈웃음을 지어 보이며 그것을 내게 내밀었다.

"옜다, 이거 먹고 저쪽 가서 놀아라."

나는 두 손으로 인절미를 받아들었다. 아버지에게 배운 대로 고개를 숙이며 "감사합니다"라고 말하는 것도 잊지 않았다.

"누가 지 애비 아들 아니랄까봐서 예의범절이 깍듯하구먼, 히힛."

재경이 비아냥거리자 다른 술꾼들도 "쏙 뺐구먼, 쏙 뺐어" 하며 낄낄거렸다. 나는 뒤돌아서서 도망치듯 내달렸다. 식탁들 사이로 뻗은 구불구불한 통로를 헤집고 다니며 어머니를 찾았다. 어머니는 좀처럼 눈에 띄지 않았고 나는 마침내 울먹거리기 시작했다. 복받치는 서러운 감정을 주체할 수가 없었다.

"넘어졌어? 어디 다쳤어?"

울음소리를 듣고 달려온 어머니가 거듭 물었지만 나는 아무 대답도 못 하고 울기만 했다. 어머니가 나를 들어올려 품에 안아줘도 울음을 그칠 수가 없었다. 한쪽 손에 끈적끈적한 떡조각을 움켜쥔 채로 나는 입을 한껏 벌리고 앙앙거렸다.

6

술이라는 소도구를 이용해 벌이는 연극을 통해 여러 작은아버지들, 재경과 재헌과 재명이 노리는 것은 '배운 놈'에 속하는 아버지의 기를 꺾는 것뿐만이 아니었다. 그런 연극은 손쉽게 먹이를 얻을 수 있는 효과적인 사냥법이기도 했다.

"형님, 돈 좀 내놓으시오."

핏발이 돋은 흰자위를 뒤룩거리면서 둘째 작은아버지인 재헌이 어눌하게 입을 놀렸다. 입술을 달싹거릴 때마다 술냄새가 물씬거렸다. 비좁은 집 안을 순식간에 점령해버린 술냄새는 마치 육식동물이 풍기는 노린내처럼 두려움과 혐오감을 동시에 불러일으켰다.

"장가는 들어야겄는디 방 한 칸 장만할 돈이 없으니 어쩌겄소. 하도 답답해서 술 한잔했은께 너무 탓하진 마쇼."

사냥에 나선 승냥이는 기름진 살점에 대한 탐욕을 거리낌 없이 드러냈다.

"동생이 어려울 때 형님이 쪼까 도와주셔야 하는 것 아니요? 이럴 때 나 몰라라 하면 안 되지라우."

승냥이는 초식동물을 어떻게 다뤄야 하는지 잘 알고 있었다. 초식동물은 대화를 좋아하고 체면과 도리를 잘 따졌다. 때로는 구실을 다하려고 눈물겨운 희생도 마다 않고 감내하는 특성을 갖고 있었다. 따라서 도덕과 당위를 동원해 잘만 구슬리면 자진하여 큰 살점을 떼어주게 마련이었다. 특히 먹물이 든 초식동물은 신의며 원칙 따위를 유독 소중하게 생각하기 때문에 더더욱 이런 수작이 수월하게 먹혀들었다.

"결혼은 인륜지대사 아니요? 십시일반으로다가 새살림에 힘을 보태는 것이 도리 아니겠소?"

재헌은 지난번에 효과를 봤던 수법을 다시 사용하고 있었다. 도리를 따져묻자 아버지는 고개를 끄덕여가며 귀를 기울인 끝에 기름진 살덩이를 뭉텅 내놓은 바 있었다. 그런데 삶은 감자에 젓가락 찔러넣기보다 쉬웠던 지난번과는 달리, 아버지는 아까부터 미간을 찌푸린 채 고개를 모로 틀고 있었다.

"네 장가 밑천은 저번에 와서 받아갔으면서, 뜬금없이 또 무슨 돈을 달라는 거냐?"

아버지는 이번에도 대화를 통한 이성적인 해결을 시도했다. 늘 그렇게 만사를 대화로만 풀려고 하는 것이 병이었다. 역지사지면 형통이라는 것인데, 겉보기에는 그럴듯하지만 이게 알고 보면 빛 좋은 개살구였다.

"그 몇 푼 가지고 어찌케 장가를 들겠소?"

승냥이가 입만 아픈 대화에 흥미를 느낄 리 만무했다. 이치를 따져가며 입씨름을 하는 것은 날카로운 송곳니 대신 부드러운 혓바닥이 발달한 초식동물에게나 어울리는 짓거리였다.

"너한테 적금 들어놓은 돈이 있잖느냐? 그걸 보태면 넉넉하진 못해도 부족하진 않을 텐데 무슨 돈이 더 필요하다는 건지 모르겠구나."

아버지는 부드러운 혀를 재빨리 놀려 재헌을 궁지에 몰아넣고 있었다. 그렇지만 말문이 막혔다고 해서 승냥이가 사냥을 포기하고 순순히 물러갈 리는 없었다.

"지금 해약하면 이자를 얼마나 손해 봐야 하는지 알고나 그런 말을 하쇼?"

승냥이는 자신에게 손해가 되는 대목에서는 더이상 도덕이나 당위를 동원하지 않았다. 안 되겠다 싶으면 가차없이 날카로운 송곳니를 들이댔다.

"자꾸 빡빡하게 나올 거요?"

본색을 드러낸 뒤에 남은 일이라고는 강짜에서 칼부림으로 이어지는 외길수순이었다. 돈을 내놓을 때까지 승냥이는 매일 초식동물의 보금자리를 찾아와 취기를 빙자한 행패를 부렸다. 사냥은 늘 그렇듯이 성공으로 끝맺었다. 두둑하게 뜯어낸 살점으로 재헌은 신방도 차리고 거룻배도 새로 한 척 장만했다.

재헌은 그때 뜯어간 돈이 어떤 돈인지 알고 있었을까. 그 돈을 모으기까지 우리 가족이 얼마나 지독한 내핍생활을 견뎌내야 했는지 결코 모르지는 않았을 것이다. 헐벗고 굶주리며 악착같이 돈을 모아온 과정을 손금 들여다보듯 훤히 알면서도 눈 하나 깜짝하지 않고 윗입술을 말아올려가며 으르렁거렸던 것이리라.

"그깟 몇 푼 떼어주고 은인 행세라도 해보겠다는 것이여?"

재헌은 고마워하지도 않았다. 행여라도 돈을 빌려준 생색을 내지 못하도록 미리 입막음할 작정이었을까. 돈을 뜯어간 후에도 걸핏하면 오밤중에 술을 퍼마시고 찾아와 샛트집을 잡아가며 행패를 일삼았다.

"너네가 다 죽어가는 소리를 한다마는 웃기지들 말어. 뒷구녕으로 챙겨놓을 만큼 챙겨놓은 걸 누가 모를 줄 알고?"

재헌은 집 안의 가재도구를 뒤집어엎으며 욕설을 퍼붓다가 득달같이 아버지에게 달려들었다. 아버지의 멱살을 틀어쥐고서 뽀도독 뽀도독 이를 갈아댔다.

"쑤셔보면 더 나올 것이다마는 네 알량한 체면을 봐서 참아준 거여. 그런디 고마운 줄도 모르고 기어올라?"

눈을 희번덕거리며 재헌이 악을 썼다. 틀어쥔 멱살을 흔들어댈 때마다 아버지의 머리가 건들거렸고 재헌의 팔뚝에 솟은 굵은 근육들이 꿈틀거렸다. 그 근육이 살갗을 뚫고 튀어나올 것처럼 또렷해지자 아버지가 컥컥거리며 사지를 버둥거렸다.

"이 손 좀 놔요. 이러다가 숨넘어가겠어요."

어머니가 달려들어 재헌의 팔에 매달렸다. 백지장처럼 하얗게 질린 얼굴로 "아재, 제발 진정하시란 말이요오" 하고 울음 섞인 목소리로 애원했다.

그때, 나는 눈을 부릅뜨고 지켜보고 있었다. 소란에 놀라 잠에서 깨어 울음을 터뜨린 두 동생을 양팔로 끌어안은 채, 경련이라도 일어난 것처럼 쉴새없이 온몸을 떨어가면서, 눈앞에서 벌어지는 참담한 광경 하나하나를 동공에 고스란히 담고 있었다. 거대한 파도가 인정사정없이 우리의 안온한 섬을 휩쓰는 광경을, 어머니가 사력을 다해 그 섬을 지켜내는 과정을, 나는 작은 머리통

속에 낱낱이 각인하고 있었다.

7

 기억해야 하는 순간들이 늘어갈수록 나는 점점 더 비굴해졌다. 나는 아버지의 여러 형제들에게 잘 보이려고 알랑거렸다. 만면에 미소를 지으며 온갖 심부름을 도맡아 하는 것은 물론이고 그들을 즐겁게 하기 위해 어릿광대 노릇까지 자청했다. 눈동자를 가운데로 모으고서 말처럼 코를 벌름거리기, 귓바퀴 뒤쪽의 근육을 움직여 귀를 쫑긋거리기, 양 손바닥을 맞비벼 뽁뽁거리는 소리를 내며 오리처럼 뒤뚱뒤뚱 걷기, 엉덩이를 우스꽝스럽게 흔들다가 입으로 손등을 불어 방귀소리 내기, 물구나무를 선 자세에서 허리를 활처럼 젖히면서 뒤로 넘어지기, 그들을 웃게 만들 수 있는 것이라면 무엇이든 가리지 않았다.
 나는 배알도 없이 오두방정을 떨어가며 아부를 일삼는 나 자신에게 참을 수 없는 혐오감을 느꼈다. 비열한 처신이 가증스러워서 할 수만 있다면 내 얼굴에 가래침이라도 뱉어주고 싶은 심정이었다. 그런데도 낯간지러운 아첨을 멈출 수는 없었다.
 무서웠다. 내 안에서 끓고 있는 증오의 감정이 부지불식중에 표정이나 말투에 드러날지도 모른다는 노파심이 잠시도 뇌리를 떠나지 않았다. 자칫 내 속마음을 그들에게 들키게 된다면 곤욕을 치르게 되리라는 강박이 내면에 자리하고 있었다. 그리고 그 강박은 시간이 흐르면서 밑도끝도없는 피해망상으로 발전했다. 망상은 밤마다 악몽으로 화하여 내 잠자리로 찾아들곤 했다. 꿈속에서 수십 개의 우악스러운 손들이 달려들어 내 목을 졸랐다. 숨이 막혔지만 발가락 하나 꼼짝할 수 없었다. 혀가 굳어 비명조차 지를 수 없었다.

그 지긋지긋한 꿈이 당장이라도 현실이 될 수 있다는 사실을 아버지의 형제들은 수시로 일깨워줬다. 그들이 술냄새를 풍기며 짐승처럼 날뛸 때마다, 아니 그들 중 누군가 술을 퍼마시고 있는 광경을 목격하는 것만으로도 나는 꿈속에서처럼 공포에 사로잡혔다. 어쩌다가 짐승이 내 쪽으로 불콰한 얼굴을 돌리기라도 하면 공포는 몇 곱절로 불어났다. 그럴 때면 나는 어김없이 요의를 느꼈다. 간혹 나도 모르게 오줌을 지릴 때도 있었다.

그때 경험했던 공포심은 수십 년이 지난 지금까지도 잔존하여 일상생활에 영향을 미치고 있다. 요즘도 나는 누군가와 단둘이 마주 앉아 있을 때면 초조감을 느끼곤 한다. 느닷없이 상대가 내 뺨을 후려칠지도 모른다는 터무니없는 걱정이 피어오르기 때문이다. 그런 일이 결코 일어날 리 없다는 것을 잘 알면서도 불길한 상상이 불안감에 부채질해대는 것을 막을 수 없다.

상상 속에서 나는 얻어맞은 뺨을 손바닥으로 감싼 채 상대를 쳐다보고 있으며, 상대는 일찍이 본 적 없는 무서운 표정으로 나를 노려보고 있다. 그런 망상에 덜미를 잡혀 전전긍긍하노라면 요의가 엄습한다. 서둘러 화장실로 달려가지만 오줌은 나오지 않는다. 짐작건대 요의를 핑계로 두려움의 대상으로부터 도망치고 싶은 욕구에서 연유한 일종의 노이로제인 듯한데, 좀처럼 호전될 기미가 보이지 않는다. 아니, 어쩌면 악화되고 있는지도 모르겠다. 폭력에 대한 불안감을 느낄 때만 찾아오던 요의는 차츰 다른 종류의 불안감에도 모습을 드러내고 있다. 이를테면 지각을 하게 될 것 같다거나, 응원하는 축구팀이 패배할 것 같다거나, 운전하고 있는 자동차의 엔진 소리가 수상하다거나 하는 소소한 불안감을 느낄 때에도 당장 화장실로 뛰어가고픈 욕구가 간절해진다. 그때마다 나는 유년 시절에 시달렸던 공포의 흔적을 죽는 날까지 무의식에서 걷어내지 못할 모양이라는 생각에 입맛이 씁쓸해지는 것을 느낀다.

성인이 된 뒤에도 이렇듯 버겁게 느껴지는 공포심을 어린 소년이 혼자 힘으로 극복하기란 애초부터 불가능한 일이었다. 하지만 당시 나는 그 가망 없는 싸움에 병적으로 집착했다. 마지막 한 줌까지 용기를 쥐어짜서 공포심과 맞서 싸웠고, 참패하여 무릎을 꿇을 때마다 절망감에 빠져 자학했다. 특히 두려움에 굴복하여 자존심을 내팽개치고 작은아버지나 고모 앞에서 비굴한 익살을 피운 날에는 남몰래 머리카락을 쥐어뜯어가며 괴로워했다. 더러운 위선자이자 비열한 겁쟁이라고 스스로를 매도했다. 구역질나는 삶을 구차하게 이어가느니 차라리 죽어 없어져버리라고 저주하기도 했다.

우두머리 수컷

1

 깜치에게 두들겨맞아 본래의 모습을 알아보기 어려울 정도로 부어오른 내 코를 보고 어머니는 넋이 나가버렸다. 어머니는 한동안 어쩔 줄 몰라하더니 앞치마를 두른 채로 허둥지둥 안방으로 뛰어들어가 지갑을 챙겨들었다. 큰길에서 택시를 잡기 위해 팔을 흔들어댈 때에도 여전히 앞치마를 두르고 있었다. 병원으로 향하는 택시 안에서 뒤늦게 앞치마를 벗은 어머니가 한숨을 섞어가며 말문을 열었다. 꺼져가는 목소리로 어렵사리 이어가는 말투 때문에 꾸중이라기보다는 통사정처럼 들렸다.
 "젊을 땔수록 몸을 아껴야 해. 안 그러면 나중에 나이 들어 후회하게 돼."
 미간을 찌푸린 어머니는 무엇인가 더 말을 건네려다 말고 긴 한숨만 몇 차례 몰아쉬었다. 숨을 고른 뒤에 다시금 이어지는 어머니의 목소리에는 짜증이 묻어 있었다.

"다른 운동은 공이 말랑해서 사람이 맞아도 별 탈이 없겠더라마는 그 야구란 것은 왜 하필 돌멩이처럼 단단한 공을 쓰는 겐지 당최 모르겠더라."

야구를 하다가 갑자기 날아든 공에 코를 맞았다는 내 거짓말을 철석같이 믿고 있는 어머니는 애꿎은 야구공만 나무라고 있었다.

"그 딴딴한 것에 정통으로 맞았으니 코뼈가 성하기는 어려울 텐데, 의사가 수술이라도 하자면 어쩌지?"

병원에 도착할 때까지 어머니는 이런저런 염려만 늘어놓을 뿐, 단 한순간도 의심을 비치지 않았다. 어머니는 늘 그런 식이었다. 어떤 상황에서도, 아들이 순진무구한 표정을 지어가며 천연덕스럽게 거짓말을 늘어놓고 있는 것인지도 모른다는 생각을 하는 법이 없었다.

"내 속으로 낳은 자식을 못 믿으면 세상천지에 누굴 믿는단 말이냐?"

어머니는 그런 식으로 내게 맹목적인 신뢰를 표현했다. 그 말에는 어머니의 소박한 신념이 담겨 있었다. 절대로 한집안 식구들을 의심하지 않는 것, 미련스러우리만큼 믿어주는 것이야말로 어머니가 가장 소중하게 여기는 가족윤리였다.

"우리 식구들 중에서 누군가 큰 잘못을 저질러 온 세상 사람들에게 손가락질을 받게 되었다고 치자. 암만 죄가 커도 우리 식구들만큼은 끝까지 역성을 들어줘야 하는 거야. 서로 믿어주니까 한 식구인 게지, 그렇잖으면 남이나 다를 게 없지."

이런 어머니의 뜻에 어긋나는 짓을 하고도 무사히 넘어간 적은 한 번도 없었다. 크레용 상자의 한 자리가 이 빠진 것처럼 빈다거나 하는 소소한 일로 내가 동생들을 의심하여 추궁하려 들면, 어머니는 "한사코 믿어야 한다. 한사코!"라는 말로 호되게 나무랐다. 의심은 반목의 불씨가 되어 결국에는 가족이라는 울타리를 무너뜨린다는, 하도 많이 들어 귀에 못이 박힐 지경인 잔소리도 빠뜨리지 않았다.

"이 녀석! 야구를 험하게도 하는구나!"

내 코를 들여다보고 나서 의사가 짐짓 나무라는 말투로 그렇게 말했다. 의사는 미간을 찌푸린 채 한쪽 눈을 찡긋거렸다. 그 표정에는 '의사인 나는 못 속인다. 네가 싸움질을 한 것쯤은 이미 다 알고 있어. 지금은 어머니 앞이니까 그냥 넘어가주마' 라는 속말이 드러나 있었다. 나는 쑥스러워하며 "이제 야구는 안 할 거예요"라고 말했고 의사는 "정말이니? 나랑 약속한 거다!"라고 다짐을 받았다.

치료는 예상했던 것보다 훨씬 고통스러웠다. 부기가 가라앉기를 기다렸다가 코뼈를 세우는 수술을 받았는데 마취가 완벽하지 않아서 수술 도중에 적잖은 통증을 견뎌야 했다. 게다가 마취가 풀린 뒤에는, 인습성이 있다는 이유로 의사가 진통제를 최소량만 처방하는 바람에 나는 밤새 잠을 이루지 못하고 고통에 신음해야 했다. 예후도 좋은 편이 아니어서 퇴원날짜가 미뤄져 여러 날 동안 학교를 빠져야 했다. 그 몇 주 동안 나는 솔밭에서의 뼈아픈 패배와 홍준식의 냉혹한 눈빛을 잊고 제법 편안하게 휴식을 취했다. 간혹 잠에서 깨어나다가 가위에 눌려 신음하는 경우가 있긴 했지만 어렵사리 가위에서 벗어나고 나면 이내 평온을 되찾고 만화책을 뒤적거리며 낄낄거렸다.

하지만 그같은 평온이 언제까지나 계속될 수는 없었다. 시간은 쏜살같이 흘러 마침내 등교하는 날이 닥쳐왔다. 나는 꼭두새벽부터 부지런을 떨었고, 터무니없이 이른 시각에 책가방을 둘러메고 대문을 나섰다.

"두고 봐라. 넌 이담에 틀림없이 훌륭한 사람이 될 거야. 널 가졌을 때 싯누런 용을 봤거든."

무슨 까닭인지 그날 아침에 어머니는 나를 대문 앞까지 배웅하며 태몽 얘기를 꺼냈다. 어머니가 태몽을 언급할라치면 나는 매번 어머니의 눈을 들여다보며 꿈의 내용을 꼬치꼬치 캐물었더랬다. 수없이 반복해 들어온 까닭에 꿈속의 용이 얼마나 길고 우람했는지, 황금빛 비늘과 형형한 눈빛은 또 얼마나 범상치 않았는지 익히 알고 있으면서도 새삼스럽게 그것들을 일일이 재확인하며 즐거워했다. 하지만 그날 아침에는 아무 대꾸도 하지 않고 묵묵히 골목을 빠져나갔다.

어머니가 뜬금없이 태몽까지 들추며 나에게 맹목적인 믿음을 비치자 나는 빚두루마기가 된 듯한 기분에 사로잡혔다. 어머니의 맹목적인 믿음은 유리로 만든 화병 같은 것이었다. 나는 아름다운 유리화병이 콘크리트 보도에 떨어져 산산이 부서지는 일이 없도록 사력을 다해 끌어안고 있었지만 언제까지 그 유리화병을 보전할 수 있을지는 장담할 수 없었다.

현실의 한복판에 홍준식이라는 거인이 서 있었다. 감히 범접하기 어려운 거대한 벽이었다. 내가 그 벽을 넘지 못하고 무릎을 꿇게 되리라는 것은 불을 보듯 자명했다. 저항을 포기하고 홍준식의 밑으로 기어들어가 다시 졸개 노릇을 시작하는 바로 그 순간, 나는 더이상 버티지 못하고 손아귀의 힘을 풀게 될 것이고 유리화병은 바닥으로 떨어져 부서지고 말 터였다.

2

홍준식과의 악연이 시작된 것은 중학교 삼학년으로 진급하면서 부터였다. 새 담임교사와 첫 대면을 하던 날, 홍준식은 보란 듯이 지각을 했다. 담임교사의 지시에 따라 키 순서로 번호가 정해지고 자리 배정까지 모두 끝마쳤을 무렵 홍준식이 껌을 질겅이며 앞문을 열고 교실로 들어섰다. 순간, 찬물을 끼얹은 듯한 고요가 교실을 덮었다. 모두의 눈이 홍준식의 일거수일투족을 좇고 있었다.

주머니에 두 손을 꽂은 채 담임교사를 향해 목례인지 눈짓인지 모를 인사를 건성으로 건넨 홍준식은 느릿한 걸음으로 책상과 책상 사이의 통로를 누비고 다녔다. 교실 중간쯤에 위치한 내 자리에 이르러 걷는 속도를 줄이는가 싶더니 나를 지나치자마자 걸음을 멈췄다. 내 뒷자리에는 여드름이 잔뜩 난 아이가 앉아 있었는데, 홍준식이 자기 앞에서 멈춰 서자 자리에서 벌떡 일어나 책가방을 허둥지둥 챙겨들고서 맨 뒤의 빈 책상으로 옮겨갔다.

"학년이 바뀌니까 못 보던 얼굴들이 많네? 다들 앞으로 친하게 지내자."

홍준식은 여드름쟁이가 내준 자리를 차지하고 앉더니 주위를 둘러보며 한마디 던졌다. 그러고는 두 팔을 베개 삼아 책상 위에 엎드려 잠을 청했다. 악행이라고는 꿈에서조차 해본 적이 없는 듯한 순진무구한 표정을 하고서 착하디착한 말투로 친하게 지내자고 말했을 뿐인데도 교실에는 냉랭한 기운이 감돌았다. 어느 누구도, 심지어 담임교사조차도 그 가라앉은 분위기를 수습하지 못했다.

물끄러미 홍준식의 행동을 구경만 하던 담임교사는 헛기침으로 어색한 침묵을 깨뜨리더니 알아듣기 힘들 만큼 빠른 어조로 전달사항을 주워섬기고는 도망치듯 교실을 떠나버렸다. 담임교사의 발소리가 복도 저편으로 멀어지고 나자 맨 뒷자리에서 건들거리며 앉아 있던 네 명의 덩치 큰 녀석들이 자리를 박차고 일어나서 홍준식에게 몰려갔다. 엎드린 자세 그대로 꼼짝도 하지 않는 홍준식의 주위에 빙 둘러서더니 쭈뼛쭈뼛 말문을 열었다.

"여기는 꼰대 눈에 잘 띄어서 불편할 텐데 우리랑 맨 뒷자리에 앉는 게 어때?"

"우리가 네 자리를 맡아놨거든? 아주 죽여주는 명당이야."

똘마니들이 허우대에 어울리지 않게 곰살궂은 태도로 거듭 말을 건넸지만 홍준식은 그새 깊은 잠이라도 든 것인지 아무 대꾸가 없었다. 아무리 기다려도 홍준식이 움직일 기미를 보이지 않자 난감해하던 똘마니들은 서로 귀엣말을 주고받으며 무엇인가를 의논하기 시작했다. 이윽고 한 명이 서부영화에 등장하는 카우보이처럼 어깨를 으쓱거리자 다른 세 명이 고개를 끄덕였다. 그러고는 각자의 자리로 돌아가서 가방을 챙겨들고 다시 홍준식의 주위로 모여들었다.

"비키라면 비킬 것이지 뭘 쳐다봐?"

"저 뒤로 가서 찌그러져, 씨뱅아."

똘마니들은 조금 전에 홍준식에게 보이던 곰살궂은 태도와는 딴판으로 돌변하여 홍준식의 주변에 앉아 있는 아이들을 그악스럽게 올러댔다. 똘마니들에게 협박을 당한 아이들은 부리나케 책가방을 싸들고 똥 마려운 강아지마냥 교실 뒤편으로 내달렸다. 홍준식의 앞자리에 앉아 있던 나도 행여 공매라도 맞게 될까봐서 황급히 자리에서 일어섰다. 바로 그때였다.

"내 앞에 있는 새끼는 내버려둬. 귀엽게 생겼잖아."

잠든 줄로만 알았던 홍준식이 책상 위에 엎드린 채 나직이 말했다. 그 말 한마디에 나는 일어났던 자리에 다시 주저앉아야 했다. 내 자리를 차지하려던 똘마니는 내 옆자리를 대신 차지했다. 내 자리를 제외하고 홍준식 주변의 모든 자리를 똘마니들이 차지하고 나자, 홍준식이 느릿한 동작으로 상체를 일으켰다. 주위의 동태를 힐끔힐끔 살피던 나는 재빠르게 고개를 돌려 책상 위로 눈길을 떨어뜨렸다. 등뒤에서 하품하는 소리와 기지개 켜는 소리가 연이어 들려왔다. 그리고 홍준식의 시큰둥한 목소리가 이어졌다.

"넌 이제부터 민철이 꼬붕 해라. 알았지?"

누구에게 건네는 말일까? 나는 감히 고개를 돌려 홍준식을 바라볼 엄두조차 내지 못하고 속으로만 궁금해했다.

"야, 짱구! 내 말 안 들려?"

그제야 나는 홍준식이 나에게 말을 건네고 있다는 사실을 깨달았다. 어떻게 대처해야 좋을지 얼른 판단이 서지 않아서 애꿎은 책상만 노려보고 있자니까 등뒤에서 한숨 내쉬는 소리가 들려왔다.

"어휴, 이거 보통 떨빵한 새끼가 아닌데? 민철아, 앞으로 네 짝꿍 교육시키려면 애 좀 먹게 생겼다."

말을 마친 홍준식은 혼잣말로 "오늘따라 왜 이렇게 졸리지?" 하더니 잠잠해졌다. 다시 엎드려 잠을 청하는 모양이었다.

"야 인마, 너 왜 대답을 안 해? 벙어리야?"

새 짝꿍이 내 어깨를 툭 치며 말을 걸었다. 이름은 민철이고, 살이 뒤룩뒤룩한 거구였는데, 녀석은 뭐가 그리 좋은지 만면에 웃음을 띠고 있었다. 민철이 그렇게 실실거리는 이유는 똘마니들이 지껄이는 농지거리에 의해 이내 밝혀졌다.

"오늘은 민철이가 한턱내겠네? 드디어 막내 면한 거잖아."

"한턱? 야 인마, 민철이는 턱이 두 개니까 두 턱을 내야 맞지. 안 그래?"

민철을 비롯한 똘마니들이 낄낄거리기 시작했다. 생전 처음 들어보는 욕지거리와 음담패설이 양념처럼 버무려지면서 웃음소리는 점점 커졌다. 그러던 어느 한순간이었다. 누군가 볼펜으로 내 등을 쿡 찔렀다. 내가 움찔하자 웃음소리가 한층 왁자해졌다.

"꼼짝도 안 해서 마네킹인 줄 알았더니 사람이 맞긴 맞나보네?"

"한번 더 찔러봐. 세게 찌르면 많이 움직일 거야."

"볼펜 말고 그걸로 찔러봐."

"이거? 옷핀? 졸라 아플 텐데?"

끔찍스러운 대화가 등뒤에서 들려오고 있었지만 나는 여전히 책상만 들여다보며 돌부처 노릇을 할 뿐이었다.

"아악!"

옷핀에 찔리는 순간 나는 비명을 지르며 몸을 뒤틀었다. 그때였다. 등뒤에서 졸음에 겨운 목소리가 들려왔다.

"재밌어?"

홍준식의 심드렁한 목소리에는 짜증이 배어 있었다.

"이리 줘봐. 나도 좀 해보게."

홍준식이 옷핀을 넘겨받는 동안 나는 바보처럼 훌쩍거리고 있었다. 내 등을 옷핀으로 찌르기 전에 도망이라도 쳐볼 일이건만 나는 어깨를 들썩이며 눈물만 쏟을 뿐이었다. 바로 그때, 뜻밖의 일이 벌어졌다. 느닷없이 등뒤에서 비명이 터져나왔다. 조금 전까지 내 등을 옷핀으로 찔러가며 낄낄거리던 녀석들이 갑자기 처량하게 앓는 소리를 내고 있었다. 나는 어리둥절하여 슬며시 뒤를 돌아봤다.
  홍준식이 따분해서 못 견디겠다는 표정을 하고서, 옷핀을 꼬나쥐고 똘마니들을 찔러대고 있었다. 옷핀에 찔릴 때마다 똘마니들은 전기에 감전된 것처럼 몸을 움찔거리며 신음소리를 내질렀다. 개중에는 몸을 비비꼬며 울먹이는 녀석도 있었다.
  "어때? 지금도 재미있어?"
  홍준식이 하품을 섞어가며 어눌한 말투로 물었다. 하지만 어느 누구도 그 질문에 대답하지 못했다. 다들 주눅들어 고개를 푹 숙이고만 있었다.
  "별로 재미없지?"
  홍준식이 힐난조로 한마디를 보태더니 손목만 까닥여서 옷핀을 책상 아래로 던져버렸다. 그러고는 다시 책상에 엎드려 잠을 청했다.
  "에이, 시끄러워서 잠을 잘 수가 있어야지."
  홍준식은 양팔에 얼굴을 묻은 채로 투덜거렸다. 그 말이 떨어지기가 무섭게 똘마니들이 머리를 조아리며 기어들어가는 목소리로 사과했다.
  "미안해, 자는 거 방해해서."
  "우리가 잘못했어. 다신 안 그럴게."

"이제부턴 진짜로 조용히 할 거야. 믿어줘."

똘마니들은 입을 굳게 다물더니 의자에 꼿꼿하게 앉은 자세로 미동조차 하지 않았다. 혹여 몸을 움직였다가 의자에서 삐걱거리는 소리라도 날까봐서 걱정하는 눈치였다. 긴장감은 순식간에 번져 교실 전체가 쥐 죽은 듯이 조용해졌다. 수업을 하기 위해 들어온 교사가 지나치게 조용한 분위기에 어리둥절한 표정을 지을 정도였다.

세번째 쉬는 시간에 홍준식이 잠에서 깨어난 뒤에야 분위기는 활기를 되찾았다. 홍준식은 여전히 졸린 눈으로 다음 시간이 무슨 과목인지 묻더니 책가방에서 책과 학용품을 꺼내 책상에 올려놓았다. 모든 학용품은 외국 각지에서 사온 형형색색의 최고급품들이었으며, 개중에는 용도를 짐작하기 어려운 신기한 물건들도 여럿 눈에 띄었다.

가장 눈길을 끈 것은 악어가죽 필통에 달린 앙증맞은 액세서리였다. 얼핏 네모난 은색 단추처럼 보이는 그 액세서리의 정체는 놀랍게도 하모니카였다. 비록 새끼손가락 한 마디밖에 안 되는 크기에 불과했지만 한 줄로 가지런한 여덟 개의 바람구멍에서부터 은빛 몸체를 조이고 있는 좁쌀만한 나사, 그리고 모서리에 덧씌워놓은 금장까지, 무엇 하나 생략된 것 없이 정교하게 재현된 초소형 하모니카였다. 자세히 들여다보면 전면에 파도 문양을 돋을새김으로 그려넣은 것이며 뒷면에 'Muse Harmonica'라고 미려한 장식체로 새겨넣은 것도 발견할 수 있었다.

더 놀라운 것은 그 하모니카가 단순히 겉모양만 본뜬 모형이 아니라 실제로 소리를 내는 악기라는 점이었다. 너무 작아서 손에 들고 연주할 수가 없었으므로 입술 사이에 쏙 집어넣고 혀끝으로 바람구멍을 막아가며 요령 있게 불어야 했다. 홍준식이 그걸 입에 물고 단조로운 동요 한 소절을 연주하자 나를 포함한 모든 아이들은 눈이 휘둥그레져서 찬탄에 침이 마를 지경이었다. 한 번만 만져보게 해달라며 비굴한 웃음을 지어 보이는 아이도 한두 명이 아니었다.

"너 가져."

홍준식은 필통에서 떼어낸 하모니카를 내게 내밀었다. 신기한 물건에 마음을 빼앗겨 홍준식에게 쏠려 있던 아이들의 시선이 일제히 내게로 쏟아졌고, 여기저기에서 탄성이 일었다.

"아버지가 일본에 다녀오면서 사온 건데, 너 줄게."

선물하겠다는 의사를 재차 밝히며 홍준식이 하모니카를 내 코앞에 들이밀었다. 하지만 나는 홍준식의 뜬금없는 선심에 경계심이 발동하여 마른침만 삼켜댈 뿐, 선뜻 손을 내밀지 못했다. 손을 내밀기는커녕 손가락 하나 까딱하지 못하고 하모니카만 뚫어져라 노려볼 뿐이었다.

"내 말을 아직 못 알아들은 거야? 어휴, 정말이지 이런 떨빵한 놈은 머리털 나고 처음이야."

말을 마친 홍준식의 입가에는 미소가 걸려 있었다. 나는 그 웃음의 의미를 짐작할 수가 없었다. 나를 조롱하려는 것일까? 내가 저 앙증맞은 하모니카를 향해 염치없이 손을 내밀면 기다렸다는 듯이 하모니카를 냉큼 거둬들이면서 혓바닥을 날름거리는 것은 아닐까? 이게 얼마짜린데 겁도 없이 손을 내미냐면서 깔깔거리겠지? 그게 아니라면 저 하모니카를 건네준 뒤에 그 대가로 감당하기 어려운 요구를 하는 게 아닐까? 두고두고 생색을 내며 은혜를 갚으라고 강요하려는 속셈일 거야.

"고마워."

머릿속에서는 갖가지 의심들이 어지럽게 굴러다녔지만 나는 결국 물욕에 굴복하고 말았다. 나는 홍준식에게 손을 내밀며, "이 은혜는 잊지 않을게"라는 비굴한 대사까지 뻔뻔스레 읊었다. 그러자 거짓말처럼 하모니카가 내 손에 들어왔다. 머릿속을 시끄럽게 하던 노파심과는 달리 홍준식은 아무런 조건도 내세우지 않았다. 으스대며 생색내지도 않았다. 홍준식은 내게서 등을 돌리더니 뒷자리의 똘마니와 시답잖은 지우개 따먹기 놀이에 열중할 따름이었다.

나는 벌거벗겨진 사람처럼 수치심에 몸을 떨어가며 조금 전에 내가 했던 행동들을 하나하나 떠올렸다. 간절한 물욕과 그것으로부터 의연하고픈 자존심 사이에서 줄다리기를 벌인 끝에 결국 물욕에 무릎을 꿇어버린 내 비굴한 모습이 객관화되자 열등감이 밀려들었다. 나를 초라하게 만드는 것은, 진귀한 물건을 눈 하나 깜짝하지 않고 타인에게 선물하고도 생색 한 번 내지 않는 홍준식의 도량이었다. 언감생심 흉내조차 낼 수 없는 홍준식의 대범한 언행과 내 비굴한 행태가 한데 겹치면서 극명하게 대비되자 나 자신이 난쟁이처럼 작게 느껴졌다. 바로 그때였다.

"그 하모니카, 대빵 멋지다."

"한 번만 만져보게 해주라."

"나도 한 번만."

나를 둘러싸고 있던 아이들이 사근사근 말을 붙여왔다. 순간, 나는 아랫배에서부터 따끈하게 차오르는 쾌감을 느꼈다. 모두가 갖고 싶어하는 어떤 것을 소유하고 있다는 만족감은, 맛난 음식으로 배를 채웠을 때 느끼는 만복감이나 석차가 껑충 뛰어오른 성적표를 받았을 때의 성취감과는 전혀 다른 차원의 마력을 가지고 있었다.
"새끼, 좆나게 뻐기네."
"인마, 잠깐만 좀 줘봐. 닳는 것도 아니잖아."
아이들이 내게 건네는 말 중에는 은근히 가시가 돋친 것도 적지 않았다. 노골적인 질시였다. 단순히 내가 진귀한 물건을 횡재했기 때문만은 아니었다. 경외와 선망의 대상인 홍준식에게서 호의가 담긴 선물을 받았다는 것, 다시 말해서 내가 홍준식의 눈에 들었다는 사실 자체를 부러워하고 있었다. 나는 그들의 시기 어린 시선을 즐기며 느긋하게 하모니카를 만지작거렸다. 조금 전까지 나를 괴롭히던 수치심과 열등감은 어느샌가 씻은 듯이 사라져 흔적조차 남아 있지 않았다.

3

나는 내심 홍준식에게 끌리고 있었다. 내가 옷핀에 찔려가며 시달림을 당할 때 구해줬다거나 내게 진귀한 선물을 했다거나 하는 이유 때문만은 아니었다.
"저기, 홍준식한테 이것 좀 전해줄래?"
점심시간이었다. 나는 교실 뒷문을 열고 복도로 나서다가 한 무리의 여학생들과 맞닥뜨렸다. 그들은 저마다 알록달록하게 포장한 선물 꾸러미를 들고 있었는데, 그중 한 명이 쭈뼛거리며 다가오더니 들고 있던 종이가방을 내게 안기며 홍준식에게 전해줄 것을 부탁했다. 발길을 되돌려 교실로 돌아온 나는 홍준식에게 종이가방을 내밀었다. 홍준식은 이맛살을 찌푸리며 "다음부턴 이딴 거 받아오지 마" 하고 퉁명스럽게 쏘아붙였다. 말은 그렇게 하면서도 싫지만은 않다는 표정으로 종이가방 안에서 연분홍빛 상자를 꺼냈다. 상자에는 사탕이며 초콜릿이 가득했는데 홍준식은 그것들을 한 움큼씩 똘마니들에게 나눠줬다. 나는 입에 사탕을 물고서 복도 쪽을 바라보았다. 조금 전에 내게 종이가방을 떠안겼던 여학생이 유리창을 통해 교실 안을 넘겨다보고 있었다. 나와 눈이 마주치자 그 여학생은 눈짓으로 고마움을 표했다. 그날 이후로도 점심시간만 되면 선물 꾸러미를 든 여학생들이 교실 안을 기웃거려가며 홍준식에게 선물을 전하려고 안달복달하는 광경을 일상사처럼 구경할 수 있었다. 홍준식 패거리에 속해 있다는 이유로 여학생들은 내게 똑같은 부탁을 거듭했으며, 나는 귀찮아 죽겠다는 표정을 지어가며 그들의 부탁을 들어주는 일에 재미를 붙였다.

　사춘기에 접어든 여학생들을 설레게 하기에 충분한 조건을 홍준식은 두루 갖추고 있었다. 우선 생김새부터가 남달랐다. 피부가 새하얗고 얼굴선이 갸름한데다 몸이 호리호리해서 멀리서 보면 영락없이 머리를 짧게 자른 소녀처럼 보였다. 여자아이들이 밤을 새워가며 빠져든다는 순정만화의 남자 주인공을 현실공간에 옮겨놓은 듯한 중성적인 외모였다.

　또한 홍준식은 등교하는 방법도 여느 학생과는 달랐다. 운전기사가 모는 고급 승용차를 타고 와서는 보란 듯이 교문 앞에서 내렸다. 승용차로 교문 앞까지 학생을 바래다주는 것은 빈부 격차에 의한 위화감을 유발할 수 있다는 이유로 금지되어 있었지만, 홍준식만은 예외였다. 번들거리는 검정색 승용차의 문이 열리고 홍준식이 차 밖으로 모습을 드러내면 교문 앞에서 기다리고 있던 똘마니들이 우르르 몰려가서 앞다투어 가방을 들어주었으며 비가 올 때는 우산도 받쳐주었다. 마치 왕자의 행차라도 되는 듯한 그 요란스런 등교만으로도 홍준식은 선망의 대상이 되기에 충분했다.

게다가 홍준식은 반항아였다. 교문 앞에 줄지어 서서 눈을 부릅뜨고 학생들의 복장과 두발상태를 검사하고 있는 선도부원들 앞을 지날 때면 홍준식은 질겅거리던 껌을 입속에서 돌돌 말아 선도부원들을 향해 뱉곤 했다. 선도부원들은 홍준식의 도발에 어떤 반응도 보이지 않았다. 머리끝부터 발끝까지 온갖 학칙 위반을 범하고 있는 홍준식을 마치 투명인간이라도 되는 양 거들떠보려고도 하지 않았다. 행여 홍준식과 괜한 시비가 붙어 패싸움이라도 벌어지게 될까봐서 다들 몸을 사리는 기색이 역력했다.

보다 못한 교사가 점잖게 나무라면 홍준식은 고개를 빳빳하게 쳐들고서 대들었다. 배알이 꼬이면 반말지거리는 물론이고 욕설까지 퍼부었다. 그래도 누구 하나 홍준식에게 큰소리를 내지 못했다. 오대 독자인 홍준식은 아버지의 총애를 받고 있었고 그 아버지는 다름아닌 이 학교의 설립자이자 이사장이었으므로, 교사들은 물론이고 교감이며 교장까지도 홍준식의 눈치를 살피며 비위를 맞추는 판국이었다.

하지만 내 마음을 흔들어놓은 것은 홍준식의 곱상한 외모나 반항적 이미지나 든든한 배경 따위가 아니었다. 홍준식을 가장 돋보이게 하는 것은 그의 교활하고 냉혹한 폭력이었다. 그것이야말로 홍준식의 어깨에 날개를 달아준 무소불위의 권능이자 홍준식이라는 존재를 구축하는 견고한 성곽이었다.

홍준식 주변에는 충성을 맹세한 똘마니들이 우글거렸다. 홍준식이 방과 후에 교문을 나설라치면, 각 학급에 흩어져 있던 똘마니들이 교문 바깥에서 기다리고 있다가 우르르 몰려들어 그에게 눈도장을 받느라 여념이 없었다. 눈짐작으로 대충 헤아려도 스무 명이 훨씬 넘었다. 들리는 말에 의하면, 그들 중에서 자발적으로 홍준식에게 충성하는 똘마니는 극소수에 불과했다. 우연히 홍준식의 눈에 띄어 마지못해 수하로 들어간 경우가 대부분이었다. 일단 홍준식의 지목을 받게 되면 혹시라도 미움을 사서 쨉칼처럼 병신이 될까봐서 감히 거절할 엄두를 내지 못하고 순순히 복종을 약속하게 마련이었다.

작년 이맘때였다. 상급생 중에 쨉칼이라고 불리는 학생이 있었는데, 아버지가 살인을 하여 무기징역을 언도받고 교도소에 수감되어 있다는 소문이 따라다녔다. 일대일로 결투를 벌일 때마다 유리조각을 입속에 넣고 오도독오도독 씹는 묘기를 선보여 상대의 기를 죽이는 것으로 유명세를 타기 시작하더니 삼학년으로 진급하자마자 학교 전체를 평정해버렸다. 기세가 등등해진 쨉칼은 동급생 여덟 명을 이끌고 점심시간에 홍준식에게 몰려갔다. 건방지게 선배에게 예의를 갖추지 않는다는 것이 구실이었지만, 실상은 홍준식이 이끄는 패거리의 위세가 날로 커져가는 것에 대한 견제였다. 기습을 받은 홍준식과 두 명의 심복은 일방적으로 두들겨맞아야 했다. 특히 홍준식은 화장실로 개처럼 끌려가 초주검이 되도록 몰매를 맞았다.

이튿날, 뭇매질에 가담한 쨉칼과 일당은 모두 퇴학을 당했다. 교무회의의 심의를 거쳐 거수투표로 퇴학 여부를 결정하던 관례를 깨고 학교장의 직권에 따라 전격적으로 이루어진 퇴학이었다. 하지만 그것으로 끝이 아니었다.

홍준식은 병원에서 퇴원하자마자 수하들을 이끌고 복수에 나섰다. 홍준식 패거리는 쨉칼의 집 주변에 숨어 있다가 쨉칼이 모습을 드러내자마자 우르르 달려들었다. 쨉칼이 달아나보려고 안간힘을 다했지만 겹겹이 둘러쳐진 포위망을 뚫기란 불가능했다. 막다른 골목에 몰린 쨉칼은 사색이 되어 무릎을 꿇고 파리처럼 두 손을 비벼댔다. 홍준식은 똘마니들에게 명령해 쨉칼의 팔다리와 머리를 붙들게 한 다음 자신의 가방을 뒤적여 미리 준비해온 빈 맥주병과 편지봉투를 꺼내들었다. 병을 전봇대에 후려치자 깨진 유리조각이 사방으로 흩어졌다. 홍준식은 세심한 손길로 그 유리조각들을 하나하나 집어 편지봉투에 소복하게 담았다.

"다음에 또 까불면 진짜로 널 죽여버릴지도 몰라."

쨉칼의 턱을 억지로 벌린 후에 편지봉투를 기울여 유리조각을 입 안으로 쏟아부으면서 홍준식이 명랑한 말투로 말했다. 그 말을 곁에서 직접 들었던 한 똘마니의 전언에 따르면, 흡사 소풍 가는 길에 "날씨 한번 끝내주네"라고 말하는 투였다고 한다. 당시의 긴박한 상황과는 전혀 어울리지 않았기에 이상한 생각이 들어서 슬쩍 홍준식의 표정을 살폈더니 천진난만한 미소가 얼굴 가득 번져 있더란다. 그 미소를 보는 순간 머리카락이 쭈뼛거리면서 오금이 저려오더란다. 곁에서 지켜보던 똘마니가 그 지경이었으니 당사자인 쨉칼은 오죽했을까.

뺨이 불룩해지도록 유리조각을 입 안 가득 물게 된 쨉칼은 벌벌 떨다가 오줌을 퍼질러쌌다. 그리고 눈물과 콧물로 범벅된 채 처량한 콧소리로 애원했다. 소문에 따라서는 급기야 쨉칼이 바지에 똥까지 싸지르는 바람에 구린내가 진동했다는 대목도 있었는데, 아무려면 그랬을까 믿음이 가지는 않았다.

홍준식은 쨉칼의 애원에도 아랑곳하지 않고 가방을 휘둘러 쨉칼의 턱을 후려쳤다. 쨉칼은 그길로 병원에 실려가 장시간에 걸쳐 대수술을 받았으며, 홍준식은 경찰서로 연행되었다. 담당형사에게 홍준식은 순진무구한 표정으로 이렇게 말했다고 한다.

"걔가 돈 내놓으라며 절 협박하다가 갑자기 자기 가방에서 맥주병을 꺼냈어요. 그걸 깨뜨리더니 유리조각을 입에 넣고 와드득와드득 씹어먹었어요. 한참 씹어대다가 입을 벌려 유리조각을 보여줬어요. 너무 무서워서 전 도망치려고 했죠. 휙 돌아서서 내빼려는데 걔가 내 뒷덜미를 잡아챘어요. 놀라서 버둥거리다가 가방 든 손을 엉겁결에 휘둘렀는데 갑자기 뒤에서 '윽!' 하는 소리가 들렸어요."

쨉칼이 돈을 뜯어내기 위해 유리를 씹어가며 협박하다가 불의의 사고를 당한 것이라고 홍준식이 주장하자 수사는 혼선에 빠졌다. 홍준식의 진술과 쨉칼의 진술이 엇갈리자 누가 피해자고 누가 가해자인지조차 불분명해졌다. 결국 쌍방이 맞고소를 한 상태에서 재판이 열렸다. 대한민국에서 둘째가라면 서러울 만큼 유명한 변호사가 홍준식의 변호를 맡았다는 둥, 홍준식의 아버지가 엄청난 돈을 고위 인사들에게 뿌렸다는 둥, 재판을 담당한 판사가 홍준식의 아버지와 학교 선후배지간이라는 둥, 온갖 잡음이 꼬리를 물더니 홍준식은 석 달 만에 학교로 돌아왔다.

하지만 쨉칼이 그후 어찌되었는지에 대해서는 소식을 들을 수가 없었다. 혀가 잘려나가는 바람에 벙어리가 되었다느니, 프랑켄슈타인처럼 누더기가 된 뺨 때문에 캄캄한 밤에만 외출을 한다느니, 방구석에 처박혀서 나오려고 하지 않아 정신병원 신세를 지고 있다느니, 확인할 길 없는 뜬소문들만 입에서 입으로 건너다닐 뿐이었다.

그 사건 이후로 감히 홍준식의 앞을 가로막고 나서는 사람은 아무도 없었다. 홍준식이라는 우두머리 수컷이 나타나면 다들 자존심이나 체면 따위는 접어두고 온순한 표정과 알랑거리는 말투로 비위를 맞추느라 여념이 없었다. 나 역시 기꺼운 마음으로 그 빼어난 수컷에게 복종의 몸짓을 바쳤다. 강인한 수컷의 향취에 홀려 코를 벌름거리는 암컷마냥 나는 홍준식의 위압적인 존재감에 도취되어 흠모와 동경에 빠져들고 있었다.

4

고백하건대 사실 나는 별볼일 없는 놈이었다. 성적은 늘 중간쯤이고, 특출하게 잘하는 운동도 없고, 그다지 사교적인 편이 아니어서 친구도 많지 않은, 정말이지 평범하기 짝이 없는 놈이었다. 그런 나에게 홍준식과의 인연은 분에 넘칠 정도의 축복이었다.

"너, 홍준식하고 친하게 지낸다면서?"

내게는 네 명의 동네 친구들이 있었다. 서로 학급은 달랐지만 사는 동네가 같다보니 등하굣길에 자연스럽게 어울리곤 했다. 주말이면 함께 숙제를 한다는 핑계로 모여서는 바둑알로 홀짝이나 알치기를 하며 시간을 허비하기 일쑤였고, 월말에는 시험공부를 한답시고 시립도서관에 우르르 몰려갔다가 한 시간도 안 되어 의기투합하여 탁구장과 전자오락실을 전전하며 밤이 이슥해지도록 쏘다녔다.

"널 똘마니로 받아준 거야? 그런 거야? 뜸 그만 들이고 말 좀 해봐."

그들은 내가 홍준식 패거리에 들게 된 경위를 무척이나 궁금해했다. 하는 수 없이 나는 소소한 부분까지 자초지종을 설명해야 했는데, 말하는 도중에 내 위상이 달라졌다는 사실을 깨닫고 적잖이 놀랐다. 전에는 내가 무슨 말만 하려고 들면 꼭 누군가 말참견을 하거나 아예 말을 가로채곤 했는데, 이번에는 다들 토 한 번 달지 않고 내 말에 귀를 기울였다. 덕분에 나는 홍준식과 같은 학급에 배정된 것부터 시작하여 홍준식이 내게 조그만 하모니카를 선물한 일까지 제법 긴 이야기를 아무런 방해도 받지 않고 마칠 수 있었다.

"난 그저 막내 꼬붕일 뿐이야."

나는 친구들의 돌변한 태도가 부담스러워 그렇게 덧붙였다. 말이 좋아서 홍준식 패거리의 일원이지 실상은 보잘것없는 역할을 맡고 있다는 것을 알고 나면 친구들이 예전처럼 격의 없이 나를 대해주리라고 기대했다.

"정말 죽을 맛이야."

나는 일부러 내 딱한 처지를 과장하여 들려줬다. 홍준식 패거리의 분위기가 어찌나 살벌한지 숨도 제대로 못 쉴 지경이라는 둥, 잡다한 심부름에 시달리며 입속의 혀처럼 굴어야 하는 하루가 얼마나 고단한지 모른다는 둥, 풀 죽은 목소리로 하소연을 늘어놓아 친구들의 동정을 구했다. 하지만 친구들은 내 의도와는 정반대의 반응을 보였다. 하소연을 통해 내가 홍준식 패거리의 일원이 되었다는 사실을 실감하게 된 그들은 이전까지와는 백팔십도로 다르게 나를 대했다.

가장 큰 변화는 그들이 내 기분을 살피기 시작했다는 점이었다. 내가 무슨 일인가로 우울해하면 다들 내 눈치만 보며 말을 아끼다가도, 내가 명랑한 기분을 되찾으면 언제 그랬냐는 듯 수다스러워졌다. 또한 내가 내놓는 제안에도 민감하게 반응했다. 주말에 아무개의 집에 모여 함께 숙제를 하면 어떻겠느냐는 식의 제안은 물론이고, "떡볶이라도 먹을까?" 하고 별생각 없이 내뱉은 말 한마디까지 허투루 넘기는 법이 없었다. 그뿐만이 아니었다. 누군가 만화책을 사게 되면 그것을 맨 처음 빌려볼 수 있는 기회가 매번 내게 돌아왔으며, 노점에서 군것질을 할 때도 제일 먼저 어묵꼬치를 집어드는 것은 항상 나였다.

그같은 변화는 대단히 극적이어서 처음에는 당혹스럽기까지 했다. 하지만 나는 오래지 않아 그 특별한 대접을 당연한 것으로 여기게 되었다. 홍준식 덕분에 특별한 존재가 되었으니 거기에 걸맞은 대접을 받는 것은 자연스러운 일이라고 생각했다. 내가 특별한 존재라는 사실을 뒷받침해주는 증거는 도처에 널려 있었다. 청소 당번에서 항상 열외였고, 점심시간이면 맛난 반찬을 싸온 친구들이 자진해서 반찬을 나눠줬다. 간혹 아무런 이유도 없이 학용품을 나눠주거나 장난감을 선물하는 녀석도 있었고 홍준식이 내게 시킨 잔심부름을 자기가 대신 하겠노라며 자청하는 녀석도 있었다.
 나는 기꺼운 마음으로 이 모든 변화를 받아들였다. 동시에, 달라진 위상에 걸맞게 나 자신을 변화시키려고 온 힘을 기울였다. 홍준식 주변에 우글거리는 똘마니들처럼 험상궂게 인상을 구기고 유창하게 욕설을 주워섬기려면 각별한 노력이 필요했다. 나는 귀가하자마자 거울 앞으로 달려가서 그날 학교에서 보고 들은 홍준식 패거리의 언행을 하나하나 떠올려가며 흉내를 냈다. 거울에 비친 내 모습이 그럴듯하게 보일 때까지 연습에 열중하다보면 한두 시간쯤은 눈 깜짝할 사이에 지나가버렸다.
 노력은 효과가 있어서 나는 불과 며칠 만에 팔까지 걷어붙이고 제법 불량스럽게 건들거릴 수 있게 되었다. 홍준식은 그런 나를 두고 꽁생원이 벌써 허물을 벗었다면서 대견스러워했다. 별것 아닌 그 칭찬 한마디에 나는 형언키 어려운 충일감을 느꼈다. 말 한마디에 그렇게 감격할 정도로 홍준식을 향한 나의 흠모는 실로 열렬했다. 그러니, 모르긴 해도 나는 홍준식의 명령이라면 불구덩이도 마다하지 않는 충복이 되었을 것이다. 만약에……, 만약에 홍준식이 그 명령만 내리지 않았다면 말이다.
 "야, 짱구. 오늘은 네가 꽁치야."
 그날, 홍준식은 나를 지목했다. 깜짝 놀란 나는 자라목을 하고서 우물쭈물했다. 언젠가는 내 차례가 돌아오리라는 것을 알고 있었지만 막상 현실로 닥치니까 어떻게 처신해야 할지 갈피를 잡을 수가 없었다. 오금이 저릿하면서 괜스레 엉덩이가 자꾸만 뒤로 빠질 따름이었다.

홍준식 패거리는 일주일에 한 번꼴로 가게에서 물건을 훔쳤다. 물론 죄책감 같은 것은 전혀 없었다. 물건을 훔치는 것을 신나는 놀이쯤으로 여겼으니까. 이 놀이에는 세 명의 바람잡이와 한 명의 꽁치가 필요했는데, 물건을 훔치는 역할을 맡은 사람, 즉 꽁치를 누가 할 것인지 결정하는 일은 전적으로 홍준식의 소관이었다.
"이번엔 네 차례야. 잘해봐."
홍준식은 한 사람에게 반복해서 꽁치를 시키는 법이 없었다. 꽁치를 정할 때면 미리 생각해둔 듯 망설이는 기색 없이 바로 누군가를 가리키곤 했는데 매번 다른 사람이었다. 홍준식에게 꽁치로 지목되면 담대해 보이는 덩치 큰 녀석들도 순간 표정이 굳어졌다. 만약에 덜미가 잡히면 경찰서에 끌려가 경을 치는 것은 물론이고 부모 형제에게 알려져 망신살이 뻗치는데다가 운수가 사나우면 학교에서 퇴학을 당할 수도 있는 위험천만한 역할이었다. 그런 까닭에 꽁치는 신중하게 자신의 임무에 임하게 마련이었다. 작전에 참여할 바람잡이도 직접 골랐고, 미리 가게에 들러 면밀하게 사전답사도 수행했다.
작전은 매번 똑같았다. 세 명의 바람잡이가 이것저것 닥치는 대로 물건을 집어들고 값을 물어 주인의 혼을 빼놓는 사이에, 꽁치가 목표한 물건을 슬그머니 가방에 담은 후에 태연하게 걸어나왔다. 싱거울 정도로 단순하긴 했지만 대단히 효과적이어서 한 번도 들통난 적이 없었다.
"못 알아듣겠어? 네가 꽁치란 말야."
내게 꽁치 역할이 떨어진 것은 홍준식 패거리에서 똘마니 노릇을 시작한 지 한 달쯤 되었을 때였다. 홍준식은 내게 완구점에서 장난감을 훔쳐오라고 명령했다. 당시 학생들 사이에서 선풍적인 인기를 끌던 무선조종 모형자동차였다.
"성공하면 너 줄게."
홍준식이 특유의 시큰둥한 어조로 선심을 썼다. 자기는 그런 유치한 장난감에는 관심이 없다는 투였다. 하기야 호사에 길들여진 홍준식이 코딱지만한 완구점에 진열된 흔해빠진 장난감 따위에 구미가 동할 리 없었다. 홍준식이 관심을 가지는 것은, 목표로 삼은 물건이 아니라 그것을 훔치는 행위 자체였다. 꽁치와 바람잡이들이 진지한 모의 끝에 위험을 무릅쓰고 작전을 감행하는 일련의 과정을 곁에서 지켜보며 흡족해했다. 그로서는 일거양득이었다. 비도덕적이고 위험한 임무를 수행하는 과정에서 무리의 결속력을 높일 수 있을 뿐만 아니라, 수하들의 충성심도 아울러 시험할 수 있었다.
"우와, 너 진짜 좋겠다. 나 십 분만 갖고 놀게 해주라, 응?"
"난 하루만 빌려주라."
"엥? 하루씩이나? 에이, 그럼 나는 일주일만 빌려주라."
모형자동차를 벌써 수중에 넣기라도 한 것처럼 다들 내 어깨며 머리를 툭툭 쳐가며 농지거리를 건넸다. 별로 웃습지도 않은 농담인데도 배를 끌어안고 깔깔거리는 녀석들도 있었다. 무리 전체가 미묘한 열기에 휩싸여 들썩거리고 있었다.
"못 하겠다는 거야?"
내가 대답을 못 하고 머뭇거리자 홍준식이 채근했다. 나는 마지못해 고개를 끄덕였다. 다른 선택의 여지가 없었다. 홍준식의 눈 밖에 나지 않으려면 그 빌어먹을 모형자동차를 훔쳐와야만 했다.

나는 가게 안으로 들어가 모형자동차가 들어 있는 현란한 색깔의 종이상자를 집어들었다. 잠시 머뭇거리다가 가게 주인이 앉아 있는 쪽을 힐끔 돌아봤다. 민철을 포함한 세 명의 바람잡이들이 저마다 잡다한 물건들을 잔뜩 집어들고서 주인에게 하나하나 가격을 물어보고 있었다. 집요한 질문 공세에 휘둘리느라 주인은 내 쪽으로 눈길조차 돌리지 못했다. 그 와중에 모형자동차를 슬쩍 가방에 집어넣는 일은 정말이지 쉬워 보였다. 하지만 나는 그렇게 하지 않았다.

"이거 얼마죠?"

나는 가게 주인에게 모형자동차가 든 상자를 내밀며 물었다. 주인의 주의를 끌기 위해 안간힘을 다하고 있던 세 명의 바람잡이들이 어처구니없다는 표정으로 일제히 입을 딱 벌리고 나를 바라봤다.

"그렇게나 비싸요?"

주인이 가격을 일러주자 나는 놀라 소리쳤다. 당황하여 잠시 말을 잇지 못하고 머뭇거리다가 어눌하게 덧붙였다.

"지금 이걸 꼭 사고 싶은데 돈이 많이 부족하거든요? 혹시 외상으로 주실 수는 없을까요?"

소심하고 내성적인데다 머리털 난 후로 외상거래라고는 한 번도 해본 적 없는 나로서는 차마 꺼내기 어려운 말이었건만, 그날따라 외상으로 달라는 말이 술술 잘도 나왔다. 가게 주인은 내 얼굴을 한 차례 유심히 들여다보더니, "학생증은 있지? 그거 맡겨두고 가져가렴" 하고 대답했다.

5

"코미디하니?"
내가 모형자동차를 건네주자 홍준식이 그렇게 물었다. 조금도 화난 기색이 묻어 있지 않은 목소리였다.
"이렇게 하면 내가 웃을 줄 알았나본데, 이거 어쩌지? 나 지금 재미없거든?"
홍준식의 눈이 가늘게 웃고 있었다. 입꼬리도 올라가 있었다. 홍준식은 그렇게 밝은 표정을 하고서 모형자동차를 바닥에 얌전히 내려놓았다. 그리고 발로 밟기 시작했다.
"준식아, 내가 잘못했어. 한 번만 봐주라."
나는 모형자동차의 잔해가 흩어져 있는 길바닥에 약빠르게 무릎을 꿇고 두 손을 모아쥐었다. 부끄럽다거나 자존심이 상한다거나 하는 생각은 눈곱만큼도 들지 않았다. 나는 홍준식을 향해 무릎걸음으로 나아가면서 양손을 비벼댔다.
"제발 다른 걸 시켜줘. 꽁치만 아니면 뭐든지 시키는 대로 할게."
꽁치를 면하게만 해준다면 무슨 명령이든 달게 받들겠노라고 나는 거듭 맹세했다. 하지만 홍준식은 입가에 엷은 미소를 머금은 채 침묵을 지킬 뿐이었다.
"정말이야. 이번엔 절대로 실망 안 시킬게."
홍준식의 침묵이 길어지자 한층 초조해진 나는 비굴하기 짝이 없는 어조로 너절한 말들을 쏟아놓았다. 무릎을 꿇는 것만으로는 부족하다는 생각이 들어 이마가 땅에 닿을 정도로 허리도 숙였다.

"정말로 뭐든 할 거야?"
 마침내 홍준식이 말문을 열자 나는 고개를 쳐들어 그의 안색을 살폈다. 홍준식의 눈에 장난기가 어려 있었다.
 "내 명령에 무조건 복종하겠다 이거지?"
 홍준식이 되쳐 물어오자 나는 반사적으로 고개부터 끄덕였다. 무슨 꿍꿍이인지 가늠할 엄두도 내지 못한 채, 지푸라기라도 잡는 심정으로 홍준식의 말꼬리를 움켜쥐었다.
 "복종할게! 뭐든 명령만 해!"
 나는 과장되게 고개를 끄덕여가며 소리쳤다.
 "전부터 나는 우리 영어선생이 어떻게 생긴 빤스를 입고 다니는지 무지 궁금했거든? 네가 직접 눈으로 확인해서 나한테 자세하게 보고해준다면야, 까짓거, 용서해줄 수도 있지."
 학교에서 가장 인기 높은 교사가 누구냐고 묻는다면 두말할 것도 없이 영어교사였다. 미혼인데다가 얼굴이 귀엽고 몸매가 늘씬했으며 아나운서 뺨칠 정도로 목소리까지 고왔다. 특히 소금처럼 흰 목과 치마 아래로 미끈하게 뻗어내려온 종아리는 한창 사춘기인 남학생들의 넋을 빼놓기에 충분했다.
 "왜 말이 없어? 못 하겠다 이거야?"
 내가 얼른 대답을 못 하자 홍준식의 표정이 돌변했다. 입가에서 웃음기가 걷히는가 싶더니 눈초리를 치켜올렸다. 화를 자초하지 않으려면 뭐라도 좋으니 서둘러 대꾸해야만 하는 급박한 상황이었다. 하지만 나는 좀처럼 입을 떼지 못했다. 무슨 수로 영어교사의 속옷을 구경할 수 있단 말인가. 기가 차서 말문이 막혀버린 나는 하릴없이 눈만 깜박거렸다.

"어느 쪽이야? 그년 엉덩짝에 붙은 빤스를 네 눈깔로 확인할래, 아니면 당장 가게로 돌아가서 모형자동차를 훔쳐올래? 둘 중 하나를 선택해!"

한적한 골목에 홍준식의 카랑카랑한 고함소리가 울려퍼졌고, 나는 무심결에 어깨를 움찔했다.

"만약에 둘 다 못 한다는 소리만 했단 봐."

홍준식이 내게 한 발짝 다가서며 말을 이었다. 조금 전과는 딴판으로 나직한 목소리였다. 주의 깊게 듣지 않으면 알아들을 수 없는 그 작은 목소리가 머리카락이 쭈뼛거릴 만큼 공포심을 자아냈다.

"다시는 두 다리로 못 걷게 발목을 잘라버릴 거야."

홍준식은 보란 듯이 오른손을 어깨 높이까지 들어올렸다가 서서히 내려 바짓주머니에 넣었다. 그가 늘 그 주머니에 잭나이프를 넣고 다닌다는 것은 똘마니라면 다들 아는 사실이었다.

"자, 잠깐만. 내 말 좀 들어봐. 내가 잘못했어. 나 같은 멍청이한테 손대봐야 네 손만 더러워져. 이렇게 빌게. 제발 살려만 줘, 제발."

나는 납작 엎드려 이마를 땅바닥에 문질러가면서 홍준식의 기분을 좋게 할 만한 말들을 정신없이 주워섬겼다. 금방이라도 주먹세례와 발길질이 날아들 것만 같아 말하는 도중에 두 눈을 질끈 감고 몸을 웅크렸다. 어쩌면 홍준식의 잭나이프가 내 몸뚱이에서 살집이 실팍한 부위만 골라가며 찌르고 들어올지도 모를 일이었다.

"알았어. 시키는 대로 할게. 죽으라면 죽을 수도 있는데 그 정도도 못 할까봐? 할게! 할 테니까 제발 살려만 줘."

온몸을 바들바들 떨어가며 애걸하고 있는데 뜻밖에도 자지러지는 듯한 웃음소리가 들려왔다.
"진작 그럴 것이지. 으히히히, 좆나게 쫄아가지고선."
나는 어떻게 된 영문인지 궁금해서 눈꺼풀을 들어올렸다. 감히 고개를 들 엄두까지는 내지 못하고 눈만 치켜뜬 채 전방을 살폈다. 홍준식과 그 일당의 발들이 시야에 들어왔다.
"야, 너 오줌 안 쌌냐?"
"안 싸긴, 바지가 철벅한데 뭐."
"그러게 왜 까불어, 까불길?"
"얌마, 자냐? 그만 고개 들어."
"바닥에 껌이라도 붙었나봐. 이마를 못 떼잖아?"
똘마니들이 시시덕거리다가 왁자하게 웃음보를 터뜨렸다. 그제야 나는 슬며시 고개를 들었다. 홍준식의 웃는 눈매를 보고서야 마음이 놓인 나는 엉겁결에 따라 웃으려고 입을 벌렸다. 하지만 웃음소리는 나오지 않았다. 입술만 조금 실룩거렸을 뿐이었다.
"고마워, 준식아."
나는 홍준식을 올려다보며 눈물을 글썽였다. 고마운 마음을 어떻게든 전해볼 욕심에 수다스럽게 헛바닥을 놀렸다.
"이 은혜는 안 잊을게. 진짜로, 정말로, 평생 잊지 않을 거야. 그리고 약속할게. 다시는 이런 실수 없을 거야. 이번엔 진짜로 잘할 자신 있어. 내일 아침에 영어선생이 출근하자마자 바로 빤스를 확인해서 보고할게. 두고 봐. 절대로 실망시키지 않을게."
그때였다. 단정하게 꿇어앉은 자세로 아첨과 맹세를 주절거리는 내 꼬락서니를 내려다보면서 미소를 머금고 있던 홍준식이 갑자기 안색을 바꾸더니 눈을 치떴다.

"뭐? 빤스를?"

홍준식이 뜨악한 표정으로 되물었다. 홍준식의 뒤편에 늘어서 있던 똘마니들도 표정이 돌변하기는 마찬가지였다. 특히 내 직속상관을 자처하며 툭하면 내 뒤통수를 손바닥으로 후려치곤 하던 민철이 턱에 매달린 투실투실한 살덩이를 덜렁거려가며 펄펄 뛰었다.

"얼씨구? 곧 죽어도 꽁치는 못 하겠다는 거 아냐? 아주 간이 배 밖으로 나왔구만. 뒈지고 싶어서 환장했냐? 뭘 믿고 지랄이야?"

민철은 당장이라도 그 거구로 나를 깔아뭉개버릴 기세였다. 바로 그때, 홍준식이 뒤를 휙 돌아보더니 느닷없이 옆차기로 민철의 명치를 내질렀다. 민철이 "캑!" 하고 숨통 막히는 소리를 토해내더니 양팔로 배를 감싸며 고꾸라졌다.

"이제 좀 조용해졌네."

메마른 음성으로 혼잣말을 한 후에 홍준식이 나를 향해 고개를 돌렸다. 내게로 다가와서는 신기하다는 듯 내 얼굴을 찬찬히 뜯어보다가 "히힛!" 하고 경박하게 웃었다.

"처녀선생 치마를 들춰보시겠다? 얘기가 지금 그렇게 돌아가고 있는 거지?"

홍준식이 한쪽 다리를 들어올리더니 내 얼굴 위에 발을 살짝 올려놓았다. 신발 밑창이 내 코를 덮자 생고무 냄새가 물씬 풍겼다.

"이 새낀 별종이야."

홍준식이 이죽거리면서 시나브로 다리에 힘을 가했다. 홍준식의 발에 눌려 내 고개가 조금씩 뒤로 젖혀졌다.

"난 특이한 새끼가 좋아. 따분하지 않거든. 그나저나 내일 아침이 기대되는걸?"

홍준식이 발목을 까딱거려 신발 뒤축으로 내 입을 자근거리자 밑창에 묻어올라온 흙알갱이들이 벌어진 입술 사이로 굴러들었다.
"난 약속을 안 지키는 사람을 아주, 아주, 아주 싫어해."
'아주'라는 단어 하나하나에 힘을 주던 홍준식은 말을 끝맺는 것과 동시에 다리를 내질러뻗었다. 고개가 완전히 젖혀진 상태에서 홍준식의 발을 얼굴로 받치고 있던 나는 중심을 잃고 맥없이 뒤로 자빠지고 말았다.

6

홍준식과 똘마니들이 우르르 골목을 빠져나가고 나자 나는 맥이 풀려 제멋대로 건들거리는 무릎을 달래가며 겨우 일어났다. 바닥에 널브러져 있는 책가방을 집어들고 꼴사납게 울먹거리며 홀로 골목을 빠져나왔다.
'나는 약속 어긴 새끼는 절대로 용서 안 해.'
홍준식이 던지고 간 마지막 한마디가 귀에서 쟁쟁거렸다. 집에 돌아온 나는 어머니에게 인사를 하는 것도, 손발을 씻는 것도 건너뛰고 곧장 내 책상이 있는 다락으로 올라가서는 저녁식사 때까지 꼼짝도 하지 않았다. 저녁 먹으라는 성화에 다락에서 내려와 숟가락을 들기는 했지만 입맛이 써서 몇 숟갈 뜨는 둥 마는 둥 했다. 그러고는 때 이르게 이부자리에 누워버렸다. 하지만 잠이 올 리가 없었다. 나는 임시휴교령이 내려질 수 있도록 지진이나 폭우 같은 천재지변이 일어나게 해달라는 터무니없는 소원을 빌어가며 새벽녘까지 뒤척거렸다.

 이튿날 아침자습 시간, 나는 담임교사에게 배가 아프다는 거짓말을 하여 양호실에 다녀와도 좋다는 허락을 받아냈다. 일층에 있는 양호실로 달려내려간 나는 양호교사에게 소화제 두 알을 받아먹은 뒤에 배를 움켜쥔 자세로 침상에 누워 벽시계를 응시했다. 분침이 두 칸 움직일 때까지 기다렸다가, 양호교사에게 통증이 많이 가라앉았으니 교실로 돌아가겠다고 하고는 서둘러 양호실을 나섰다. 이렇게 해놓으면 담임교사는 내가 양호실에 있는 줄 알 것이고 양호교사는 내가 교실로 돌아간 줄 알 것이므로, 자유롭게 돌아다닐 수 있는 시간을 삼십 분가량 벌어놓은 셈이었다.

 그렇지만 지난밤에 잠을 설쳐가며 생각해낸 꾀는 그게 전부였다. 나는 별다른 대책도 없이 영어교사를 찾기 위해 무작정 이층으로 뛰어올라갔다. 교무실 근처를 배회하다가 복도에 아무도 없는 틈을 타서 창턱에 매달려 턱걸이하는 자세로 교무실 안을 훔쳐봤다. 책상 앞에 앉아서 무엇인가를 열심히 끼적이고 있는 영어교사의 뒷모습을 어렵지 않게 발견할 수 있었다.

 막막했다. 어디서 실마리를 구해야 하는 것인지 알 수가 없었다. 일단 영어교사에게 가까이 다가가야 뭐든 시도라도 해볼 수 있겠다는 생각이 들었다. 그런데 자연스럽게 접근할 수 있는 적당한 구실이 떠오르지 않았다. 나는 똥 마려운 강아지마냥 안절부절못하면서 교무실 앞 복도를 서성거리다가 궁색하나마 핑곗거리 하나를 생각해냈다. 얼마 전에 치른 월말고사에서 영어점수가 신통치 않았다는 말로 운을 떼볼 참이었다. 올바른 영어 학습법에 관해 충고해달라고 부탁하면 의심받지 않고 얼마간 이야기를 나눌 수 있을 듯했다. 그리된다면 예상 외로 쉽게 기회를 잡게 될지도 모를 일이었다. 이를테면 상담을 마치고 일어나다가 뭔가에 발이 걸려 균형을 잃는 척하면서 영어교사 앞으로 고꾸라지는 것도 괜찮겠다는 생각이 들었다. 운이 좋으면 잠깐이나마 치마 속을 엿볼 수 있을지도 몰랐다.

"무슨 일이니?"

내가 다가온 것도 눈치채지 못하고 얼굴을 책상에 파묻다시피 하면서 보고서 작성에 열중하고 있던 영어교사는 내가 부르는 소리를 듣고서야 고개를 들었다. 나는 착한 학생이라는 인상을 주기 위해 정중하게 인사를 한 뒤에 학년과 이름을 밝혔다. 미리 준비해 간 거짓말을 늘어놓을 때는 신뢰감을 주려고 영어교사의 눈을 정면으로 응시했다.

"잘 왔어. 이런 상담은 언제든지 환영이란다."

다행스럽게도 영어교사가 호감을 보였다. 볼펜을 내려놓고 무언가를 잠시 생각하더니 상담실로 가서 이야기를 나누는 것이 좋겠다면서 의자에서 일어섰다.

"상담실에 먼저 가서 기다릴래? 나는 볼일 좀 보고 바로 뒤따라 갈게."

영어교사가 내 어깨를 토닥거리고는 출입문 쪽으로 앞장서서 걸어갔다. 공손하게 양손을 앞으로 모은 자세로 서 있던 나는 영어교사의 뒤를 따라 걸음을 떼어놓으려다 우뚝 멈춰 서고 말았다.

"어!"

슬쩍 눈알만 굴려 영어교사의 아랫도리로 눈길을 준 순간, 내 입에서 무심결에 비명인지 신음인지 모를 소리가 새어나왔다. 무슨 바람이 불었는지 그날 영어교사는 평소 즐겨 입던 치마 대신에 바지를 입고 있었다. 나는 눈앞이 아득해지는 것을 느꼈다. 대체 무슨 수로 저 바지를 벗기고 속옷을 확인할 수 있단 말인가. 다 틀린 일이었다. 약속을 지키지 못한 벌로 홍준식에게 어디 한두 군데쯤 부러지는 일만 남았다고 생각하니 코가 시큰해지면서 울음이 나오려고 했다.

"왜 그래?"

영어교사가 뒤를 돌아다보더니 영문을 모르겠다는 표정을 지었다.

"빈혈이라도 있는 거니?"

내 안색이 말이 아니었는지 영어교사가 뜬금없이 물었다. 하지만 나는 아무 대답도 못 하고 고개만 내저을 뿐이었다.

"먼저 상담실에 가 있겠습니다."

간신히 그 말만 쥐어짜놓고는 발을 끌며 교무실을 먼저 빠져나갔다. 등뒤에서 출입문이 열렸다 닫히는 소리가 들리는 것으로 미루어 영어교사가 바로 내 뒤를 따라 나오는 모양이었지만 나는 돌아보려고도 하지 않았다. 낙심한 까닭에 만사가 짜증스러웠다. 맥이 풀려서 걷는 것조차 귀찮았다. 아무 데고 퍼질러앉고 싶은 생각만 굴뚝같았다.

삐거덕.

복도 저편으로 멀어져가던 영어교사의 구두 소리가 잠시 멈추는가 싶더니 문 열리는 소리가 희미하게 들렸다. 복도 끝에 있는 것은 화장실이었다. '잠깐 들를 데가 있다더니 용변이 급했던 모양이네' 하고 속으로 중얼거리다가 나는 고개를 번쩍 쳐들었다. 소변이

든 대변이든 볼일을 보려면 제 손으로 바지를 내리게 되리라는 생각이 뒤통수를 후려쳤던 것이다. 나는 즉시 뒤돌아서 교사용 화장실을 향해 전력으로 내달렸다.

한 번도 들어가본 적이 없는 교사용 여자화장실의 문을 미는 순간, 뒷목이 뻐근해지는 느낌과 함께 얼굴이 후끈 달아올랐다. 가슴이 터질 것처럼 뛰고 있었다. 다행히 안에는 아무도 없었다. 영어교사는 이미 칸막이 안으로 문을 닫고 들어간 모양이었다.

바닥에는 물이 흥건했다. 청소당번들이 아침청소를 한답시고 호스로 물만 대충 뿌려놓고는 내빼버린 것이 틀림없었다. 하지만 나는 개의치 않고 화장실 바닥에 양손을 짚고 몸을 최대한 낮췄다. 네발로 기면서 칸막이 문과 바닥 사이의 틈새를 통해 칸막이 안을 하나하나 살폈다. 세번째 칸막이에서 영어교사의 다리를 발견했다. 나는 얼굴을 축축한 바닥에 바짝 붙여 칸막이 틈새에 눈을 들이댔다. 영어교사의 바지가 무릎까지 내려와 있었다. 둘둘 말린 채 허벅지에 걸려 있는 팬티도 눈에 띄었다. 검정색이었고 아기자기한 레이스가 달려 있었다. 언젠가 외갓집에서 과년한 누나들이 방 안에다 비밀스럽게 널어놓은 속옷들 중에서 비슷한 것을 본 적이 있었다. 부드러운 안쪽 면과는 달리 겉면에 달린 레이스는 감촉이 까칠했다.

"성공이야, 성공!"

화장실 바닥의 물기 때문에 위아래 가릴 것 없이 옷의 앞부분이 거뭇거뭇하게 젖은 몰골로 계단을 뛰어올라가면서 나는 기쁨에 들떠 소리쳤다. 기분 같아서는 교실이 있는 오층을 지나쳐서 옥상까지 단숨에 뛰어올라가 "야호!"를 외쳐대고픈 심정이었다.

7

"뭐? 봤어?"

교실 안의 모든 귀가 나를 향해 열려 있었다. 다들 내 입에서 나오는 것이라면 어떤 것도 놓치지 않겠다는 태세였다. 그 기대에 부응하기 위해 나는 집게손가락으로 허공에 그림까지 그려가면서 영어교사의 팬티를 상세히 묘사했다. 허벅지에 둘둘 말려 있는 팬티를 슬쩍 본 것만으로는 설명할 수 없는 부분에서는 예전에 외갓집에서 만져봤던 누나들의 팬티를 떠올려가며 적당히 윤색했다. 그런데 다들 팬티의 모양새보다는 그것을 보게 된 경위를 더 궁금해했다.

"화장실에서 봤단 말이야? 우와!"

"니기미, 나도 가서 봐야겠다."

"미쳤어? 그러다 들키면 바로 퇴학이야, 씨댕아."

그때, 짝꿍인 민철이 손을 뻗어 내 옷을 만지작거리더니 "이것 좀 봐, 진짜로 젖었어" 하고 소리쳤다. 그러자 너도 나도 내 옷을 만져보려고 달려드는 통에 한바탕 소란이 일어났다.

"그럼 엉덩이도 봤겠네?"

누군가 내 어깨를 치며 물어왔다. 나는 얼른 대답을 못 하고 우물쭈물했다.

"설마 봤겠어?"

"얘기할 때 넌 어디 갔었냐? 바지를 벗었다는데 못 봤을 리가 없잖아."

엉덩이라는 말이 도화선이 되어 학급 전체가 벌집을 쑤셔놓은 것처럼 떠들썩해졌다.

"어떻디?"

"뜸 그만 들이고 말 좀 해봐, 인마."

성화에 못 이겨 나는 고개를 끄덕였다. 아닌 게 아니라 본 듯도 했다. 아니, 분명히 봤다. 팬티에만 정신이 팔려서 눈여겨보지 못했을 뿐이었다.

"예뻤어."

자세히는 못 봤노라고 사실대로 털어놓아서 모두를 실망시킬 수는 없는 노릇이었다.

"조그만 점이 있더라, 왼쪽 엉덩이에."

내가 거짓말을 보태자 사방에서 일제히 환호성이 터졌다. 휘파람소리도 들렸다. 몇몇은 책상을 주먹으로 두들겨댔고 몇몇은 펄쩍펄쩍 뛰며 기성을 질러댔다.

"너 솔직히 말해. 조개도 봤지? 그치?"

그때였다. 깜치가 가까이 다가오더니 나를 다그쳤다. 깜치의 말이 끝나자마자 순식간에 사위가 조용해졌다. 다들 숨도 쉬지 않고 내 입만 바라보고 있었다.

"조개?"

나는 어리둥절해서 되물었다.

"보지 말이야, 씹할, 내숭 떨기는."

깜치가 느닷없이 내 멱살을 틀어쥐었다. 빨리 실토하지 않으면 국물도 없다고 으름장을 놓았다. 나는 겁결에도 고개를 가로저었다. 그때 내가 화장실 바닥에 얼굴을 붙여가며 훔쳐본 것은 영어교사의 옆모습이었다. 투시력이 있다면 또 모를까, 어떻게 그 각도에서 가랑이 사이를 볼 수 있단 말인가.

"이 새끼, 잔대가리가 팽팽 돌아가네? 조개도 봤다고 씨불였으면 바로 거짓말이 들통나는 거였는데."

깜치가 떨떠름한 표정으로 내 멱살을 풀어주었다. 교실 여기저기서 웅성거림이 들려온 것은 바로 그때였다. 깜치가 뱉어놓은 거짓말이라는 단어가 뜻밖의 파장을 몰아오고 있었다.

"거짓말이라니? 전부 지어낸 얘기일 수도 있다는 거야?"

"그러고 보니까 좀 이상해. 보지는 못 봤다면서 엉덩이는 또 어떻게 본 거야?"

"에이 설마. 진짜로 보긴 본 것 같은데 뭘."

"맞아. 아무려면 저렇게까지 거짓말을 잘하겠냐?"

"준식이한테 맞아 죽고 싶지 않으니까 밤새 거짓말을 꾸몄는지도 모르지."

"조금 전에 깜치한테 말하는 거 못 들었어? 거짓말이라면 단박에 걸려들었을 거야."

"바보냐? 나라도 그런 꼼수에는 안 넘어가겠다."

급기야 학급 전체가 반으로 갈려 침을 튀겨가며 입씨름을 벌였다. 입 달린 놈이라면 너 나 할 것 없이 한마디씩 보태는 바람에 바로 옆사람에게 말을 하려 해도 고함을 쳐야 할 정도로 소란스러웠다. 떠들어대는 도중에 다들 나를 힐끔거렸는데 그건 조금 전까지의 찬탄의 시선이 아니라 의혹의 눈빛이었다. 더이상 두고만 봐서는 안 되겠기에 나는 자리에서 일어나 양손을 입가에 대고 목청껏 소리질러가며 결백을 주장했다. 하지만 의혹을 잠재우기에는 역부족이었다. 아무도 내 말에 귀 기울여주지 않았으며 내 목소리는 속절없이 소란에 묻혀버렸다.
"에이, 시끄러."
그때, 잠자코 있던 홍준식이 얼굴을 찌푸리며 투덜거렸다. 주위가 워낙 시끄러워서 그 말을 알아들은 사람은 가까이 있던 똘마니들과 나뿐이었다. 하지만 그것으로 충분했다. 홍준식의 말이 떨어지기가 무섭게 똘마니들이 자리를 박차고 일어나서 사방팔방으로 뛰어다니며 주먹을 휘둘렀다. 누구든 입을 나불거리기만 하면 달려들어서 다짜고짜 귓불을 후려쳤다.
"떠들 게 뭐 있어. 확인해보면 되지."
순식간에 소란이 가라앉자 홍준식이 심드렁하게 말했다. 마지막 육교시가 영어시간이니까 그때 영어교사에게 직접 물어보자는 것이었다.
'The English teacher likes black pants.'
수업이 시작되기 직전, 홍준식이 메모지에 영어문장 하나를 끼적여서 내게 넘겨줬다. 나는 칠판 앞으로 나가서 메모지에 적힌 문장을 활자체로 또박또박 판서했다. 해외주재원으로 발령받은 아버지를 따라 미국에서 몇년간 살다 온 덕에 영어도사라고 불리는 녀석이 "팬츠는 바지라는 뜻이야. 저렇게 쓰면 영어선생은 검정 바지를 좋아한다, 라는 뜻이 된단 말이야" 하고 이의를 제기했지만, 똘마니들이 들고일어나는 바람에 무시됐다.
"씨바, 길을 막고 물어봐라. 위에 입는 속옷은 난닝구, 아래에 입는 속옷은 빤쓰야."
"다 알면서도 일부러 저렇게 써놓은 건데, 그 새끼 씨불이는 게 진짜 건방지네."

"아가리를 찢어놔도 조둥아리를 나불거릴 수 있나 어디 한번 볼까?"

홍준식이 손수 작성한 문장에다 겁도 없이 토를 단 것이 화근이었다. 똘마니들이 영어도사에게 몰려가서 주먹질을 해댔고, 영어도사는 가련한 비명을 질러대다가 의자 밑으로 굴러떨어졌다. 그러자 똘마니들은 주먹 대신에 발로 차기 시작했다. 바깥을 내다보며 망을 보던 녀석이 "떴다!" 하고 소리칠 때까지 영어도사는 공처럼 몸을 웅크린 채 똘마니들의 숱한 발길질을 견뎌야 했다.

"난 검정색 바지는 안 좋아하는데? 무채색 계열은 별로거든."

영어도사의 지적대로 영어교사는 대번에 바지라고 해석했다. 하지만 그딴 것은 아무래도 상관없었다. 수십 개의 눈길이 영어교사의 둔부에 들러붙어 있었다. 바보가 아닌 다음에야 칠판에 적힌 문장이 무엇을 의미하는지 모를 수가 없는 상황이었다. 영어교사는 얼굴이 하얗게 질리더니 교탁을 향해 게걸음을 쳐서 아랫도리를 그 뒤에 숨겼다.

"직접 본 사람이 그러는데 검정색이라면서요?"

"레이스도 달렸다데요."

홍준식의 똘마니들이 능글맞게 둘러친 것이 결정타였다. 영어교사의 눈에 눈물이 괴는가 싶더니 이내 뺨을 타고 주르륵 흘러내렸다. 영어교사는 양손으로 얼굴을 감싼 채 교실 밖으로 뛰쳐나갔다.

"어떤 새끼야? 칠판에 이거 쓴 놈, 당장 나오지 못해?"

잠시 후 학생주임인 체육교사가 달려와서 노발대발했다. 곧이어 교감까지 나타나서 불호령에 가세했으며, 교련교사와 담임교사도 속속 입장하여 경쟁이라도 하듯이 길길이 날뛰며 호통을 쳤다.

"대체 어떤 새끼가 감히 선생님 속옷을 훔쳐본 거야? 너야? 아니면 너야?"

담임교사가 펄펄 뛰면서 내지른 그 한마디 덕분에 내가 했던 이야기들이 모두 진실로 밝혀졌다. 나는 속으로 쾌재를 불렀다. 자칫하면 학생들 사이에서 고문실이라는 별칭으로 통하는 학생지도실로 끌려가 곤욕을 치르게 될지도 모르는 상황이었는데도, 자꾸만 입술 사이로 웃음이 비어져나오려는 통에 이를 악물어야 했다. 홍준식과의 약속을 지켜냈으므로 다시 예전처럼 홍준식의 막둥이 똘마니로 돌아갈 수 있으리라 생각하니 안도감과 행복감이 한꺼번에 밀려들었다.

8

이 일에 홍준식이 관여되어 있다는 사실이 밝혀지면서 분위기는 급변했다. 교장의 호출을 받고 우르르 교실 밖으로 나갔다가 돌아온 뒤부터 교사들은 더이상 노기 띤 음성으로 소리를 질러대지 않았다. 다들 적당한 선에서 서둘러 사건을 매듭짓고 싶어하는 눈치였다. 아니나 다를까, 영어교사에게 불손한 질문을 던졌던 똘마니 두 명만 학생지도실로 끌려가는 것으로 소동은 일단락됐다. 교장, 교감, 담임교사의 순으로 이어지는 기나긴 훈화가 끝날 무렵에 그들 두 명은 절뚝거리는 걸음으로 교실로 돌아왔다.

"우와, 학생주임이 대걸레자루로 패는데, 니기미, 불알 떨어질까봐서 간이 콩알만해지더라."

교사들이 모두 물러가고 나자 녀석들은 학생지도실에서 겪었던 고초를 무용담처럼 늘어놓으며 우쭐거렸다. 하지만 아무도 그 이야기에 귀를 기울이지 않았다. 여느 때 같으면 모두의 관심을 끌고도 남을 훌륭한 화제였지만, 다들 영어시간에 일어났던 일에 대해 이러쿵저러쿵 떠들어대느라 여념이 없었다.
"아까 그년 얼굴 봤지?"
"입속에 똥을 처넣어도 그렇게는 안 구겨질걸?"
"변태냐? 삼삼한 년 입에다가 똥을 왜 처넣어? 더럽게."
"니 좆대가리나 넣지, 왜?"
똘마니들의 전유물이나 다름없던 음담패설에 반 아이들 거개가 자발적으로 참여하는 기현상이 벌어지고 있었다. 덕분에 교실 안에는 기가 막혀서 입이 딱딱 벌어질 정도로 상스러운 이야기들이 굴러다녔다. 터부의 철조망이 걷히고 나자 통쾌하기 짝이 없는 해방감이 우리를 끓어오르게 하고 있었다. 우리는 웃고 소리치고 손뼉치고 발을 굴렀다. 잠시도 입가에서 웃음이 마를 새가 없었다.
"넌 정말이지 재밌는 놈이야. 오래 가지고 놀아도 싫증이 안 나."
홍준식의 얼굴에도 웃음이 떠나지를 않았다. 그는 내 주위를 오락가락하며 마치 진귀한 장난감이라도 대하는 것처럼 내 어깨를 두드리기도 하고 머리를 쓰다듬기도 하면서 즐거워했다.
"역시 바보는 아니었어. 보기보다 꽤 똑똑한 놈이야."
홍준식이 칭찬을 늘어놓자 나는 열없게 웃으며 고개를 다소곳하게 숙였다. 내가 저질렀던 잘못을 모두 용서해준다는 의미가 그 칭찬에 담겨 있다고 생각하니 가슴이 벅찼다. 즐겁기만 하던 예전 생활로 조만간 돌아갈 수 있으리라는 기대가 부풀어오르고 있었다.
"처녀꼰대 엉덩이도 훔쳐볼 정도로 대가리가 팍팍 도는 새끼가 그깟 모형자동차는 왜 못 훔치겠다는 거야?"
홍준식이 다시 모형자동차를 들먹이는 순간, 나의 성급한 기대는 무참하게 무너졌다. 나는 당황하여 홍준식의 낯빛을 살폈다. 표정이 밝은 것으로 봐서 화가 나 있는 것 같지는 않았다.
"왜 그런 거야? 이유나 한번 들어보자."
부드러운 어조로 홍준식이 묻자 나는 마른침만 연거푸 삼켰다. 부주의하게 말을 받았다가는 돌이킬 수 없는 화를 부르게 되리라는 것을 나는 직감했다. 하지만 홍준식의 심기를 거스르지 않을 만한 대답은 좀체 떠오르지 않았다. 뭐라고 설명한단 말인가. 모형자동차를 훔치려고 하니까 갑자기 막냇동생 훈의 얼굴이 떠올랐노라고 사실대로 털어놓기라도 해야 한단 말인가.
"이거 어디서 난 거야? 훔친 거지?"
나는 초등학교 오학년인 남동생 훈이 고급 로봇세트를 가지고 노는 것을 발견하고 따져물었다. 그 로봇세트는 훈이 자기 생일선물로 사달라고 지난 몇 주 동안 부모에게 조석으로 조르던 것이었다. 하지만 빠듯한 살림에 그처럼 값비싼 장난감을 사줄 수 없었던 아버지와 어머니는 비슷하게 생기긴 했으되 훨씬 값싸고 조악한 로봇세트를 선물했고, 훈은 그 선물을 받자마자 책상 서랍에 처박아버렸다.
"아냐, 훔친 거 아냐! 은석이가 가지라고 줬어."
훈은 대뜸 볼멘소리를 했다.
"은석이한테서 뺏은 거야? 그런 거야? 거짓말해도 소용없어. 은석이네 집에 전화해보면 다 밝혀져."
 내가 다그치자 훈이 마지못해 고개를 끄덕였다. 그 순간, 내 속에서 분노가 끓어올랐다. 도저히 제어할 길이 없는 격한 감정이 내 몸뚱이를 휘감자 나는 충동적으로 훈의 목을 양손으로 움켜쥐었다.
 "개자식! 너도 작은아버지들이랑 똑같은 새끼야!"
 숨이 막혀 컥컥거리는 훈을 노려보며 나는 저주나 다름없는 말들을 퍼부었다.
 "작은아버지들이 우리한테 해온 짓이랑 그게 뭐가 달라? 그 짐승들하고 다를 게 뭐냔 말이야?"
 나는 악에 받쳐 소리쳤다. 그때였다. 훈이 머리를 숙이더니 내 팔뚝을 꽉 물었다. 통증 때문에 팔에 힘이 풀린 틈을 이용하여 내 손아귀에서 빠져나간 훈은 기침을 몇 차례 한 뒤 세모꼴이 된 눈으로 나를 쏘아봤다.
 "그래, 맞아. 안 준다고 버티는 걸 억지로 뺏었어. 그러니까 맘껏 욕해."
 훈이 목을 어루만지며 앙칼지게 소리쳤다.
 "그렇지만 작은아버지들이랑은 비교하지 마! 한 번만 더 그랬다간 형이라도 절대로 안 봐줘!"
 아버지가 재경의 손에 먹살을 잡힌 채 질질 끌려다니는 광경을 목격한 이후로는 재경을 봐도 소 닭 보듯 인사조차 하지 않는 훈이었다. 주위 어른들이 인사를 하라고 강요해도 눈을 매섭게 치켜뜨고 재경을 노려보기만 했다.
 "재수 없어. 이까짓 것, 돌려주면 될 거 아냐!"
 로봇세트를 집어들고 집 밖으로 뛰쳐나가는 훈의 뒷모습을 지켜보다가 나는 혀끝을 아프도록 깨물었다. 내가 미쳐가고 있는 건지도 모른다는 생각이 들었다. 그게 아니라면 어떻게 어린 동생의 목을 조르는 끔찍스러운 짓을 저지를 수 있단 말인가. 나는 조금 전까지 동생의 목을 졸랐던 내 두 손을 뚫어지게 들여다보며 죄책감에 시달렸다. 할 수만 있다면 징그러운 두 손목을 차례로 싹둑싹둑 잘라버리고 싶었다.

'꼴에 형이랍시고 설쳐대기는.'

훈이 속으로 그렇게 욕하고 있을 것만 같았다. 하긴, 나는 그런 욕을 들어도 쌌다. 훈은 자기 감정을 가감없이 드러낼 수 있을 정도로 심지가 굳고 용감한 아이였다. 그에 반해 나라는 놈은 어릿광대짓까지 해가면서 작은아버지들과 고모들에게 아첨을 일삼는 겁쟁이였다.

'등신 주제에!'

나는 벽에 이마를 짓찧어가며 자책했다. 나 같은 놈에게는 형이라는 호칭도 아까웠다. 개새끼나 병신새끼로 불리는 편이 훨씬 어울렸다.

"우리 정직하게 살자. 훌륭하게 커서 이담에 꼭 효도하자."

후회와 자학으로 속을 끓이다가 나는 그날 저녁에 훈에게 사과를 했다. 쑥스러운 사과를 마치고 나서 내 딴에는 그럴듯하게 말을 매듭짓는답시고 유치찬란한 다짐까지 덧붙였다. 떨떠름한 표정으로 내 사과를 듣던 훈은 그 다짐에 이르자 갑자기 입술을 실룩거리더니 울음보를 터뜨렸다. 그때 훈의 내부에서 어떤 감정의 격랑이 인 것인지 나로서는 전혀 알 길이 없었다. 훈의 가슴속에도 내 것과 똑같은 증오의 감정이 오래전부터 자라고 있었던 것인지 모른다고 추측해볼 뿐이었다.
"준식아, 제발 봐주라, 응? 이렇게 빌게."
나는 대답이 궁해서 쩔쩔매다가 우는소리를 쥐어짜며 손바닥을 싹싹 비볐다.
"왜 못 하겠다는 건지 이유를 말하랬더니 무슨 헛소리야? 못 하는 이유를 대란 말이야."
홍준식이 눈썹을 꿈틀하더니 재차 물어왔다. 나는 그 질문에 대한 답을 알고 있었다. 내 속에서 하루가 다르게 자라고 있는 증오 때문이었다. 만약 타인의 물건에 손대는 짓을 한다면 내가 그토록 증오해 마지않는 작은아버지들과 고모들, 그 짐승 같은 작자들과 동류가 되고 마는 것이다. 하지만 나는 그같은 대답을 입 밖에 내지 못했다. 조리 있게 설명할 수 있을 것 같지도 않았을뿐더러 설사 설명이 가능하다고 하더라도 홍준식의 이해를 구할 수 있을 것 같지 않았다.
"혼자서만 도덕군자 행세를 하시겠다 이거지? 누구 맘대로?"
나를 다그치는 홍준식의 얼굴에는 밝은 미소가 담겨 있었다. 말투도 부드러웠다. 표정과 말투만 봐서는 여전히 나를 칭찬하고 있는 것처럼 느껴질 정도였다.
"정말 진진해. 가지고 놀수록 재미가 새록새록 하단 말이야."
연방 빙글거리던 홍준식이 그 대목에서 갑자기 엄숙한 표정을 지었다. 그러고는 "안 돼! 예외는 없어!"라고 말했다. 곧이어 "훔쳐와! 이건 명령이야!"라고 다잡았다. 아마도 홍준식은 그런 식으로 나를 몰아붙이면 쉽게 굴복시킬 수 있으리라고 생각했던 모양이었다. 하지만 그것은 오판이었다.

만약 홍준식이 못 이기는 척 내 애원을 들어줬다면 나는 충직한 똘마니가 되어 그를 받들었을 것이다. 하지만 홍준식은 나를 괴롭히는 재미에 탐닉하다가 뇌관에 연결된 스위치를 건드려버렸다. 아무리 순하고 복종적인 사람이라도 한두 개쯤은 그런 스위치를 가지고 있게 마련이다. 겁에 질려 있던 들소가 새끼를 보호하려고 느닷없이 뿔을 앞세워 사자에게 돌진하듯, 스위치가 작동하여 뇌관으로 전류가 흐르게 되면 뜻하지 않은 곳에서 폭발이 일어나고야 마는 것이다.

"제발, 준식아…… 이렇게 빌고 있잖니."

입으로는 애걸을 하면서도 나는 고집스럽게 고개를 내저었다. 홍준식의 권위에 도전하는 행동이라는 것을 알면서도 도리질을 멈출 수가 없었다.

"민철이 너, 꼬붕교육을 어떻게 시킨 거야?"

홍준식은 어이없다는 표정으로 몇 차례 헛웃음을 쳤다. 그러고는 내 직속상관 격인 민철을 손짓으로 부르더니 족치기 시작했다.

"이 새끼가 방금 내 명령 씹는 거 너도 봤지?"

홍준식은 민철의 정강이를 발끝으로 툭툭 찼다. 민철이 다리를 옴찔거리며 아파할 때마다 그는 유쾌하게 낄낄거렸다. 민철을 괴롭히는 것이 진력나면 내게로 와서 내 정강이를 걷어찼다. 내가 비명을 지르면 "아팠어? 아, 미안, 미안" 하고 웃는 얼굴로 나를 달래주고는 조금 전보다 더 세게 정강이를 걷어찼다.

"내가 오늘 기분이 진짜 좋거든? 그러니까 이쯤에서 용서해줄게. 그 대신 내가 보는 앞에서 신참교육을 제대로 시켜야 해. 내 말 알아들었지?"

홍준식이 말을 마치고 나서 주먹으로 민철의 옆구리를 질렀다. 민철이 옆구리를 움켜쥐고 신음하는 모습을 잠시 지켜보다가 자기 자리로 돌아갔다. 자리에 앉자마자 홍준식은 민철에게 턱짓을 했다. 어서 신참교육을 시작하라는 뜻이었다. 민철은 그 신호를 보자마자 고개를 홱 돌려 나를 노려봤다.
 "쥐방울만한 게 겁도 없이 까불어? 이따가 종례 끝나고 남아! 이 씹새끼, 넌 오늘 죽었어."
 민철이 득달같이 달려들어 내 멱살을 틀어쥐더니 이를 갈아댔다. 민철과 나의 결투는 그렇게 성사되었다. 홍준식의 입장에서 보면 재미난 일 하나를 새로 벌인 것에 불과했겠지만, 결과를 놓고 보면 그것은 만사가 엉망으로 꼬이게 된 시발점이었다. 아마도 홍준식은, 몸집이 우람한 민철이 말라깽이인 나를 한주먹에 제압하리라고 쉽게 생각했던 것이리라. 하지만 홍준식이 간과한 것이 있었다. 나중에야 알게 된 사실인데, 민철은 겉보기와는 달리 여린 성격의 소유자였다. 그에 반해 나는 비록 약골이긴 했지만 혼자가 아니었다. 내 속에는 징그러운 악귀가 한 마리 살고 있었다.

늘 울부짖는 파도

1

"오빠의 기억력은 도통 종잡을 수가 없어."
 담소를 나누던 중에 누이동생 란이 뜬금없이 내 기억력을 화제로 꺼냈다.
 "오빠도 인정하다시피 기억력은 내가 오빠보다 낫잖아."
 누이는 내가 사람 이름이나 전화번호를 외우지 못해서 낭패를 보는 일이 잦다는 사실을 알고 있었다. 부족한 기억력을 보완하기 위해 주머니에 수첩을 담고 다니면서 끊임없이 메모를 한다는 사실 또한 비밀이 아니었다.
 "난 기억력이 좋은 편인데도 초등학교 시절의 일은 생각나는 게 별로 없어. 그런데 오빠는 어떻게 해서 학교도 들어가기 전의 일까지 자세하게 기억하는 거야?"
 누이의 질문이 나를 난감하게 했다. 증오 때문이었다고 대답한다면 누이가 납득할 수 있을까. 누이는 화톳불처럼 이글거리는 복수심을 가슴속에 품은 채 방구석에 쪼그리고 앉아 턱이 아프도록 어금니를 깨물어본 적이 있을까. 만약 그런 적이 있다면 알 것이다. 증오심을 불러일으켰던 사건과 인물은 말 궁둥짝에 찍힌 인두 자국처럼 뇌세포에 각인된다는 사실을.
"너 혹시 기억나니? 초등학교 다니던 시절에 나한테 뺨 얻어맞은 적이 있었잖아."
아스라한 기억의 갈피를 뒤적여서 찾아낸 실마리를 건네자 누이의 눈이 빛을 발했다.
"물론이지. 어떻게 그걸 잊을 수 있겠어."
곧이어 누이는 사건의 대강을 시간 순서대로 정연하게 늘어놓았다. 결코 짧다고 할 수 없는 세월이 흘렀건만 누이의 기억 속에는 그날의 사건이 마치 어제 일처럼 생생하게 남아 있는 것이 분명했다.
"그런데 그건 갑자기 왜?"
누이는 호기심 어린 표정으로 그렇게 되물었다.
"거봐. 어떤 것들은 절대로 안 잊힌단 말이야."
나는 말끝에 누이의 얼굴을 바라봤다. 보다 정확하게 말하자면 내 시선은 누이의 왼쪽 뺨에 닿아 있었다. 도톰하게 살이 올라 있어야 마땅할 광대뼈 아래에는 얄따란 살가죽이 작은 그늘을 만들며 오목하게 들어가 있었다. 누이는 어려서부터 먹성이 시원찮은 말라깽이였다. 특히 귀 밑에서 턱으로 이어지는 선이 유난히 가냘파서 바람만 좀 세게 불어도 날아갈 것처럼 여려 보였다.
"어디 때릴 데가 있다고 손찌검을 해?"
빨갛게 손자국이 난 누이의 뺨을 어루만지던 어머니가 나를 향해 고개를 돌리더니 귀가 쩽 울릴 만큼 고함을 쳤다. 그 서슬에 나는 어깨를 움찔했다. 슬금슬금 뒷걸음질을 치다가 휙 뒤돌아서서 달렸다. 나는 그 길로 대문을 뛰쳐나가 목재소가 있는 네거리까지 내달았다.

내가 초등학교에 입학할 무렵부터 우리 식구는 도시 외곽의 빈촌에 둥지를 틀고 살았다. 집 앞에는 비만 내리면 진흙탕으로 변해버리는 흙길이 방적공장의 콘크리트담을 따라 곧게 뻗어 있었다. 그 담이 끝나는 곳에는 교차로가 있었는데, 왼편으로 꺾으면 초등학교가 나타났고 오른편으로 꺾으면 불과 몇 걸음 만에 목재소가 보였다.

"기껏 도망간 게 또 목재소였어?"

누이는 '또'라는 말에 강세를 주며 말참견을 하더니 웃음을 터뜨렸다. 나도 면구스레 따라 웃으며 세월 저편에서 허연 먼지를 뒤집어쓰고 있는 기억들을 건져올렸다. 이제는 추억 속에서만 존재할 뿐인 그 목재소는 나무기둥 위에 달랑 지붕만 얹어놓은 구조여서 바깥에서 안을 훤히 들여다볼 수 있었다. 건물 양편에는 널찍한 공터가 있었는데 거뭇한 껍질을 아직 벗지 못한 원목들이 하늘을 찌를 듯이 쌓여 있었다.

나는 곤란한 처지에 놓일 때마다 네거리의 그 목재소를 찾았다. 학교를 마치고 돌아왔는데 대문이 잠긴 채로 집이 비어 있으면 나는 곧장 목재소로 발길을 돌렸다. 크레용을 사려던 소중한 돈을 어딘가에 흘려버렸다는 사실을 뒤늦게 알아차렸을 때도 나는 목재소에 들러 잠시나마 시름을 잊었다. 언젠가 한번은 실오라기 하나 걸치지 않고 맨발로 대로를 달려 목재소로 숨어들어간 적도 있었다.

당시에는 목욕할 때 때수건을 사용하는 것이 일반적이었는데, 이상하게도 나는 때수건으로 발을 닦으면 왼쪽 귀가 시끄럽게 울면서 전기가 통하는 것처럼 찌릿찌릿하는 통에 목욕이라면 딱 질색이었다. 그날도 어머니의 손에 이끌려 강제로 목욕통 속에 앉게 된 나는 호시탐탐 도망칠 기회만 엿봤다. 어머니가 내게 물을 끼얹고 나서 비누를 찾기 위해 두리번거리자 그 틈을 놓치지 않고 나는 목욕통에서 뛰쳐나와 냅다 달렸다.

대문을 빠져나온 나는 맨발로 흙길을 질주했고 어머니는 온 동네가 들썩거릴 정도로 내 이름을 크게 외치며 뒤쫓아왔다. 동네 사람들이 하던 일을 멈추고 밖을 내다보며 낄낄거렸다. 내 뒷덜미를 잡아챌 수 있을 만큼 가까이 따라붙었던 어머니는 그러나 동네 아낙 중 누군가 "아따 그놈, 고추 한번 실하네. 아빠를 쏙 뺐네그려" 하고 농을 던지는 바람에 웃음보가 터져버렸다. "아, 언제 봤다고 그런 소릴 해?" 하고 다른 아낙이 농을 거드는 동안에도 어머니는 배를 끌어안고 웃느라 정신이 없었다. 그 덕에 어머니를 따돌린 나는 곧장 네거리까지 내달려 목재소 안으로 들어갔다. "저기 저놈 좀 보게. 옷을 홀랑 벗었네?" "너 인석, 맨발로 다니다간 가시 박힌다" 하고 목재소 일꾼들이 재미 삼아 지분거렸지만 나는 개의치 않았다.

그곳에서는 아름드리나무가 허연 톱밥을 날리며 여러 토막으로 조각나는 장관을 물리도록 구경할 수 있었다. 바닥에 굴러다니는 자투리 나무토막들을 심심풀이 삼아 주워모으다보면 자동차 모양이나 기차 모양으로 생긴 것들을 손에 넣기도 했다. 운이 좋으면 수북한 톱밥 속에서 부러진 톱날이나 녹슨 쇠쐐기를 줍기도 했는데, 그런 것들은 이상스런 마력을 가지고 있어서 학교에 가져가면 친구들의 이목을 끌 수 있었다.

"하필이면 그날 목재소가 문을 닫았더라."

나는 누이의 야윈 뺨에 머물고 있는 내 시선을 의식하며 말을 보탰다. 말을 이어가는 동안 기억 저편에서 들려오는 가쁜 숨소리를 듣고 있었다. 어느덧 초등학교 상급생으로 성장한 나는 어머니의 꾸중이 서운하여 숨이 턱에 닿도록 네거리를 향해 달리고 있었다. 마침내 당도한 목재소는 평소와는 달리 고요에 휩싸여 있었다. 요란하던 전기톱의 굉음도, 일꾼들의 고함소리도, 화물트럭의 배기음도 들리지 않았다. 판자를 엉성하게 잇대어 만든 대문에는 어른 주먹만한 자물쇠가 채워져 있었다. 나는 부질없는 짓인 줄 알면서도 대문 앞으로 다가가서 판자 틈새로 목재소 안을 들여다보았다. 인적 없는 목재소 안뜰에는 구름이 드리운 그림자만 천천히 미끄러지고 있었다.

"오빠, 나 오늘 곰보빵 먹었다, 히힛."

누이가 곰보빵을 먹게 된 경위를 자랑스럽게 늘어놓은 것이 발단이었다. 당시 우리 남매가 다니던 초등학교에서는 점심시간에 급식을 실시했는데 이틀에 한 번꼴로 노르스름한 곰보빵과 우유가 지급되었다. 가정형편이 어려워 급식을 신청할 수 없는 소수의 학생들을 제외한 나머지 대부분의 학생들이 그 맛난 빵을 맛볼 수 있었다. 그런데 문제는 나와 누이가 그 소수에 속한다는 것이었다. 돈 한 푼이 아쉬웠던 어머니는 다달이 지급해야 하는 급식비를 아끼기 위해 나와 누이에게 도시락을 싸주었다.

어머니는 남편과 자식들과 군식구들의 도시락을 만들기 위해 매일 새벽에 일어났다. 내가 요의를 느껴 눈을 뜨면 어김없이 부엌에서 도마질 소리가 들려왔다. 그 소리에 이끌려 쪽문을 열고 샛노란 백열전구가 켜진 부엌으로 고개를 내밀면 행여 머리카락이 들어가지 않도록 머리에 수건을 동이고서 도시락 반찬을 조리하고 있는 어머니의 모습을 볼 수 있었다. 선반에는 크고 작은 도시락들이 나란히 놓여 있었는데, 각각의 도시락에 수북이 담긴 밥에서 김이 모락모락 피어올랐다. 그리고 도마 옆의 소반에는 소박한 음식재료가 가지런히 쌓여 있었다. 나는 소반에서 요리재료를 조금 집어 입속에 넣고 오물거리며 어머니의 재빠른 손놀림을 지켜보는 것을 즐겼다. 요즘도 나는 그때 입속에 넣고 오물거리던 볶은 콩, 단무지, 오이, 마른 멸치 등등을 가끔 떠올리곤 한다. 그럴 때면 입 안에 군침이 흥건하게 괸다.

"일찌감치 도시락에 밥을 담아놓고 충분히 식혀야 하는 거란다. 밥이 완전히 식기 전에 도시락 뚜껑을 닫으면 물방울이 맺혀 책을 젖게 만들거든. 새벽잠을 탐하다가 자식들에게 물이 질질 흐르는 도시락을 꺼내 먹게 만드는 여편네는 돼지보다 못한 게으름뱅이가 아니고 뭐겠냐."

문득 궁금증이 일어 선반을 가리키며 도시락에 밥을 미리 담아두는 이유를 묻자 어머니가 들려준 설명이었다. 나는 어린 마음에도 그 설명으로부터 무언가 소중한 것을 터득했다는 느낌을 받았다. 하기야 매일같이 새벽에 일어나 도시락을 준비하는 어머니의 성실과 헌신을 십수 년간이나 곁에서 지켜보고도 조금이나마 깨우침을 얻지 못한다면 인두겁만 썼을 뿐이지 사람이라고 할 수 없을 것이다.

너무도 당연한 이야기겠지만 어머니가 만들어준 도시락은 항상 맛있었다. 그런데 문제는, 어머니가 아무리 정성을 다해 수고롭게 만든 도시락이라 할지라도 거기에 담긴 것은 삼시 세끼 늘 먹는 밥과 반찬이라는 점이었다. 하지만 급식 식단은 평소에 맛보기 힘든 카레라이스, 오므라이스, 하이라이스, 돈가스 등등이었다. 차게 식어버린 도시락을 꺼내놓고 젓가락을 놀리다보면 옆자리의 짝꿍이 먹고 있는, 따끈한 김이 모락모락 피어오르고 맛난 냄새가 풍기는 이색적인 음식으로 나도 모르게 눈이 돌아갔다.

특히 내 눈길을 사로잡은 것은 노르스름하게 구워낸 곰보빵이었다. 그 빵이 나오는 날엔 곁눈질로 훔쳐보며 군침을 삼키곤 했다. 한입 베어물면 첫맛은 바삭거리면서 달콤하지만 오래 씹으면 부드러운 속이 씹히면서 고소한 맛을 내는 빵이었다. 참다못해 아쉬운 소리를 해가며 알랑거리면 짝꿍은 겨우 엄지손가락만큼 떼어주는 인심을 베풀었는데, 한입은커녕 반입거리도 안 되는 그것을 나는 오래도록 입 안에 넣고 오물거리다가 침이 흥건히 고인 후에야 목구멍 너머로 삼켰다.

"고소하고 달콤한 게 정말 맛있었어."

누이가 입맛을 다셔가며 미소 띤 얼굴로 재잘거리고 있었다.

"이틀이 멀다 하고 곰보빵이 나오니까 물려서 냄새도 맡기 싫다면서 쓰레기통에 버리지 뭐야?"

누이는 자기 짝꿍이 곰보빵을 들고 교실 뒤편으로 가더니 빈손으로 돌아오는 것을 보고는 빵을 쓰레기통에 버렸다는 사실을 알아차렸다. 누이가 곧장 뒤편으로 달려가 쓰레기통을 들여다보니 과연 곰보빵이 비닐봉지째로 버려져 있었다.

"그걸 주워먹었단 말이야? 쓰레기통에 버린 걸?"

누이가 자랑스레 늘어놓는 자초지종을 들으며 군침을 삼키던 나는 그 대목에서 버럭 고함을 내질렀다. 피가 거꾸로 솟구치는 듯했다. 숨이 턱 막히면서 얼굴이 후끈 달아올랐다.

"왜 소릴 질러? 비닐에 싸여 있어서 깨끗했단 말이야."

뜻하지 않게 면박을 들은 누이는 입을 비죽거렸다. 그 모습을 보는 순간 내 입에서 독기 서린 말 한마디가 튀어나갔다.

"넌 자존심도 없어? 네가 거지야?"

가시 돋친 말마디들이 다투어 입을 떠난 것과 거의 동시에 내 손이 허공을 가르며 누이의 뺨을 후려쳤다. 느닷없는 일격에 균형을 잃고 바닥에 쓰러진 누이는 몸을 일으킬 생각조차 못하고 넋을 잃은 채 나를 쳐다볼 뿐이었다. 잠시 후, 누이의 눈에서 불똥이 튀었다. 그 눈빛, 증오가 담긴 그 눈빛, 누이는 이를 악문 채로 숨을 씨근거리며 눈 한 번 깜박거리지 않고 나를 노려봤다.

누이가 그날의 사건을 수십 년이 지나도록 바로 어제의 일처럼 선명하게 기억하고 있는 이유는 그때 누이의 눈에 충만했던 증오 때문이라고 나는 믿는다. 증오란 그런 것이니까. 증오를 품는 순간 기억은 화인처럼 뇌리에 박혀 결코 지워지지 않게 마련이니까.

얼마나 오랫동안 그렇게 소름 끼치는 눈빛으로 나를 노려보았을까. 마침내 누이가 입을 크게 벌리고 목놓아 서럽게 울기 시작했다. 으아아아, 그것은 울음이라기보다는 악에 받친 절규였다. 나는 양손으로 귀를 막았다.

나는 목재소 대문 앞에 쪼그리고 앉아 귀에서 쟁쟁거리는 누이의 울음소리에 시달리는 중이었다. 때마침 트럭 한 대가 지나가는 통에 굉음에 가까운 엔진 소리와 희부연 흙먼지가 거리를 덮지 않았다면, 나는 귓전을 떠나지 않는 그 울음소리를 덮어버리려고 뜻 모를 고함이라도 목청껏 질렀을 것이다.

"그만 가자."

땅거미가 내릴 무렵이었다. 목재소 대문에 등을 기대고 앉아 양팔 사이에 머리를 파묻고 있던 나는 별안간 날아든 어머니의 목소리에 고개를 쳐들었다. 어머니는 기척도 없이 내 바로 앞까지 다가와 손을 내밀고 있었다. 언제부터 그곳에 서서 나를 내려다보고 있었던 것일까. 반가움과 서러움이 뒤범벅된 감정을 어렵사리 가누며 나는 팔을 뻗어 어머니가 내민 손을 잡았다.

"미안하다. 쥐뿔도 없는 주제에 뭐가 잘났다고 무참하게 소리까지 질렀는지 모르겠다."

내 손을 쥐고 집으로 돌아가는 길에 어머니는 내내 말이 없었다. 그러다가 대문 안에 들어선 뒤에야 입을 열었다. 어머니는 길지도 않은 그 말을 하면서 몇 차례나 "음, 음" 하고 목을 가다듬었다.

"다시는 소리 안 지르마."

어머니는 말끄트머리에서 목이 메더니 기어이 눈물을 비치고 말았다. 나는 그 눈물을, 가슴이 아릿한 통증과 함께 또렷이 기억하고 있다. 앞으로도 아마 평생토록 잊을 수 없을 것이다.

"뭘 그렇게 생각해?"

내가 이야기하다 말고 갑자기 침묵하자 누이가 말을 걸어왔다. 나는 뜨끈한 응어리가 목에 걸린 듯한 느낌에 말문을 닫은 채 방바닥만 긁고 있었다.

"기억나? 오빠가 언젠가 곰보빵을 잔뜩 사왔잖아."

늘 울부짖는 파도 137

누이가 슬그머니 우스갯소리를 화제로 끌어들였다. "맞아, 그랬었지" 하며 기억을 더듬던 나는 무심결에 실소를 터뜨렸다. 취직하여 첫 월급을 탄 나는 소보로빵이라는 명칭으로 바꿔 불리는 곰보빵을 사기 위해 빵집에 들렀다. 그 빵집에서 그날 구워낸 소보로빵 전부를 커다란 봉지에 담아들고 값을 치르려니까 무슨 빵을 이렇게 많이 사느냐며 가게 주인이 어리둥절한 표정을 지었다. 가게 주인의 정중한 배웅을 받으며 빵집에서 나오자마자 나는 기대에 부풀어 노릇한 빵 하나를 꺼내 입으로 가져갔다. 예전의 그 맛이 아니었다. 달콤하고 바삭거리는 첫맛과 고소하고 부드러운 뒷맛은 그대로였지만 무슨 까닭에선지 예전처럼 맛있게 느껴지지 않았다.

"오빠 덕에 그 빵 물리도록 먹었잖아. 그것으로 된 거지 뭐. 어렸을 때야 오빠가 정말 미웠지만 철없던 시절의 일이잖아. 가난이 죄라면 또 모를까."

누이가 입가에 웃음을 머금은 채로 말을 이어가고 있었다. 그때였다. 추억에 잠겨 있던 내 귀에 '가난' 이라는 단어가 날아와 가시처럼 박히면서 통증을 일으켰다.

"가난이라고?"

나는 스스로에게 묻고 있었다. 그때 우리가 견뎌야 했던 것이 가난이었을까. 우리 삶을 고달프게 했던 것은 가난이 아니라 그 배후에 숨겨져 있던 다른 무엇이 아니었을까.

"우리가 가난했나?"

나는 혼잣말처럼 물었다. 뻔한 대답이 기다리고 있는, 하나마나한 질문이었다.

"나 참, 우리집 식구가 아니었던 것처럼 말하네? 하기야 우리만 가난했던 건 아니었으니까 상대적인 박탈감은 덜했지. 그 시절엔 다들 그렇게 가난했잖아."

그 말에 나는 고개를 가로저었다. 다들 가난하던 시절이었다고 얼버무리는 것은 온당치 않았다. 아버지는 당시로서는 드물게 대학까지 마친 고학력자였고 어머니는 부잣집의 외동딸이었는데도 끼니 걱정을 해야 할 만큼 가난하게 살았다면 거기에는 응당 그럴 만한 이유가 따라붙어야 했다.

2

"울 엄니가 용돈 하라고 피 같은 돈을 부쳐준 지가 보름이 되었냐? 한 달이 되었냐? 어찌케 일주일 만에 바닥날 수가 있냔 말이여."

"보나마나제. 우리가 학교 간 사이에 그 여시 같은 올케가 날마다 조금씩 빼내간 게 틀림없단께."

"도둑년을 며느리로 들였네이. 물정도 모르는 울 오빠만 불쌍하제."

"여러 말 할 것 없어. 머리채를 끌어서라도 실토하게 만들어야 해."

칠남매 중 다섯째 희영, 여섯째 재찬, 막내 소영이 모여앉아 어머니를 도둑으로 몰기 위해 모의를 하고 있었다. 아들인 내가 곁에서 듣고 있건 말건 개의치 않고 욕설까지 입에 담아가며 험구에 열을 올리는 중이었다.

그들이 우리집 식구가 된 것은 내가 태어나기 훨씬 전의 일이었다. 보다 정확하게 말하자면 아버지와 어머니가 결혼하여 시골 중학교의 서까래 기운 관사에 신방을 차린 지 한 달도 채 못 되었을 때부터였다. 초등학교를 갓 졸업한 희영이 보퉁이 하나를 들고 찾아온 것을 시작으로 재찬과 소영까지 초등학교를 졸업하자마자 상급학교 진학을 위해 차례로 아버지와 어머니의 보잘것없는 단칸방으로 찾아와 더부살이를 시작했다. 더부살이라고 해봤자 모양새가 그러하다는 것뿐이지, 실상은 당당한 주인 행세였고 상전 노릇이었다.

"설거지나 빨래 같은 집안일은 절대로 돕지 마라. 열심히 공부만 해라. 내가 느그덜 학비며 생활비를 다달이 부치고 있은께 기죽지 말고 가슴 쭉 펴감스로 살어라."

할머니는 우리집을 방문할 때마다 모두가 둘러앉은 저녁밥상 앞에서 밥알을 튀겨가며 그렇게 말하곤 했다. 이튿날이면 할머니의 호언에 기세가 등등해진 세 명의 군식구들은 자기가 썼던 숟가락 하나 치우지 않고 등교했다.

"올케 그년은 울 엄니가 하는 소리를 귓등으로 듣는 모양이여. 아까 그년이 어쨌는지 알어? 춘걸레를 우리 방 앞에다가 슬쩍 던져놓고 가더랑께."

"우리 방 청소는 우리 손으로 해라, 그 말이네? 시누이 어려운 줄 모르고 그게 할 짓이여? 우린 여기서 하숙하는 거여. 공밥 먹는 게 아니란 말이여."

사실을 말하자면 할머니는 그들의 학비는커녕 생활비 한 푼 보탠 적이 없었다. 이따금씩 그들 셋에게 용돈 조로 몇 푼 안 되는 돈을 부정기적으로 보내는 것이 고작이었다. 따라서 그들이 하숙 운운하는 것은 어불성설이었다. 게다가 아버지와 어머니는 그들을 친자식처럼 보살폈으므로 그들의 불평불만은 괜한 자격지심의 발로일 뿐이었다.

사정이 이러하다는 것을 그들은 정말로 몰랐던 것일까. 처음에는 몰랐을지도 모르겠지만 그들이 기식했던 십수 년 동안 계속해서 모를 수 있었을까. 알면서도 모르는 척했던 것이리라. 작은아버지들이 술에 취한 척 연극을 하며 행패를 일삼았던 것처럼, 그들 또한 자신들의 학비며 생활비가 누구의 주머니에서 나오고 누구의 희생으로 자신들이 학업을 계속하고 있는지 뻔히 알면서도 아무것도 모르는 것처럼 연극했던 것이라고밖에 달리 생각할 여지가 없다. 단순히 철이 없어 그랬던 것이라고 치부하기도 어려운 것이, 그들은 수십 년이 지난 지금까지도 자신들이 아버지와 어머니에게 신세졌다는 사실을 한사코 인정하지 않고 있다.

그들이 뭐라 하건 분명한 사실 한 가지는, 당시 아버지와 어머니가 그들을 떠맡기로 한 것은 결코 쉽게 할 수 있는 결심이 아니었다는 것이다. 아무리 피붙이라지만 초등학교를 갓 졸업한 철부지들을 거두어 성인이 될 때까지 뒷바라지하는 일이었다. 더구나 아버지와 어머니는 부족한 것투성이인 신접살림을 갓 시작한 처지여서 한창 곤궁하던 시기였다. 시골 학교의 관사에서 솥 하나, 냄비 하나, 밥그릇 둘, 국그릇 둘, 찬그릇 셋, 숟가락과 젓가락 두 벌, 그리고 이불 한 채로 시작한 새살림이었으니 빈손이나 마찬가지였다.

수입이라고는 아버지가 중학교 교사를 하면서 벌어들이는 박봉이 전부인 처지에 세 명의 유학생을 받아들여 학비와 생활비를 대다보니 늘 살림살이가 빠듯했다. 알뜰살뜰하게 살림을 꾸리면 간신히 적자는 면할 수 있었지만 저축은 한 푼도 할 수가 없었다. 이러다가 아이라도 낳게 되면 아이 앞으로 들어가는 돈은 또 어떻게 댈 것인지 막막해진 어머니는 극도의 내핍생활을 시작했다. 어머니가 손쉽게 아낄 수 있었던 것은 자기 입으로 들어가는 음식이었다.

"넌 사실 첫째가 아니라 셋째였다. 네 위로 누나랑 형이 있었느니라."

언제였을까. 어머니가 여덟 달 만에 세상에 나왔다가 하루도 못 넘기고 숨을 거둔 자식들을 회고한 적이 있었다. 요즘처럼 의학이 발달한 세상이었으면 모두 살렸을 것이라며 애달파했다. 그 이야기를 듣고도 나는 나이가 어린 탓에 별다른 정한을 느끼지 못했다. 내가 어머니의 한을 어림짐작이나마 이해할 수 있게 된 것은 이십여 년의 세월이 흘러 결혼한 뒤였다. 내 아내는 거듭해서 세 번이나 유산을 했다. 특히 첫번째 아기는 임신 이십삼 주째에 갑자기 심장박동이 멈추는 바람에 수술을 통해 꺼내야 했다.

유난하다고 할지도 모르겠으나 나는 지금도 그때 일을 생각하면 가슴이 아파온다. 눈물이, 메마른 줄로만 알았던 그 축축한 것이 뺨을 타고 흘러내린다. 하지만 그따위 눈물 몇 방울로 내 죄를 씻을 수는 없으리라. 나는 지금도 내가 아기를 죽였다고 생각한다. 그 어린 것이 세상의 빛도 못 보고 숨을 거둔 것은 전적으로 내 탓이다. 뱃속의 아기에게서 심장박동 소리가 들리지 않는다는 의사의 말에 사색이 되던 아내에게도 나는 큰 죄를 지었다. 몇 달 동안이나 말을 잃고 안으로만 침잠할 정도로 아내의 영혼에 깊은 내상을 입힌 죄를 무엇으로 씻을 수 있겠는가.

아내가 임신했다는 사실을 알게 된 뒤로 나는 미련스럽게도 일

욕심에 사로잡혀 몸을 혹사했다. 한 아이의 아버지가 된다고 생각하니 막중한 책임감이 느껴져 밤낮으로 일에 매진했던 것인데, 그만 과로로 쓰러지고 말았다. 멀쩡하던 사람이 갑자기 구급차에 실려 병원으로 이송되었으니 홀몸도 아닌 아내가 얼마나 놀랐을까. 내가 어리석게 굴지만 않았더라도 아내의 마음을 불안하게 하지는 않았을 것이다. 입원만 하지않았더라도 아내를 빈집에 홀로 있게 하지 않았을 것이다. 아내 곁에 있었다면 염렵하게 끼니도 챙겨먹일 수 있었을 것이고 잠자리도 편안하게 돌봐줄 수 있었을 것이다. 하지만 나는 등신처럼 아무것도 못 하고 병상에 누워만 있었으며, 아기는 내가 퇴원한 지 나흘 뒤에 갑자기 뱃속에서 숨을 거뒀다.

"아기 시신은 어떻게 하실 건가요?"

대기실에서 수술이 끝나기를 초조하게 기다리고 있자니까 간호사가 내게 다가와서 물었다. 미성숙한 태아라 할지라도 대개 조촐하게나마 장례를 치러준다는 것이었다.

"원하지 않으시면 저희 병원에서 처리해드립니다."

쓰레기통에 버려진다고 했다. 나는 그렇게 할 수는 없다면서 나도 모르게 언성을 높였다. 아기에게는 '윤'이라는 이름도 있었다. 나는 아침저녁으로 그 이름을 부르며 뱃속의 아이에게 말을 걸었다. 비록 나 혼자서 일방적으로 떠들어대는 것이긴 했지만 수많은 대화를 나눴다. 그러면서 정이 든 내 사랑스런 아기였다.

소식을 전해듣고 밤을 도와 달려온 아버지가 말없이 앞장을 섰다. 나는 아기의 시신이 담긴 상자를 들고 그 뒤를 따랐다. 병원 현관을 나서니 밤새 억수같이 내리던 비가 어느새 그치고 드문드문 떠 있는 먹구름 사이로 햇살이 비치고 있었다. 아버지와 나는 빗물에 씻겨 말끔해진 콘크리트 보도를 걸어 택시정류장으로 향했다. 아버지는 택시기사에게 시내 중심가에 있는 재래식 시장으로 가자고 했다. 그곳에서 아버지는 야전삽 한 자루를 샀다. 그러고는 다시 택시를 잡아탔다.

산자락에 조성된 유원지에는 얇은 물안개가 끼어 있었다. 문 닫은 상가들이 늘어서 있는 보도를 따라 안쪽으로 들어가자 물안개가 차츰 짙어졌다. 철제다리에 이르자 사오 미터 앞에서 걸어가고 있는 아버지의 뒷모습이 뿌옇게 보일 정도로 물안개가 농밀해졌다. 다리 아래로는 전날 밤 내린 비 때문에 수량이 늘어난 시냇물이 굉음을 내며 맹렬한 기세로 흐르고 있었다. 다리 건너 계곡을 따라 뻗은 좁다란 흙길을 걷노라니까 시냇물이 뿜어내는 물알갱이 때문에 아버지의 웃옷이 어깨 부위부터 거뭇한 물얼룩을 그리며 젖어들었다. 갈림길에 이르러 계곡을 뒤로하고 산비탈을 오르기 시작했을 때에는 물얼룩이 아버지의 웃옷 전체로 번져 있었다.

"여기가 좋겠다."

아버지가 좁다란 흙길에서 벗어나 숲속으로 걸어들어가더니 나를 돌아보며 말했다. 병원을 나선 뒤 처음으로 내게 건넨 말이었다. 아버지는 비닐봉지에 들어 있던 야전삽을 꺼내 땅을 파기 시작했다. 나는 품에 상자를 안은 채 아버지의 굽은 등을 말없이 내려다볼 뿐이었다.

아기를 산에 묻고 나서 집으로 돌아온 나는 '윤'이라는 이름의 그 아이를 위해 미리 사두었던 옷가지며 신발을 태워 없앴다. 매캐한 검은 연기 저편에서 나는 어머니의 얼굴을 떠올렸다. 뱃속에서 여섯 달을 채못 채운 아기와의 인연도 이토록 끊기 힘들건만, 여덟 달이나 된 아기를 하나도 아니고 둘씩이나 잃어야 했던 어머니의 심정은 어땠을까.

"이미 잘못되어버린 일이야 돌이킬 수 없겠지만 이런 일이 왜 자꾸 일어나는지 원인은 밝혀내야 할 게 아니냐?"

어머니가 산달을 눈앞에 두고 유산을 거듭하자 외할아버지가 팔을 걷어붙이고 나섰다. 외할아버지는 딸을 데리고 용하다는 의원들을 찾아다녔지만 유산의 원인을 속 시원히 짚어주는 의사를 만날 수 없었다. 그러던 차에 시청 근처에 규모가 큰 현대식 병원이 개원했다.

"영양실조입니다. 뱃속에 있어봐야 더 얻어먹을 게 없으니까 밖으로 나오는 겁니다."

산부인과 의사가 단언했다.

"화로를 뒤집어쓴 것마냥 얼굴이 화끈거리더구먼. 어찌나 창피한지 혀라도 깍 깨물고 그 자리에서 죽어버리고만 싶데."

외할아버지는 의사가 했던 말을 외할머니에게 전하면서 여덟팔자로 멋들어지게 기른 잿빛 수염을 파르르 떨었다. 그날부터 외할머니는 음식을 바리바리 싸서 머리에 이고 딸네 집으로 걸음을 하기 시작했다. 세번째 임신을 알게 된 이후에는 사흘이 멀다 하고 발걸음을 하며 딸의 건강을 살폈다.

"너를 뱄을 때 네 아버지가 끼니때마다 얼마나 날 쫓아다녔는지 모른다. 나는 그만 먹겠다고 도망 다니고 네 아버지는 기어이 더 먹이려고 쫓아오고, 호호호, 난리도 그런 난리가 없었단다."

어머니는 당시의 상황을 떠올리며 눈을 초승달 모양으로 가늘게 뜨고서 웃음을 지었다. 아버지가 극진하게 어머니의 건강을 보살폈던 일들이 연분홍빛 추억으로 어머니의 기억에 남아 있었다.
"너무 잘 먹어서 그랬는지 이번에는 열 달이 넘어도 아기가 나오질 않더라. 읍내 병원에 갔더니 의사가 수술을 받으라고 권하기에 예약까지 했지. 그런데 입원에 필요한 옷가지며 세면도구를 챙기러 집으로 돌아오자마자 갑자기 진통이 오지 뭐냐."
어머니는 비좁은 방에서 외할머니의 도움을 받아 아기를 낳았다. 어머니가 산통을 견디는 동안 아버지는 아궁이에 군불을 땠다. 초조한 나머지 장작을 너무 많이 넣는 바람에 방이 지나치게 뜨거웠다고 한다. 마침내 아기의 울음소리가 들리자 아버지는 온 세상을 다 얻은 듯한 기쁨에 사로잡혀 아이의 이름을 '위'라고 지었다. 밤하늘을 밝히는 스물여덟 개의 별자리 중에서 하늘의 곳간이라고 일컬어지는 풍요로운 별의 이름을 딴 것이었다.

3

비록 철부지였지만 나는 어머니가 유산까지 할 정도로 영양실조에 내몰리게 된 삶의 정황을 어렵지 않게 이해할 수 있었다. 내가 그 이야기를 들었을 무렵에도 우리집은 여전히 찢어지게 가난했으며 어머니는 늘 조잡한 음식으로 끼니를 때우고 있었기 때문이었다.
두 살 터울로 삼남매가 줄줄이 태어난데다가 세 명의 유학생들이 성장하여 상급학교로 진학한 까닭에 가계부는 매달 적자를 기록하고 있었다. 어머니는 장을 보기 위해 집을 나설 때부터 미간을 찌푸려가며 심각한 표정을 지었다. 시장을 몇 바퀴나 돌면서 다리품을 판 끝에 그날 시장에 나온 찬거리 중에서 가장 싸고 양이 많은 것을 택했지만, 식탁은 늘 빈곤했고 음식은 모자라기 일쑤였다. 그나마 어머니는 식구들과 함께 식사를 하는 일이 거의 없었다. 어머니는 식구들의 식사가 끝난 밥상을 부엌으로 내온 뒤에 밥상에 남아 있는 찌꺼기들을 한데 모아 입속에 두어 주먹 우겨넣는 것으로 끼니를 때웠으며, 그마저도 여의치 않을 때는 아예 끼니를 건너뛰곤 했다.

입으로 들어가는 것이 그럴진대 입성이야 말할 나위도 없었다. 아버지는 사시사철 단벌신사였고 어머니도 남자 옷이건 여자 옷이건 가리지 않고 되는대로 걸쳤다. 나를 포함한 세 자식들에게도 외가 형이나 누나가 작아서 못 입게 된 옷들을 얻어다가 입혔다. 돌이켜보면, 내가 라벨이 붙어 있는 새 옷을 난생처음 입은 것은 고등학생이 되던 해의 초봄이었다. 고등학교 입학식 때 입으라고 노점에서 파는 암청색 점퍼 한 벌을 어머니가 사왔는데, 싼값을 하느라고 겉감은 종잇장처럼 얇은데다가 안감은 얄팍한 스펀지 한 장이 전부여서 방한효과가 형편없었다. 하지만 나는 그 옷을 머리맡에 두고 소풍 가기 전날처럼 가슴을 두근거려가며 어렵사리 잠을 청했다. 이튿날 등굣길에선 모든 사람들이 내 새 옷을 알아보고 눈길을 주는 것만 같은 착각에 빠지기까지 했다.

"돈을 훔치다니, 거 무슨 말 같지도 않은 소리냐?"

극도의 내핍생활을 감내하면서까지 세 명의 유학생을 건사하던 어머니에게 도둑 누명이 씌워지자 아버지는 불같이 화를 냈다.

"너희한테 용돈을 보태주면 줬지 너희 돈에 손을 대겠느냐? 그런 사람이라면 애당초 너희들 뒷바라지하겠다고 자청하지도 않았을 게다!"

눈을 부릅뜨고 호통을 칠 때면 아버지는 완전히 다른 사람처럼 보였다. 아버지에게는 두 얼굴이 있었는데, 한없이 자상하고 따뜻한 모습과 모질고 냉정한 모습이 병존했다. 후자의 모습으로 돌변한 아버지는 무서웠다. 금방이라도 상대방의 뺨을 후려치고는 홧김에 가방을 싸들고 훌훌 떠나버릴 것 같았다. 한 번 그렇게 떠나면 영영 돌아오지 않을 것만 같았다.

"그럼 우리 돈은 쥐가 물어갔어요?"

"왜 오빠는 올케 편만 들어요?"

"올케는 믿어도 우리들은 못 믿겠다, 그 말이죠?"

아버지가 그 모질고 냉정한 얼굴을 들이밀 때면 어머니와 우리 삼남매는 겁이 나서 고개조차 변변히 들지 못하게 마련이었는데, 세 명의 군식구들은 어디서 그런 용기가 샘솟는지 한 치도 물러서지 않고 맞대꾸를 했다. 아버지에게 감히 눈을 치켜뜨고 언성까지 높일 수 있는 그들의 배짱과 오기는 실로 불가사의하기까지 했다.

"너희들이 계획 없이 쓰다보니 금세 바닥난 것 아니냐. 그래놓고는 이제 와서 돈을 도둑맞았다고 생떼를 부리다니, 제정신인 게냐?"

아버지는 아버지대로 얼굴이 벌겋게 달아올라 소리쳤다. 얼마나 그렇게 설전이 오갔을까. 노기가 충천하여 소리소리 지르던 아버지의 얼굴에 일순간 그늘이 덮였다. 아버지는 가슴을 어루만지며 깊은 숨을 쉬었다. 폐병을 앓은 뒤의 후유증으로 폐활량 부족에 시달리는 아버지였다. 공해가 심한 곳에 가거나 술을 마시거나 말을 많이 하면 자맥질하는 사람처럼 거칠게 숨을 몰아쉬며 괴로워했다.
"이제 그만 하자. 너희들이 하도 억지를 쓰니까 숨이 다 막힌다. 내가 중치 막혀 죽어 넘어지는 꼴을 보고 싶지 않거든 썩 이 방에서 나가거라."
꺼져가는 목소리로 아버지가 말했다. 아버지의 기세가 꺾이자 그들은 기고만장하여 한참 동안 더 떠들어대다가 큰 인심이라도 써주는 것처럼 자리에서 일어났다. 그러나 그런 식의 결말로 만족할 위인들이 아니었다. 그들은 그날의 사건을 고스란히 할머니에게 보고했다.
"너는 어째서 하나만 알고 둘은 모르냐?"
천릿길을 마다 않고 부리나케 상경한 할머니는 모두가 둘러앉은 저녁밥상 앞에서 언성을 높였다. 그깟 일로 동생들에게 큰소리를 내어 기를 죽여서야 되겠느냐며 아버지의 처사를 나무랐다. 그러고는 단호한 어조로 덧붙였다.
"긴 말 않겠다."
할머니는 특유의 싸늘한 목소리로 좌중을 압도했다.
"잃어버린 사람이 죄인인 것이여. 그런께 다시는 이런 일 없도록 돈 간수 잘해라."
할머니는 세 명의 군식구들에게 짤막하게 당부하는 것으로 사태를 매듭지었다. 노회한 언변이었다. 군식구들에게 책임을 돌리는 듯한 겉모양새를 갖추긴 했지만 실제로는 어머니가 돈을 훔쳤다는 그들의 주장을 기정사실화하고 있었다. 할머니의 말이 끝나자 어머니는 낯빛이 창백하게 질린 채 입술을 파르르 떨다가 자리에서 일어나 문밖으로 나갔다.

"어쩌자고 어머니까지 이러시오?"
아버지가 분통을 터뜨렸다. 하지만 그뿐이었다. 살아오면서 단 한 번도 할머니의 뜻을 거스른 적이 없는, 소문난 효자인 아버지는 땅이 꺼져라 한숨만 내쉴 따름이었다.

4

일가 어른들의 말에 따르면 아버지는 타고난 효자였다. 읍내에서 자취를 하며 중학교에 다니던 시절, 아버지는 모친에 대한 그리움을 가누지 못해 주말마다 팔십 리가 넘는 길을 걸어 고향집을 방문했다고 하니 일찍부터 효심이 얼마나 자심했는지 짐작가고도 남는다. 그런데 아버지가 오랜 세월 그토록 오매불망 사랑하고 공경해온 모친은, 내가 가까이서 겪어본 바에 의하면 대단히 독특한 성격의 소유자였다. 마음씀씀이가 모질고 용렬했으며 성질이 불같았다. 고향인 우덕도에서 수십 년을 살면서도 단짝친구 한 명 사귀지 못하고 늘 외톨이 신세인 것도 그 강퍅한 성격 탓이었다.
할머니가 그처럼 외톨이 신세를 면치 못하는 데는 이간질이라는 악취미도 한몫했다. 할머니는 누군가 별뜻 없이 뱉은 말을 귀담아 들어뒀다가 그 말과 관련된 사람에게 은밀하게 옮겼다. 누가 너에 대해 이런 이야기를 하더라는 식의 단순한 귀띔이 아니었다. 할머니는 듣는 사람의 울화를 돋울 만한 요소를 첨가하여 이야기를 윤색하는 일에 도통한 사람이었다. 할머니의 덧거리말이 누군가의 귓속으로 독극물처럼 흘러들어가면 그 사람의 속은 악취를 풍기며 썩어들어갔다. 그리되면 제아무리 비단결 같은 성품의 소유자라 할지라도 길길이 날뛰며 저주와 욕설을 입에 올리게 마련이었다. 그러면 할머니는 옳거니 하고 귀담아뒀다가 다시금 말을 옮겼다. 그렇게 몇 차례 이쪽과 저쪽을 오가며 감정의 골을 깊게 만들면 당사자들은 더 참지 못하고 격렬한 설전과 몸싸움을 벌였다. 싸움판이 벌어지면 할머니는 사람들이 분노하고 괴로워하는 모습을 곁에서 지켜보며 즐거워했다.

"제발 어머니 앞에서는 말 좀 삼가세요."

어머니가 울상을 짓고서 아버지에게 입 조심을 당부하는 것을 나는 수도 없이 목격했다. 아버지가 무심코 뱉은 말을 할머니가 사방팔방으로 옮기는 바람에 시시때때로 거센 풍파가 닥치곤 했던 것이다. 할머니의 농간에 넘어간 작은아버지들과 고모들은 들개처럼 짖어댔다. 멱살잡이는 예사였고 때로는 칼부림을 불사하기도 했다.

"왜 어머님께선 자식들이 서로 화목하게 사는 꼴을 못 보신대요?"

할머니의 이간질로 인해 풍파가 일어날 때마다 어머니는 머리를 절레절레 흔들었다. 할머니가 이간질을 일삼는 이유를 어머니는 좀처럼 납득하지 못했다. 할머니가 평화로운 일상을 따분히 여겨 늘 소란스러운 싸움이 이어지기를 바란다는 사실이, 그리고 할머니가 가족의 화목보다는 분란의 소용돌이 한복판에서 문제 해결의 열쇠를 쥔 채 득의양양하는 일에 더 관심이 많다는 사실이, 어머니로서는 도저히 이해할 수 없는 불가사의였으리라.

"냉장고에 뒀던 우유를 처먹은 게 너냐?"

할머니의 특이한 성격은 그것뿐만이 아니었다. 나이가 들면 뼈에서 칼슘이 빠져나간다는 말을 어디선가 들은 할머니는 마치 보약을 챙기듯 매일같이 우유를 마셨다. 우리집에서 며칠 묵어갈 때도 할머니는 가까운 슈퍼에서 우유를 사다가 냉장고에 넣어두는 일을 한 번도 거른 적이 없었다.

"왜 말을 못 하냐? 내 우유에 손댄 게 너지?"

하루는 할머니가 도끼눈을 뜨고서 나를 닦달했다.

"그게 할머니 우유였어요?"

나는 겁을 집어먹은 목소리로 되물었다. 말을 채 마치기도 전에 뺨에서 통증을 느꼈다. 철썩. 오른손을 들어올려 내 왼뺨을 후려친 할머니는 눈 하나 깜짝 않고 연이어 왼손을 들어올려 내 오른뺨을 후려쳤다. 철썩.

"감히 내 우유에 손을 대?"

내가 질겁하여 울음을 터뜨리는데도 할머니는 내 귓불을 쥐고 흔들어댔다. 아무리 목청껏 앙앙거려도 할머니의 억센 손아귀에서 벗어날 수는 없었다. 할머니는 이참에 내 버르장머리를 고쳐놓겠다며 갖은 악다구니를 퍼부었고, 내 몸 요기조기를 닥치는 대로 꼬집고 비틀었다.

할머니의 음식에 대한 탐욕은 남달랐다. 음식을 보면 할머니는 마치 고깃덩어리를 입에 문 승냥이처럼 굴었다. 무리의 다른 승냥이들을 따돌리고 고깃덩어리를 독차지하기 위해 사방을 경계하며 사납게 으르렁거렸고, 그 고깃덩이를 탐내는 놈이 눈에 띄면 상대가 누구건 가리지 않고 물어뜯었다. 심지어 다섯 살배기 손녀조차도 예외일 수 없었다. 셋째 작은아버지 재명의 맏딸인 그 작은 아이는 할머니의 절편에 손댔다가 새빨간 손자국이 남도록 허벅지를 얻어맞았다.

"돌아가신 네 할아버지가 생전에 상어고기를 참말로 좋아하셨어야. 그래서 내가 장날에 팔뚝만한 상어 한 마리를 사왔더니만 느그 할머니가 입에 거품을 물어감스로 야단을 치더라. 함부로 돈 쓰는 며느리는 필요 없은께 당장 나가라고 함서 나를 잡아묵을라고 하더란께."

작은어머니는 옛일을 들춰가며 절레절레 머리를 내저었다. 자기 남편의 입으로 들어갈 음식도 그리 아까워하던 양반이 자기 음식은 어쩌면 저리도 악착같이 챙기는지 모르겠다면서 빨갛게 손자국이 난 딸의 허벅다리를 어루만졌다. 그러다가 고향을 지키며 십수 년간 시어머니를 봉양해온 공을 봐서라도 내 딸에게 이렇게까지 모질게 대해서는 안 되는 것 아니냐며 이를 악물었다.

내가 보기에 할머니의 모진 언행은 유별난 사고방식에 기인했다. 할머니는 여느 사람에게는 없는 독특한 믿음을 가지고 있었다. 자신이 남들보다 우월한 존재라는 믿음이었다.

"똑똑히 들어둬라이. 나는 보통 사람이 아녀. 알고 보면 참말로 무서운 사람이여."

기회가 있을 때마다 할머니는 그렇게 말했다. 나는 그런 할머니를 경외의 눈으로 바라봤다. 할머니가 실제로 대단한 사람인 모양이라고 생각했다. 하지만 시간이 흘러 코흘리개 시절을 벗어나자마자 나는 할머니의 그같은 언행을 수상하게 여기기 시작했다.

"내가 얼매나 대단한 사람인지 알고나 있냐? 알아? 응?"

할머니가 두 눈을 치켜뜨고서 물을 때마다 나는 열심히 고개를 끄덕여 동의를 표했다. 하지만 내게 동의를 받아냈다고 해서 할머니가 일자무식에다 가난뱅이라는 사실을 덮을 수는 없는 일이었다.
"내가 누군 줄 아냐?"
누구긴 누구란 말인가. 할머니는 촌구석의 꾀죄죄한 늙은이에 불과했다.
"나를 몰라보다니. 그놈이 큰 실수를 했지. 두고 봐라. 내 앞에 무릎 꿇고 싹싹 비는 날이 올 텐께."
열다섯이 되던 해의 여름, 나는 늘 그래왔듯이 아버지를 따라 우덕도에 내려갔다. 당시에는 몰랐지만 내가 아버지와 함께 우덕도에 내려간 것은 그것이 마지막이었다. 그뒤로 나는 스물다섯이 되도록 단 한 번도 우덕도에 발걸음을 하지 않았다.
그때 할머니는 무슨 까닭인지 잔뜩 골이 나 있었다. 방 안을 엉금엉금 기어다니며 걸레질을 하고 있었는데, 입으로는 쉴새없이 욕설과 막말을 시부렁거렸다. 할머니가 우리 쪽으로는 눈길 한 번 주지 않았으므로 아버지와 나는 큰절 올릴 기회를 찾지 못하고 우두커니 서서 난감해했다.
"그 썩을 놈이! 날 우습게 봐? 어느 안전이라고 까불어, 감히!"
갑자기 할머니가 걸레질을 멈추더니 우리를 노려보며 오기지게 소리쳤다. 추레한 시골 노인의 괴이한 언사에 어이가 없어진 나는 하마터면 실소를 터뜨릴 뻔했다. 하지만 곰곰이 다시 생각해보니 우스꽝스럽게만 여길 일이 아니었다. 저 나이가 되도록 자기 자신이 대단히 훌륭한 위인이라는 믿음을 악착같이 고수하고 있다는 사실이 이상스럽게 여겨졌다. 비록 증세가 경미하긴 해도 할머니가 일종의 정신질환을 오래도록 앓아온 것이 아닐까 하는 의심이

들었다.
 그로부터 몇 해가 지난 뒤 나는 텔레비전의 교양 프로그램을 시청하다가 과대망상증이라는 정신질환이 존재한다는 것을 우연히 알게 되었다. 과대망상이라는 열쇠를 집어넣자 그때까지 할머니가 보여줬던 해괴한 언행들과 관련된 수수께끼가 일거에 풀려나갔다. 스스로를 왕이나 신처럼 생각한다면 자기 몸을 끔찍하게 돌보는 것은 당연한 일이었다. 자신이 원하는 바대로 타인을 조종하려 드는 것도 자신의 권능을 확인하기 위해서였다. 또한 자신의 위대함을 몰라주는 주변 사람들에게 노골적으로 적대감을 표출하는 것도 같은 맥락에서 이해할 수 있었다.
 "네 할머니는 한번 입을 열었다 하면 끝장을 보는 양반이야. 다시는 얼굴을 안 보고 살 사람처럼 말씀을 매몰차게 하시지. 한 시간도 좋고 두 시간도 좋고, 정말이지 한도 끝도 없으셔."
 언젠가 아버지는 내게 가오리연을 만들어주면서 우덕도에서의 유년 시절을 들려준 적이 있었다. 선산에 올라가 연을 날리는 장면에서 시작한 아버지의 회고담은 유년 시절에 즐겨했던 놀이들을 하나하나 언급하며 길어지더니, 놀이에 정신이 팔려 실수로 요강을 깨뜨린 대목에 이르렀다.
 "쥐 잡듯이 나를 닦달하시더라. 어린 마음에 어찌나 서럽던지 원. 참말로 이 사람이 내 친어머니일까 하는 의심이 들더라."
 냉혹한 모성을 경험한 사람은 아버지만이 아니었다. 아버지의 여러 형제들도 다들 비슷한 체험을 가지고 있었다. 특히 첫째 작은아버지인 재경이 취중에 들려준 이야기는 끔찍하기까지 했다.
 "별것도 아닌 일로 아침나절 내내 눈물 쑥 빠지게 혼쭐이 나고 본께 살고픈 맘이 싹 없어지데. 홧김에 콱 죽어버릴라고 새끼줄 한 토막을 들고 뒷산으로 올라갔제. 말하자면 그것이 복수인 셈이여. 내 시체 앞에서 엄니가 후회를 함스로 꺼이꺼이 우는 꼴을 볼 작정이었제. 엄니 눈에서 피 같은 눈물을 뽑아내면 얼마나 고소하고 쌤통이겠냐 싶어 히죽히죽 웃음스로 소나무 가지에다가 새끼줄을 걸지 않았겠어? 아 근디, 갑자기 뒤가 켕기더라고. 울 엄니가 참말로 내 시체 앞에서 울어줄 건지, 아니면 밥 잘 먹고 잠 잘 자고 똥 잘 싸면서 재미나게 살아버릴 건지 당최 알 수가 없더란 말이여."

자신의 죽음이 과연 복수가 될 수 있을지 자신할 수 없었던 재경은 결국 새끼줄을 소나무 가지에 걸어둔 채로 다시 산을 내려왔다고 했다. 재경의 이야기에 귀를 기울이며 소주잔을 만지작거리던 둘째 작은아버지 재헌은 뭐가 우스운지 한참 낄낄거리다가 말문을 열었다.

"으흐흐흐, 울 엄니 목구녕에서 나오는 말에는 독이 들었단께. 그 독한 것을 한 시간이고 두 시간이고 들이마시면 황우장사도 숨이 컥컥 막히고 위장이 꼬여서 지랄염병하다가 뒈져블제. 아, 오죽했으면 돌아가신 울 아부지가 살아생전에 아침저녁으로 놋그릇을 두들겼겠는가?"

내가 태어나던 해에 세상을 하직한 할아버지는, 전하는 말에 따르면 성품이 활달하고 담대하여 언행에 거침이 없었다고 한다. 하지만 그런 할아버지도 할머니의 독설을 당해낼 수는 없었던 모양이다. 할머니가 혀를 놀리기 시작하면 할아버지는 부엌으로 뛰어들어가 놋그릇을 들고 나와 할머니의 귀에 대고 두들겨댔다. 할머니의 입을 막기 위해서였다.

5

　아버지의 형제들은 냉혹한 모성을 극복하고 성공적인 성장기를 보낸 듯했다. 그 증거로 그들은 할머니를 조금도 무서워하지 않았다. 오히려 할머니가 그들을 무서워했다. 자식들에게 밉보였다가 행여 곤욕을 치르게 될까봐서 설설 기었다. 하지만 아버지만은 예외였다. 아버지는 여전히 할머니의 포로였다. 마치 덫에 걸린 다리를 빼내려고 발버둥치다가 발목에 회복불능의 상처만 입고 기진해버린 초식동물 같았다.
　아버지에게 할머니라는 존재는 아킬레스건이었다. 물론 누구나 약점 한두 가지쯤은 가지고 있게 마련이라는 것을 나도 모르지는 않았다. 심지어 만화나 영화에 등장하는 초인적인 영웅들조차 약점이 있지 않던가. 괴력을 소유한 슈퍼맨도 고향별의 운석 앞에서는 무기력한 존재에 불과했고, 주말 오후마다 나를 텔레비전 앞에 못박히게 했던 빠빠라는 이름의 주인공은 오렌지색 광선이 발사되는 신비한 목걸이를 잃어버리면 평범한 소년에 지나지 않았다. 교활한 악당들은 그런 약점을 이용해 영웅을 궁지에 몰아넣게 마련이었고, 그때마다 영웅은 용기와 지혜를 동원하여 기적적으로 곤경에서 벗어나곤 했다.
　어린 내 영혼을 사로잡았던 아프리카 초원의 육식동물들도 약점이 있었으니, 바로 꽁무니였다. 억센 턱과 날카로운 송곳니가 버티고 있는 앞쪽과는 달리 꼬리만 달랑 달려 있는 뒤쪽은 상대의 공격에 속수무책일 수밖에 없었다. 그런 까닭에 육식동물들은 자신의 뒤쪽에서 다가오는 상대에게 예민한 반응을 보였다. 때로는 사각에

늘 울부짖는 파도　157

서 나타났다는 이유만으로 이빨을 드러내고 공격을 가하기도 했다. 이같은 습성은 하이에나처럼 집단생활을 하는 육식동물들이 짝짓기철에 보여주는 행태에서 보다 극명하게 드러났다. 발정기에 접어든 암컷을 차지하기 위해 여러 마리의 수컷 하이에나들이 경쟁을 벌일 때면 약점인 꽁무니를 숨기려고 너 나 할 것 없이 뒷다리를 쪼그려 엉덩이를 흙바닥에 붙인 채로 앉은걸음을 쳤다. 동시에 그들은 상대의 꽁무니를 공격할 기회를 집요하게 엿보며 윗입술을 말아올리는 것도 잊지 않았다. 경솔하게 엉덩이를 들어올리는 놈이 눈에 띄면 번개처럼 달려가 물어뜯었다. 그러다가도 등뒤에서 기척이 느껴지면 지체 없이 이빨을 거두고 황급히 엉덩이를 땅바닥에 붙였다. 서로 상대의 꽁무니를 노리면서 원을 그리다가 다급하게 엉덩이를 땅에 붙이고는 거북살스럽게 앉은걸음을 치는 행위를 여러 마리가 번갈아 반복하는 광경은 흡사 술래잡기를 연상케 했다.

약점을 집중적인 공격목표로 삼는 것은 초인적 영웅이 등장하는 영화 속에서건 야생동물들의 낙원인 아프리카 초원에서건 우리가 살고 있는 현실공간에서건 매한가지였다. 아버지의 아킬레스건을 잘 알고 있는 작은아버지들과 고모들도 예외는 아니었다. 술을 퍼마시고 밤중에 들이닥쳐 난리를 피웠는데도 결과가 시원치 않으면 그들은 주저 없이 할머니를 전면에 내세웠다. 일단 할머니가 나서기만 하면 아버지는 힘 한 번 써보지 못하고 백기를 들었다. 궁지에 몰리면 쥐도 고양이를 무는 수가 있다는 옛말도 아버지의 지극한 효심 앞에서는 헛말에 불과했다.

"재명이가 이참에 김양식 사업을 제대로 한번 해볼 모양인디 자금이 부족한갑더라. 형인 네가 도와야 쓰겄다."

할머니는 아버지에게 절대로 부탁을 하는 법이 없었다. 당당하게 명령을 했다. 그것이 설사 무리가 따르는 명령일지라도 아버지는 싫은 내색조차 변변히 비치지 못했다. 기껏해야 "지난번에 재헌이를 장가들이느라 적금까지 해약했는데, 저한테 무슨 돈이 남아 있겠어요?"라는 식으로 딱한 사정을 변명처럼 늘어놓는 것이 전부였다. 그러고는 몇날 며칠을 끙끙거렸다. 밥을 먹다가도 한숨을 내쉬었고, 자다가도 벌떡 일어나 낙엽이 구르는 것 같은 희미한 발소리를 내며 컴컴한 마당을 오래도록 거닐었다.

"어머니께서 저토록 넷째를 돕고 싶어하시니 어디서 돈을 좀 꿔서라도 보태야겠네그려."

아버지는 빚을 얻어서라도 할머니가 요구한 돈을 마련해주고 싶어했다. 아우의 사업을 위해 형이 빚을 내어 사업자금을 마련하고, 아우는 복권에라도 당첨된 사람처럼 신바람을 내가며 돈을 뿌려대다가 탕진한 후 다시금 손을 벌리는 악순환이 시작되는 순간이었다.

"내일 친정에 들러서 오빠한테 돈 얘기를 해볼게요."

납득하기 어려운 것은 아버지의 무기력한 대응뿐만이 아니었다. 어머니는 마치 백치라도 된 것처럼 아버지가 하자는 대로 순순히 따랐다. 할머니의 부당한 요구에 부아가 치밀 만도 했건만 어머니는 불평 한마디 없이 그저 돈을 마련할 궁리에 골몰할 뿐이었다. 정말이지 이상한 일이 아닐 수 없었다. 아버지가 당신의 어머니를 거역하지 못하는 것처럼 어머니는 당신의 남편을 거역하지 못했다.

마치 먹이사슬 같았다. 아버지의 형제들은 할머니를 잡아먹고 할머니는 아버지를 잡아먹고 아버지는 어머니를 잡아먹었다. 어머니는 불행히도 먹이사슬의 맨 아래에 위치한 까닭에 늘 자신의 살점을 누군가에게 떼어주기만 하는 처지였다. 그나마 다행인 것은 어머니에겐 든든한 친정이 있다는 사실이었다. 외할아버지는 도심지에 위치한 시장에 상가건물을 두 채나 소유한 부자였으며, 외삼촌은 주중에는 도심에서 피혁 도매점을 운영하고 주말에는 교외로 나가 대규모 과수원을 돌보는 근면한 사업가였다.
"오빠가 용처도 안 묻고 돈을 마련해줍디다."
친정에 가기 위해 대문을 나설 때면 어머니의 낯빛은 큰 병을 앓는 사람처럼 어두웠다. 그러나 저물녘에 무거운 보퉁이를 머리에 이고 비척거리는 걸음으로 대문 안으로 들어서는 어머니의 표정은 그늘 한 점 없이 환했다. 어머니가 친정나들이를 하고 돌아온 날에는 저녁상에 조기반찬이 올랐고 외가의 형들이 입던 헌 옷 몇 벌이 내 품에 안겨졌다. 두둑해 보이는 돈봉투도 아버지에게 건네졌다. 그 돈은 곧장 할머니를 거쳐 작은아버지의 손에 쥐어졌다. 그렇게 전해지고 나면 그만이었다. 잘 받았다거나 고맙게 잘 쓰겠다거나 하는 말은 어떤 경로로도 들려오지 않았다.
사정이 이렇다보니, 할머니의 출현은 그 자체로 불길한 징조였다. 개미굴 입구에 모랫둑이 쌓이면 곧 비가 내리는 것처럼, 할머니가 상경하여 대문 안에 발을 들여놓으면 오래지 않아 집안이 우환에 싸여 우중충 어두워졌다.
"재명이가 술김에 사람을 팼는디 하필이면 그놈 애비가 경찰이란다. 꼼짝없이 콩밥 먹게 생겼는디 너는 형이 되어갖고 모르는 척만 하고 있을 거냐?"

"희영이가 날이면 날마다 제 남편한테 두들겨맞는 모양이더라. 저러다가 병신이라도 되면 어쩌려고 구경만 하냐?"

"재경이 마누라가 짐 싸들고 친정으로 내뺀 지가 한 달이 넘었다더라. 저러다 갈라서기라도 하면 넷이나 되는 아그들은 어째야 쓸 것이냐?"

할머니가 몰고 오는 근심거리는 돈과 관계된 것 외에도 실로 다양했다. 가지 많은 나무에 바람 잘 날 없다던가. 아버지 아래로 여섯이나 되는 아우들은 끊임없이 말썽을 피웠고, 그때마다 할머니는 골칫거리를 우리집으로 물어날랐다.

"못난 동생을 대신해서 제가 이렇게 빕니다. 제발 용서해주십시오, 이러면서 무릎 꿇고 싹싹 빌었네. 한참 빌다보니 괜스레 서글픈 생각이 들면서 콧등이 시큰해지데. 다행히 그 눈물 덕을 봤네. 내가 측은해 보였는지 합의를 하자고 하데."

"이혼서류를 내밀면서 도장을 찍으라고 했더니 그 자식이 울먹거리면서 잘못했다고 빌데. 내친김에 다시는 손찌검을 않겠다는 각서까지 받아가지고 오는 길이네."

"집 나간 자초지종을 들어보려고 친정까지 찾아갔던 건데 막상 얼굴을 대하니까 아무 말도 못 붙이겠데. 제수씨 얼굴에 퍼런 멍이 아직까지 남아 있더구먼. 그 지경이 되도록 두들겨팬 놈하고 어떻게 한 이불을 덮고 자겠는가 싶어서 이참에 차라리 그놈하고 갈라서버리라고 말하고는 일어서려니까 제수씨가 내 발목을 잡고 매달리데. 어린 자식들은 어쩌라고 그런 말만 하고 그냥 돌아가려는 거냐면서 섧게 울더구먼. 허 그것 참, 내일쯤 재경이가 데리러 가면 못 이기는 척 따라나설 모양이데."

자정이 임박하여 귀가한 아버지는 때늦은 저녁상 앞에서 꺼져들어가는 목소리로 어머니에게 경과를 알렸다. 어머니는 "고생하셨어요. 얼마나 속을 태우셨어요그래?" 하고 간간이 위로의 말을 건네기도 하고, "마른밥만 드시지 말고 국물도 좀 드셔요. 그리고 이것도 좀 집어보세요. 간이 맞나게 들었어요" 하고 음식을 권하기도 하면서 아버지의 어지러운 속내를 어루만져주었다.
"저것들이 끝끝내 저렇게 사람 구실을 못 하고 살 모양이야. 쯧쯧쯧, 어쩌다가 우리 집안이 요 모양 요 꼴이 되었을까."
게으른 숟가락질을 하다 아버지는 이따금씩 침울한 어조로 한탄을 했다. 딱히 어머니에게 들으라고 하는 말이 아니라 혼잣말에 가까운 넋두리였다. 아버지의 넋두리는 항상 끝맺는 말이 똑같았다.
"저승에 계신 우리 아버지께서 얼마나 한탄을 하고 계실꼬."
나중에 저승에 가면 무슨 면목으로 선친 앞에 나서겠냐면서 아버지는 장탄식을 했다. 지금 와서 생각해보면, 아버지에게 선친의 유언은 잠시도 내려놓을 수 없는 멍에 같은 것이었는지도 모르겠다. 아우들을 돕기 위해서라면 출혈도 마다하지 않았던 이면에는 집안을 일으켜세우라는 선친의 유언을 제대로 받들지 못하고 있다는 죄책감이 자리하고 있었던 것이 아닐까.

6

"그 많은 돈이 다 어디서 생겼겠냐. 전부 네 외가에서 가져온 돈이었지. 다행히 네 아버지가 하시는 일이 잘 풀려 늦게라도 원금이나마 거진 갚게 된 건 천만다행이었다. 그마저도 못 갚았으면 죄송스러워서 어떻게 우리 아버지랑 어머니를 저세상으로 보내드렸겠냐."

외할아버지의 묘를 이장하던 날, 어머니는 이런저런 이야기 끝에 아버지의 형제들에게 흘러들어갔던 돈의 출처를 언급했다. 떳장이 들어올려진 붉은 묘를 향해 시선을 던져둔 어머니의 얼굴에서 미묘한 표정들이 나타났다가 사라져갔다.

"우리 아버지 어머니께서 돈 많이 쓰셨더니라. 그 돈 받아쓴 사람들한테서는 고맙단 소리 한 번 못 들으셨지만 딸자식 고생 좀 면하게 해보려고 아까운 줄도 모르셨지."

그 말 속에는 아버지의 형제들이 보여준 몰염치한 행태에 대한 원망이 담겨 있었다. 아버지의 형제들은 자신들이 얻어쓴 돈이 모두 내 아버지인 재운에게서 받은 것일 뿐이며 결코 어머니에게 신세진 것은 아니라고 주장했다. 아니, 억지를 부렸다는 표현이 더 정확하겠다. 신세진 적이 없으니 갚아야 할 빚도 없다는 논리를 세우기 위한 오기와 아집이었다.

"형님이 누구 덕에 공부했소? 아우들이 학업 포기하고 죽어라고 땅만 파준 덕에 대학까지 마친 것 아니오? 그 은공을 몰라주면 안 되지라우."

"내가 오빠한테 얹혀살면서 학교 다니던 시절을 생각하면 지금도 치가 떨려요. 그때 내가 얼마나 서럽게 눈칫밥을 먹었는지 알아요? 오빠가 양심 있는 사람이라면 이제라도 나한테 사과하고 용서를 빌어야 해요."

그들의 궤변에는 어머니에 대한 언급이 빠져 있었다. 아버지에게 빚이 없다는 억지는 부릴 수 있을지언정 어머니에게까지 빚이 없다고 잡아떼기는 어렵다는 사실을 그들은 완강하게 외면했다. 그저 외면하는 데서 그쳐준다면 그나마 다행이겠으나 한술 더 떠서 은혜를 원수로 갚는 일도 비일비재했다.

"외간 남정네들한테 밥도 팔고 웃음도 팔겄다, 이 말 아녀?"

당시 어머니는 식당을 운영하겠다는 계획을 세워놓고 연일 가게 자리를 물색하느라 파김치가 되도록 다리품을 들이고 있었다. 그것은 해묵은 가난에서 벗어나보려는 발버둥이었다. 그런데 누군가로부터 그 소식을 전해들은 재경은 증조부 제사로 일가친척이 한자리에 모인 자리에서 어머니에게 시비를 걸었다.

"맏며느리면 맏며느리답게 조신하게 지낼 것이지, 바깥으로 돌겠다고? 우리 집안이 그리 우습게 보이던?"

재경은 핏발 돋은 흰자위를 뒤룩거리며 눈을 흘기다가 느닷없이 어머니의 뺨을 후려쳤다.

"왜 대답을 못 해? 내 말이 말 같지 않다 이거여?"

재경은 셔츠의 손목단추를 풀면서 으르렁거렸다. 본격적으로 폭력을 휘두를 태세였다. 그 광경을 지켜보고 있던 나는 도움을 청하려고 다급히 주위를 휘둘러보았다. 아버지는 외출중이었다. 그러니 방 안에 우글거리는 여러 작은아버지들이나 고모들 가운데서 도움을 구하는 수밖에 없었다. 하지만 나는 어느 누구에게도 도와달라는 말을 꺼내지 못했다. 그들의 얼굴에 담겨 있는 표정을 읽는 순간 말문이 막혀버렸다. 천만뜻밖에도 그들은 하나같이 웃고 있었다. 비록 본심을 들키지 않으려고 힘주어 입을 다물고 있긴 했지만 눈매에는 가느다란 웃음이 걸려 있었다. 왜 다들 웃고 있는 것일까. 내 어머니가 공격당하는 것이 어떻게 해서 이들에게 즐거운 일이 될 수 있는 것일까. 나는 어안이 벙벙하여 눈만 껌벅거릴 따름이었다.
"감히 내 말을 귓등으로 들어? 내가 누군 줄 알고!"
재경이 노기등등하여 고함을 내질렀다. 그 고함소리를 듣는 순간, 어디선가 많이 듣던 소리라는 생각이 문득 내 뇌리를 스쳐갔다.
"건방진 년! 이 박재경이를 몰라보고 까불어?"
재경은 신기하게도 할머니가 자주 입에 올리던 말들을 똑같이 주워섬기고 있었다. 그러고 보니 재경뿐만이 아니라 다른 작은아버지들과 고모들도 입만 벌렸다 하면 자기들은 특별한 존재이니 함부로 무시하지 말라고 오기진 소리를 외쳐대고는 했더랬다. 거기까지 생각이 미치자, 나는 머릿속에서 한 가닥 차가운 바람이 이는 것을 느꼈다. 나이가 어려 사리분별을 변변하게 하지 못했던 탓에 오래도록 간과해왔던 사실 한 가지를 깨닫는 순간이었다.
그때까지 나는 파도의 근원에 대해서는 미처 관심을 가져보지 못했다. 야만스런 파도가 침노할 때마다 눈앞에서 벌어지는 광경을 한순간도 놓치지 않고 모조리 기억하겠노라며 두 눈을 부릅뜰 줄은 알았어도, 파도 뒤편에 무엇이 도사리고 있는지를 알아내려고 노력한 적은 한 번도 없었다. 시집살이 십 년을 해놓고도 시어미 이름 석 자를 모른다더니만 내가 꼭 그 꼴이었다.
"날 우습게 보고도 무사할 줄 알았더냐?"
그때 나는 소동의 한가운데서 등신같이 쩔쩔거리고 있었다. 바로 눈앞에서 재경이 금방이라도 어머니를 물어뜯을 기세로 으르렁거리고 있었고, 친지들은 눈을 빛내며 구경에 여념이 없었다. 내 머릿속에서 재경의 고함소리와 친지들의 징그러운 눈빛이 한데 뒤섞여 끓어오르기 시작한 것은 바로 그 순간이다. 그것들이 혼탁한 증기로 화하여 모두 증발해버리고 나자 마치 증류실험 후에 남는 은회색 결정체처럼 파도의 근원이 또렷한 형체를 드러냈다.
  우덕도였다. 징그러운 눈빛과 소름 끼치는 고함이 잉태되고 태어나고 성장한 곳, 과대망상이라는 끈적한 피를 대물림해온 자들이 고향이라고 부르는 곳. 그곳이 바로 나를 비롯한 가족 모두를 벼랑 끝에 선 듯한 공포로 내몰던 파도의 근원이었다.

야만의 땅

1

 모든 파도는 남쪽에서 밀려왔다. 술냄새를 풍기며 길길이 날뛰는 재경 작은아버지, 실성한 사람처럼 몇 시간씩 악을 써대는 희영 고모, 농약병을 움켜쥐고 자살하겠노라고 울부짖는 소영 고모, 그런 식으로 매번 모습을 달리하긴 했지만 파도의 근원은 한결같이 남쪽 바다의 우덕도였다.
 "싫어요. 안 갈래요."
 나는 우덕도에 대한 적의를 드러냈다. 내가 증오하는 대상들이 뿌리를 두고 있는 남녘의 섬을 더이상 고향이라는 이름으로 부를 수가 없었다.
 "뭐? 고향에 안 가겠다고?"
 내가 귀향을 거부하자 아버지는 불같이 역정을 냈다. 당장이라도 매질을 할 기세였다. 하지만 나는 막무가내로 버텼다.
 "싫다는데 왜 자꾸 이러세요. 혼자 가세요. 아버지 혼자 다녀오시란 말예요!"
 내 팔을 잡아끄는 아버지의 손길을 뿌리치며 나는 소리쳤다. 유난히 감정의 기복이 심해서 울보라는 핀잔을 자주 듣던 평소의 나답지 않게 눈물 한 방울 비치지 않고 분명하게 거부의 뜻을 밝혔다. 부모의 뜻을 거스르는 법이 없던 큰아들이 호된 꾸지람에도 고집을 꺾지 않자 아버지는 당황하는 기색을 감추지 못했다.
 "속 시원하게 이유라도 좀 알자. 대체 뭐가 못마땅해서 속이 배배 꼬인 게야?"
 아버지가 거칠어진 숨결 사이로 준엄하게 물었다. 하지만 나는 대답 대신 고개를 삐딱하게 틀었다. 내가 침묵으로 일관하자 아버지는 노기가 성성한 음성으로 "갑자기 벙어리라도 된 게야? 어째서 애비가 묻는 말에 대답이 없어?" 하고 재차 호통을 쳤다. 그제야 나는 마지못해 말문을 열었다.
 "그냥 싫어요."
 내가 듣기에도 설득력이라고는 전혀 없는 대답이었다.
 "그냥 싫어? 이 녀석, 말본새 좀 보게?"
 아버지의 부릅뜬 눈에서 불똥이 튀었다. 바로 그때, 아버지가 발산하는 위압감에 눌린 나머지 나는 절대로 입에 담지 않으려던 말을 엉겁결에 내뱉고 말았다.
 "거긴 제 고향이 아녜요. 제가 태어난 곳은 진천시란 말이에요."
 일단 첫마디를 뱉어놓고 나자 그 다음부터는 내친걸음이었다. 나는 고향을 부정하는 말들을 쏟아놓기 시작했다. 아버지는 우덕도에서 태어나고 자랐으니 그 섬이 고향이겠지만, 나는 진천이라는 소도시에서 태어났으니 그 도시가 내 고향이라고 말했다.

아버지의 고향까지 대물림해 내 고향으로 받아들여야 하는 이유가 어디 있느냐고, 더이상 저 후락한 섬을 고향이라고 부르도록 강요하지 말라고 거침없이 언성을 높였다.

2

거무스름한 살빛의 벌거벗은 아이들이 바가지를 엎어놓은 것처럼 볼록한 배를 앞세우고 소똥이 도처에 질펀한 길 위를 맨발로 뛰어다니는 곳, 내 머릿속에 각인되어 있는 우덕도의 인상은 그렇게 실타래가 풀려나갔다. 밤이 되면 술에 취한 사람들이 짐승처럼 울부짖으며 구불구불한 골목길을 쏘다니는 곳, 어디선가 그릇들이 깨져나가고 여인네의 처절한 비명이 들려오는 곳, 그렇게 긴 밤이 지나고 날이 밝으면 간밤의 난동은 마치 꿈인 양 잊어버린 사람들이 마당에 멍석을 깔고 둘러앉아 태평하게 아침을 먹는 곳, 그곳이 바로 아버지의 고향이었다.
"더 자거라. 아직 날이 밝으려면 멀었단다."
오밤중에 문밖에서 들려오는 소란에 놀라 잠에서 깨어난 나에게 아버지가 어둠 속에서 말했다. 그때 아버지에게는 바깥에서 묻혀 들어온 서늘한 바람 냄새가 났다. 내가 잠을 자는 동안 아버지는 어디를 다녀온 것일까. 무엇 때문에 아버지는 깊은 밤에 밖에 나가 보아야 했을까. 밖에서 고함지르는 사람들은 대체 누구이며 왜 저토록 흥분한 것일까. 누구더러 들으라고 저런 흉측한 욕설을 외쳐대는 것일까. 꼬리를 물고 이어지는 의구심을 가슴에 묻어둔 채 나는 아버지가 시키는 대로 다시 눈을 감았다. 하지만 잠을 이룰 수는 없었다. 누군가 금방이라도 방문을 벌컥 열고 뛰어들어올 것만 같은 불안 때문에 가슴이 콩닥콩닥 뛰고 있었다.

그 암울한 동네를 등지고 환하게 불을 밝힌 도시로 돌아오고 나서야 악몽 같았던 그날 밤의 진상이 밝혀졌다. 아버지는 한숨을 섞어가며 어머니에게 고향에서 있었던 일을 도란도란 들려주었고, 그 이야기를 숨죽여 듣고 난 어머니는 아버지를 위로해주었다.

누구누구가 싸움을 벌여 어렵사리 뜯어말리고, 술에 취해 섧게 울어대는 누군가를 달래느라 진을 빼고, 아무개가 사고를 쳐서 파출소에 들어가 있는 것을 사정사정해서 꺼내오고…… 당신이 욕 많이 보셨군요. 얼마나 놀라셨어요그래……

위로와 탄식으로 점철된 대화를 엿들으며, 나는 고향에서 보냈던 지난밤에 아버지가 홀로 겪어야 했던 고초의 무게를 어림하다가 진저리를 쳤다. 불현듯 의구심이 든 것은 바로 그때였다. 고향에 내려갈 때마다 만정이 달아날 정도로 곤욕을 치르면서도 조금도 시들해지지 않는 아버지의 고향 사랑이 의아했다. 대체 무엇이 아버지를 끊임없이 고향으로 이끄는 것인지, 나로서는 도통 짐작조차 할 수 없었다.

    앞산도 첩첩하고
    뒷산도 첩첩한디
    혼은 어디로 행하는가

아버지는 옛 노래 한 곡조를 하루에도 몇 번씩 흥얼거렸다. 하도 여러 번 들어서 가사의 대부분을 아직까지 외고 있는 그 노래는 유난히 가락이 애절했다. 아버지가 설명해준 바에 따르면, 그 노래는 당대의 명창인 임방울이 애기(愛妓)의 죽음을 애도하여 즉석에서 지어 부른 단가였다. 우덕도를 포함하여 삼남 일대에서 남녀노소를 가리지 않고 널리 애창되었다고 하니 요즘으로 치면 대대적으로 히트친 유행가였던 셈이다.

그 노래를 부르는 동안 아버지는 행복한 표정을 지었다. 모르긴 해도 아버지의 마음속에서는 그 노래가 온종일, 아니 사시사철 울려퍼지고 있었으리라. 어쩌면 아버지는 천리타향으로 몸은 떠나왔을지언정 마음은 한순간도 우덕도를 벗어난 적이 없었는지도 모른다. 겉으로 내색하지는 않았지만 마음속으로는 하루에도 몇 번씩 버스에 몸을 싣고 고향으로 향하는 꿈을 꾸지 않았을까.

"수구초심이라 했다. 미물도 가슴에 고향을 품는데 사람이 되어가지고 고향을 모른대서야 말이 안 되지."

아버지는 당신 혼자서만 고향을 사랑하는 것에서 그치지 않고 맏아들에게도 고향에 대한 사랑을 심어주기 위해 세심한 노력을 기울였다. 문중의 대소사가 있을 때면 나는 학기중에도 수업을 빠져가며 아버지와 함께 우덕도에 다녀와야 했다. 또한 학기가 끝나면 우덕도에서 방학을 보내기 위해 큼직한 옷가방을 꾸려 귀향길에 올라야만 했다.

"봐라! 저기가 우리 고향이다."

고단한 여로의 막바지에 한재의 가파른 산비탈을 기어올라 고갯마루에 이르면 아버지는 발아래로 성냥갑만하게 보이는 집들을 손가락으로 가리키며 상기된 목소리로 고향이라는 말에 힘을 줬다.

야만의 땅

어리고 미숙했던 탓에 나는 그때 아버지가 들먹이던 고향이라는 말의 의미를 온전하게 이해하지 못했다. 내가 알고 있던 것이라고는 아버지가 그 작은 동네에서 태어났으며 사람들은 자신이 태어난 고장을 고향이라고 부른다는 사실뿐이었다.

훗날 고향이 뜻하는 바를 온전히 이해할 수 있게 되었을 때 나는 전율하지 않을 수 없었다. 그곳이 아버지의 고향이라는 것은 아버지가 그곳에서 태어났을 뿐만 아니라 그곳에서 성장기를 보냈다는 것을 의미했다. 나는 도저히 믿을 수가 없었다. 짐승의 눈빛을 가진 사람들과 한데 뒤섞여 뛰고 뒹굴고 소리치던 시절이 아버지에게 있었다니. 그 무지와 편견과 혼돈의 땅에서.

3

"세상에서 제일 높은 사람은 버스운전기사님이죠? 그리고 버스운전기사님 다음으로 높은 사람이 선생님이죠?"

유년 시절에 한 번쯤은 누구네 아버지가 가장 훌륭한 사람이냐는 시빗거리를 가지고 동네 친구들과 입씨름을 벌인 적이 있을 것이다. 내 경우에는 동네 친구들이 아니라 사촌형제들이 논쟁 상대였다. 특히 재경 작은아버지의 맏아들인 일남이 걸핏하면 "우리 아버지랑 너희 아버지랑 쌈하면 우리 아버지가 이겨!"라고 시비를 걸어오는 통에 침을 튀겨가며 말다툼을 벌여야 했다. 지치지도 않고 수십 분씩 맞고함을 치다보면 울화가 치밀어 나도 모르게 주먹을 그러쥐곤 했다. 일남의 성깔이 제 아비를 닮아 유난했던 까닭에 겁이 나서 주먹을 휘두르지는 못했지만 마음속으로는 녀석의 밉살스런 낯짝을 셀 수도 없이 후려쳤다.
"제 말이 맞죠? 장사하는 첫째 작은아버지나 고기 잡는 둘째 작은아버지나 농사짓는 셋째 작은아버지보다 우리 아버지가 훨씬 더 훌륭한 사람이죠?"

치열한 말다툼을 벌인 보람도 없이 승부를 가리지 못한 날이면 나는 아버지에게 달려가 똑같은 질문을 몇 번이고 반복하며 대답을 재촉했다. 지금 생각해보면 유치하기 짝이 없는 질문이었지만 당시 나는 꽤 진지했다. 비록 아버지의 직업이 운전사가 아니라는 점이 유감이긴 했지만 아버지가 두번째로 높은 직업을 갖고 있다는 사실이 내게는 큰 자랑이었는데, 그것을 무시하려 드는 일남의 소행이 얼마나 괘씸했는지 모른다.

"오냐, 그래, 네 말이 맞다."

내 표정이 지나치게 심각했던 것일까. 아버지는 웃음을 참으려고 입술을 실룩거리느라 얼른 대답하지 못했다. 한참 만에야 진지한 표정을 짓는 데 성공한 아버지는 엄숙한 어조로 내 말에 동의를 표하더니 이내 체통을 저버리고 낄낄거렸다.

"이럴 줄 알았으면 교사 대신 버스운전사가 될 걸 그랬지?"

아버지는 장난기 어린 눈으로 내 얼굴을 들여다보다가 은근슬쩍 내 의중을 떠봤다. 나는 단호하게 머리를 내저었다. 아버지는 결코 버스 운전사가 될 수 없었다. 버스운전사는 걸쭉한 욕설도 멋들어지게 구사할 수 있어야 하고 가끔씩은 보란 듯이 차장의 정강이를 구둣발로 걷어찰 수도 있어야 했지만, 아버지는 그럴 위인이 못 되었다.

아버지는 학식과 인격을 갖춘 완고한 선비였다. 외출할 때면 반드시 양복 차림에 넥타이를 맸으며 집에 돌아와서는 한복을 단정하게 차려입고 꼿꼿한 자세로 책을 읽거나 글을 썼다. 그런 아버지에게는 운전대보다 만년필이, 욕설 섞인 악다구니보다 논리 정연한 화술이, 질펀한 술자리보다 향기로운 다례가 어울렸다.

  그런 까닭에 나는 단 한 번도 아버지를 원망하지 않았다. 작은아버지들과 고모들이 이빨을 드러낼 때마다 무기력한 대응으로 일관하는 아버지를 한 번쯤은 미워할 법도 했건만 그러지 않았다. 물론 아버지가 선비의 풍모를 던져버리고 대판 싸움을 벌여 그 승냥이 떼를 물리쳐준다면 더 바랄 것이 없겠지만, 나는 그런 가망 없는 꿈에 붙들려 감정을 소모한 적이 없었다. 아버지가 짐승처럼 으르렁거려가며 야만적인 족속들과 이빨을 드러내고 피 튀기는 싸움을 벌이는 광경은 상상조차 하기 어려웠다. 차라리 승냥이떼에게 일방적으로 수세에 몰리는 편이 당연하고 자연스러웠다. 아버지는, 결코 무지몽매한 짐승들과 한데 뒤섞일 수 없는, 비록 같은 하늘 아래 살고는 있으되 영혼이 머무르는 공간의 차원이 다른, 아름답고도 존귀한 존재였기에.

4

  "재운이는 한마디로 말해서 똘것이여!"
  시제를 마치고 음복을 하던 중이었다. 천성이 솔직담백하여 하고픈 말을 마음속에 묻어두지 못하는 재종조할아버지가 뜬금없이 내 아버지를 일컬어 '똘것(돌연변이)'이라고 단언했다.

"만일에 재운이가 없었으면 이 집안은 풍비박산이 나고 말았을 거여. 진즉에 서로 찢어 죽이고 잡아묵고 했을 거구먼."

재종조할아버지는 특유의 무뚝뚝한 말투로 거침없이 아버지의 여러 형제들을 무뢰배로 몰아갔다. 그러자 작은아버지들과 고모들의 안색이 일제히 흙빛으로 변했다.

"이만큼이라도 사는 것이 다 누구 덕이여? 재운이가 너희들헌티 어디 보통 형님이고 오라버님이더냐? 학교 보내줘, 살림 차려줘, 그야말로 아버지 같으시고 할아버지 같으신 크나큰 분이시거늘, 어디서 감히 가르치려고 들어?"

재종조할아버지는 조금 전에 벌어졌던 소동을 못마땅하게 여기고 있었다. 아버지가 늘 해오던 대로 한문으로 축문을 쓰지 않고 한글로 쓴 것이 사건의 발단이었다. '유세차'로 시작하여 '감소고우현조고학생부군'으로 이어지는 축문 대신, "조상님을 그리는 후손들이 모여 삼가는 마음으로 아룁니다. 해가 바뀌어 할아버님께서 떠나신 날이 돌아오니 할아버님의 살아 계실 적의 모습이 눈에 선하여 애틋한 그리움을 가눌 길이 없습니다"라고 우리말로 된 축문을 아버지가 읽어내려가자 벌집을 쑤셔놓은 것처럼 소란이 일어났다.

"이게 뭐 하는 짓거리요? 어째서 언문으로 축문을 썼소?"

"아무리 형님이라도 이런 걸 혼자서 마음대로 결정하면 안 되지라."

"집안 망신이여, 망신! 상놈의 집안도 이러지는 않는 법이여."

경건해야 할 제사가 아수라장이 될 지경에 처하자 아버지는 "오냐, 알았다. 알아들었으니까 그만 진정들 하고 자리에 앉아라" 하고 달랜 후에 새 종이를 가져다가 한문으로 축문을 다시 쓰는 것으로 사태를 수습했다.
"세월이 흐르면 사람도 바뀌고 풍습도 바뀌게 마련이여. 다 생각이 있어서 수십 년 앞을 내다보고 한 일이거늘 너희 같은 무지렁이들이 뭣을 안다고 나서? 지렁이 잡아먹을 욕심에 흙만 되작거리는 참새새끼들이 구천으로 날아오르는 대붕의 깊은 속을 어찌 알겠냐, 이 말이여."

노기가 충천한 재종조할아버지의 컬컬한 음성이 좌중을 압도하고 있었다. 작은아버지들과 고모들은 소태 씹은 표정으로 침묵을 지킬 뿐이었다. 성질대로라면 상을 둘러엎어가며 대거리를 할 법도 했건만 문중의 큰 어른 앞이라서 다들 엄두가 나지 않는 모양이었다. 기껏 반항이랍시고 보여준 것이, 재종조할아버지의 말이 한창 이어지는 도중에 재경이 자리를 박차고 일어나서 바깥으로 뛰쳐나간 게 전부였다.

"하늘이 크게 도우셔서 똘것이 이 집안에 나와줬으니 천만다행 아니냐. 다 쓰러져가는 집안에 이만한 인물이 났으면 홍복에 겨워 춤이라도 출 일이건만 너희는 어째서 모이기만 하면 시기요, 질투냐? 쯧쯧쯧. 저런 것들을 형제랍시고 거둬야 하는 재운이 네 팔자도 참말로 어지간하다."

재종조할아버지는 뼈 있는 말을 남겨놓고는 자리를 털고 일어나버렸다. 재종조할아버지가 문밖으로 사라지고 난 뒤에도 내 귓전에는 '똘것'이라는 말이 남긴 여운이 오래도록 맴돌았다. 일리가 있는 말이었다. 무엇보다도 아버지가 우덕도에서 태어나 자랐으면서도 그 땅에서 함께 자란 다른 사람들과 판이하게 다른 이유에 대한 가장 설득력 있는 설명이었다. 하지만 그 자리에서 물러나와 혼자 있게 되었을 때 곰곰이 생각해보니 거기에는 쉽게 풀릴 것 같지 않은 의문이 뒤따랐다.

외롭지 않았을까?

미운 오리새끼가 주위의 온갖 비웃음과 조롱을 받으며 외톨이로 지냈던 것처럼 아버지 역시 고독한 유년 시절을 보냈으리라. 볼품없는 솜털이 모두 빠지고 흰빛의 눈부신 새 깃털로 온몸이 덮일 때까지의 긴 세월 동안 아버지는 어떻게 고독의 손아귀에서 어린 영혼을 온전하게 보전할 수 있었을까.

숨막히지 않았을까?

우덕도는 무지와 편견이라는 고질병을 집단으로 앓는 사람들로 바글거렸다. 게다가 그들의 몸에는 미친 피가 흘렀다. 순수를 무참히 짓밟아놓고는 좋아라고 낄낄거릴 수 있는 잔혹한 광기였다. 그런 그들 틈에서 아버지는 어떻게 이십 년이 넘는 세월을 버텨냈을까. 소음으로 가득 찬 그곳에서 어떻게 미쳐버리거나 자살하거나 도망치지 않을 수 있었을까.

거기까지 생각이 미친 나는 갑자기 동정심이 일어나는 것을 느꼈다. 유년의 어두운 터널을 빠져나오는 과정에서 숱하게 생겼을 상처들이 아버지의 심중에 흉터로 남아 있으리라고 생각하니 너무도 불쌍해서 가슴이 아파왔다. 하지만 그것은 나 혼자만의 착각이었다. 놀랍게도 아버지의 추억 속에 등장하는 고향의 모습은 내 짐작과는 달리 조금도 어둡지 않았다.

"거북바위에 올라가면 탁 트인 정경이 볼 만했지. 시퍼런 바다를 굽어보노라면 눈이 다 시렸어."

내가 고향에 내려가기를 거부하자 아버지는 내 마음을 돌리기 위해 틈만 나면 고향에 대한 추억을 꺼냈다.

"거북바위 아래로 흐르는 물이 참 맑고 시원했어. 가재를 잡는답시고 풍덩 들어갔다가 발이 시려 오래 버티질 못하고 뛰쳐나오곤 했지."

아버지의 기억 속에 남아 있는 고향의 모습은 밝은 색조로 채색되어 있었다. 시시각각 빛깔이 달라지는 바다, 해안을 따라 만발한 해당화, 바람이 노래하는 갈대숲, 산비탈을 붉게 물들이는 진달래, 목동들의 놀이터인 솔숲, 매운 연기를 피워 따먹는 석청, 입 주변이 새까매지는 줄도 모르고 먹는 머루, 참새가 몰래 둥지를 트는 초가지붕, 아버지의 회상 속에 등장하는 고향의 풍경과 정취는 찬란하기까지 했다. 또한 그 안에서 사는 사람들이 엮어내는 삶은 그늘 한 점 없이 늘 따뜻하고 정겨웠다. 슬프거나 괴로운 사건은 일어나는 법이 없고 오직 즐겁고 명랑한 일들만 연일 벌어졌다. 특히 수탉에 얽힌 일화는 아버지가 내게 들려준 이야기 중에서 가장 재미난 것이었다.

"네 할아버지께서 몸이 편찮으셔서 며칠째 자리보전을 하고 계실 때였지. 갑자기 나를 부르시더니 닭 한 마리를 잡아서 끓여오라는 거야. 닭을 푹 과서 잡수시면 기운이 날 것 같으셨던가봐."

마침 다른 어른들은 모두 출타하고 없었으므로 맏아들인 재운밖에 그 일을 할 사람이 없었다. 초등학생이던 재운은 어른들이 닭을 잡던 광경을 떠올려가며, 우선 솥에 물을 붓고 불을 지폈다. 그러고는 닭장으로 가서 제일 만만해 보이는 놈으로 골라 목을 움켜쥐고 부엌으로 갔다. 등뒤에서는 재경과 재헌이 신나는 구경거리가 생긴 것을 기뻐하며 졸졸 따라다니고 있었다.

"내가 언제 닭 모가지를 비틀어본 적이 있어야 말이지. 어깨너머로 본 것은 있어서 양손으로 야무지게 목을 움켜쥐기는 했는데, 그것 참, 쉽지가 않더구나."

목을 비틀자 닭이 맹렬하게 몸부림쳤다. 그 서슬에 놀란 재운은 어찌할 바를 모르고 눈을 질끈 감아버렸다. 가슴이 펄떡거렸고 귓불이 후끈 달아올랐다. 한참 만에 닭이 축 늘어지자 재운은 바닥에 퍼질러앉고 말았다. 다리에 힘이 풀려 서 있을 수가 없었다.

"뜨거운 물에 데친 후에 닭털을 뽑은 것까지는 그럭저럭 순조로웠어. 내장을 꺼내려고 칼로 배를 가르려는데 갑자기 이놈이 벌떡 일어나더니 마당으로 냅다 뛰어나가는 거야."

그 대목에서 내 머릿속에 떠오른 것은 정육점 진열대에 걸려 있던 벌거벗은 생닭이었다. 그 볼썽사나운 것이 느닷없이 살아나서 사방팔방으로 뛰어다닌다고 생각하니 징그럽기도 하고 우스꽝스럽기도 했다.

"어린애가 닭을 잡았으니 오죽했겠어? 까무룩 기절만 했다가 털이 다 뽑힐 즈음에 정신을 차린 게지. 이 녀석이 걸음아 날 살려라 하고 도망을 치는데 어찌나 날쌔던지 원."

벌거숭이 닭이 너른 마당을 뛰어다니고, 그 뒤를 세 명의 어린아이들이 고함을 질러대며 쫓아다니는 소동이 벌어졌다. 재경아, 거기로 간다. 구석으로 몰아. 휘이, 휘이! 엇, 이놈 봐라? 재헌아, 너한테로 간다. 얼른 잡아, 얼른!

"그놈이 다급하니까 사랑채 아궁이 속으로 쑥 들어가더니 나오질 않는 거야. 기다란 대막대기를 집어넣어 휘휘 저어도 보고 생솔

야만의 땅 179

가지로 연기를 피워도 봤지만 소용이 없더구나. 결국 네 할아버지는 닭을 못 드시고 말았지. 그 닭은 어떻게 됐냐고? 몇년 뒤에 구들장을 새로 까느라고 방바닥을 뜯었는데 그놈이 뼈만 앙상하게 남은 채로 굴뚝 입구에 머리를 디밀고 있더구나, 허허허."

아버지의 눈매가 초승달처럼 휘어 있었다. 고향에 대한 이야기를 할 때면 아버지는 늘 그렇게 환한 표정을 지었다. 더럽고 후락한 섬에서의 삶을 떠올리면서 그런 표정을 지을 수 있다는 것이 내게는 신기하기만 했다. 그렇게 추억에 빠져 행복해하는 아버지를 지켜보면서, 나는 아버지가 우덕도에서 암울한 유년기를 보냈으리라는 내 섣부른 예단을 면구스레 물렸다.

"아버지는 참 좋으시겠어요, 그렇게 아름다운 곳에서 자라셨으니. 천국이 따로 없네요."

아버지의 추억담이 막을 내리면 나는 데면데면하게 비아냥거리는 것을 잊지 않았다. 세상의 모든 사물이 삐뚜름하게 보이는 나이에 접어들면 누구나 한 번쯤은 어쭙잖은 건방을 떨어보기도 하는 것 아니냐는 식의 해량으로도 감싸기 어려울 만큼 무례한 언사였다. 하지만 나로서는 그런 식으로라도 아버지의 추억담에 헤살을 놓지 않고는 그냥 넘어갈 수가 없었다.

아버지의 추억에 등장하는 고향은 현실에 존재하는 우덕도와는 조금도 닮지 않은 딴 세상이었다. 의식적인 노력의 결과인지 아니면 무의식의 발현인지는 모르겠으나 아버지의 고향에 관한 기억은 시시콜콜한 부분까지 왜곡되어 있었다. 다른 사람이라면 또 모를까, 우덕도의 실체를 누구보다도 잘 알고 있는 내가 그 허무맹랑한 추억담을 고분고분 받아들일 수는 없는 노릇이었다. 추억은 으레

미화되기 마련이라고 웃어넘길 수도 없었다. 그런 아량과 배포를 기대하기에는 나라는 놈이 너무도 용렬했다.

5

 아버지의 추억 속에서 우덕도가 마치 금모래처럼 반짝이는 것과는 달리, 내 기억 속에 담겨 있는 우덕도는 어둑한 무채색이었다. 그 음울한 풍경을 떠올리는 것만으로도 기분이 울적해졌다. 가끔은 거기에 더해 외롭다는 생각이 들기도 했다.
 그때가 언제였을까. 그날도 나는 우덕도 신우리의 고풍스런 한옥에 홀로 남겨져 있었다. 빈집에 깃든 적막감에 휩쓸려 자꾸만 울적해지려는 기분을 달래기 위해 나는 앞마당에 드리워진 추녀 그림자를 외줄이라고 상상하면서 양팔을 벌리고 외줄타기를 하고 있었다. 그 놀이에도 진력날 즈음, 목조대문이 요란한 마찰음을 내며 열렸다. 그리고 나에게 진외가당숙이 되는 운욱이 중학교 교복 차림으로 집 안으로 들어섰다.
 "웜마? 너 언제 내려왔냐? 어저께 저녁에? 느그 아부지는? 나갔어야? 느그 작은아버지도?"
 먹잇감을 만난 승냥이처럼 내 주위를 멀찍이서 빙글빙글 돌며 꼬치꼬치 캐묻던 운욱은 집안 어른들의 부재를 확인하더니 어깨를 펴고 거만한 표정을 지었다.
 "춘석이는? 못 봤냐?"
 스무 살이 되자마자 성혼을 하여 고향의 고옥을 지키면서 어려운 살림을 꾸리고 있는 셋째 작은아버지 재명에게는 세 명의 자식이 있었는데, 그중 맏아들의 이름이 춘석이었다. 나보다 한 살 아래인 춘석은 사교성이 남달라서 동네 아이들 사이에서 인기가 많았다.

"다들 문태네로 몰려갔는갑네."

운욱이 혼잣말을 하고 나서 나를 꼬나봤다. 무엇인가 잠시 생각하더니 "너 시방 심심하지야?" 하고 퉁명스럽게 물었다. 내가 고개를 끄덕이자 운욱은 씩 웃으며 따라오라는 손짓을 했다. 그러고는 앞장서서 대문을 빠져나갔다.

"가보믄 알어."

어디로 가느냐는 내 질문에 운욱은 무뚝뚝하게 대꾸했다. 나는 하릴없이 운욱의 뒤꽁무니를 쫓아 꼬불꼬불 뻗어 있는 골목길을 부지런히 걸어야 했다. 운욱은 발에 날개라도 달린 것처럼 걸음이 빨랐으므로 나는 자꾸만 뒤처졌다. 행여 운욱을 시야에서 놓칠까 봐서 몇 번이나 달음질쳐서 거리를 좁혀야만 했다.

우덕도는 가파른 산줄기가 평야를 끌어안고 있는 지형이었는데 논이 기름지고 넓어서 마을이 여덟이나 들어앉아 있었다. 그중 고향마을인 신우리가 가장 커서 삼백 호가 넘는 가옥이 산자락에 닥지닥지 모여 있었다. 약속이라도 한 것처럼 똑같은 모양의 지붕을 올리고 똑같은 모양의 돌담으로 울을 막은 탓에 집들은 마치 일란성 쌍둥이처럼 닮아 있었다. 그 집들 사이로 미로처럼 어지럽게 뻗은 골목길 또한 생김새가 비슷비슷해서 잠시 딴생각을 하다가 엉뚱한 골목으로 들어서기라도 하면 방향감각을 잃고 당황하기 일쑤였다.

골목 하나를 빠져나오면 으레 담장으로 둘러싸인 좁다란 공터가 나타났다. 그리고 공터를 에워싼 담장들 사이사이로 골목길들이 사방팔방 뻗어나갔다. 그 길 중에서 어느 것 하나를 골라 달음질치다보면 이내 또다른 공터가 나타났고, 그곳에서 길은 다시 네댓 갈래로 나뉘었다. 그렇게 몇 개의 공터를 지나고 나자 나는 슬슬 뒤가 켕기기 시작했다. 혼자서는 되돌아가는 길을 찾을 수 있을 것 같지가 않았다.

"당숙! 같이 가!"

우물쭈물하다가 운욱을 놓치기라도 하면 미아가 될지도 모른다는 생각이 들자 나는 턱까지 차오른 숨을 견뎌가며 달음질을 쳤다. 하지만 뱁새걸음으로 황새걸음을 따라잡는 데는 한계가 있었다. 숨이 차서 한 발짝도 떼어놓을 수 없게 된 나는 쪼그리고 앉아 고함만 질러댔다. 그러자 운욱이 힐끔 뒤돌아보더니 시큰둥한 표정으로 소리쳤다.

"개한테 물리면 어쩌려고 거기서 그러고 있냐?"

개라는 말이 귓바퀴에 걸리자마자 나는 흠칫 놀라 주위를 휘둘러보았다. 지척에 활짝 열린 대문이 있었는데 그 안쪽으로 큼직한 개집이 하나 보였다. 볼이 축 늘어진 도사견 한 마리가 개집 바깥으로 고개를 내밀고서 나를 응시하고 있었다. 개와 시선이 마주치자 나는 기겁했다. 머리카락이 곤두서는 느낌이었다.

"그놈한테 물리면 즉사여, 즉사!"

그때 운욱이 조롱조로 던진 외침이 내 다리에 감겼다. 나는 불에 덴 사람처럼 벌떡 일어나서 달리기 시작했다. 사력을 다하는 달음질 저편에서 운욱이 큰 소리로 웃고 있었다. 아따, 방울 소리 한번

야만의 땅 183

요란하네. 그러다가 깨지겠다. 이히히히.
"그러면 그렇제, 여기들 있었구마이."
 몇 개의 공터를 더 지난 뒤에 운욱이 귀를 쫑긋거리며 혼잣말을 했다. 아닌 게 아니라 어디선가 아이들이 떠들어대는 소리가 들려오고 있었다. 앞으로 나아갈수록 소리는 또렷해졌다. 운욱은 야트막한 돌담장을 끼고 걷다가 허름한 사립문을 열고 안으로 들어갔다. 마당에는 내 또래로 보이는 아이들 대여섯 명이 딱지치기에 열을 올리고 있었다. 툇마루에는 초등학교 상급생으로 보이는 사내아이 하나가 엉덩이를 절반만 댓돌에 걸쳐놓고 앉아 낫으로 팽이를 깎고 있었고, 코흘리개 몇 명이 그 주위에 둘러서서 구경하고 있었다. 그 옆에는 나무기둥에 등을 기대고 꾸벅꾸벅 조는 아이도 하나 있었는데, 옆모습이 낯이 익어 살펴보니 춘석이었다.
"여기 주목! 내가 누굴 데리고 왔는가 봐라."
 운욱이 나를 손가락으로 가리키며 소리쳤다. 놀이에 열중해 있던 아이들은 그제야 고개를 돌려 운욱과 나를 바라봤다. 춘석도 게슴츠레한 눈으로 이쪽을 바라보더니 반색하며 일어났다.
"누구래?"
"춘석이 느그 형이여?"
"대처에서 왔는갑네?"
"몇학년이란가?"
 아이들은 하던 일을 팽개치고 호기심 어린 표정으로 내 주변에 몰려들었다. 개중에는 내가 입고 있는 파란색 셔츠의 목깃을 만지작거리는 아이도 있었다. 어린아이가 어른처럼 깃이 달린 셔츠를 입고 있는 것이 신기한 모양이었다.

"대답하는 입은 하나인디 사방에서 한꺼번에 물어보면 어찌케 대답하겠냐? 내가 대표로 물어볼란께 느그들은 귀만 열고 입은 꽉 다물어라이."

아이들이 내게 흥미를 보이자 흡족한 미소를 지으며 지켜보고 있던 운욱이 아이들과 나 사이로 비집고 들어왔다.

"너 공부 되게 잘한다믄서?"

운욱은 눈시울을 실룩거려가며 내게 물었다. 그것이 낚싯밥인 줄도 모르고 나는 어깨가 으쓱해져서 고개를 끄덕였다.

"그라믄 쌈도 잘하겄네?"

기다렸다는 듯이 운욱이 낚싯대를 잡아챘다. 낚싯바늘에 코가 꿰인 나는 멀거니 운욱을 쳐다볼 뿐이었다.

"어디 보자. 너랑 혁재랑 동갑이제? 혁재야, 너 이리로 나와봐라."

운욱이 손짓하자 뒤편에 서 있던 아이 하나가 미적거리는 걸음새로 나섰다. 사지가 짤막하면서도 굵직하여 다부진 인상을 풍기는 아이였다.

"이제부터 느그 둘이서 한판 붙는 거여. 알았제? 자자, 준비하고, 내가 땡 하면 일 라운드 시작이여."

나와 혁재를 마주 세워놓고는 운욱이 신바람내며 지껄여댔다. 신이 난 것은 다른 아이들도 마찬가지였다. 아이들은 나와 혁재를 가운데 두고 빙 둘러싸더니 희색이 만면하여 응원에 열을 올렸다.

"혁재야, 키가 너보다 쪼까 큰디 해보겄냐?"

"쌈을 키로 하간? 기냥 확 받아부러."

"난 혁재 편."

"나도, 나도!"

다들 일방적으로 혁재를 응원하고 있었다. 하긴, 고맙다고 해야 하는 것인지는 잘 모르겠지만 그나마 춘석이 혈육이랍시고 내 편을 들어주기는 했다.

"아녀, 우리 형이 이겨. 혁재 저 새끼, 나한테도 판판이 깨지는 주제에 우리 형이랑 해보겠다고? 웃기고 자빠졌네이."

하지만 춘석의 응원은 얼이 빠져버린 내게 별 도움이 되지 못했다. 갑작스럽게 싸움판으로 내몰린 나는 그저 우두커니 서 있을 뿐이었다. 일면식도 없는 낯선 아이와 주먹다짐을 벌여야 하는 상황을 납득할 수 없었다. 원수진 일이 있다거나 악감정이 있는 것도 아닌데 무엇 때문에 싸움질을 해야 한단 말인가.

"준비이이이ㅡ"

운욱이 말꼬리를 길게 늘여빼자 혁재가 권투선수처럼 두 주먹을 치켜들고 좌우로 상체를 흔들기 시작했다. 곧이어 운욱이 손뼉을 치면서 "땡!" 하고 소리쳤고, 나는 운욱을 향해 "싫어. 난 안 싸울 거야"라고 언성을 높였다. 혁재의 주먹이 날아와 내 왼뺨을 후려친 것은 바로 그때였다. 연이어 날아드는 주먹들도 고스란히 얻어맞았다. 나는 양팔로 얼굴을 가리며 "때리지 마! 왜 때려?" 하고 악을 썼다. 하지만 내 고함소리는 구경하는 아이들의 함성에 묻혀버렸고, 혁재의 주먹과 발이 내 옆구리며 허벅지로 인정사정없이 날아들었다. 웅크린 자세로 뒷걸음질치던 나는 흙바닥에 주저앉아버렸다. 몸을 둥글게 말고서 "그만 해! 그만!" 하고 소리만 질러댔다.

"스톱! 스토옵! 혁재야, 스톱이란 말 안 들리냐? 싸게 못 떨어져?"
 그때 운욱이 끼어들어 말렸다. 덕분에 혁재의 발길질이 멈췄다.
 "너는 손이 없냐, 발이 없냐? 왜 등신같이 맞고만 있어?"
 운욱이 나를 나무라다가 내 이마를 주먹으로 쥐어박았다. 어찌나 주먹맛이 매운지 눈앞에서 불똥이 튈 정도였다.
 "덩치는 떽싹 커가지고 어째 저런다냐?"
 "기집애같이 빽빽거리기나 하고. 지랄허네이, 참말로."
 사방에서 야유가 터져나오는 가운데 운욱이 나를 일으켜세웠다. 다시금 혁재와 마주 보게 한 뒤에 내 등을 두드리며 "이번 참에는 너도 잔 때려봐라. 알았제?" 하고 귀엣말로 격려했다. 그리고 나서 주위를 둘러보며 큰 소리로 외쳤다.
 "인자부터는 이 라운드여!"
 운욱의 외침이 끝나자마자 사방에서 왁자한 응원소리가 다시금 터져나왔다. 춘석도 "주눅들 것 없단께. 혁재 저 새끼, 암것도 아니여" 하고 내 응원에 열을 올렸다.
 "준비이─"
 운욱이 다시금 목청을 돋우자 기다렸다는 듯이 혁재가 주먹을 치켜들면서 내게로 한 발짝 다가섰다. 나는 뒷걸음하며 다급하게 소리쳤다.
 "왜 싸워야 하는데? 싸움질은 나쁜 아이들이나 하는 거라고 우리 아버지가 그랬어."
 억울하고 분해서 목소리가 떨리고 있었다.
 "다 일러버릴 거야. 운욱이 당숙이 싸움질을 시켰다고 하면 우리 아버지가 가만둘 것 같아?"

설움이 복받치는가 싶더니 말끝에 눈물이 쏟아졌다. 그러자 혁재가 머쓱하여 주먹을 내려놓았다. 운욱은 미간을 찌푸린 채 뒤통수를 긁적거렸고 다른 아이들도 고개를 갸웃거렸다. 다들 내 행동을 이해할 수 없다는 듯이 어리둥절한 표정들을 짓고 있었다.
"누가 도시촌놈 아니라고 할까마니 사정없이 물러터졌네이, 쯧쯧. 혁재야 넌 됐은께 저리로 가고 문태 니가 대신 나와봐라."
한동안 나를 말없이 노려보던 운욱이 짜증스레 지껄였다. 운욱의 명령을 듣고 앞으로 나선 아이는 나보다 머리통 하나가 작은 꼬맹이였다. 얼핏 보기에도 나보다 두세 살은 어려 보였다.
"내가 딱 본께로 문태하고 붙여놔야 쌈판이 어우러지겄어. 야 인마야, 너도 문태 정도는 해보겄지야?"
나는 운욱이 제시한 뜻밖의 제안에 어안이 벙벙했다. 싸움을 하지 않겠다는 내 의사가 전혀 전달되지 않은 것이 놀랍기도 하고 당혹스럽기도 해서 콧물만 훌쩍거릴 따름이었다.
"암만 그래도 문태한테는 쪼까 벅차겄는디?"
"맞어. 키가 원체 차이나븐께 못 해보겄구만."
"모르는 소리 말어. 우리 문태가 얼매나 옹골찬 놈인디!"
"암만! 해봐야 알제! 문태 저것이 오기 하나는 짱짱한께로."
아이들이 입방아를 찧기 시작하자 싸늘하게 식었던 싸움판이 다시금 열기로 달아올랐다. 딱딱하게 굳어 있던 운욱의 얼굴에도 화색이 돌았다.
"자자, 이번에는 제대로 한번 해보자이. 준비이이!"
운욱이 내 등짝을 후려치며 "땡!" 하고 소리쳤다. 신호가 떨어지자마자 문태는 내게로 달려들어 어깨로 내 명치께를 들이받았다.

나는 중심을 잃고 볼썽사납게 엉덩방아를 찧었다. 주저앉은 자리에서 두 다리를 쭉 뻗은 채 "으허엉" 하고 울음보를 터뜨렸다.
"이것이 뭣이여?"
"벌써 끝난 거여? 힘 한 번 못 써보네이."
"저런 등신은 보다 보다 첨이여."
"키가 크면 킷값이라도 할 일이제, 지지리 육갑만 하고 자빠졌네이."
 사방에서 욕설과 야유가 쏟아졌다. 이번에는 춘석이마저 내 편을 들어주지 않고 "낯 뜨거워서 고개를 못 들겄네이. 형은 어째 저런 코찔찔이도 못 이겨?" 하고 지청구를 퍼부었다.
"날 샜다. 쓰잘데없이 힘만 뺐네이. 그만 하고 낚시 밑밥이나 줏으러 가자."
 마른 입맛을 다시던 운욱이 볼멘소리를 하고는 사립문 쪽으로 발걸음을 옮기자 아이들이 우르르 그 뒤를 따랐다. 아이들의 발소리가 아스라이 멀어지면서 사위가 고요해지자 우렁차던 내 울음소리도 절로 잦아들었다. 곤혹스러운 순간을 모면했다는 안도감이 밀려들고 있었다. 하지만 시련은 아직 끝난 것이 아니었다.
 손등으로 축축한 눈두덩을 문질러 닦은 후에 느릿한 걸음으로 사립문을 빠져나온 나는 골목길에 발을 들여놓자마자 걸음을 멈췄다. 돌아가는 길을 도무지 알 수가 없었다. 막막해진 나는 다시 훌쩍거리기 시작했다. 눈물로 부옇게 흐려진 시야 저편에 좁다란 골목이 뱀처럼 구불구불 뻗어 있었다.

6

비슷비슷한 집들 사이로 어지럽게 뻗은 골목길은 미로 같았다. 이 골목 저 골목을 누비다가 문득 정신을 차려보면 아까 지나갔던 골목 어귀에 다시 돌아와 있곤 했다. 지나가는 사람이라도 있으면 길을 물어보련만 다들 바다로 들로 일을 나가버린 탓에 골목 어디에서도 행인을 구경할 수 없었다.

조금씩 지쳐가던 나는 따가운 햇볕을 피해 돌담이 드리운 그늘 안으로 들어가 쪼그리고 앉았다. 어딘지도 모르는 곳에서 하릴없이 담벼락에 등을 기대고 앉아 있으려니 서글픈 생각이 밀려들면서 코끝이 시큰거렸다. 나는 훌쩍거리며 눈물 몇 방울을 발치에 떨어뜨렸다. 그러다가 마음을 다부지게 먹고 목청껏 울기 시작했다. 일종의 구조 요청인 셈이었다. 누군가 내 울음소리를 듣고 다가와서 왜 우느냐고 물어봐주기를 소망했다. 그러자면 끈기가 있어야 했다. '대체 무슨 이유로 어린애가 저리 오래 우는 것일까?' 하는 호기심이 일어날 정도로 악착같이 울어야만 했다. 목이 아프고 맥이 풀려도 절대로 울음을 멈춰선 안 됐다.

드르륵.

한참 울고 있자니까 머리 위에서 창문 열리는 소리가 들렸다. 그리고 갑자기 차가운 물이 내 머리 위로 쏟아졌다. 화들짝 놀라서 위를 쳐다보니 웬 노파와 눈길이 마주쳤다. 내가 기대앉아 있던 돌담은 알고 보니 돌집의 외벽이 길에 면한 부분이었으며, 외벽의 윗부분에는 작은 들창이 나 있었다. 노파는 그 창으로 머리를 내밀고서 매서운 눈빛으로 나를 쏘아보고 있었다.

"염병을 하네이. 어째 하필이믄 여기서 울고 지랄이여?"
 노파는 입가에 거품을 물어가며 욕설부터 퍼붓더니 "썩 꺼지지 못혀?" 하고 짜랑짜랑하게 고함을 질렀다. 그 서슬에 질려버린 나는 울음을 꿀꺽 삼키고는 딸꾹질만 요란하게 해대며 슬금슬금 꽁무니를 뺐다.
 "또 여기 와서 울었단 봐라. 그땐 물벼락이 아니라 독땡이 벼락이 떨어질 텡께."
 골목 어귀에 이르러 내가 뒤를 한번 돌아보자, 그때까지 창밖으로 머리를 내밀고서 나를 노려보고 있던 노파가 무시무시한 욕설과 저주를 또 한바탕 퍼부었다. 동네가 들썩거릴 정도로 노파의 고함소리가 요란했지만 무슨 일인가 싶어 내다보는 사람은 눈에 띄지 않았다. 근처의 집들이 모두 텅 빈 것이 분명하다고 생각한 나는 누군가에게 도움을 청해보려던 생각을 접고 다시금 하릴없이 골목길을 헤매기 시작했다.
 나중에야 알게 되었지만 그때의 내 판단은 잘못된 것이었다. 그 돌집의 노파 말고도 적지 않은 사람들이 내 울음소리를 들은 모양이었다. 이튿날 마을회관 앞에 있는 구멍가게에 들렀다가 우연히 듣게 된 대화를 통해 나는 그 사실을 알게 되었다.
 "저기 저놈, 연홍댁 손주 아녀? 어저께 본께로 아조 성질머리가 드럽더마이."
 "오매매, 형님도 들었습디여?"
 과자 한 봉지를 사들고 가게 입구에 있는 평상에 앉아 있자니까 머리에 함지를 인 아낙들이 무리지어 지나쳐가면서 자기들끼리 내 험구를 주고받았다.

"귓구녕 뚫린 사람이라면 누군들 못 들었을랍디여. 하면 그만 울까, 하면 그만 울까, 해도 해도 그쳐야 말이제."

"무신 놈의 울음줄이 쇠심줄맨치로 질기다요? 중간에 쉬는 법도 없더란께. 고놈의 목구녕에는 침도 안 넘어간다요?"

"주둥이를 콱 꼬매블라고 살짝 내다봤더니만 재운이네 새끼지 뭐여. 재운이 얼굴을 봐서 꾹 참고 말았제만 성질대로 하자면 실꾸리 하나로는 성이 안 차겠데."

나는 입에 과자를 가득 문 채로 충격에 빠져버렸다. 어린아이의 서러운 울음소리를 듣고도 달래거나 도우려는 생각은 하지 않고 입을 꿰매버릴 궁리만 하고 있었다는 사실이 놀라웠다. 하기야 곰곰이 생각해보면 그다지 놀랄 일도 아니었다. 우덕도 사람들은 아이가 열에 들떠 헛소리를 해도 병원은커녕 약 한 첩 지어먹이는 법이 없었다. 언젠가 춘석이 방앗간에서 놀다가 팔목을 삐는 바람에 원래의 모습을 알아보기 힘들 정도로 퉁퉁 부어올랐을 때에도 이름 모를 풀을 찧어 도톰하게 붙인 후에 무명천으로 동여매주고는 저절로 나을 때까지 방치했다. 매사가 이런 식이다보니 서둘러 병원에 데려갔으면 완쾌되었을 아이들이 어이없게 목숨을 잃거나 불구가 되는 일이 비일비재했다. 그때마다 부모라는 사람들은 앙가슴을 주먹으로 쳐가며 꺼이꺼이 대성통곡을 했고 이웃 사람들도 앓는 소리를 내가며 진심 어린 위로를 했다. 하지만 그뿐이었다. 밤이 깊도록 그렇게 한바탕 살풀이를 한 후에는 다들 태연하게 일상으로 돌아갔다. 죽거나 불구가 된 아이는 사람들의 기억에서 곧 잊혔고 아이들은 계속해서 개나 고양이처럼 놓아길러졌다. 그런 무지막지한 사람들의 귀에 내 울음소리가 어떻게 들렸을까. 어디서 자발없이 울음보를 터뜨리냐면서 부지깽이를 들고 우르르 몰려 나오지 않은 것을 다행으로 여겨야 하는지도 몰랐다.

나는 그런 내막을 까맣게 모르는 채 이따금씩 "으힝" 하고 맥풀린 울음소리를 내가며 느리디느린 걸음으로 골목골목을 헤매고 다녔다. 낯선 길모퉁이를 몇이나 돌았을까. 골목길 저편에서 웬 아저씨가 불콰한 얼굴로 비척거리며 걸어오고 있는 것이 눈에 들어왔다. 깜짝 반가웠다. 드디어 길을 물어볼 수 있게 된 것을 기뻐하며 나는 아저씨에게 쪼르르 달려갔다. 하지만 말도 붙여보지 못하고 매몰찬 욕설만 뒤집어써야 했다.

"아따, 그 새끼, 뉘 집 새끼인지 염병허네. 저리 못 비키겄냐? 어디서 알짱거려?"

아저씨가 나를 후려치려는 듯 손을 쳐들었다. 나는 놀라서 뒷걸음질하다가 돌부리에 발뒤축이 걸려 엉덩방아를 찧었다. 나는 흙바닥에 주저앉은 채로, 나를 거들떠보지도 않고 비틀거리는 걸음새로 멀어져가는 아저씨의 매정한 뒷모습을 지켜보며 서럽게 흐느꼈다. 그마저도 어디선가 돌멩이라도 날아들까 두려워 사방을 살펴가며 소리 죽여 울어야 했다.

나는 괴팍한 노파와 술 취한 아저씨에게 연이어 당한 박대를 곱씹었다. 그러자니까 머릿속이 찬물을 뒤집어쓴 듯 맑아졌다. 아무도 나를 도와주지 않을 것이라는 사실, 한 번도 감당해본 적이 없는 고독, 그리고 위벽을 할퀴는 시장기가 내 우둔한 머리를 자극했던 것이다. 나는 이를 악물고서 자리를 털고 일어났으며, 이전까지와는 다른 방식으로 골목들을 섭렵하기 시작했다. 막다른 곳에 이르면 그 골목 어귀의 돌담에다가 돌멩이를 문질러 표시해둠으로써 다시 그 길로 접어들어 시간을 허비하는 일이 없도록 했다. 그리고 한 번 지나갔던 길로 다시 돌아오게 되면 걸음을 멈추고 쪼그리고 앉아서 흙바닥 위에 약도를 그려가며 그때까지 지나온 길들을 검토했다.

효과는 곧 나타났다. 계속해서 제자리를 맴돌던 나는 짚단으로 가려져 잘 보이지 않던 샛길 하나를 발견할 수 있었다. 그 길을 빠져나가자 작은 공터가 나타났고, 거기서 경사진 골목을 택해 한참 걸어들어가자 낯익은 집이 눈앞에 나타났다. 송아지만한 도사견이 대문을 지키고 있던 집이었다.

행여 개의 주의를 끌게 될까봐서 나는 마음이 조마조마했다. 까치발로 대문 앞을 지나가면서 안쪽을 살펴보니 다행히 개집은 비어 있었고, 마당 어디에서도 도사견의 모습은 보이지 않았다. 나는 가슴을 쓸어내리며 종종걸음을 쳤다. 그러다가 우뚝 멈춰 섰다. 뜻밖에도 도사견은 내가 지나가야 하는 골목 저편에서 어슬렁거리고 있었다. 혀를 입 밖으로 길게 내밀고 있는 주둥이에는 점액질의 침이 거미줄처럼 늘어져 있었다. 그 모습을 보고 나는 무심결에 뒷걸음질을 쳤다. 그러자 도사견이 경중경중 내게로 뛰어오기 시작했다. 나는 휙 돌아서서 내달렸다. 만화영화에서나 들었던 "살려줘요"라는 비명이 내 입에서 저절로 튀어나왔다. 물론 그 비명을 듣고 나를 돕기 위해 뛰어나와준 사람은 아무도 없었다. 나는 혼자만의 힘으로 개를 따돌려야 했다. 간신히 개의 추격에서 벗어난 뒤에는, 도사견을 피해 우회하는 길을 찾기 위해 한 번도 가본 적이 없는 골목을 헤집고 다녀야 했다.

무릎 안쪽이 시큰거릴 즈음, 나는 야트막한 초가지붕들 사이로 오롯하게 솟은 붉은색 기와지붕을 발견했다. 나는 기뻐서 펄쩍펄쩍 뛰었다. 하지만 집 앞에 당도하여 대문을 미는 순간 다시 절망해야 했다. 나무로 만든 고색창연한 대문은 잠겨 있었다. 안에서 분명히 인기척이 들리는데도 문을 열어주지 않았다. 아무리 고함을 치고 대문을 두드려도 소용없었다. 나는 대문에 지친 몸을 기댄 채 훌쩍거렸다. 우는 것도 힘에 부쳐 금세 그만두고 풀이 죽어 조용히 앉아 있자니까 그토록 소리치고 두드려도 열리지 않던 대문이 빠끔히 열렸다. 춘석이 문틈으로 고개를 내밀었는데, 재미있어 죽겠다는 표정을 짓고 있었다.

"또 우는 거여? 형은 진짜로 울보네이."

그렇게 이죽거리더니 마치 개를 부르듯 나를 향해 혀를 차며 집게손가락을 까딱거렸다. 그러고는 개를 부를 때나 쓰는 말투로 내게 명령했다.

"이리 온."

나는 그 굴욕적인 명령을 좇아 순순히 대문 안으로 들어갔다. 복종하는 것만이 최선의 처신이라고 생각했기에 항의나 거부는 엄두도 내지 못했다. 나는 춘석이 내미는 고구마를 받아먹으면서 비굴한 웃음을 흘렸고, 춘석의 유치한 농담에 과장된 웃음을 터뜨렸으며, 춘석이 제안한 시시한 놀이에도 최선을 다했다. 그러면서 틈틈이 대문 쪽으로 고개를 돌려 인기척을 살폈다. 나는 아버지가 돌아오기를 애타게 기다리는 중이었다. 하지만 야속하게도 아버지는 해가 떨어지도록 돌아오지 않았다.

그날 아버지는 밤이 깊어서야 돌아왔다. 아버지가 대문에 들어서자마자 나는 맨발로 뛰어나가 아버지의 허벅다리를 부둥켜안고는 울음부터 터뜨렸다. 억누르고 있던 설움이 한꺼번에 복받치는 바람에 낮에 경험했던 억울하고 괴로운 일들에 대해서는 한마디도 설명하지 못하고 그저 울기만 했다.

"무슨 일이냐? 누가 널 못살게 굴더냐? 네이! 못된 것! 저리 가거라! 네이!"

아버지는 무엇인가를 쫓는 시늉을 해보이더니 나를 들어올려 안아주었다. 아버지의 품에 안기자 울음이 잦아들면서 정신을 추스를 수 있었다. 울렁거리던 가슴이 차분해지자 나는 그 동안 내가 겪었던 일들을 털어놓으려고 말문을 열었다. 하지만 목놓아 울다가 간신히 그친 직후라서 횡격막이 자꾸만 들썩거리는 통에 말을 제대로 할 수가 없었다.

"집에 가자, 응? 빨리 집에 가자."

불규칙한 숨결 사이로 나는 사력을 다해 말을 만들어냈다. 말을 마치자마자 나는 다시금 복받치는 설움에 휩쓸려 끅끅 흐느꼈다. 울음 때문에 불분명한 발음으로 "가자! 집에 가자!"라고만 되풀이하며 아버지의 품 안으로 파고들었다.

"이 녀석아, 여기가 네 진짜 집인데 가기는 어딜 가겠다는 거야?"

내가 잠투정이라도 하는 줄로 알았던 것일까. 아버지가 내 엉덩이를 툭 치며 핀잔조로 말했다. 그 말 한마디가 육중한 바위처럼 내 안으로 굴러들어 그때까지 아슬아슬하게 울음보를 막고 있던 둑을 허물어버렸다. 나는 두 주먹을 불끈 쥔 채로 입을 한껏 벌리고 목청껏 앙앙거렸다. 아버지가 나를 달래려고 애를 써봤지만 소용없는 일이었다.

7

 나는 결코 아버지처럼 그 후락한 한옥을 내 진짜 집으로 삼을 수 없었다. 볼일을 보려고 바지를 내리면 새까만 모기들이 엉덩짝에 달라붙어 피를 빠는 곳, 밥에서는 걸핏하면 돌이 씹히고 소금과 고춧가루로 범벅이 된 반찬은 어느 것 하나 입맛에 맞지 않는 곳, 잠을 자다가 잔등에서 무엇인가 스멀거리는 느낌에 놀라 일어나 옷을 벗어 털면 어른 손가락만한 지네가 방바닥에 떨어져 꿈틀거리는 곳, 그 넌덜머리나는 집에는 티끌만한 애정도 가질 수 없었다. 더군다나 그 집이 들어앉은 동네를 고향이라고 부르며 오매불망 그리워하는 일은 상상조차 할 수 없었다. 아무리 아버지가 피를 토하듯 내 귀에 고향의 숨결을 불어넣어도 그것만큼은 불가능했다.
 "너란 놈은 알다가도 모르겠구나. 이 삭막한 서울이 뭐가 좋아서 혼자 남겠다는 거냐? 서울이라는 도시가 어디 사람이 살 곳이더냐? 다들 떠나고 싶은 마음은 굴뚝같아도 목구멍이 포도청이라 하는 수 없이 눌러사는 곳이 서울이거늘."
 겨울방학이 시작되자 우리집 식구들은 늘 그래왔던 것처럼 귀향채비를 하느라 분주했다. 부엌에서 달그락거리는 소리가 들리는 것으로 봐서 어머니는 차 안에서 먹을 간식을 준비하는 모양이었고, 분주하게 문이 여닫히는 소리와 요란한 발소리가 들리는 것으로 봐서 란과 훈이 짐을 꾸리다가 장난이 붙어서 온 집 안을 뛰어다니고 있는 것이 틀림없었다. 하지만 나만은 예외였다. 나는 책상 앞에 달라붙어서 자잘한 플라스틱 부품들을 조물거리며 모형배를 건조하는 일에 열중하고 있었다.

"마지막으로 한 번만 더 물어보마. 정말로 안 갈 거냐?"
 아버지는 내가 만들고 있는 배를 유심히 들여다보다가 무겁게 가라앉은 목소리로 말을 건넸다. 또다시 호된 꾸지람이 시작되려는 모양이라고 지레짐작한 나는 재빨리 의자에서 일어났다. 어쩌면 이번에는 매질까지 당해야 할지도 모른다고 생각하면서 방바닥에 무릎을 꿇고 앉았다. 그러고는 고개를 숙이고 눈을 질끈 감아버렸다. 어떤 상황이 닥쳐도 그 자세로 미동도 하지 않을 작정이었다.
 "웬 고집이 저리도 철벽일꼬? 염소를 앞에서 끌었어도 벌써 울 안에 넣고도 남았겠다."
 한 시간쯤 전에 벽력처럼 호통을 치면서 방석을 집어던지던 아버지의 노기충천한 목소리가 아니었다. 빈 장독을 휘돌아나온 소리처럼 우렁우렁하면서도, 허기진 사람의 음성처럼 맥이 풀려 있었다. 그 음색에 이끌려 고개를 들어보니 아버지의 침울한 표정이 눈에 들어왔다. 아버지는 무슨 말인가를 보태려고 입을 열었다가 한숨만 내쉬기를 서너 번 반복한 후에야 보일 듯 말 듯 고개를 끄덕였다.
 "하기야 네 손으로 밥하고 빨래하고 청소해가면서 한 달쯤 혼자서 살아보는 것도 좋은 공부가 되긴 할 게다. 열다섯 살이나 먹었으면 그쯤은 거뜬히 해낼 수 있어야겠지."
 내 생애에서 가장 즐거웠던 겨울방학은 그렇게 시작되었다. 식구들이 모두 우덕도에 내려가고 나자 나는 빈집에 홀로 남겨졌다. 나는 자유였고 무엇이든지 마음대로 할 수 있었다. 모든 채널에서 깨알 같은 점들만 보일 때까지 텔레비전을 시청할 수도 있었고, 친구들을 집으로 불러들여서 돈내기 화투판을 벌일 수도 있었다. 친구들과 어울려 해가 저물도록 만화방에 틀어박히기도 했고, 스케

이트장에 몰려가서 복사뼈 부근의 살갗이 벗겨져 양말이 피로 물드는 줄도 모르고 온종일 얼음을 지치기도 했다. 정말이지 하루하루가 솜사탕처럼 달콤했고 청룡열차처럼 짜릿했다.

그렇다고 해서 노는 데만 정신이 팔려 시간을 허비한 것은 아니었다. 나는 아버지가 내게 부여한 과제들을 성실하게 이행했다. 예전처럼 방학숙제를 미뤄두지 않고 매일 조금씩 꾸준하게 해나갔다. 내가 방학 말미에 몰아치기로 허겁지겁 숙제를 끝내지 않았던 것은 그해 겨울방학이 처음이자 마지막이었다.

뿐만 아니라 나는 집안 살림에도 열심이었다. 굳이 매일같이 청소할 필요는 없었는데도 아침에 눈을 뜨자마자 졸린 눈을 비벼가며 빗자루부터 집어들었다. 고작해야 하루에 양말 한 켤레와 속옷 한 장이 나오는 빨랫감도 그때그때 주물럭거려서 의자 등받이에 널어 말렸다. 특히 밥 지어먹는 일에 각별히 신경써서 가능한 한 삼시세끼를 배부르게 챙겨먹으려고 노력했다. 덕분에 라면이나 과자를 사먹느라고 생활비를 축내지 않아도 되었으므로 얼마간의 돈까지 모을 수 있었다.

물론, 아주 가끔이긴 했지만 우울해지기도 했다. 지금쯤 우덕도 앞바다에는 김발을 막아놓은 곳을 표시하는 부표들이 희끗희끗하게 떠 있을 테고, 그 사이로 작은 배들이 느리게 움직이고 있겠지. 어망들이 널린 선착장에는 뭍으로 기어오른 거룻배들이 열을 지어 엎드려 있고, 갓 채취한 김을 실어 물이 뚝뚝 떨어지는 수레를 밀고 끄는 사람들은 허연 입김을 뿜고 있겠지. 한겨울에도 푸른 풀이 돋는 뒷산에는 띠를 엮어 만든 건장들이 겹겹이 늘어섰을 테고, 손등이 벌겋게 튼 사람들이 재빠른 손놀림으로 건장에 대꼬챙이를 비스듬히 찔러 젖은 김을 넣겠지. 그런 생각을 하다보면 야릇한 향수에 사로잡혀 코끝이 시큰해졌다. 좀더 솔직히 말하자면 그런 것들이 사무치게 보고 싶었다. 특히 밤늦게 빈집에 혼자 누워 잠을 청하다가 열다섯이라는 나이에 걸머지기에는 버거운 외로움이 가슴을 짓누를 때면 부모 형제를 소리쳐 불러가며 눈이 빨개지도록 울었다. 날이 밝는 대로 우덕도로 향하는 버스에 몸을 실으리라고 다짐하다가 새우처럼 웅크린 자세로 잠을 이룬 적이 한두 번이 아니었다. 하지만 이튿날이 되면 나는 제대로 떠지지도 않는 눈을 비벼가며 다시 빗자루를 들고 청소를 시작했다.

매일 아침마다 온 집 안을 청소하는 행위는 흠 하나 없이 완전무결한 세계에 대한 일종의 예배이자 감사의 축수였다. 외톨이로서 감내해야 하는 수고와 고독쯤은 얼마든지 지불해도 아깝지 않을 만큼 소중한 가치가 그 세계에 깃들어 있었다. 아니, 그보다 훨씬 더한 희생을 감수하는 한이 있더라도 반드시 지켜내고 싶은 무엇인가가 그때의 내 일상에 분명히 존재했다. 처음에 나는 그것이 자유라는 이름의 축복이라고 생각했다. 나를 즐겁고 행복하게 하는 것이 그것 외에 또 있을까 싶었다. 하지만 오래지 않아서 나는 깨달을 수 있었다. 내가 누리는 축복은 그것뿐만이 아니라는 사실을.

8

내가 누리는 또하나의 축복은 평화였다. 늦은 오후, 책상 앞에 앉아 모형배를 조립하다가 나는 문득 그 사실을 깨달았다.

"우리집이 이렇게 조용한 집이었나?"

나는 손길을 멈추고 그렇게 중얼거렸다. 집 안은 쥐 죽은 듯 고요했다. 나는 그 고즈넉한 분위기에 조금씩 빠져들어갔다. 마치 뜨끈한 물에 몸을 담그고 있는 것 같은 나른한 느낌이 나를 감싸는가 싶더니, 어딘가 믿음직스러운 곳에 닻을 단단히 내린 듯한 기분이 들었다. 이렇게 안정된 기분을 마지막으로 느껴본 것이 언제였을까. 어느새 꿈결처럼 희미해져버린 수년 전의 평화롭던 일상들을 추억하다가 나는 가슴이 뭉클해졌다.

우리집에 잠시나마 평화가 찾아든 것은, 내가 열한 살이 되던 해의 초봄에 공교롭게도 여러 변화가 한꺼번에 일어났기 때문이었다. 큰고모 희영은 지방도시에서 자동차 대리점을 하는 남자에게 시집을 갔고, 막내 작은아버지 재찬은 군에 입대했고, 작은고모 소영은 지방대학에 입학하여 기숙사생활을 시작했다. 군식구들이 모두 떠나버리자 나는 난생처음 가족끼리만 단란하게 사는 재미가 어떤 것인지를 알게 되었다.

게다가 그해 여름 우리집에서 도보로 십오 분 거리에 살던 첫째 작은아버지 재경이 얼마 안 되는 가산을 처분하여 식구들을 데리고 낙향했다. 할머니를 지렛대 삼아 우리집에서 뜯어낸 돈으로 목 좋은 곳에 얻었던 과일가게를 재경은 불과 일 년 만에 헐값으로 팔아치워야 했다. 아무 때고 쉬고 싶으면 가게 문을 멋대로 닫아버리고, 술냄새를 풍기며 불손하게 손님을 응대하기 일쑤더니 종국에는 파리만 날리게 되어 빚더미에 올라앉았던 것이다. 그러던 차에 우덕도 사람들이 김양식으로 한 철에 벌어들이는 돈이 웬만한 월급쟁이의 일 년 수입에 버금간다는 소문을 듣고 귀가 솔깃했던 모양이었다. 설사 계획대로 김양식에 성공하여 겨울 한 철에 목돈을 만진다고 하더라도 우덕도에 밭 한 뙈기 없는 처지이니 나머지 세 계절 내내 하는 일 없이 손가락만 빨면서 기껏 벌어놓은 돈을 다 까먹게 되지 않겠냐면서 아버지가 나서서 말렸지만 소용없었다.

 그리하여 서울 하늘 아래에 우리 다섯 식구만 단출하게 남게 되었다. 큰 명절이나 중요한 제사 때를 제외하고는 아버지의 여섯 형제들을 대면할 일이 없었다. 덕분에 우리 가족은 일찍이 맛본 적이 없는 평온한 나날을 경험할 수 있었다. 여느 때와 똑같이 아침 해가 떴지만 우리를 기다리는 것은 이전까지와는 전혀 다른 일상이었다. 느닷없이 거대한 파도가 밀려와 우리 가족 모두를 쓸어갈지도 모른다는 생각에 아슬아슬한 심정으로 넘기는 하루해가 아니었다. 태탕한 강변에 소풍이라도 나온 듯 즐겁고도 평화로운 나날이었다. 하지만 불행하게도 평화는 오래 지속되지 못했다. 오지랖 넓은 아버지가, 낙향한 후에도 곤궁한 살림살이를 면치 못하는 재경 네 식구들을 딱하게 여겨 다시 서울로 불러올리는 바람에 겨우 두 해 만에 평화로운 일상은 막을 내렸다.

 "더이상 당하기만 할 수는 없어. 맞서 싸워야 해. 복수해야 해. 평화를 되찾으려면 그 길밖에 없어."

 나는 꼬박 열흘 동안 매달려온 모형배를 응시하며 혼잣말을 했다. 외삼촌이 내 생일선물로 사다준 조립식 모형배는 바야흐로 완성 직전이었다. 16세기 초에 에스파냐에서 제작된 대형범선인 갈레온 선의 축소모형이었는데, 함교를 모두 조립하고 깃대까지 세워놓은 상태였다. 남은 것은 화룡점정에 해당하는, 깃발을 다는 일뿐이었다. 깃발은 네모난 플라스틱 조각이었는데 양면에 알록달록

한 스티커를 붙여넣도록 고안되어 있었다. 하지만 나는 스티커를 붙이는 대신, 흰 페인트로 비둘기한 마리를 손수 그려넣기로 했다. 날개를 활짝 펴고 날아가는 모습이었다. 나중에 시골에서 올라온 식구들은 하나같이 그 그림을 보고 갈매기라고 오해했지만 누가 뭐래도 그건 비둘기였다.

"바다를 항해하는 배에는 비둘기보다 갈매기가 더 어울리지 않을까?"

고개를 갸우뚱거리다가 그렇게 물어오는 사람도 몇 있었다. 그때마다 나는 뱃머리에 돋을새김으로 씌어 있는 글귀를 가리켜가며 미리 준비해둔 설명을 늘어놓았다. The Pacific Ocean, 우리말로 하면 태평양호였다. 태평양은 평화로운 바다라는 뜻이고 비둘기는 평화를 상징하는 새이므로 서로 잘 맞아떨어졌다. 하지만 그 설명은 그럴듯하게 꾸며낸 거짓말에 불과했다. 그 깃발에는 나 혼자만의 비밀스러운 결의가 담겨 있었다.

할 수만 있다면 나는 그런 플라스틱 조각 따위에 새를 그려넣는 대신 손가락을 깨물어 피로 흰 종이에다 '복수'라고 써서 보란 듯이 벽에 붙이고 싶었다. 하지만 그런 무시무시한 혈서를 누구나 볼 수 있는 곳에 붙여놓았다가는 부모의 손에 이끌려 정신병원에 입원하거나 작은아버지들과 고모들에게 미움을 사서 해코지를 당하게 될 것이 분명했다. 그런 까닭에 나 이외에 어느 누구도 알아볼 수 없는 혈서를 써붙여야 했다. 그래서 생각해낸 것이 그 깃발이었다.

나는 엄숙한 마음가짐으로 비둘기 깃발을 범선 깃대에 게양했다. 그러고는 그 조그만 깃발을 향해 절도 있게 거수경례까지 했다. 그것으로 나는 평화를 되찾기 위해 나 혼자만의 전쟁을 시작하겠노라는 소리없는 선전포고를 한 셈이었다. 가슴이 벅찼다. 단지 각오를 다진 것뿐인데도 이미 복수에 성공하여 평화를 쟁취한 듯한 성취감이 차오르고 있었다.

"두고 봐! 지금까지 당한 걸 곱절로 갚아줄 테니까!"

복수를 다짐하며 깃발을 응시하고 있자니까 눈앞에서 재경의 험상궂은 얼굴이 어른거렸다. 재경은 가솔을 이끌고 다시 서울로 올라온 뒤에 거의 매일같이 행패를 부렸다. 가진 돈이 부족해서 거주할 곳이 마땅치 않은 재경에게 한집 살림을 하자고 아버지가 제안했을 때부터 예견되었던 불행이었다. 당시 우리는 도시 외곽의 방 네 칸짜리 기와집에서 살고 있었는데, 그 집은 우리가 셋방을 전전하며 고달프게 사는 꼴을 보다 못한 외할아버지가 손수 일꾼을 부려 지어준 것이었다. 아버지는 그 집으로 재경의 일가를 불러들였다. 하지만 재경은 고마워하기는커녕 이사한 첫날부터 괜한 트집을 잡아 세간을 둘러엎더니, 급기야 아버지의 멱살을 틀어쥐고서 온 집 안을 질질 끌고 다니면서 "내가 누구여? 박재경이여, 박재경! 네가 집 한 칸 가졌다고 이 박재경이를 괄시해? 네 눈깔에는 내가 그렇게 만만해 보이든?" 하고 고래고래 소리를 질러댔다.

그 곤욕을 치르고도 아버지의 오지랖 넓은 행보는 그칠 줄 몰랐다. 아버지는 이듬해에 재헌까지 서울로 불러올렸다. 재헌이 노름으로 전답을 날리고 가랑잎 같은 배에 의지해서 물고기를 잡아 연명하는 처지로 전락했다는 소식을 듣고 며칠 밤을 고민한 끝에 내린 결정이었다. 아버지는 재헌에게 우리집에서 도보로 오 분 거리에 있는 전셋집을 얻어줬고 어머니는 사흘이 멀다 하고 그 집을 들락거리면서 열성으로 국이며 반찬을 퍼다주었다.

"감히 날 우습게봐? 좀 살 만해지니까 눈에 뵈는 게 없든?"

잃어버린 전답이 생각날 때면 재헌은 말술을 퍼마셨고, 그 술주정은 우리집에 와서 했다. 한순간의 실수로 거지꼴이 되긴 했지만 그렇다고 자신을 우습게 보다가는 큰 코 다친다면서 고함을 지르고 세간을 집어던졌다. 그때마다 어머니는 파들파들 떨면서 재헌의 바짓가랑이에 매달렸다. 제발 고정하시라고, 우리가 무슨 죄가 있다고 이러는 거냐고, 어머니는 눈물을 흘려가며 애원했다.

"개새끼들! 다 죽여버리겠어!"

복수해야 했다. 맞서 싸워야 했다. 그리하여 불쌍한 내 어머니를 저 흉포한 승냥이떼로부터 지켜내야 했다. 나는 거듭 복수를 다짐하며 눈앞에서 어른거리는 재경과 재헌의 불쾌한 얼굴을 노려봤다. 그러다가 분김에 책상 위의 필통을 집어들고 그 밉살스런 얼굴들을 향해 힘껏 던졌다. 벽에 부딪친 필통이 필기구들을 토해내며 요란한 소리를 냈다.

소음이 가라앉자 다시 적막이 엄습했다. 그 고요가 나로 하여금 빈집에 홀로 있다는 사실을 새삼 자각하게 만들었다. 늘 집 안을 소란스럽게 하던 재경네 식구들은 방학이 시작되기 한 달쯤 전에 우덕도로 떠나고 없었다. 해마다 재경은 찬 바람이 나기가 무섭게 식구들을 데리고 우덕도로 내려갔다. 겨울 한 철은 온 식구가 우덕도에 내려가서 김양식으로 목돈을 만들고 봄이 되면 다시 서울로 올라와 생활비를 벌어 조만간에 떵떵거리는 부자가 되겠다는 것이었다. 재경의 큰소리에 귀가 솔깃해진 재헌도 그림자처럼 재경과 함께했다. 비록 목돈이 생기는 족족 노름으로 탕진하는 바람에 곤궁한 살림살이가 나아질 기미는 보이지 않았지만 돈벌이에 관한 욕심만큼은 누구에게도 뒤지지 않는 재헌이었다.
"우덕도 떨거지들을 쫓아버리면 계속해서 이렇게 조용하고 행복할 수 있어, 계속해서!"
나는 승냥이들이 모두 남녘 바닷가로 몰려가버린 뒤에 우리집에 다시 찾아든 평화를 항구적으로 연장시키고 싶었다. 그러자면 우덕도의 승냥이떼와 맞서야 했다. 통쾌한 복수를 통해 혼쭐을 내서 한 마리도 남김없이 멀리 쫓아버려야 했다.
하지만 그것은 말처럼 간단한 일이 아니었다. 아버지와 같은 항렬인 그들에게 복수를 감행하는 것은 패륜이었다. 그것은 가부장적 질서에 대한 거역일 뿐만 아니라 그 질서의 뿌리에 해당하는, 집성촌인 까닭에 마을 전체가 한집안이나 다름없는 우덕도 신우리에 대한 절연을 의미했다. 그리고 고향과의 절연은 곧 아버지에 대한 배신을 의미했다. 기울어버린 집안을 다시 일으켜세우려고 헌신해온 아버지의 가슴에 못을 박는 행위였다.
태평양호에 게양된 복수의 깃발을 비장한 심정으로 응시하던 나는 한숨을 내쉬며 고개를 떨어뜨렸다. 내가 과연 고향과 아버지를 등지면서까지 복수를 실행에 옮길 수 있을지 자신이 없었다. 우유부단하고 나약한 천성을 극복하지 못하고 속으로만 복수의 불길을 태우다가 결국에는 아무런 시도조차 못 해보고 포기하게 될 것만 같았다. 어쩌면 나라는 놈은 평생토록 그렇게 비굴한 처세로 일관하며 더럽고 치사한 삶을 살게 될 운명인지도 모른다고 생각하니 참담하여 가슴이 저몄다.

무른 잇몸에 돋는 송곳니

1

"따라와, 씹새끼야. 넌 오늘 죽었어. 너 때문에 준식이한테 깨진 걸 생각하면 이가 들들들 갈려!"

민철이 걸쭉한 입담을 과시하며 솔밭을 향해 앞장서서 걷고 있었다. 다시는 뜀박질을 못 하도록 아킬레스건을 주머니칼로 끊어버리겠다는 둥, 주먹에 체중을 절반만 실으려고 노력은 해보겠지만 혹시 실수로 체중이 너무 많이 실리는 바람에 중상을 입게 되더라도 자기를 너무 원망하지 말라는 둥, 자기 몸은 살이 많아서 웬만한 충격은 모두 흡수해버리므로 내가 꼴 같지도 않은 주먹을 휘둘러봐야 간지럽지도 않을 거라는 둥, 팔십 킬로에 달하는 자기 몸뚱이에 깔렸다가는 갈비뼈가 죄다 부러져버릴 거라는 둥, 듣기만 해도 소름 돋는 이야기들을 줄기차게 늘어놓는 통에 나는 잔뜩 겁을 집어먹었다. 솔밭에 도착할 무렵에는 민철의 입심에 주눅이 들어서 고개도 똑바로 못 들 정도였다.

"이 좆만아! 모형자동차 하나 때문에 목숨 걸 거야?"
솔밭의 외딴 공터에 도착하자마자 민철은 으름장부터 놓았다. 고함소리가 하도 우렁차서 귓속이 먹먹했다.
"일단 싸움이 시작되면, 넌 바로 개죽음이야."
민철은 나보다 머리통 하나가 더 컸을 뿐만 아니라 허벅지가 내 허리통보다 굵었다. 그런 거구가 휘두르는 주먹에 맞았다가는 어디 한두 군데 부러지는 정도에서 끝날 것 같지가 않았다. 나는 두 손을 모아쥐고서 "이러지 마. 난 싸우기 싫어"하고 애걸했다. 그럴수록 민철은 신이 나서 한층 거세게 나를 윽박질렀다. 조금만 더 몰아붙이면 내 입에서 "알았어. 시키는 대로 훔쳐올 테니까 그만 용서해줘"라는 소리가 나올 것이라고 기대하는 듯했다.
"아쭈! 그래도 이 새끼가 못 하겠다는 소리를 나불거리네? 이걸 그냥, 칵!"
민철이 어린아이 머리통만한 주먹을 내 코앞에 드밀며 을러댔다. 금방이라도 나를 곤죽으로 만들 기세였다. 하지만 민철은 나에게 꿀밤 한번 먹이지 못하고 십 분 넘게 소리만 질러댔다. 고함치는 것이 힘에 부치는지 숨을 헐떡거리면서도 주먹을 휘두르고픈 마음은 좀처럼 들지 않는 모양이었다.
"민철아! 그만 떠들고 붙어!"
양지바른 곳에 앉아서 구경하고 있던 홍준식이 지루함을 참지 못하고 명령을 내리자 민철의 얼굴이 굳어졌다. 민철은 권투선수처럼 두 주먹을 가슴께로 끌어올려 싸울 태세를 취했다. 자세는 그럴듯했지만 이어지는 주먹질은 우스꽝스럽기 짝이 없었다. 팔꿈치를 완전히 편 상태에서 어깨만을 회전시켜 팔을 풍차 날개처럼 휘둘렀다. 게다가 두 눈을 질끈 감고 있었다. 아무리 내가 운동에 젬병이라지만 그런 어설픈 주먹에 얻어맞을 정도로 엉터리는 아니었다. 나는 반사적으로 뒤로 물러섰다. 겨우 두 발짝 물러섰지만 그것으로 충분했다. 나는 안전했다.

　민철은 눈을 감고 있었으므로 내가 주먹의 사정거리에서 완전히 벗어났다는 사실도 모르고 사력을 다해서 풍차 돌리기를 하고 있었다. 나는 살금살금 민철의 뒤로 돌아갔다. 뒤통수를 한 대 때려줄 생각이었는데 막상 때리려고 하니 가슴이 벌렁거렸다. 태어나서 한 번도 주먹으로 사람을 때려본 적이 없었기 때문에 나는 내 주먹의 위력이 어느 정도인지 아는 바가 없었다. 보나마나 형편없이 약해빠진 주먹일 터였다. 그걸로 저런 거구의 뒤통수를 어쭙잖게 때려본들 파리채로 찰싹거리는 수준밖에 안 될 것 같았다. 괜히 건드렸다가 매를 버느니 잠자코 몇 대쯤 맞아주는 편이 현명할 듯했다.

　"멍청아! 뒤를 봐!"
　"눈떠, 눈!"
　그때 똘마니들이 응원하는 소리를 듣고 민철이 풍차 돌리기를 멈추고 뒤를 돌아봤다. 거구와 눈이 마주치는 순간, 나는 반사적으로 주먹을 휘둘렀다. 상대를 쓰러뜨리겠다는 의지가 전혀 실려 있지 않은, 단지 방어본능에 의해 무의식적으로 팔을 내뻗은 것에 불과했다. 그런데 놀랍게도 주먹은 민철의 턱에 적중했고, 민철은 발을 헛디딘 사람처럼 비틀거렸다.

　"어이구, 속 터져. 고깃값 좀 해라."
　똘마니들의 야유에 자극을 받았는지 민철이 다부진 표정으로 다시 달려들었다. 이번에는 눈을 감지 않고 나를 똑바로 보면서 소나기처럼 주먹을 퍼부었다. 그 주먹 중 하나가 내 뺨을 밀었다. 말 그대로, 얻어맞은 것이 아니라 밀린 것이었다. 그 바람에 바닥에 나동그라지긴 했지만 충격을 받아서라기보다는 미는 힘에 의해 중심을 잃고 넘어진 것뿐이었다.

민철의 주먹은 위력이 없었다. 손바닥으로 미는 것과 별반 차이를 느끼지 못할 정도였다. 이런 주먹이라면 몇 대쯤 더 맞아줘도 괜찮겠다는 생각이 들었다. 그러자 그때까지 내 어깨를 짓누르고 있던 공포심이 누그러졌다. 뻣뻣하게 굳어 있던 팔다리의 근육이 부드럽게 풀리는 것도 느껴졌다. 운만 따라준다면 싸움에서 이길 수 있을지도 모른다는 생각이 슬며시 고개를 치켜들었다. 싸움에 있어 승리에 대한 예감처럼 사기를 북돋우는 것이 또 있을까. 나는 용기백배하여 두 주먹을 그러쥐었다.

"잘 봐라. 주먹은 이렇게 쥐는 것이여."

재경네 식구들과 한 지붕 밑에서 살게 된 뒤로 우리 식구들은 본의 아니게 재경의 독특한 가정교육을 여러 차례 엿보게 되었다. 가죽혁대를 채찍처럼 휘둘러 친자식들의 등짝에 뱀이 기어간 듯한 자국을 아로새긴다거나 엄동설한에 벌거벗긴 채로 마당에 세워둔다거나 하는 만행이 가정교육이라는 미명하에 벌어지는 날이면, 우리 식구들은 밤늦도록 마음을 졸이며 잠을 이루지 못했다.

"안쪽에 틈이 안 생기게 손가락 마디마디를 착착 접어야 손이 안 다치는 법이여."

재경의 가정교육 중 유일하게 내 흥미를 끌었던 것은 격투기술에 대한 장황한 강의였다. 마당에 네 명의 아들을 모아놓고 설명에 열을 올리고 있는 재경을 발견하자마자 나는 자석에 달라붙는 쇠붙이마냥 쪼르르 다가가서 귀를 기울였다.

"단단하게 쥐는 것이 손에 익으면 그때부터는 한사코 가볍게 쥐어라. 달걀을 쥔 것맨치로 살짝, 요렇게 말이여. 때리는 순간에만 야무지게 쥐는 것이 요령이여."

가르침은 주먹 쥐는 요령에서 그치지 않았다. 사람의 몸에는 급소가 자그마치 구백아흔아홉 개나 있는데 그중에서 쉽게 가격할 수 있는 부위는 여덟 군데라고 했다. 각각의 급소를 공격하는 방법이 모두 다르기 때문에 여덟 가지의 몸동작을 익혀둬야 한다면서 몸소 시범까지 보여줬다.

"싸움이 급박하면 급소고 뭐고 안 보이는 법이여. 그럴 땐 턱을 노리면 돼. 만약에 상대가 키가 커서 주먹이 면상에 안 닿을 적에는 모가지를 노려. 모가지 얻어맞고도 견뎌내는 장사는 여직 못 봤다. 원체 쎈 놈한테 걸려서 이도 저도 소용없으면 팔뚝이든 허벅지든 보이는 대로 콱 물어브러. 살점이 뭉텅 떨어질 때까정 물고 늘어지는 데야 별수 있간디?"

강의를 모두 끝낸 재경은 자식들을 차례차례 호명하며 "알아들었냐?"라고 물었다. 첫째인 일남은 군인처럼 옹골차게 대답했다. 하지만 둘째 이남은 대답을 못 하고 몸만 비비 꼬았다. 재경의 옆얼굴이 보이는 곳에 쪼그리고 앉아 있던 나는 그제야 목을 늘여 이남의 얼굴을 살폈다. 성한 곳이 보이지 않을 정도로 찢기고 부어오른 얼굴이었다. 누군가에게 늘씬하게 얻어맞은 모양이었다.

"그 새끼는 몸집만 큰 게 아니라 힘도 엄청 세요. 체육대회 때 우리 반 씨름선수도 했어요."

재경의 거듭되는 호명에 이남은 마지못해 말문을 열었다. 입술을 거의 움직이지 않고 혀만 놀려서 웅얼거리는 통에 이남의 말은 알아듣기 힘들 정도로 뭉그러져 있었다.

"그런다고 얻어맞고 들어와? 정 못 해보겠으면 독땡이를 들고 가서 콱 찍어블제 그랬냐. 사내새끼가 그만한 배짱도 없어가지고 이담에 커서 밥그릇이나 변변하게 챙기겄냐?"

재경이 앙가슴을 쿵쿵 두드리며 분통을 터뜨렸다. 감히 입에 담을 엄두도 못 낼 만큼 상스러운 욕설을 한바탕 퍼붓더니 이남의 뒷덜미를 움켜쥐고는 개 끌듯이 질질 끌고 가 대문 밖에 내동댕이쳤다.

"꺼져브러! 가서 다시는 오지 마! 집이라고 얼씬거려봤자 밥 한 그릇 못 얻어먹을 텐께. 암만 쌀이 썩어나도 너 같은 등신한테 나눠줄 밥은 읎어."

재경의 입에서 튀어나오는 말 한마디 한마디가 내게는 충격이었다. 내가 옳다고 믿던 것들이 일거에 무너져내리고 있었다. 아버지의 가르침에 의하면 싸움은 피하고 보는 것이 상책이었다. 아버지는 기회가 있을 때마다, 누군가와 시비가 붙거든 대거리하지 말고 물러설 것이며 상대가 주먹다짐을 하자고 나오면 뒤도 돌아보지 말고 내빼라고 당부했다. 싸움이라는 것은 당사자 양쪽이 모두 싸우려는 의지가 있을 때에만 성립하게 마련이므로 어느 한쪽이 도망하게 되면 싸움은 절대로 일어나지 않는다는 논리였다.

"이기는 것보다 어려운 게 지는 거란다. 지는 건 아무나 할 수 있는 일이 아니야. 배포가 크고 속 깊은 사람이 아니면 일부러 져주는 일은 절대로 못하지. 나는 내 아들이 바다처럼 넓은 마음을 가진 사람이었으면 좋겠구나."

아버지의 말대로라면 주먹 자랑을 하고 다니는 사람들은 죄다 옹졸하고 못난 사람들이었고, 허구한 날 얻어터지는 사람들이야말로 훌륭한 사람들이었다. 납득하기 어려운 면이 없진 않았지만 나는 감히 아버지의 말에 의심을 품지 못했다. 어려서부터 반복하여 들어온 까닭에 불변의 진리로 여겨 곧이곧대로 믿고 따랐다.

"맞은 사람은 두 다리 쭉 뻗고 자지만 때린 사람은 웅크리고 자는 법이야."

어머니도 아버지와 비슷한 훈화를 여러 번 들려줬는데 아버지의 것보다 훨씬 짧고 단순했다. 남을 때리고 나면 마음이 편할 수 없으니 차라리 맞는 쪽이 되어 마음 편하게 살라는 것이었다.

"상대가 화를 내면 얼른 그 자리를 피해라."

다투지 않으면 주먹이 오갈 일도 없게 마련이라면서, 어머니는 다툼을 피하는 요령도 일러주었다.

"그랬다가 상대의 화가 모두 가라앉은 뒤에 대화를 시도해라. 그때도 화를 내거든 다시 자리를 피했다가 다음번 기회를 기다려라. 끈기 있게 기다리다보면 언젠가는 네 뜻을 조리 있게 전할 수 있는 기회가 생길 게다."

이런 부모 밑에서 자라났으니 내가 주먹다짐을 혐오하게 된 것은 당연했다. 주먹으로 해결할 수 있는 일은 아무것도 없으며 오직 대화만이 문제를 해결하는 열쇠라고 굳게 믿었다. 덕분에 나는 싸움은커녕 사소한 시비에도 휘말리지 않고 무사히 유년기를 보냈다.

"한번 뒤를 보이면 그걸로 끝장이여. 관뚜껑에 못 박힐 때까정 그 새끼 밥 노릇을 하면서 살게 되는 것이다 이 말이여."

재경의 생각은 달랐다. 세상은 한 치의 양보도 없는 정글이었다. 일단 그 안에 뛰어들게 되면 싫든 좋든 치열한 생존경쟁에 내몰리게 마련이었다. 재경은 자식들이 그 경쟁에서 늘 승리하게 되기를 바랐다. 그러자면 강인한 의지와 투쟁심을 갖추고 있어야 했다.
 "네가 그놈만 못한 것이 뭐가 있다고 밥 노릇을 해? 그놈이 하루 세 끼니 먹을 때 너는 한 끼니만 먹었디? 이 썩을 놈아, 끼니때마다 꼬박꼬박 밥을 처먹었으면 밥값을 해얄 것 아니냐?"
 재경은 자기 밥그릇도 챙기지 못하는 놈은 밥 먹을 자격이 없다면서 매정하게 굴었다. 밥을 먹고 싶거든 보복을 하고 돌아오라고 했다. 빈말이 아니었다. 이남은 재경이 깨어 있는 동안에는 밥알 한 톨 먹을 수가 없었다. 재경이 잠자리에 든 뒤에 불 꺼진 부엌에서 숨죽여가며 음식을 먹다가 설움에 겨워 끅끅거렸다. 그렇게 하루가 지나고 사흘이 지나고 열흘이 지나자 이남은 더이상 눈물을 보이지 않았다. 어느덧 이남의 눈빛은 몰라볼 정도로 매섭게 변해 있었다.
 "그럼 그렇제. 암만, 누구 아들인디. 허허허, 장하다, 장해."
 옷이 누더기처럼 찢어진 채 상처투성이인 몸을 이끌고 귀가하여 승리를 보고하고 나서야 이남은 다시 자식으로 인정받을 수 있었다. 너털웃음을 웃는 재경의 품에 안기는 순간 이남의 눈이 기묘한 광채를 발했다. 나는 그 눈빛에 매료되어버렸다. 그것은 육식동물의 눈빛이었다. 주눅들어 눈길도 변변히 맞추지 못하던 사내아이의 모습은 간데없고 어엿한 수컷 승냥이 한 마리가 형형한 눈빛을 발하고 있었다.
 그제야 나는 지난 며칠간 목격한 것이 육식동물의 가정교육이었다는 것을 깨달았다. 태어나면서부터 초식동물의 가정교육을 받아온 나는 도저히 메울 길이 없어 보이는 정서적 이질감을 느꼈다. 하지만 그것도 잠시뿐이었다. 나는 주저하지 않고 내 몸에 둘러씌워져 있던 초식동물의 허물을 벗어던져버렸다. 육식동물의 사고방식과 행동양식을 새로 몸에 익히기 위해 발버둥치기 시작했다. 이남의 눈에 어린 광채를 내 것으로 만들고픈 욕망이 내 안에서 이글이글 타오르고 있었다.

"짱구 저 자식, 제법이네?"

재경이 가르쳐준 방식으로 그러쥔 주먹이 연이어 민철의 얼굴에 적중했다. 두툼한 살집이 모든 충격을 흡수할 거라던 장담과는 달리 민철은 얻어맞을 때마다 신음을 내질렀다. 민철은 느려터진 걸음으로 뒷걸음질을 치다가 흙바닥에 주저앉더니, 눈물이 그렁그렁한 눈으로 나를 올려다보며 "항복이야! 항복!" 하고 외쳤다.

민철의 뺨에 흘러내리는 눈물을 보며 나는 희열을 느꼈다. 주먹을 휘둘러서 미안스럽다거나 민철의 처지가 불쌍하다거나 하는 생각은 조금도 들지 않았다. 그저 나 자신이 자랑스럽고 대견할 뿐이었다. 나는 승리감에 도취되어 "봤지? 내가 이겼어!" 하고 주위를 둘러보며 소리쳤다.

내 외침은 냉담한 침묵에 묻혀버렸다. 홍준식과 똘마니들이 못마땅한 표정으로 나를 노려보고 있었다. 그들의 눈빛을 보자마자 나는 아차 하고 속으로 탄식했다. 민철의 주먹에 몇 대 얻어맞다가 패배하는 편이 일을 쉽게 만드는 길이었다는 것을 깨닫고 혀끝을 질근거렸지만, 이미 엎질러진 물이었다.

"우리 민철이, 불쌍해서 어쩌나? 다시 막내가 됐네? 쯧쯧쯧."

홍준식은 흙바닥에 퍼질러앉아서 훌쩍이고 있는 민철에게 다가가서 위로의 말을 건넸다. 민철의 머리를 손바닥으로 쓰다듬더니 겨드랑이를 부축하여 일으켜세웠다.
 "그만하면 우리 민철이, 정말 잘한 거야. 고생 많았어. 신참교육은 다른 사람한테 맡기고 넌 이제부터 막내 노릇만 열심히 해."
 홍준식이 자상하게 민철의 속내를 어루만졌다. 민철이 감격하여 울음소리를 키우자 홍준식은 민철의 거대한 몸뚱이에 팔을 둘러 오래도록 끌어안았다.
 "신참교육이 좀 길어지겠는걸. 히힛, 앞으로도 한동안은 심심치 않겠어."
 민철이 울음을 그치자 홍준식은 똘마니들을 둘러보며 키득거렸다. 그 웃음소리가 내 평탄한 일상의 종말을 알리는 조종이었다. 그후 나는 매일같이 홍준식 패거리의 구박과 냉대에 시달려야 했고, 사나흘에 한 번꼴로 홍준식이 주선하는 결투에 나서야 했다. 다른 것은 그럭저럭 견딜 만했지만 천성이 나약한 나에게 싸움은 매번 엄청난 압박감으로 다가왔다.
 물론, 하려고만 들면 얼마든지 도망칠 수 있었다. 담임교사나 부모에게 도움을 청하여 전학을 가버리면 그만이었다. 그러나 나는 강박에 사로잡혀 폭주를 일삼는 또다른 자아에게 점령당한 꼭두각시였다. 증오를 양분 삼아 거대하게 몸집을 키운 그 악귀는 "이딴 녀석도 당해내지 못하는 주제에 우덕도 떨거지들에게 맞서겠다는 거야? 그렇게 약해가지고 어떻게 그 사나운 승냥이떼한테서 어머니를 지켜주겠어?"라는 비아냥거림을 마치 전능의 주문인 양 줄기차게 외워댔다. 그 바람에 나는 낚싯바늘에 주둥이를 꿰인 물고

기처럼 죽을힘을 다해 펄떡거리면서도 끝내 도망칠 생각은 하지 못했다.

　나는 구경꾼들에게 둘러싸인 채로 두려움 때문에 후들거리는 다리를 달래가며 솔밭의 으슥한 공터로 걸어들어가고는 했다. 그 절박한 순간에 내가 의지했던 것은, 아이로니컬하게도 그토록 증오해온 작은아버지들과 고모들이었다. 나는 그들이 내게 보여줬던 포악한 언행들을 고스란히 흉내냈다. 그들처럼 으르렁거렸고, 그들처럼 주먹을 휘둘렀다. 그들과 십수 년간 비비적거리는 동안 가랑비에 옷 젖듯 내 영혼에도 독기와 광기가 스며들었던 것일까. 나는 주먹다짐이라고는 해본 적 없는 골샌님답지 않게 투지를 발휘했고, 그 덕에 연이어 뜻밖의 승리를 거둘 수 있었다.

　　　　　　　　　2

　운도 많이 따랐다. 특히 홍준식이 나의 여섯번째 상대로 지목한 용코와의 대결을 피할 수 있었던 것은 천행이었다. 용코는 웬만한 어른보다 덩치가 우람했으며 체육교사에게 팔씨름을 이길 정도로 힘도 장사였다. 게다가 성질머리까지 포악해서 홍준식만 없다면 전교생을 쥐락펴락하면서 우두머리 노릇을 하고도 남을 그릇이었다. 이름값을 하느라고 학기가 시작되자마자 교실에서 싸움을 벌여 교무회의에 회부되었다가 그간의 여죄가 보태져 무기정학에 처해진 뒤로는 학교에서 얼굴을 볼 수 없던 참이었다.

　"네가 손봐줄 새끼가 이 자식이야."

예상을 뒤엎고 내가 연이어 승리를 거두자 짜증이 치밀었던 것일까. 아니면 나를 괴롭히는 일에 싫증나서 그쯤에서 접고 싶었던 것일까. 홍준식은 종례를 마친 뒤의 어수선한 청소시간에 용코를 교실로 불러들였다. 여섯 명의 청소당번들이 일손을 멈추고 지켜보는 가운데 용코의 우람한 어깨를 토닥이며 "그렇다고 죽이지는 마. 골치 아파지니까" 하고 당부했다. 자기는 더이상 싸움 구경에는 관심 없다는 듯 용코와 나 단둘이서만 솔밭으로 가라고 명령하더니, 복도에서 기다리는 똘마니들을 이끌고 어디론가 우르르 몰려가버렸다.

"작작 좀 꾸물거려."

십여 미터쯤 앞서가던 용코가 뒤를 돌아보며 소리쳤다. 변성기를 지난 굵직한 목소리가 위압적이었다. 고개를 푹 숙이고서 느릿느릿 걷고 있던 나는 그 소리를 듣고 흠칫 놀라 어깨를 움츠렸다. 턱없이 벅찬 상대였기에 나는 싸움을 시작하기도 전에 전의를 상실한 상태였다. 그러니 내 걸음이 빨라질 리 없었다. 솔밭에 도착하자마자 용코의 솥뚜껑만한 손에 붙들려 엉망으로 뭉개질 것을 생각하니 발을 떼어놓기가 죽기보다 싫었다.

"학생, 잠깐 나 좀 봐요."

교문 앞은 하교하는 학생들로 북적거렸다. 나도 그 사이로 신발을 질질 끌며 교문을 빠져나가고 있었다. 그때 어디선가 낭랑한 목소리가 들렸다. 저만치서 낯선 중년 부인이 손짓해가며 나를 부르고 있었고, 그 곁에는 같은 반 친구 하나가 손가락으로 나를 가리키고 있었다. 미용실에서 갓 나온 듯한 머리 모양새며 정숙한 화장이며 고급스러운 양장 차림까지 어디 한 군데 흠잡을 곳 없이 세련

미와 기품이 잘잘 흐르는 귀부인이었다.
"지지난주에 우리 민철이랑 싸웠다던 학생이 맞지?"
그 부인이 민철의 어머니라는 사실이 처음에는 잘 믿기지 않았다. 민철의 투실투실한 외모와 거친 입담과는 어떤 식으로도 연결되지 않을 만큼 부인의 외모와 언행은 아름답고 우아했다. 민철의 친어머니가 아니라 새어머니일지도 모른다는 엉뚱한 추측을 했을 정도였다.
"호호호, 놀랄 것 없어. 우리 민철이를 때렸다고 해서 꾸중하려고 찾아온 건 아니니까."
민철의 어머니는 나를 집으로 초대하고 싶다고 했다. 망설거리는 나의 손을 잡아끌더니 찻길 가장자리에 서 있는 승용차에 태웠다. 새까맣고 기다란 승용차 안에는 재스민향이 가득했다. 나는 안락한 뒷좌석에 앉아 차창 너머로 바깥을 내다봤다. 길 저편에서 용코가 오만상을 찌푸린 채 뒤통수만 북북 긁어대고 있었다. 그것이 내가 마지막으로 본 용코의 모습이었다. 그날 이후로 용코는 갑자기 자취를 감춰버렸는데, 용코의 행방과 관련한 소식이 입소문을 타고 내 귀에까지 들려온 것은 그로부터 달포쯤 뒤였다. 용코가 만취한 여대생을 강제로 뒷골목으로 끌고 가 겁탈하려다가 여대생의 비명을 듣고 달려온 행인들에게 붙들려 경찰서로 넘겨졌다고 했다. 재판을 받고 나면 소년원에 송치되어 몇년쯤 썩게 될 모양이었다.
"요새 우리 민철이가 학교에 안 가겠다고 생떼를 쓰는 바람에 걱정이 참 많아."
민철의 어머니는 학교 앞 네거리에서 신호를 기다리는 동안 백미러로 나를 보며 말을 걸어왔다. 용코가 보이지 않게 되자 안도감에 싸여 가슴을 쓸어내리던 나는 얼른 마땅한 말을 찾지 못하고 "그러세요?"라고만 대꾸했다. 그러고는 숨을 크게 들이마셔서 민철의 어머니에게서 풍겨오는 화장품 냄새를 맡았다. 영양크림 한 번 변변하게 바르지 못하고 늘 맨얼굴로 다니는 내 어머니에게서는 맡아본 적이 없는 냄새였다.

"워낙 말이 없는 아이라서 도대체가 속마음을 알 수 있어야지. 몇날 며칠을 캐물어도 묵묵부답이지 뭐니."

잠시도 쉬지 않고 입을 놀리는 민철의 모습에 익숙해 있던 나로서는 민철이 과묵한 아이라는 말이 이상하게 들렸다. 하지만 내색은 하지 않았다. 생각해보면 나라는 놈도 학교에서와 집에서의 모습이 다르기는 마찬가지였다. 학교에서는 얌전한 숙맥 노릇을 했지만 집에만 돌아오면 비굴한 어릿광대로 변모했다.

"며칠 동안 공을 들여 살살 달랬더니 너랑 싸웠다는 얘기를 어제저녁에야 하더구나. 싸움에서 지고 나서 속이 많이 상했던 모양이야."

민철의 어머니는 승용차를 철제대문 앞에 정차시킨 뒤에 나를 돌아다보더니 운전하느라고 잠시 끊겼던 이야기를 이어갔다. 나는 그때 하마터면 말허리를 자르고 "벌써 도착했어요?"라고 물을 뻔했다. 승용차에 올라타면서 민철의 집이 상당히 먼 곳에 있는 모양이라고 지레짐작했던 나로서는 어리둥절할 수밖에 없었다. 민철의 집은 학교에서 도보로 십 분도 걸리지 않는 거리에 있었던 것이다.

"열여섯이면 아직 감정 조절이 잘 안 되는 나이니까 싸울 수도 있지. 하지만 싸움이 끝난 뒤에는 멋지게 화해할 줄도 알아야 하는 것 아니겠어? 사나이라면 그 정도는 돼야지, 안 그러니?"

그제야 민철의 어머니가 품고 있는 생각을 짐작한 나는 선선히 그러마고 대답했다. 피차 홍준식의 명령 때문에 마지못해 벌였던 싸움이었고 서로에게 아무런 악감정도 없었으므로 화해하지 못할 이유가 없었다.

"어쩜, 너 참 멋지다. 우리 민철이도 너처럼 화통하면 얼마나 좋 겠니."

민철의 어머니가 활짝 웃었다. 지난 며칠 동안 머리를 아프게 했던 근심거리가 해결되었다는 생각에 기뻐하는 눈치였다. 하지만 민철의 어머니는 헛다리를 짚고 있었다. 민철이 등교를 거부하는 것은 나하고는 직접적인 상관이 없었다. 민철은 나와의 일전에서 패한 뒤로 홍준식의 똘마니들에게 괴롭힘을 당하고 있었다. 다들 민철을 축구공이나 배구공쯤으로 여기는지 쉬는 시간만 되면 몰려들어서 녀석의 정강이를 걷어차거나 머리를 후려쳤다. 그렇게 이놈 저놈에게 시달리며 울먹거리기를 열흘 넘게 했으니 진절머리를 내는 것도 무리가 아니었다.

"사양할 것 없어. 마음껏 먹고 더 달라고 하렴."

민철과 어색한 인사를 마치고 부엌에 들어서자 진수성찬이 우리를 기다리고 있었다. 민철의 어머니가 준비해놓은 음식은 서너 명의 장정이 달려들어도 해치울 수 없을 정도로 풍성했다. 내가 한 번도 구경해보지 못한 음식도 여럿 있었다. 특히 대하라고 불리는 큰 새우는 맛이 기막혔다. 새끼손톱만한 새우밖에 구경해본 적이 없는 나는 대하를 먹는 요령을 알지 못했으므로 통째로 입에 넣고 껍질까지 우적우적 씹어 삼켰다.

"어머머, 그러다가 입천장이라도 찔리면 어쩌려고 그러니? 이리

줘봐. 내가 먹는 요령을 가르쳐줄게."

　민철의 어머니는 손수 대하 껍질을 벗겨주며 "처음 먹어보는 모양이구나?" 하고 물었다. 그 말을 듣는 순간, 껍질째 목구멍을 넘어간 대하가 식도 중간에서 걸린 듯한 느낌이 들었다. 얼굴이 화끈거려 고개를 들 수가 없었고 자꾸만 몸이 배배 꼬였다.

　그 와중에도 머릿속에서는 식구들의 얼굴이 차례로 떠올랐다. 염치 불구하고 몇 마리만 얻어가서 식구들에게 맛을 보이고픈 생각이 굴뚝같았다. 무를 썰어넣은 고등어조림을 세상에서 가장 맛난 음식으로 알고 있는 두 동생에게 먹이면 얼마나 좋아들 할까. 하지만 끝내 입 밖에 내지는 못했다. 그렇게 간절했으면 밑져야 본전이라는 심산으로 말이라도 꺼내볼 일이건만 숫기라고는 약에 쓰려도 없었던 나란 녀석은 속만 안달복달 끓이다가 말았다.

　거나한 식사를 마친 후에 나는 민철의 방으로 가서 함께 퍼즐 맞추기를 했다. 조각을 모두 맞추면 세계지도가 완성되는 퍼즐이었는데 보기보다 어려워서 다 맞추기까지 시간이 꽤 걸렸다. 그사이에 민철의 어머니는 여러 번 방문을 열고 들어와서 고급스러운 식기에 담긴 과자, 과일, 주스, 코코아 따위를 우리들 곁에 내려놓았다. 민철의 어머니는 간식을 전한 뒤에 바로 일어나서 방을 나가는 법이 없었다. 슬쩍 끼어들어 퍼즐 몇 조각을 맞추기도 하고 우리의 대화에 귀를 기울이고 있다가 자연스럽게 말참견을 하기도 했다. 퍼즐을 다 맞춘 뒤에는 손수 다이아몬드 모양의 말판을 가져오더니 게임을 하자고 제안했다. 게임하는 동안, 줄곧 판세를 주도했으며 재치 있는 말솜씨로 우리를 여러 번 웃게 만들었다.

　민철의 어머니가 보여준 용의주도하고 적극적인 어머니 노릇이 내게는 무척 인상적이었다. 내 어머니와는 정반대였다. 내가 집으로 친구를 데려가도 어머니는 간식을 만들어주는 것 외에 별다른 알은체를 하지 않았다. 그나마 간식도 부엌 탁자에 마련해둔 것을 우리가 알아서 챙겨먹어야 했다. 다 먹은 후에 그릇을 깨끗하게 씻어 정리하는 것도 우리 몫이었다.

"넌 정말 좋겠다. 저렇게 예쁘고 멋진 엄마가 있어서."

대문 앞에서 작별인사를 나누다가 민철에게 그렇게 말했다.

"모르는 소리 마. 지금은 저래도 내가 성적표를 받아오는 날에는 호랑이보다 더 무서워."

민철이 싫지 않은 표정으로 툴툴거리자 나는 진심으로 부럽다는 생각을 했다. 내가 갑자기 성적이 떨어져도 어머니는 꾸중하는 법이 없었다. 성적표를 건네받은 자리를 무덤덤한 표정으로 면해놓고는 밤늦도록 잠을 이루지 못하고 걱정했다. 오밤중에 요의를 느껴 자리에서 일어났다가 안방 문틈으로 새어나오는 어머니의 한숨소리를 듣게 되면 억장이 무너졌다. 차라리 눈물이 쏙 빠질 정도로 꾸지람을 하면 좋으련만, 몇날 며칠을 그렇게 밤잠 설쳐가며 말없이 야위어가는 어머니를 지켜보는 것은 감내하기 힘든 고통이었다. 그 고통에서 벗어나려면 미친 듯이 책을 파서 성적을 끌어올리는 것 외에 다른 방법이 없었다.

그것이 내 어머니의 방식이었다. 어떤 간섭이나 거래도 없이 그저 지켜보면서 혼자서 애를 끓이는 것이 전부였다. 하지만 그것은 때때로 그 어떤 훈화나 강제보다 강력한 힘을 발휘했다. 홍준식 패거리가 저지르는 온갖 악행에 쉽게 동화될 수 없었던 데에도 어머니를 슬프게 해서는 안 된다는 강박이 한몫했다. 혹여 일이 잘못되어 어머니를 경찰서에서 대면하게 되는 일이 벌어지기라도 한다면, 어머니에게 엄청난 실망을 안겨주는 것은 물론이고 몇날, 아니 몇달이나 몇년에 걸쳐 시름 속에 여위어가는 모습을 곁에서 지켜봐야 할지도 몰랐다. 나는 그런 고통을 온전한 정신으로 감내할 수 있을 것 같지가 않았다. 그것이 내가 홍준식의 악행에 순순히 가담할 수 없었던, 그토록 아등바등하면서 홍준식과 맞설 수밖에 없었던 또하나의 이유였다.

3

행운은 거기까지였다. 용코와의 대결이 무산되자 홍준식은 다음 상대로 깜치를 지목했다. 내가 그때까지 상대해온 녀석들과는 비교도 할 수 없을 정도로 싸움에 능한 놈이었다. 내 힘으로는 도저히 쓰러뜨릴 수 없는 상대라는 것을 알면서도 나는 육식동물을 흉내내며 허세를 부리다가 결국 무릎 꿇고 말았다. 이제 남은 일이라고는 도마 위에 오른 생선마냥 홍준식의 처분을 기다리는 것뿐이었다.

나는 참담한 심정으로 미명에 휩싸인 등굣길을 홀로 걸었다. 도중에 괜스레 걸음을 멈추기도 하고 왔던 길을 되돌아가기도 하면서 늑장을 부렸건만 어느새 키 낮은 단독주택들 지붕 너머로 학교 건물이 보이기 시작했다.

학교가 시야에 들어오자마자 발이 바닥에 들러붙어버렸다. 멈춰 선 자리에 우두커니 서서 어깨에 둘러멘 가방끈을 오래도록 만지작거렸다. 그러다가 끝내 학교를 등지고 돌아섰다. 어디로 가야 하는지도 모르면서 무작정 걸음을 떼어놓았다. 길이 갈릴 때마다 망설거리던 발걸음이 어렵사리 나를 인도한 곳은 다름아닌 솔밭이었다.

솔밭에 들어서면서부터 나는 따가운 시선에 시달려야 했다. 조깅을 하러 나온 운동복 차림의 사람들이 의혹에 찬 시선으로 나를 바라보았다. 콧잔등에 석고보호대를 마스크처럼 착용하고 교복 차림에 책가방까지 메고서 공원을 찾은 나는 주목을 받기에 부족함이 없었다. 나는 죄라도 지은 사람처럼 고개를 숙인 채 일전에 깜치와 싸움을 벌였던 외진 공터를 향해 발걸음을 재촉했다.

가파른 산책로를 오르느라 거칠어진 숨결 저편으로 낡은 벤치가 보였다. 벤치 뒤편에는 가느다란 뱀길이 뻗어 있을 것이고 그 길을 따라 야트막한 언덕 하나를 넘어가면 음습한 공터가 나타날 터였다. 바로 그때였다.

나는 다급하게 멈춰 서서 숨을 죽였다. 어둑한 숲그늘에 싸인 벤치에서 무엇인가 움직이며 부스럭거리는 소리를 냈기 때문이었다. 자세히 살펴보니 누군가 신문지를 이불 삼아 덮고서 벤치 위에 누워 있는 것이 보였다. 귀를 기울이자 희미하게 코 고는 소리도 들렸다. 나는 주저주저하다가 다시 발을 떼어놓았다. 벤치로 다가갈수록 코 고는 소리가 또렷해졌다.

벤치 주변에는 빈 소주병들과 담배꽁초들이 너저분하게 버려져 있었다. 벤치 위에 누워 있는 사람은 입 주위와 턱에 수염이 더부룩한 사내였는데, 행색이 남루한데다가 본디 살색을 알아보기 힘들 정도로 때에 절어 있는 것으로 봐서 부랑자가 분명해 보였다.

나는 행여 사내가 깨지 않도록 뒤꿈치를 들어 발소리를 죽였다. 사내의 곁을 지나치는 순간, 쉬지근한 땀내와 역한 술냄새가 코를 찔렀다. 그 지독한 냄새를 맡자마자 더럭 겁을 집어먹었다.

  벤치를 돌아 가느다란 뱀길로 들어서기까지의 짧은 시간 동안 나는 여러 차례 고개를 돌려 사내의 동태를 살폈다. 금방이라도 사내가 잠에서 깨어나 괴성을 지르며 쫓아올 것만 같았다. 벤치 주변에 굴러다니는 소주병 중에서 칼처럼 날카로운 단면으로 깨져나간 병모가지를 주워 꼬나들고는 짐승처럼 으르렁거리며 내 뒷덜미를 잡아챌지도 모른다고 생각하니 숨조차 제대로 내쉴 수 없었다. 나는 사내의 모습이 완전히 시야에서 사라진 뒤에도 계속해서 까치발을 디디다가 언덕을 넘은 뒤에야 겨우 긴장의 끈을 늦추고 안도의 숨을 몰아쉬었다.

4

  막상 공터에 도착하고 나자 바지 주머니에 손을 찔러넣고서 어슬렁거리는 것 외에는 할 일이 없었다. 태엽을 감아 움직이는 병정 인형처럼 나는 다리가 무겁게 느껴지도록 공터의 가장자리를 한결같은 보폭으로 걸었다.

  '지금쯤 한창 등교하고 있겠지?'

  나는 걸음을 멈추고 우두커니 서서 교문 앞의 정경을 머릿속에 그려봤다. 독사라는 별명으로 불리는 배불뚝이 학생주임이 교문 앞에 버티고 서서 매서운 눈빛을 번득이는 모습, 행여 복장 단속에 걸릴까봐서 학생들이 긴장한 표정으로 교문을 통과하는 광경, 출근하는 교사들을 향해 선도부원들이 절도 있는 동작으로 거수경례를 하는 장면이 차례로 떠올랐다.
　'학교에 가야 해. 언제까지 여기에 숨어 있을 수는 없어.'
　나는 시선을 발치에 떨어뜨린 채 마음속으로 되뇌었다. 하지만 학교로 향할 용기가 좀처럼 나지 않았다. 학교에 가면, 보나마나 아침자습 시간을 틈타서 깜치란 녀석이 으스대며 내게 복종을 강요할 게 분명했다. 이를테면 볼펜 한 자루를 빌려달라거나 하는 사소한 부탁을 깜치가 명령조의 오만한 목소리로 내게 건네면 나는 급우들이 모두 지켜보는 가운데 그 부탁에 군말 없이 응해야만 하는 것이다. 원통해도 굴욕을 받아들여야만 했다. 깜치에게, 그리고 홍준식에게 무릎을 꿇어야 했다. 나는 패배자였다. 주제넘게 육식동물을 흉내내다가 밋밋한 이빨을 들켜버린 초식동물이었다. 그러니 눈매를 처량하게 늘어뜨리고서 그들의 먹이가 되는 것은 당연한 귀결이었다.
　나는 아랫입술을 신경질적으로 빨다가 아픈 줄도 모르고 질근질근 씹어댔다. 사흘이 멀다 하고 이 외진 공터로 끌려와 싸움판을 벌여야 했던 피 말리는 나날들이 눈앞에 선연하게 떠올랐다가 사라져갔다. 이를 악물고 버텨낸 그 기나긴 시간들이 허무하게 물거품이 되어버렸다고 생각하니 참담한 심정이 엄습했다. 바로 그때였다.
　머리를 숙인 채 우두커니 서 있던 나는 서너 발짝쯤 떨어진 풀숲에서 풀잎 사이로 고개를 내밀고 있는 낯익은 모양새의 돌을 발견했다. 가까이 다가가서 들여다보니 지난번 싸움에서 내가 깜치를 위협할 때 들었던 돌이었다. 나는 허리를 숙여 그 돌을 집었다. 이슬에 젖은 까닭에 손아귀에 느껴지는 감촉이 축축했다. 할 수만 있다면 시곗바늘을 거꾸로 돌려 깜치와 대적하던 순간으로 돌아가서 어이없는 실수를 만회하고 싶다고 생각하며, 나는 돌을 찬찬히 들여다봤다. 돌을 쥔 손아귀에 나도 모르게 힘이 들어갔다.

'머리통을 후려쳤어야 했어.'

나는 마치 앞에 깜치가 서 있기라도 한 것처럼 눈앞의 허공을 쏘아보며 돌을 움켜쥔 오른손을 머리 위로 높이 치켜들었다.

"이렇게! 이렇게! 이렇게!"

허공에 대고 오른팔을 거푸 휘두르며 고함을 내질렀다. 텅 빈 공터에 카랑카랑한 외침이 울려퍼졌다. 다음 순간, 불현듯 치미는 의구심에 나는 돌을 높이 치켜든 자세로 굳어버렸다.

'과연 그럴 수 있을까?'

그렇게 나 자신에게 묻고 나니 갑자기 서글퍼졌다.

'정말로 시간이 거꾸로 흘러 깜치와 대적하던 순간으로 되돌아가게 된다면 이번에는 깜치의 머리통을 박살낼 수 있을까?'

나는 머리를 내저었다. 설령 기회가 다시 주어진다고 해도 다시금 바보처럼 울음을 터뜨리게 될 것만 같았다. 나는 힘없이 팔을 내려뜨렸다. 돌을 움켜쥐고 있던 손아귀에서 스르르 힘이 풀렸다. 돌이 툭 땅으로 떨어졌다. 나는 양손으로 머리칼을 쥐어뜯으며 "악!" 하고 외마디소리를 질렀다. 비열하고 나약한 나 자신에게 터뜨리는 울분이었다. 그러자 느닷없이 눈에서 눈물이 넘쳐나기 시작했다. 걸핏하면 쏟아지는 눈물이 혐오스러웠다. 아니, 나라는 놈 자체가 혐오스러웠다.

"등신!"
나는 일렁거리는 시선으로 발치의 돌을 내려다보다가 짤막하게 중얼거렸다.
"등신이면 등신답게 굴어!"
나는 집게손가락을 들어올려 내 미간을 가리켰다. 손가락 끝을 노려보며 나는 목소리를 높였다.
"홍준식한테 무릎 꿇고 싹싹 빌 궁리를 해도 시원찮을 판에 여기서 뭘 하고 있는 거야?"
여태까지는 홍준식이 아량을 베풀어줬기에 그나마 몸뚱이를 보전할 수 있었지만 지금이라도 당장 홍준식이 직접 손을 보겠다고 나선다면 어쩔 생각이란 말인가. 쩹칼처럼 처참한 복수를 당하지 않으려면 홍준식에게 머리를 조아리는 수밖에 없었다.
"잘한다, 잘해. 그렇게 약해빠져서 잘도 네 어미를 지켜주겠다."
그때였다. 음험한 목소리가 내 안에서 들려왔다. 악귀가 내 귓전에 대고 음산한 목소리로 전능의 주문을 속삭이고 있었다. 나는 부르르 진저리를 치고서 허리를 굽혔다. 조금 전에 떨어뜨렸던 돌을 떨리는 손으로 다시 집어들었다. 피할 수 없는 숙명이 손아귀에 묵직하게 들리는 순간, 갑자기 기온이 뚝 떨어진 듯한 느낌이 들면서 등골이 오싹해졌다.
'이걸로 대체 뭘 어쩌자는 거지?'
나는 둘러메고 있던 가방을 내려 안에 돌을 집어넣으며 혼잣말을 했다. 갑자기 요의가 엄습해왔다. 나는 바지 지퍼를 내리고 제일 먼저 눈에 띄는 소나무로 다가가 밑동에다가 오줌을 갈겼다. 그런데 어찌된 일인지 볼일을 마친 뒤에도 요의는 사라지지 않았다.

오줌을 누기 전보다 요의가 약간 가라앉긴 했지만 여전히 방광에 오줌이 적잖게 남아 있는 듯한 느낌이 들었다. 나는 고개를 갸웃거려가며 다시 지퍼를 내렸다. 한참 동안이나 오줌을 누려고 애썼지만 몇 방울 질금거린 게 고작이었다.

돌덩이의 무게가 더해져 한결 묵직해진 책가방을 어깨에 메고 공터를 빠져나오는 도중에도 여러 차례 멈춰 서서 바지 지퍼를 내리고 아랫배에 힘을 줬다. 그러다가 나는 문득 숲이 수런거리는 소리를 들었다. 바람이었다. 나는 바지 지퍼를 내린 우스꽝스러운 몰골로 그 바람을 맞았다. 바람은 내 안으로 들이쳐 휑뎅그렁한 가슴속을 휘돌고 나서 숲 저편으로 밀려갔다. 바람이 사라지고 사위가 다시금 고요해지자 세상천지에 나 홀로 동떨어져 있는 듯한 외로움이 밀려들었다.

'도망칠 수는 없어. 피할 수도 없어.'

고독의 심연에서 나는 나 자신과 대면했다. 그러자 회피하려고만 했던 현실을 직시할 수 있었다. 내 앞에 놓인 길이 외길이라는 사실도 깨달았다. 나는 고독이 가르쳐준 그 길을 좇아 내키지 않는 걸음을 떼어놓기 시작했다. 음습한 공터를 뒤로하고 무성한 잡초에 묻혀 보일 듯 말 듯한 샛길을 따라 나아가자 저만치서 허름한 벤치가 눈에 들어왔다.

저 벤치를 지나면 산책로가 나타날 것이고 산책로를 벗어나 주택가 골목길로 접어들면 바로 학교였다. 그곳에서 홍준식이 나를 기다리고 있었다. 나는 마치 눈앞에 홍준식이 서 있기라도 한 것처럼 눈에 힘을 주면서 전방을 노려봤다. 그러다가 갑자기 멈춰 섰다. 내 시선은 벤치에 못박혀 있었다. 벤치 끄트머리에 비죽 튀어나온 것은 분명 사람의 발이었다. 아까 보았던 그 주정뱅이 사내가 아직까지도 벤치 위에서 잠을 자고 있는 모양이었다.

5

나는 멈춰 선 자리에 그대로 얼어붙은 채 한참 동안 사내의 동정을 살폈다. 간헐적으로 코 고는 소리가 희미하게 들릴 뿐, 사내의 발은 미동도 하지 않았다. 그제야 나는 숨을 죽이고 까치발로 살금살금 앞으로 나아갔다. 숨소리가 새어나갈 것을 염려해 손으로 코와 입을 가리고서 사내의 발치를 지나 벤치 앞쪽으로 돌아가는 동안, 나는 혹시라도 사내가 깨어나면 어쩌나 하는 걱정에 내내 가슴을 졸였다.

갑자기 두 다리가 뻣뻣해졌다. 벤치 바로 앞이었다. 한 걸음만 다가서면 사내의 몸에 손을 댈 수 있을 만큼 가까운 거리였다. 사내의 몸에서 풍기는 고약한 땀내와 술내가 스멀스멀 콧속으로 기어들어왔다. 나는 본능적으로 고개를 돌려 외면했다. 나도 모르게 다리에 힘이 들어갔다. 사내를 뒤로하고 냅다 뛰어달아나고픈 생각이 굴뚝같았다.

"네 꼬락서니를 좀 봐. 고양이 앞의 쥐새끼처럼 발발거리고 있잖아?"

그때 내 안에서 악귀가 꿈적거렸다. 내 귀에 대고 야비한 목소리로 비아냥거렸다. 나는 양손으로 귀를 틀어막으며 눈을 질끈 감아버렸다. 감긴 눈꺼풀 안쪽에 어른거리는 파르스름한 그림자를 응시하노라니 홀연 웬 사내의 모습이 떠올랐다. 남루한 행색의 그 사내는 술에 취해 깊은 잠에 빠져 있었다. 그 앞에는 한 소년이 서 있었는데 두 다리에 잔뜩 힘이 들어간 채 엉덩이를 뒤로 빼고 있는 자세로 봐서 도망갈 궁리를 하고 있는 것이 분명했다. 언젠가 사슴 농장에 놀러갔다가 구경한 적이 있는 우수리사슴과 하는 짓이 똑같았다. 그 초식동물은 작은 소리에도 귀를 쫑긋 세우면서 금방이라도 내달릴 기세로 다리근육을 팽팽하게 부풀리고는 했더랬다. 그런데, 사슴을 빼닮은 그 소년이 메고 있는 가방 안에는 큼직한 돌이 하나 들어 있었다. 운명과 맞서보겠노라고 이를 악물어가며 집어든 돌이었다. 고작 잠들어 있는 부랑자 때문에 바들바들 떠는 주제에 감히 그 돌로 다른 사람도 아닌 홍준식의 머리통을 후려치겠노라는 터무니없는 생각을 하고 있었다.

나는 비로소 진실을 직시했다. 그때 깜치에게 돌을 휘두르지 못했던 이유는 내가 겁쟁이기 때문이었다. 어설프게 육식동물의 몸짓을 흉내낼 수는 있을지언정 결코 남의 살점을 뜯어먹을 수는 없는 초식동물이기 때문이었다. 비록 궁지에 몰린 탓에 쥐꼬리만한 용기를 짜내 돌을 가방에 담긴 했지만 사정은 조금도 달라지지 않았다. 나는 여전히 겁 많은 초식동물이었으며, 보나마나 홍준식에게 돌 한 번 휘둘러보지 못할 것이 분명했다. 아니, 돌을 가방에서 꺼내보지도 못하고 속만 끓이다 말지도 모를 일이었다. 단정에 가까운 그 추측의 근거가 눈앞에 있었다. 고약한 냄새를 풍기며 나직하게 코를 골고 있는 저 사내가 바로 내가 구제불능의 겁쟁이라는 증거였다.

"네 부모가 그렇듯이, 너 역시 초식동물이야."

악귀가 더러운 아가리를 벌려 내 귓전에 후끈한 입김을 끼얹었다. 그러자 내 속에서 정체 모를 불길이 일었다. 뜨거운 기운이 혈관을 타고 내 몸 구석구석으로 퍼져나갔다. 나는 열기에 휩싸인 채 가방을 열어 돌을 꺼내들었다. 필요 이상으로 힘이 들어간 까닭에 부들부들 떨리는 팔을 머리 위로 치켜들었다. 침이 마르면서 목이 타들어갔다. 하지만 내 용기는 거기까지였다. 나는 팔을 높이 치켜든 채로 꼼짝도 할 수 없었다.

"그럼 그렇지. 초식동물 주제에 별수 있겠어?"

악귀가 이죽거리고 있었다. 나는 아니라고 대답하고 싶었다. 보란 듯이 돌로 사내를 내리쳐서 나의 용기를 보여주고 싶었다. 내가 초식동물이 아니라는 사실을 여봐란듯이 증명하고 싶었다. 하지만 나는 거칠게 숨만 몰아쉬다가 힘없이 팔을 내리고 말았다. 맥이 풀리면서 저절로 머리가 숙여졌다. 다 틀린 일이었다. 초식동물이 아닌 육식동물로 살고자 그토록 발버둥쳤건만, 아프리카 초원을 주름잡는 사자나 하이에나처럼 내 무른 잇몸에도 기다란 송곳니가 돋아나기를 간절히 희구했건만, 모두 부질없는 욕망이었다.

"겁쟁이! 쪼다! 꼴값 떨지 말고 차라리 죽어버려!"

악귀의 욕지거리에 시달리면서도 나는 막대기처럼 뻣뻣하게 서서 벤치에 누운 사내를 내려다보고만 있었다. 바로 그때였다. 사내가 잠결에 고개를 틀더니 내가 서 있는 쪽으로 얼굴을 돌렸다. 사내가 반쯤 벌린 입으로 날숨을 쉬자 쉬척지근한 술냄새가 풍겨왔다. 그 순간, 나는 본능적으로 적의를 느꼈다. 무의식 속에 잠겨 있던 불쾌한 얼굴들이 의식의 수면 위로 떠오르더니 수많은 단상에 불을 밝혔다. 평화로운 보금자리에 침범해 살림살이를 둘러엎으면서 낄낄거리던 징그러운 입술, 그 입술이 열릴 때마다 풍기던 쉬척지근한 냄새, 그 냄새 저편에서 겁에 질려 몸을 떨고 있는 여인의 모습…… 아아, 겁에 질린 여인은 나의 어머니였다. 어머니의 낯빛이 파랗게 질려 있었다. 턱이 캐스터네츠처럼 맞부딪치며 딱딱 소리를 내고 있었다.

"쌍!"

나도 모르게 팔에 힘이 들어갔다. 돌을 움켜쥔 손이 허공을 갈랐다.

"억!"

사내가 외마디비명을 지르며 상체를 벌떡 일으키더니 양손으로 허벅지를 움켜쥐었다. 그 서슬에 놀란 나는 소스라치며 몇 걸음 뒤로 물러섰다. 나 역시 사내 못지않게 큰 소리로 비명을 지르고 있었다.

"아아아악!"

날숨이 다해 비명을 그친 뒤에야 나는 뒤돌아서 내달리기 시작했다. 여전히 돌을 오른손에 단단히 움켜쥔 채로.

"저, 저, 저, 후레자식! 거기 안 서?"

사내의 걸걸한 음성이 날아와 내 정수리를 후려쳤다. 하지만 나는 앞만 보고 정신없이 달음질칠 뿐이었다. 전속력으로 공원을 빠져나온 뒤에도 나는 멈추지 않았다. 달리고 또 달렸다. 그러다가 힘이 다해 더 뛸 수 없게 되자 행인들이 오가는 인도 한복판에 벌렁 누워버렸다.

"해냈어."

나는 손아귀에 들려 있는 돌을 노려보며 거친 숨결과 함께 고함을 토해냈다.
"내가 해냈다아아―!"
희열에 몸을 떨며 몇 번이고 거듭 소리를 질렀다. 소리를 내지를 때마다 머리끝에서 발끝까지 짜릿짜릿한 전기가 훑고 내려가는 듯한 느낌이 들었다.
"홍준식, 너 이 새끼, 꼼짝 말고 기다려!"
나는 용솟음치는 격한 감정을 주체하지 못하고 벌떡 일어났다. 돌을 허공에 대고 휘두르며 "넌 이제 내 손에 죽는 일만 남았어!" 하고 호기롭게 소리쳤다.

6

나는 한 마리 들짐승처럼 도사리고 있었다. 콧잔등에 석고보호대를 착용한 볼썽사나운 몰골로 학교 담장에 등을 기댄 채 쪼그리고 앉아 때가 오기만을 기다리고 있었다.
딩, 동, 댕, 동……
마침내 종소리가 들렸다. 오전수업이 모두 끝났다. 교사들이 교직원 식당으로 몰려가고 나면 교실에는 학생들만 남아 왁자하게 떠들어댈 터였다. 일을 벌이려면 이때가 기회였다.
나는 입을 벌리고 숨을 한껏 들이마셨다. 폐에 공기를 가득 채운 상태에서 잠시 멈췄다 가늘고 길게 숨을 내쉬고 나서 몸을 일으켰다. 가방을 둘러메고 발걸음을 떼어놓았다. 걸음을 옮길 때마다 조금씩 보폭이 넓어지면서 속도가 붙었다. 뒤꿈치가 들리는가 싶더니 뜀박질로 변했다. 그렇게 가속이 붙은 채 교문 안으로 뛰어들어 갔다. 전속력으로 운동장을 가로질렀다. '실내화를 신어주세요'라 고 씌어 있는 표지판을 무시하고 흙발로 단숨에 오층까지 올라갔 다. 교실 앞문을 발로 걷어차면서 안으로 우당탕 뛰어들었다. 점심 을 먹고 있던 아이들의 눈길이 일제히 내게로 쏠렸다.

"홍준식! 이리 나와, 씹할 놈아!"

나는 소리쳤다. 교실은 찬물을 끼얹은 듯이 조용해졌다. 미미한 움직임조차 없었다. 다들 동작을 멈추고 놀란 눈으로 나를 바라보 고 있을 뿐이었다. 나는 그 정적을 견딜 수가 없었다. 오금이 저리 고 숨이 막혔다.

"귓구멍이 막혔어? 나오란 말이야! 치사하게 꼬붕들 뒤에만 숨 어 있지 말고 나랑 붙어! 일대일로!"

나를 힐긋 쳐다보더니 이내 고개를 숙이고는 귀머거리라도 되는 양 묵묵히 젓가락질만 하고 있는 홍준식을 향해 나는 삿대질을 해 가며 다시 소리를 질러댔다. 적당한 선에서 입을 닫고 홍준식의 반 응을 기다려야 한다는 것을 알면서도 나는 도무지 입을 다물 수가 없었다. 잠시라도 말을 멈추면 제풀에 주저앉아 오줌이라도 퍼질 러쌀 것만 같았다.

"왜 못 일어나? 겁나서 오줌이 찔끔찔끔 나와? 바지에 오줌 지 린 게 창피해서 못 일어나는 거야? 그게 아니라면 당장 앞으로 나 와. 한번 붙어보잔 말이야, 이 쪼다새끼야!"

아무리 속에서 악귀가 간교한 혓바닥을 놀려 부추겼다지만 어쩌 자고 그런 터무니없는 말로 홍준식을 자극했던 것일까. 그렇게 필 사적으로 울부짖으면 육식동물처럼 보일지도 모른다고 생각했던 것일까. 포효하며 입을 크게 벌려봤자 밋밋하고 둥글둥글해 아무런 위협도 될 수 없는 이빨들을 들킬 뿐이라는 것을 정녕 몰랐더란 말인가.

고백하건대 그때 내 머릿속에는 한 가지 생각뿐이었다. 어머니였다. 그 불쌍한 여인을 지켜주고 싶었다. 다시는 그 여인 혼자 가녀린 팔을 벌리고서 거대한 파도와 외롭게 맞서는 일이 일어나지 않기를 간절히 소망했다. 그런데, 어머니를 지키자면 무지막지한 작은아버지들과 고모들에게 맞서야 했다. 골백번 생각해봐도 그건 가당치 않아 보였다. 걸핏하면 울음을 터뜨리기 일쑤인 겁쟁이가 해낼 수 있는 일이 아니었다. 하지만 해내야 했다. 두렵더라도, 벽차더라도 포기할 수는 없었다. 어머니를 지켜줄 수 있는 사람은 세상천지에 오직 나 한 사람뿐이기에.

"난 말이야, 널 꼭 이겨야겠어. 너 같은 쪼다새끼쯤은 밟아줘야 체면이 서거든."

나는 목청껏 악을 썼다. 홍준식이 제아무리 눈을 치떠봤자 재경의 광기 어린 눈에는 견줄 수조차 없었다. 홍준식이 유리병을 깨들고 설쳐본들 재헌의 칼부림에 비하면 어린아이의 장난에 불과했다. 홍준식의 섬뜩한 무용담도 유치장을 제집처럼 드나드는 재명의 이력에 비하면 아무것도 아니었다. 그러니 홍준식쯤은 넘어설 수 있어야 했다. 겨우 홍준식 하나도 넘어서지 못하는 주제에 무시무시한 작은아버지들을 당해내겠다는 것은 말도 안 됐다. 그 동안 내밀하게 꿈꿔온 복수가 한낱 몽상에 불과한 게 아니라는 것을 스스로에게 증명하기 위해서, 비겁과 굴종으로 얼룩진 내 지난 삶에 대한 속죄를 위해서, 그리고 어떤 난관 앞에서도 어머니의 고통을 외면하지 않겠노라는 맹세를 위해서, 나는 용감하게 싸워 홍준식을 쓰러뜨려야 했다.

"너 같은 허섭스레기도 못 이긴다면 살아 있을 필요가 없거든! 차라리 죽는 게 낫거든!"

정말로 죽어버릴 작정이었다. 책가방 속에는 담장에 기대앉아 쓴 유서 한 통이 들어 있었다. 불효자식을 용서하라는 내용이 담긴, 부모에게 보내는 편지였다. 자기 어머니조차 변변하게 지켜주지 못하는 등신으로 구차하게 연명할 바에야 차라리 깨끗하게 죽어 없어져버리자고 다짐하며 쓴 유서였다.

"야, 짱구! 너 죽고 싶어 환장했어?"

내 초조한 고함 속으로 끼어든 것은 깜치였다. 덕분에 고함을 멈출 수 있게 된 나는 숨을 고르기 위해 심호흡을 했다. 너무 많이 떠들어댄 까닭에 시야 가장자리가 어둑어둑해지면서 어지럼증이 일고 있었다.

"그렇게 죽고 싶으면 혼자서 목이나 맬 것이지, 뭐? 누구랑 붙어? 나한테도 진 주제에 감히!"

깜치가 눈을 부라리며 교사가 학생을 꾸짖을 때나 쓸 법한 말투로 소리쳤다. 제 딴에는 근엄하게 꾸짖은 솜씨가 스스로도 대견스러웠는지 말끝에 미소까지 지어가며 고개를 주억거렸다.

"남자라면 정정당당하게 패배를 인정할 줄도 알아야지!"

깜치는 의자에서 일어나 학급 전체를 여유롭게 둘러보고 나서 고개를 뒤로 젖혀 나를 깔떠봤다. 지난번 싸움으로 서열은 이미 정해졌으니 자기 밑으로 고분고분하게 들어오라는 몸짓이었다.

"지긴 누가 졌다는 거야? 그건 무승부였어. 인생이 불쌍해서 곱게 살려서 돌려보내줬더니 고마운 줄도 모르고 까불어?"
 나는 이를 드러내 보이며 깜치를 노려봤다.
 "나도 찜찜하던 참이었는데 잘됐네. 떠벌리지만 말고 다시 붙자."
 나는 등에 메고 있던 가방을 교탁에 던졌다. 가방이 교탁에 떨어지는 순간 가방 안에 들어 있던 돌이 묵직한 충격음을 냈다. 나는 지퍼를 열어 돌을 꺼내들고는 깜치를 향해 돌아섰다.
 "어디서 많이 보던 돌이지? 이거 찾아오느라고 고생깨나 했지."
 돌을 어깨 위로 들어올렸다가 내리치는 동작을 반복하면서 나는 깜치의 눈을 정면으로 응시했다.
 "지난번에 어디까지 하다가 말았더라?"
 나는 돌로 칠판을 한 차례 후려쳤다. 쿵 하는 소리와 함께 칠판 한가운데가 움쑥 들어갔다.

7

 병원 신세를 질 정도로 두들겨맞고도 새판으로 다시 겨루자고 덤벼드는 내 꼬락서니를 보고 질려버린 것일까.
 "관둬! 졌으면 깨끗하게 물러서는 맛이 있어야지. 밥맛 떨어지게 끈적거리기는…… 난 말이지, 너처럼 매너 없는 새낀 상대 안해."
 깜치는 태연을 가장하며 넌지시 물러설 자리를 찾았다. 하지만 제아무리 가슴을 부풀려가며 허세를 부려봤자 초조한 눈빛까지 감추지는 못했다. 나를 똑바로 응시하지 못하고 곁눈질로 내 손에 들린 돌을 힐끔거리는 것으로 봐서 겁을 집어먹은 눈치였다.
"너 같은 또라이랑은 안 싸운다니까, 왜 자꾸 지랄이야."
내가 깜치의 면전에 돌을 들이대자 깜치는 신경질적으로 고개를 틀더니, 휙 돌아서서 잰걸음으로 뒷문을 통해 교실 바깥으로 나가 버렸다. 도시락을 책상 위에 고스란히 펼쳐놓은 채 몸만 챙겨서 나갔으니, 누가 보더라도 그것은 도망이었다.
깜치의 도망이 뜻밖인데다 너무도 손쉽게 쟁취한 승리가 믿기지 않아서 나는 잠시 어리둥절했다. 지난번 솔밭에서 내가 돌을 치켜들었을 때에도 깜치란 놈은 겉으로만 태연했을 뿐이지, 속으로는 발발 떨었던 것이 아닐까. 그날 이후로 머리 위에서 우쭐우쭐하던 돌덩이가 밤마다 꿈에 보이는 바람에 가위에 눌려 식은땀깨나 흘렸을지도 모를 일이었다.
"믿었던 깜치마저 저 모양이라니, 준식이 너, 실망이 크겠어?"
나는 홍준식을 바라보며 비웃적거리는 것을 잊지 않았다. 그러자 홍준식의 똘마니들이 일제히 자리를 박차고 일어났다.
"저 새끼, 내버려두니까 드럽게 기어오르네. 너 진짜 죽어볼래?"
"준식아, 명령만 해. 솔밭으로 끌고 가서 다구리를 놓을 테니까."
똘마니들이 들개처럼 짖어댔다. 하지만 어느 한 놈도 내게 달려들지는 못했다. 예전 같았으면 진작 달려들어 내 목을 물어뜯었을 텐데, 깜치마저 꽁무니 빼는 것을 보고 지레 겁먹은 것일까. 아니면 내 손에 돌이 들려 있기 때문일까.

"나 지금 밥 먹는 거 안 보여?"

홍준식이 입속에 밥을 문 채 짜증스럽게 말했다. 그러자 똘마니들은 어깨를 움츠리며 홍준식의 안색을 살피더니 슬그머니 자기들 자리로 돌아갔다.

"하긴, 밥까지 굶어가면서 상대해줄 필요는 없지."

"맞아. 재롱잔치 났는데 구경이나 해주지 뭐."

똘마니들이 나를 힐끔거리며 거드럭거렸다. 그때였다. 홍준식이 느닷없이 낄낄거리기 시작했다. 뭐가 그리 우스운지 홍준식은 입 안에 있던 밥알들을 지저분하게 튀겨가며 배를 움켜쥐었다.

"우히히히, 저 새끼, 진짜 별종이야. 히히히."

홍준식이 발작적으로 터져나오는 웃음을 주체하지 못하고 눈물까지 질금거리자 똘마니들도 하나 둘 조롱에 합세했다.

"그래 맞아, 또라이야. 우헤헤헤."

"좆도 웃기는 씹퉁이야, 우히히히."

나는 하릴없이 우두커니 서서 홍준식 일당의 왁자한 웃음을 듣고만 있었다. 어느 순간, 누군가의 입에서 흘러나온 "쪼다새끼!"라는 말이 내 귓바퀴에 걸렸다. 그 한마디가 기폭제였다. 나는 돌을 움켜쥔 손을 어깨 위로 쳐들었다. 팔이 하늘을 향해 수직으로 뻗자 마치 교향악단 지휘자의 손짓 한 번으로 연주가 멈추듯, 홍준식 일당의 웃음소리가 일순간 멈췄다. 정적. 나는 던졌다. 돌이 손끝을 떠나는 순간, 나도 모르게 기합 비슷한 것을 목청껏 내질렀던 것도 같다.

사방에서 외마디비명이 동시에 터졌고, 바람에 풀잎들이 몸을 눕히듯 아이들이 돌을 피해 일제히 상체를 숙였다. 돌은 홍준식의 책상 위에 놓여 있던 도시락을 날려버린 다음 튕겨올라 홍준식의 왼쪽 어깨를 아슬아슬하게 스쳤다.
"이 자식!"
홍준식이 자리에서 벌떡 일어났다.

8

홍준식의 뺨이 붉게 변했다. 이를 갈아대며 어깻숨을 몰아쉬는 것으로 봐서 화가 머리끝까지 치민 것이 분명했다.
"좆만한 새끼! 따라와!"
홍준식이 집게손가락으로 나를 가리키며 악을 썼다. 그러고는 교실 뒤편으로 성큼성큼 걸어가더니, 출입문 앞에 다다라서 뒤를 휙 돌아보며 "빨리 못 와?" 하고 성난 목소리로 재촉했다.
홍준식이 그렇게 흥분하여 나대는 모습을 지켜보며 나는 내심 쾌재를 불렀다. 속마음을 내비치는 법이 거의 없을 정도로 용의주도하고 냉정한 홍준식이었다. 그런 냉혈한을 흥분시켜 싸움판으로 끌어낸 것에 나는 한껏 고무되었다. 사실, 나는 사력을 다해 홍준식을 자극하면서도 내심으로는 성공할 가능성이 희박한 도발이라고 생각했더랬다. 왜냐하면 홍준식의 입장에서는 싸움에 응해야 할 이유가 없기 때문이었다. 싸움에서 이겨봤자 그는 얻을 것이 없었다. 오히려 나 같은 송사리를 직접 상대했다는 사실 자체가 수치스러울 수도 있는 상황이었다.
"웃어? 이 자식이 감히! 내가 누군 줄 알고!"

의도대로 일이 풀려나가는 것을 흡족해하다가 나도 모르게 입가를 살짝 들어올린 모양이었다. 홍준식은 귓불까지 빨갛게 달아올라서는 애꿎은 문짝을 걷어차며 버럭거렸다. 그런데 홍준식이 내뱉은 그 한마디, "내가 누군 줄 알고!"라는 말이 떨어지자마자 나는 생뚱맞게도 피식 웃음을 흘리고 말았다. 그 말이 내 고막에 박히는 순간, 우덕도에 뿌리를 둔 승냥이들의 징그러운 낯짝들이 줄지어 눈앞에 떠올랐다. 과대망상에 사로잡혀 짐승처럼 울부짖는 무뢰배들의 면면이, 저만치서 길길이 날뛰고 있는 홍준식의 모습과 겹쳐졌다.

"이놈이나 저놈이나, 히힛, 똑같은 새끼들이야."

한 번 웃음이 터져나오기 시작하자 걷잡을 수 없었다. 참으려고 이를 악물어봤지만 웃음소리가 치아 틈새로 키득키득 새어나왔다. 결국 나는 입을 크게 벌리고 깔깔거리고 말았다. 팽팽한 긴장이 흐르고 있던 교실에 내 웃음소리가 낭자했다.

"저 자식, 본드 마신 거 아냐?"

"미쳤어. 저 봐, 살짝 맛이 갔잖아?"

사방에서 수군덕거리는 소리가 들려오는 가운데 홍준식이 "보자보자 하니까! 너 이 새끼, 진짜 죽고 싶어?" 하고 고함쳤다. 곧이어 "빨리 나와, 빨리! 내 말 안 들려? 따라 나오란 말이야!" 하고 소리소리 지르며 손짓을 해댔다. 서두르는 기색이 역력했다. 이제 다급한 쪽은 홍준식이었다. 나의 도전으로 말미암아 실추된 위신과 흐트러진 상하질서를 바로잡기 위해 서둘러 승부를 가려야 했다.

그 모두가 오만이 부른 자승자박이었다. 만약 깜치를 내 첫 상대로 내세웠더라면 나는 힘 한 번 못 써보고 무릎을 꿇었을 텐데 홍준식은 그렇게 하지 않았다. 민철을 필두로 하여 덩치만 우람했지 싸움 실력은 형편없는 똘마니들을 내세워 싸움판을 벌여놓고는 콜로세움의 로마황제처럼 싸움 구경을 즐겼다. 덕분에 나는 내성을 기르는 데 필요한 시간을 벌 수 있었다. 거듭되는 결투를 통해 싸움에 대한 막연한 공포심도 극복했고 싸움질의 요령도 얼마간 체득했다. 뿐만 아니라, 유약하기 짝이 없던 사고방식도 뜯어고칠 수 있었다.

"오 년만 더 기다리세요. 그깟 오 년은 금세 지나가니까 조금만 더 참으면 돼요."

세번째 결투에서 승리하고 돌아온 날, 나는 불 꺼진 부엌에서 소리 죽여 울고 있는 어머니를 발견했다. 들썩거리고 있는 어머니의 가녀린 어깨선을 말없이 지켜보고 있자니까 걷잡을 수 없는 분노가 내 몸뚱이를 휘감았다.

"오 년 뒤에는 나도 어른이 돼요. 그땐 아무도 어머니를 괴롭히지 못할 거예요. 내가 가만 안 둘 거니까. 내가 이 손으로 그 짐승 같은 새끼들을 전부 때려 죽여버릴 거니까."

격정에 휘말려 나는 마음속에만 담아두고 있던 증오심을 어머니 앞에 꾸역꾸역 토해냈다. 내 가슴속에 뿌리를 내린 증오는 어느덧 아름드리나무로 성장해 있었다. 그 가지마다에는 독을 품은 날카로운 가시들이 돋아나 있었다. 기회만 주어진다면 그 가시로 누군가의 부드러운 살을 발기발기 찢어버릴 참이었다.

"지금까지 당한 것 전부! 이자까지 쳐서, 때리고! 밟고! 깨부숴버릴 테니까!"

나는 고조된 감정을 주체하지 못하고 벽에 이마를 쿵쿵 찧어댔다. 어머니가 비명에 가까운 만류의 외침을 지를 때까지 자해를 멈출 수 없었다.

"아서라. 그런 마음을 먹으면 못써. 세상을 그렇게 오기지게 살아서는 안 되는 거야."

어머니는 나를 진정시켜 의자에 앉힌 뒤에 행여 누가 들을세라 목소리를 낮춰 조용조용 당부했다. 그 말을 듣는 순간, 나는 일찍이 경험해보지 못한 격렬한 감정의 용솟음을 경험했다. 나는 이성을 잃고 미친 듯이 악을 쓰기 시작했다.

"그렇게 사람이 좋기만 하니까 항상 당하는 거예요. 그놈들한테 잘해줘봤자 눈곱만큼이라도 고마워할 것 같아요? 그러면 그럴수록 더 뜯어먹지 못해서 안달복달할 뿐이에요! 난 달라요! 절대로 아버지 어머니처럼 밥 노릇은 하지 않을 거라고요. 난 싸울 거예요. 싸우지 않으면 먹히고 마니까! 결국 자기를 지켜주는 건 자기 자신밖에 없으니까! 자기 자신밖에!"

맨 마지막에 내지른 말은 홍준식의 똘마니들과 연이은 결투를 치러내는 과정에서 자연스럽게 체득한 교훈이었다. 나는 변모하고 있었다. 이제 고민을 끌어안고서 책상머리에 앉아 밤새도록 끙끙거리는 얼간이가 아니었다. 내 속에 깃든 유약한 심성을 혹독하게 다룰 줄도 알았고, 안락함에 길들여진 육신을 스스로 괴롭힐 줄도 알았다.

나는 버려진 천들을 기워 자루를 만든 후에 모래를 채워 뒤뜰에 서 있는 목련나무에 매달았다. 아침저녁으로 그 모래자루를 향해 주먹을 날리며 텔레비전에서 본 적 있는 권투선수를 흉내냈다. 주먹을 날릴 때마다 모래먼지가 풀썩거렸고, 너무 세게 치면 기운 자리가 터져 모래가 쏟아지기 일쑤였다. 결국 일주일도 채 버티지 못하고 모래자루는 누더기가 되어버렸다. 나는 궁리 끝에 동네 쓰레기통을 뒤져 주워온 빈 깡통들을 노끈으로 엮어 샌드백 대용으로 사용했다. 세게 후려쳐도 실밥이 뜯어질 걱정은 더이상 없었지만 비죽 튀어나와 있는 깡통 모서리를 실수로 칠 때마다 손에 시퍼런 멍이 생겼다.

"두고 봐. 이 주먹으로 전부 박살내버릴 테니까."

나는 아픈 줄도 모르고 주먹을 휘둘렀다. 밤마다 손가락 관절 하나하나에서 느껴지는, 바늘로 찌르는 듯한 통증 때문에 잠을 설쳐야 했지만 나는 그 정신 나간 짓을 하루도 빠뜨리지 않고 매일 되풀이했다.

그 길고 어둡던 시절에 내가 간절히 바랐던 것은 오직 한 가지뿐이었다. 성장이었다. 고통스러운 시간들이 조금이라도 빨리 지나가버리기를, 그리하여 하루라도 빨리 내가 어른으로 자라나기를 기원했다. 하지만 아무리 주먹을 휘둘러도 나의 성장은 조금도 빨라지지 않았다. 시간은 정지한 것처럼 느리게 흐를 따름이었고, 나는 여전히 여드름 자국이 선명한 소년에 불과했다. 야만스런 파도가 밀려오는 것을 두 눈 빤히 뜨고 속절없이 지켜보는 것 외에는 달리 어찌할 도리가 없는, 솜털 보송보송한 풋내기였다.

"저 개좆만한 새끼가, 감히, 내 앞에서 웃었다 이거지!"

홍준식이 근처 의자를 밟고 책상 위로 뛰어오르더니 쿵쿵 발을 굴러가며 고함을 내질렀다.

"뭐 해? 따라오란 말이야, 좆도!"

홍준식의 눈이 희번덕거렸다. 화가 치밀어 눈앞에 아무것도 보이지 않는 듯했다. 나는 기회를 놓치지 않고 품속에서 도사리던 말을 꺼냈다.

"솔밭까지 갈 건 또 뭐야? 그냥 여기서 붙지 뭐."

나는 뱃심 좋게 지껄였다. 내가 교실 안에서 싸움을 벌여보려는 데는 따로 속셈이 있었다. 많은 구경꾼 앞에서 싸움을 벌여야 일대 일의 공정한 싸움을 기대할 수 있었다. 수많은 눈들을 의식해서라도 비겁하게 떼로 몰려들어 뭇매를 놓는 짓은 하기 어려우리라는 계산이었다.

"왜, 애들이 보는 앞에서 나한테 깨질 걸 생각하니까 쪽팔려서 안 되겠냐?"

기세를 올리며 을러댔다. 그때, 아주 잠깐이긴 했지만 홍준식의 얼굴에 당황하는 기색이 스쳤다. 자신이 함정에 걸려들었다는 것을 그제야 깨달은 모양이었다. 그래 봤자 너무 때늦은 깨달음이었다. 결투에 응하겠다는 의사를 공개적으로 밝혀놓고 이제 와서 슬그머니 꼬리를 사리거나 똘마니들 뒤로 숨을 수는 없을 터였다. 절호의 기회였다. 똘마니들의 방해 없이 단둘이서만 맞붙을 수 있다면 나로서도 해볼 만한 싸움이었다.

"어서 덤벼! 왜? 겁나서 못 오겠어? 그럼 내가 그리로 갈까?"

나는 호기롭게 소리쳤다. 그러고는 지체 없이 홍준식을 향해 성큼성큼 다가갔다. 가슴이 두방망이질하고 있었다. 홍준식과 나 사이의 거리가 좁혀질수록 심장은 더 세게 쿵쾅거렸다.

바로 그때였다. "꼰대다! 꼰대가 떴다!" 하고 복도에서 다급한 외침이 들렸다. 누군가 교직원 식당으로 달려가 귀띔이라도 했던 것일까. 생각지도 않았던 훼방으로 인해 홍준식과의 결전은 결정적인 순간에 얼크러지고 말았다.
"종례 끝나고 솔밭으로 와!"
홍준식이 복도 쪽으로 힐끔 눈길을 주더니 소리쳤다. "도망치면 죽을 줄 알아"라고 덧붙이며 나를 쏘아봤다. 나는 대답을 못 하고 고개만 끄덕였다. 낭패가 아닐 수 없었다. 외딴 곳에서 대결을 펼치게 되면 예전에 쨉칼이 그랬던 것처럼 가혹한 보복을 당할 공산이 컸다.

그런데 어쩐 일인지 두려운 마음은 그다지 들지 않았다. 그 동안 길러진 내성이 힘을 발휘했던 것일까. 기껏해야 죽거나 병신이 되는 것밖에 더 있겠느냐는 담대한 생각이 아랫배에 든든한 힘을 불어넣어주었다. 죽어야 한다면 기꺼이 죽어주자고, 병신이 되어야 한다면 기꺼이 병신이 되어주자고 스스로에게 다짐하며 나는 가슴을 폈다.

'될 대로 되라지.'

내 자리로 돌아와 의자에 털썩 앉으면서 나는 속으로 혼잣말을 했다. 긴장이 풀리면서 무기력감이 밀려들고 있었다. 힘들었던 순간들이 주마등처럼 뇌리를 스쳐 지나가면서 늦가을의 숲길에서나 느낄 법한 고즈넉한 비애감을 불러일으키고 있었다. 나는 사치스럽기까지 한 감상에 젖어들다가 자기 연민의 젖무덤에 얼굴을 파묻었다.

뿔

1

"너랑 홍준식이 오늘 솔밭에서 한판 붙는다는 게 사실이야?"
 오교시가 끝나자 네 명의 동네 친구들이 우르르 몰려와서 나를 복도로 불러내더니 다짜고짜 질문을 들이댔다.
 "그걸 어떻게 알았어?"
 내가 퉁명스럽게 대꾸하자 친구들은 사색이 되어 호들갑을 떨기 시작했다. 어떻게 알긴? 소문이 쫙 깔렸어. 오늘 홍준식이 어떤 또라이를 직접 손보기로 했다는 거야. 다들 구경 가자고 난리도 아니야. 그나저나 너 이제 큰일났다. 이 자식, 이거 졸지에 죽게 생겼는데 어쩌면 좋냐? 무조건 싹싹 빌어. 죽으라면 죽는 시늉이라도 해. 그럼 용서해줄지도 몰라. 그래, 맞아. 그 수밖에 없어.
 "내가 먼저 싸움을 걸었어."
 내가 원해서 하는 싸움이라는 말에 친구들은 벌어진 입을 다물지 못했다. 네가 먼저? 너 미쳤어? 그러다가 쨉칼처럼 아작나면 어쩌려고? 그 새끼 완전히 병신 됐다는 소문도 못 들었어?"
"날 좀 내버려둬. 너네랑 얘기할 기분 아니야."
치밀어오르는 짜증을 참지 못하고 나는 매정하게 그들의 말문을 막아버렸다. 홍준식과 나의 결투에 대해 모르는 학생이 없다는 말에 기분이 언짢아져서 더는 상대하고픈 마음이 들지 않았다. 이러다가 자칫 소문이 교사의 귀에 들어가게 될지도 모른다는 염려 때문에 나는 마지막 육교시 내내 마음을 졸였다. 금방이라도 앞문이 열리면서 담임교사나 학생주임이 불쑥 들어와 나를 학생지도실로 끌고 갈 것만 같았다. 종례를 마치고 홍준식과 나란히 교실을 나서서 운동장을 가로지르는 동안에도 혹시 교사들이 뒤쫓아올지도 모른다는 노파심 때문에 긴장을 늦추지 못하고 여러 번 뒤를 돌아다보았다.

교문으로 이어지는 계단 앞에 이르러서야 나는 겨우 마음을 놓을 수 있었다. 하지만 그것은 섣부른 안도였다. 불과 몇 걸음 저편에서 뜻밖의 소동이 벌어지고 있었다. 교문 앞에는 족히 백 명은 되어 보이는 학생들이 북적거리며 홍준식과 내가 나타나기를 기다리는 중이었다. 그 속에는 학생주임을 비롯한 몇몇 남자 교사들도 눈에 띄었다. 교사들은 학생들이 귀가하지 않는 이유를 알아내려고 혈안이 되어 고래고래 소리를 질러대고 있었다.

"너희들 뭐야? 무슨 일이야?"
"왜 집에 안 가고 여기들 모여 있어? 바른대로 말 못 해?"
교사들이 앞으로 나아가면 학생들은 썰물처럼 뒤로 물러났다. 그러다가 교사들이 다른 곳으로 발길을 돌리면 내뺐던 학생들이 밀물처럼 교문으로 우르르 밀려들었다. 흡사 술래잡기라도 하는 것처럼 밀고 당기는 실랑이가 반복되고 있었다.
 홍준식과 똘마니들은 교문이 내려다보이는 계단참에 서서 그 광경을 구경하고 있었다. 나도 그들 무리에서 서너 걸음쯤 떨어진 곳에 외톨이로 서 있었다. 곁눈질로 홍준식의 표정을 살펴보니, 홍준식은 인상을 잔뜩 찌푸린 채 고개를 살살 가로젓고 있었다.
 "저기, 홍준식이다!"
 때마침 교문 앞에 모여 있던 학생들 중 누군가 우리를 발견하고는 소리쳤다. 수백 개의 시선이 일제히 우리에게 쏠렸다. 그 시선을 좇아 교사들도 이쪽을 바라보더니 자기들끼리 무슨 말인가를 주고받았다. 학생주임이 대충 짐작간다는 듯 고개를 끄덕이더니 우리 쪽으로 잰걸음을 옮겼다. 꾸물거리다가는 학생주임에게 덜미를 잡혀 곤욕을 치르게 될 판국이었다.
 "오늘은 텄으니까 일단 찢어지자. 내일 종례 마치고 솔밭으로 와. 도망쳤다간 죽어!"
 홍준식이 나를 향해 고개를 홱 돌리더니 단숨에 말마디들을 꿰었다. 곧이어 똘마니들에게 "튀어!"라고 소리치고는 앞장서서 달리기 시작했다. 똘마니들이 우르르 홍준식의 뒤를 따랐다. 나 역시 가만히 서 있을 수는 없었다. 나는 홍준식의 뒤통수에 대고 "내일 종례 끝나고 솔밭?" 하고 되묻는 것으로 대답을 대신하고는 서둘러 매점을 향해 달음질쳤다. 달리다가 돌아보니 홍준식과 똘마니들이 체육관을 향해 우르르 달려가고 있는 것이 보였다. 체육관 뒤편은 채광을 위해 벽돌담장 대신 철망으로 울타리가 쳐져 있었는데, 철망이 부식되어 헐거워진 틈새로 개구멍이라고 불리는 좁은 통로가 나 있었다. 다들 그리로 내뺄 모양이었다.

"이 자식들! 거기 안 서?"
 학생주임의 벽력같은 호통이 따라붙었지만 나는 뒤 한 번 돌아보지 않고 곧장 매점으로 통하는 좁다란 길로 뛰어들었다. 매점 앞에 다다르자 담장 아래 즐비하게 늘어선 쓰레기통들이 보였다. 키가 제각각인 그 쓰레기통들을 계단 삼아 나는 담을 넘었다.
 '도망쳤다간 죽어!'
 귀에서 쟁쟁거리는 홍준식의 목소리에 시달리며 좁은 골목길을 내달리다 숨이 차서 발을 멈춘 곳은 어느 구멍가게 앞이었다. 가게 입구에 놓인 평상이 눈에 들어왔다. 누리끼리한 개 한 마리가 평상 위에 엎드려 있다가 나를 힐끔 보더니 늘어지게 하품을 했다. 나는 발로 걷어차는 시늉을 해서 개를 쫓아버린 다음 평상에 걸터앉아 숨을 돌렸다.
 "달라진 건 없어. 겨우 하루 뒤로 미뤄진 것뿐인걸."
 나는 홍준식과의 결투가 목전까지 다가왔다가 무산된 것을 허탈해하다 그렇게 나 자신을 다독였다. 하지만 그같은 혼잣말은, 어떤 식으로 사태가 악화되고 있는지를 까맣게 몰랐기에 입에 담을 수 있었던 가당찮은 것이었다.

2

 이튿날 나는 등교하자마자 학생지도실로 끌려갔다. 그곳에는 홍준식도 이미 불려와 있었다.
 "이미 다 알고 있어. 너희 둘이서 싸우기로 했다면서?"

학생주임이 양손을 옆구리에 올린 자세로 불뚝 튀어나온 배를 흔들며 다그쳤다. 검정색 테이프로 바깥 면을 나선 형태로 칭칭 동여맨 피브이시 파이프를 겨드랑이에 끼고 있었는데, 이따금씩 그 몽둥이를 허공에 대고 휘둘러가며 으름장을 놓았다. 아울러, 순순히 사실을 털어놓고 용서를 구한다면 없던 일로 해주겠다는 말을 슬쩍 덧붙여서 도망갈 구멍도 열어주었다.

"그럼 어제는 왜 도망갔어?!"

홍준식과 내가 완강하게 부인하자 학생주임이 오만상을 찌푸리며 고함을 질렀다. 그런데 학생주임은 얼굴이 벌게지도록 한바탕 악을 쓴 뒤에는 습관적으로 혀를 날름거려 입술을 축였다. 그 모습이 꼭 뱀 같았다. 학생주임에게 독사라는 별명이 따라붙는 이유가 포악한 성격 때문인 줄로만 알고 있던 나는 비로소 그 별명을 온전하게 이해할 수 있었다.

"끝까지 오리발 내밀 거야?"

학생주임이 길길이 날뛰며 혀를 날름거렸다. 하지만 그뿐이었다. 제아무리 독사라 할지라도 벌이지도 않은 싸움을 문제 삼아 처벌할 수는 없었다. 기껏해야 엄포를 놓는 것이 고작이었다.

"싸움을 벌였다간 그 즉시 퇴학이야, 알겠어?"

퇴학이라는 말을 하면서 학생주임은 나를 노려봤다. 이사장의 아들인 홍준식에게 제적이라는 처벌이 내려질 수는 없는 노릇이므로, 만약 일이 벌어지게 되면 그 책임이 모두 내게 전가되리라는 암시가 그 눈길에 담겨 있었다. 그것만으로는 마음이 놓이지 않았는지 학생주임은 홍준식과 나에게 절대로 싸움을 하지 않겠노라는 내용의 각서를 쓰게 했다. 약속을 지키지 않을 시에는 퇴학 처분을 달게 받겠노라는 다짐도 말미에 적어넣게 했다.
"쇼하고 자빠졌네. 이딴 게 무슨 소용인데?"
떨떠름한 표정으로 학생주임의 말에 묵묵히 귀를 기울이고 있던 홍준식이 기어이 볼멘소리를 내뱉었다. 잘못한 것이 없으니 각서를 써야 할 이유도 없다면서 종이를 짝짝 찢어버리더니 발딱 일어나서 학생지도실을 나가버렸다. 거기 서지 못하겠냐고 학생주임이 소리질러봤지만 소용없는 짓이었다.
"허어 참 나! 저런 망나니를 봤나."
학생주임이 천장을 쳐다보며 헛웃음을 치더니 성난 얼굴로 나를 돌아다봤다. 나와 눈이 마주치자마자 그는 겨드랑이에 끼고 있던 몽둥이를 손아귀에 움켜쥐고는 다짜고짜 내 머리통을 후려쳤다.
"이 새끼야, 구경났어? 쓰라는 각서는 안 쓰고 어디다가 한눈을 팔아?"
험악한 표정으로 말만 거칠게 할 뿐이지 감히 매질할 엄두는 내지도 못하던 학생주임은 홍준식이 사라지고 나자 태도가 돌변했다. 학생주임은 나를 엎드리게 해놓고 거침없이 몽둥이세례를 퍼부었다. 내 비명소리를 듣고 학생지도실로 뛰어들어온 몇몇 교사들이 매질을 제지할 때까지 나는 인정사정없이 날아드는 몽둥이에 난타당하며 마룻바닥 위를 굴러다녔다.
"바른대로 말해! 홍준식이랑 싸우려고 했지? 그랬지?"
천 갈래 만 갈래로 찢긴 의식 저편에서 학생주임이 내 허벅지를 발뒤꿈치로 지근거리며 혀를 날름거리고 있었다. 나는 마룻바닥에 널브러진 채 순순히 고개를 끄덕였다. 매질을 피할 수만 있다면 무슨 일이든 할 수 있었다. 학생주임이 발을 내 면전에 들이대며 구두 밑창을 핥으라고 했어도 나는 군말 없이 명령에 따랐을 것이다.
"거봐요. 내가 뭐랬어요. 홍준식 그 자식이 또 난리블루스 한번 당길 뻔한 거라니깐."
학생주임이 주위 교사들을 둘러보며 의기양양하게 소리쳤다. 홍준식이 무슨 짓을 하고 다니는지 눈에 불을 켜고 감시하지 않으면 목이 열 개라도 남아나지 않을 거라고. 그러니 이제부터라도 정신 바짝 차리고 홍준식의 일거수일투족을 파악할 수 있는 감시체계를 구축해야 한다고 목소리를 높였다. 이제라도 알았으니 망정이지 또 한 명의 최병식이 나올 뻔하지 않았냐는 말로 학생주임이 장광설을 매듭짓자 귀를 기울이던 교사들이 너 나 없이 고개를 끄덕여 동의를 표했다.
"또 그때처럼 난리나게 되면 우리 모두 일괄 사표를 내야 할 겁니다."
누군가의 입에서 그 말이 나오자 일순간 분위기가 가라앉으면서 무거운 침묵이 흘렀다.
최병식.
나는 쨉칼의 본명을 그때 교사들의 대화를 듣고서 처음 알았다. 쨉칼과 관계된 일화가 날조되거나 부풀려진 것이 아니라 실제로 벌어졌던 사건이라는 것도 아울러 확인할 수 있었다. 현실과 허구의 중간쯤에 걸려 있던 그 일화가 갑자기 현실공간으로 자리를 옮겨오자 나는 마치 거인의 육중한 발에 가슴을 짓눌리는 듯한 압박감을 느꼈다.
'홍준식 그 자식은 사람이 아니야. 괴물이야. 어쩌자고 그런 놈한테 겁도 없이 싸움을 걸었을까.'

뿔 255

그렇게 자책하노라니 가슴이 파들거렸다. 두려움이 성난 파도처럼 밀려들고 있었고, 어떻게든 끝장을 보고야 말겠다던 굳은 의지는 어느 결엔가 흔적도 없이 사라져버리고 없었다.

3

그날 이후로 나는 종례를 마친 뒤에도 집에 돌아가지 못하고 홀로 상담실에 남아 자습을 해야 했다. 담임교사는 퇴근시간이 되어서야 나에게 귀가를 허락했다. 혼자서 멋대로 하교해도 좋다는 의미는 물론 아니었다. 나는 반드시 음악교사와 동행해야 했다.

우리집에서 가까운 곳에 사는 죄로 나를 안전하게 귀가시키는 임무를 떠안게 된 음악교사는 내가 도망이라도 칠까봐 염려되는지 교문을 나서기에 앞서 매번 나에게 손을 내밀었다. 나는 마치 어머니의 손에 이끌리는 철부지 어린아이처럼 음악교사의 손을 잡은 채 대로변의 버스정류장까지 나가 함께 버스를 탔다. 음악교사는 양복저고리를 어깨에 걸치고서 가파른 언덕길을 숨차게 올라 집 앞까지 나를 바래다줬는데, 내가 대문을 닫고 집 안으로 안전하게 들어가는 것을 확인하고서야 발길을 돌렸다.

그뿐만이 아니었다. 담임교사는 내가 보는 앞에서 집으로 전화를 걸어 어머니와 통화를 했다. 근자에 학생들의 하굣길을 노리는 불량배들이 들끓어서 큰일이라며 서두를 떼더니만, 혹시라도 본교 학생들이 봉변을 당하는 일이 없도록 모든 교사가 비상체제를 가동하여 학생들의 귀갓길을 보살피고 있으니 학부형들도 적극적으로 협조해달라고 했다. 그러고 나서 담임교사는 학교측에서 부정기적으로 학생의 귀가 여부를 묻는 전화를 하게 될 테니 그때마다 숨김없이 답해달라고 부탁했다. 만약 학생이 정해진 시간에 돌아오지 않거든 즉시 학교로 연락을 취해달라는 당부도 빠뜨리지 않았다.

"이중 삼중으로 감시하고 있어. 그러니까 딴마음 먹지 말고 공부만 열심히 해. 알아들었지?"

통화를 마친 뒤에 담임교사는 나를 노려보며 쏘아붙였다. 감시망에서 벗어나려고 얕은꾀를 부렸다가는 이유를 막론하고 즉각 퇴학 처분을 받게 될 것이라는 말도 협박조로 덧붙였다.

듣자니까 홍준식에게도 비슷한 조처가 내려진 모양이었다. 종례를 마치자마자 교사 하나가 따라붙어 집까지 바래다준 후에 무사히 귀가했다는 사실을 교감에게 전화로 보고한다는 것이었다. 홍준식이 외출도 못 하게 되었다는 말로 미루어볼 때, 홍준식의 부모 또한 삼엄한 감시의 눈을 부라리고 있는 모양이었다.

사정이 이렇다보니 홍준식과 나의 결투는 기약 없이 마냥 미뤄졌다. 담임교사의 지시에 따라 나는 맨 앞으로, 홍준식은 맨 뒤로 자리를 옮겨야 했으므로 결투는커녕 서로 얼굴 대할 기회조차 별로 없었다. 기껏해야 교실 출입문을 들락거리다가 우연히 홍준식과 마주친다거나, 화장실에서 무심코 줄을 서고 보니 하필이면 홍준식의 바로 뒤라거나 하는 일이 이따금씩 벌어지는 게 고작이었다. 그럴 때마다 유치한 연극의 한 장면 같은 상황이 벌어지고는 했다. 서로 비켜주지 않으려고 문 앞에서 눈싸움을 벌이기도 했고, 일부러 소변기 앞에서 시간을 오래 끌어 부아를 돋우기도 했다. 하지만 그뿐이었다. 주먹이 오가는 싸움으로는 이어지지 못하고 매번 흐지부지 끝나고 말았다. 교사들이 교대로 쉬는 시간마다 교실에 들러 홍준식과 나를 빈틈없이 감시했으므로 싸움을 벌인다는 것은 엄두도 낼 수 없었다.

"쟤야, 쟤!"

"애걔? 덩치가 엄청 큰 앤 줄 알았더니 아니네?"

"그런 식으로 따지면 홍준식은 별거냐? 겉보기엔 빼빼 말라가지고 한주먹감도 안 돼 보이지."

그러던 어느 날이었다. 교사 두 명이 한꺼번에 결근하는 바람에 시간표가 헝클어져 부득이 오교시 체육시간에 다른 반 학생들과 합반 수업을 하게 되었다. 체육교사의 지시에 따라 여러 조로 나뉘어 한창 배구의 기본동작을 익히고 있으려니까 등뒤에서 다른 반 학생들이 수군덕거리는 소리가 들려왔다.

"쟤래 빼도 깜치랑 붙어서 이겼대."

"우와, 깡이 무지 센가보네?"

나도 모르게 어깨가 으쓱했다. 그렇지 않아도 나는 달라진 위상을 실감하고 있던 터였다. 나는 더이상 내성적이고 소심한 성격의 평범한 학생이 아니었다. 홍준식의 일개 똘마니도 아니었다. 홍준식과 맞서겠다고 정면으로 도전장을 내민, 이른바 문제 학생이었다.

물론 그 위상은 한시적인 것이었다. 내가 홍준식과 일전을 치르고 나면 사라지게 될 허상에 불과했다. 그런데 문제는 홍준식과의 일전이 한없이 미뤄지고 있다는 점이었다. 시간이 흐를수록 나의 달라진 위상은 한시적인 것에서 차츰 항구적인 것으로 바뀌어갔다. 마치 나라는 놈이 원래부터 홍준식에 버금가는 존재였던 것처럼, 다들 나를 특별한 존재로 대접하는 것에 익숙해져갔다.

4

"너 참 대단하더라."

홍준식과 충돌을 빚은 지 보름쯤 되었을 때였다. 짝꿍인 현진이 점심시간 말미에 내게 곁눈질을 하며 작은 목소리로 말을 건넸다. 아까 복도에서 홍준식과 한바탕 눈싸움을 벌인 것을 두고 하는 말인 모양이었다. 나는 현진이 먼저 말을 걸어오는 것이 너무도 뜻밖이어서 대답을 못 하고 잠시 머뭇거렸다. 담임교사의 명령에 따라 자리를 맨 앞으로 옮기게 된 이후로 새 짝꿍인 현진은 줄곧 나를 외면해오던 터였다.

"준식이한테 찍히면 어쩌려고 나한테 말을 거는 거야?"

나는 나직하게 대꾸하고 나서 눈길을 뒤로 돌렸다. 홍준식과 똘마니들의 부재를 확인하느라 교실 이곳저곳을 두리번거리고 있자니까 "괜찮아. 다들 나가고 없어"라는 현진의 말소리가 들려왔다. 나는 그제야 현진에게 고개를 돌렸다. 현진은 책상에 교과서를 펼쳐놓고는 읽는 척하며 곁눈질로 나를 바라보고 있었다. 나는 짐짓 현진을 외면하며 "그래도 조심하는 게 좋아. 나중에라도 준식이 귀에 들어가면 곤란하잖아?" 하고 대꾸했다. 내가 듣기에도 퉁명스럽기 짝이 없는 말투였다. 하지만 속마음은 달랐다. 현진이 내게 말을 걸어준 것이 말할 수 없이 기쁘고 고마웠다.

내가 홍준식에게 돌을 집어던져가며 싸움을 건 이후로 아무도 내게 말을 건네지 않았다. 혹여 나와 말을 섞었다가 홍준식의 미움을 사게 될까봐서 다들 나를 투명인간이나 유령쯤으로 취급했다. 그나마 내 성격이 내성적이어서 친구들과의 관계가 원래 서먹했던 까닭에 아이들의 따돌림이 그다지 불편하게 느껴지지 않은 것이 다행이라면 다행이었다. 하지만 미술시간에 칠칠치 못하게도 붓을 깜박 잊고 챙겨오지 못한 것을 뒤늦게 발견했을 때는 외톨이의 설움을 톡톡히 느껴야 했다. 예전 같으면 누군가에게 여분의 붓을 빌릴 수 있었을 텐데 나는 아무한테도 빌려달란 말을 못 하고 수업시간이 끝나도록 스케치가 끝난 도화지만 하릴없이 내려다보고 있었다.

"어쨌든 고마워."

나는 한결 누그러진 말투로 현진에게 감사의 마음을 전했다. 현진이 "뭐가?" 하고 물어오자 "나한테 말을 걸어줬잖아"라고 대답했다. 그렇게 짤막한 대화를 주고받고 나자 나는 입이 근질근질하는 것을 느꼈다. 마치 달콤한 청량음료를 마신 뒤에 오히려 심해지는 갈증처럼, 오랜만에 느껴본 대화의 즐거움을 조금이라도 연장하고픈 욕망이 목젖 바로 아래까지 치밀어올라 와 있었다.

"아까 나한테 대단하다고 했지? 그건 오해야. 네가 잘못 알고 있는 거야."

나는 끝내 유혹을 이기지 못하고 다시 입을 열고 말았다.

"난 그저 그런 평범한 놈이야. 겁도 무진장 많아."

내가 형편없는 약골이라는 사실과 홍준식에게 봉변을 당하게 될 것이 두렵다는 속마음을 털어놓고 나자, 기분이 한결 가뿐해지는 것을 느꼈다. 단지 누군가에게 내 속을 드러내는 것만으로도 적지 않은 위로를 얻을 만큼 심신이 지쳐 있었던 것일까.

"마, 마, 말도 안 돼."

그때 내 뒷자리에 앉아 있던 유혁이 말참견을 했다. 유혁은 특수학교에서 팔 년 만에 초등학교 과정을 마친 뒤에 일반 중학교로 진학한 정신지체아였는데 말과 행동이 어눌하고 둔하여 친구들에게 놀림감이 되는 일이 잦았다.

등뒤에서 유혁의 목소리가 들려오자마자 놀랄 만큼 민첩하게 반응한 것은 현진이었다. 그때까지 곁눈질을 해가며 남모르게 나와 말을 주고받던 현진은 화들짝 놀라 주변을 살피더니 황급히 책상에 엎드렸다. 그러고는 팔베개에 얼굴을 파묻고 잠자는 시늉을 했다.

"준식이한테 싸, 싸움을 거, 걸었잖아?"

유혁은 자신의 행동이 얼마나 경솔한 것인지 까맣게 모르는 듯 태연자약하게 지껄여댔다.

"넌 까아, 깜치한테도 이, 이겨, 이겼잖아? 근데 어, 어떻게 거어, 겁쟁이야? 응?"

말더듬이인 유혁은 말이 막힐 때마다 숨을 한껏 들이마셨다가 한꺼번에 내뱉으며 목에 힘을 줬는데 그럴 때면 목소리가 두 배로 커졌다. 그 바람에 유혁이 내게 말을 건네고 있다는 사실이 금세 교실 전체에 알려지고 말았다. 교실이 갑자기 조용해지면서 모든 눈과 귀가 유혁과 내게로 쏠렸다.

"난 겁쟁이 맞아. 겁이 나 죽겠는데도 참고 있는 거야. 그리고 깜치를 이긴 건 그냥 운이 좋았던 것뿐이야."

나는 빨리 대화를 마치고 싶은 마음에 서둘러 말을 매듭지었다. 하지만 유혁이 "차아, 참는 거라고? 운이 조오, 좋았던 거어, 거라

뿔 261

고?" 하고 자꾸만 말꼬리를 채가며 물어오는 통에 몇 마디를 더 건네지 않을 수 없었다.

"난 어차피 홍준식한테 깨질 거야. 언제고 싸움이 붙게 되면 난 그날로 끝이야."

나는 어린아이를 타이르는 듯한 말투로 하나하나 차근하게 유혁에게 이른 후에 "그러니까 나한테 말을 걸면 안 돼. 홍준식의 눈 밖에 나서 좋을 게 없잖아?" 하고 덧붙이고는 서둘러 자리에서 일어났다. 아이들의 시선이 부담스러워서 잠시도 더는 앉아 있을 수가 없었다. 그런데 나중에 알게 된 바에 의하면, 그때 내가 밖으로 뛰쳐나간 직후에 교실은 벌집을 쑤셔놓은 것처럼 소란스러워졌다고 한다.

"이기지도 못할 거면서 왜 싸운다는 거야?"

"이 떨빡아, 그걸 몰라서 묻냐? 찍소리도 못 하고 사느니 싸우다가 죽겠다는 거잖아."

"나는 저렇게 용감한 새끼는 첨 봐. 이제 보니까 진짜 진국이네?"

"근데 되게 겸손하지 않냐?"

내가 교실에서 나가고 나서 아이들이 그런 말들을 열띤 목소리로 주고받더라는 이야기를 현진이 이튿날 점심시간에 은밀하게 전해줬다. 현진의 이야기가 하도 생뚱하여 좀처럼 믿음이 가지 않았으므로 나는 대체 그게 무슨 소리냐고 되묻지 않을 수 없었다. 내가 이리저리 둘러쳐가며 질문 공세를 편 끝에 현진에게서 확인한 바에 의하면 아이들은 그날 내가 했던 말에 멋대로 살을 붙여 거창한 의미를 부여하고 있었다.

'너희들이 홍준식을 무서워하는 것처럼 나도 홍준식이 무섭다. 하지만 나는 용감하게 싸울 것이다. 질 것을 뻔히 알지만 가만히 당하고만 있을 수는 없다.'

 그런 식으로 내가 이야기했다는 것인데, 나로서는 전날 내가 했던 말들이 어떤 과정을 거쳐 그렇게 번드레하게 변모한 것인지 기가 막힐 지경이었다. 가장 당혹스러운 것은, 내가 마치 서부영화에 등장하는 고독한 총잡이처럼 묘사되고 있다는 사실이었다. 그 고독한 총잡이는 혈혈단신으로 마을로 들어가 악당들을 귀신같은 총솜씨로 모조리 죽여 없애는 영웅이자 구원자였다. 하지만 나라는 놈은 조만간 벌어질 결투에서 힘 한번 못 써보고 곤죽이 되어버릴 겁쟁이였다. 그 둘 사이에는 도저히 좁혀지지 않을 것 같은 간극이 존재했다. 그런데 어떻게 해서 그 간극이 감쪽같이 사라져버린 것일까.

5

 그날 이후로 내게 호감을 표하며 말을 걸어오는 아이들이 하나둘 늘더니 불과 며칠 만에 여섯 명으로 불어났다. 더 놀라운 것은 그들 중 상당수가 더이상 홍준식 패거리를 의식하지 않고 아무 때고 내게 다가와 말을 건넨다는 점이었다. 덕분에 나는 투명인간 노릇을 접을 수 있었다. 점심시간에는 그들과 어울려 함께 밥을 먹었고, 쉬는 시간에는 별다른 규칙도 없이 주먹만한 고무공을 던지고 받고 가로채는 것이 전부인 시시껄렁한 공놀이에도 한몫 끼었다.

그것은 일종의 반란이었다. 내게 호감을 표하는 행위 자체가 홍준식과 그 일당에 대한 간접적인 저항을 의미했다. 그리고 그 저항에 가담하는 아이들의 수는 하루가 다르게 늘어가고 있었다. 물론 홍준식은 여전히 제왕처럼 군림하고 있었으며 충직한 똘마니들도 건재했다. 그에 비해 나는 내세울 게 아무것도 없었다. 반 아이들의 광범위한 지지를 받고 있다고는 하지만, 응집력이 없는 심정적 동조에 불과했다. 겉으로 드러나지 않는 까닭에 실체도 불분명한 동조세력을 규합하여 결속을 다지기란 아예 불가능한 일처럼 보였다.

"이, 개, 개새애, 새끼들아!"

그러던 차에 뜻밖의 사건이 일어났다. 마침 홍준식이 학생주임의 호출을 받고 교실을 떠나고 없을 때였는데, 유혁이 갑자기 홍준식의 똘마니들에게 소리지르기 시작했다.

"머, 머, 먼지 나잖아! 밥 머, 먹는 거 아, 안 보여?"

홍준식의 똘마니들은 점심시간만 되면 도시락 뚜껑과 젓가락을 들고 교실 안을 싸돌아다니면서 아이들의 도시락 반찬을 빼앗아먹었다. 그러다가 누군가 귀한 반찬을 먼저 발견하여 독차지하게 되면 한바탕 소란이 일어났다. 반찬을 독차지한 녀석은 혼자서만 먹겠다며 도망쳤고, 다른 녀석들은 나눠먹자며 뒤쫓았다. 쫓기다가 다급해지면 책상을 밟고 건너편 통로로 몸을 날렸다. 뒤를 쫓는 녀석들도 질세라 책상 위로 뛰어올랐다. 그 소동으로 미처 다 먹지 못한 도시락이 교실 바닥에 떨어져 엎어지기도 했고, 일찌감치 식사를 마치고 책을 펼쳐놓았다가 똘마니들의 발에 밟혀 책장이 찢기기도 했다. 하지만 다들 못 본 체했다. 낄낄거리는 웃음소리, 왁자한 욕설, 우당탕탕 발소리, 허옇게 피어오르는 먼지 속에서도 묵묵히 입속으로 밥을 가져가 우물거릴 뿐이었다.
"저 등신새끼가 지금 뭐라는 거야?"
똘마니들이 뜨악한 표정으로 유혁을 노려봤다. 하지만 다들 선뜻 응징에 나서지 못하고 머뭇거렸다. 상대는 백치를 간신히 면한 유혁이었다. 느닷없이 밑도 끝도 없는 혼잣말을 큰 소리로 지껄이거나, 괜스레 히죽거리다가 별안간 박장대소하여 주위를 놀라게 하기 일쑤인 멀건이였다. 아무도 그런 유혁에게 시비나 싸움을 걸지 않았다. 유혁이 무슨 소리를 지껄이건 한사코 무시하는 것이 상책이라는 사실을 똘마니들이라고 모를 리 없었다. 그러니 그쯤에서 유혁이 입을 다물었다면 별탈 없이 넘어갈 수도 있었을 것이다.
"개새끼도 바, 압, 먹을 땐 아, 안 건드려."
하지만 유혁은 험악해진 분위기를 전혀 감지하지 못했다. 어디서 주워들었는지 속담 한 구절을 태평스레 주워섬기며 비죽거렸다. 아무리 낮은 지능 때문에 관대한 대접을 받는 유혁이라지만 이렇게까지 대거리를 했으니 무사하기는 이미 글러버린 일이었다.
"너무하, 하잖아. 우, 우리가 개야?"
그 순간, 유혁의 입에서 힐문이 불쑥 튀어나왔다. 그러자 반 아이들의 얼굴이 일제히 굳어졌다. 만약 유혁이 '내가 개야?' 라고 물었다면 그렇게 아이들의 공분을 자아내지는 않았을지도 모르겠다. 그런데 유혁은 뜬금없이 '우리' 라는 말을 뱉어 아이들 모두를 끌어들였고, 곧이어 '개' 라는 말로 모두에게 모멸감을 느끼게 했다.
"우리는 개, 개가 아니야. 사, 사람이야."
또다시 유혁의 입에서 '우리' 라는 말과 '개' 라는 말이 연이어 튀어나오자 아이들의 표정이 눈에 띄게 어두워졌다. 개중에는 똘마니들을 흘겨보며 이를 앙다무는 아이들도 있었다.

"이게 병신새끼라고 봐줬더니만 겁도 없이 머리 꼭대기까지 기어올라?"

마침내 똘마니들이 우르르 유혁에게 달려들었다. 머리를 양팔로 싸안고 책상 위에 엎드린 유혁의 등짝으로 주먹이 둔탁한 소리를 내며 소나기처럼 쏟아졌다. 유혁이 특유의 어눌한 음성으로 신음 소리를 내질렀다.

"그만 해! 틀린 말 한 것도 아니잖아!"

"때리지 마! 니들이 뭔데 사람을 패?"

내가 똘마니들을 뜯어말리려고 자리에서 일어선 것과 거의 동시에 사방에서 날선 외침이 터져나왔다. 그중에는 욕설이 섞인 것도 있었다.

"이 좆 같은 새끼들아! 니들 눈에는 우리가 개처럼 보여?"

"씹할, 밥은 먹게 해줘야 할 것 아냐?"

뜻밖의 반응에 똘마니들은 넋이 빠져버렸다. 그 틈에 나는 똘마니들과 유혁의 사이를 비집고 들어갔다. 똘마니들에게 등을 보인 채 유혁을 끌어안다시피 하며 소리쳤다.

"그만둬. 이 정도 팼으면 충분하잖아?"

나는 눈을 질끈 감았다. 내 등이며 뒤통수로 주먹세례가 날아들 것을 각오하며 이를 악물었다. 그러나 똘마니들은 잠잠했다. 잠시 후, 멀어져가는 발소리가 들렸다. 뒤를 돌아보니 똘마니들이 어깨를 늘어뜨리고서 교실 앞문으로 줄지어 걸어나가고 있었다. 똘마니들이 모두 교실 바깥으로 빠져나가 보이지 않게 된 뒤에도, 아이들의 야유와 욕설은 좀처럼 그칠 기미를 보이지 않고 교실 전체를 휘돌며 격렬하게 끓어올랐다.

6

아프리카의 동물을 다룬 다큐멘터리를 시청할 때면 의구심이 들곤 했다.
 '어째서 초식동물들은 만날 당하기만 하는 걸까.'
 초식동물은 육식동물보다 압도적으로 수가 많았다. 수백 마리가 떼로 달려든다면 설사 상대가 사자나 하이에나일지라도 단숨에 물리칠 수 있을 터였다. 게다가, 초식동물은 뿔이라는 무기도 가지고 있었다. 그것은 육식동물의 송곳니에 버금가는 위협적인 무기였다. 실제로 건장한 들소가 뿔 돋은 머리를 땅 가까이 내려뜨리고서 거친 숨을 내뿜으며 앞발을 구르기 시작하면 사냥에 나섰던 육식동물들은 꽁무니를 빼느라 체면을 구겼다. 굶주림에 내몰린 암사자가 간혹 사생결단으로 들소에게 덤벼들기도 했지만 뿔의 위력을 얕본 대가는 참혹했다. 창처럼 뾰족한 뿔에 받혀 공중으로 솟구쳤다가 떨어지고 나면 끝장이었다. 회복 불능의 상처를 입은 암사자는 하이에나 무리의 저녁거리로 전락하여 비참한 최후를 맞이했다.
 이처럼 수도 훨씬 많고 멋진 무기도 가졌으니 육식동물을 초원에서 내쫓는 것쯤은 어려운 일이 아닐 듯했다. 송곳니 돋은 동물들을 남김없이 몰아낸 뒤에 초원을 초식동물만의 낙원으로 삼을 수도 있을 터였다. 그런데 어째서 그러지를 못하고 먹이사슬에 묶여 있는 것인지 알다가도 모를 일이었다.

"저 새끼들 도망치는 거 봤지?"

"좆나 통쾌하다!"

"쪽수에서 딸리는데 지들이라고 별수 있겠어?"

아이들은 삼삼오오 모여 신나게 떠들어댔다. 그러다가 수업이 시작되기 직전에 홍준식과 똘마니들이 교실로 돌아오자 다들 제자리로 돌아가 입을 다물었다. 하지만 그것으로 끝이 아니었다. 유혁의 말 한마디에서 촉발됐던 소동은 극적인 변화를 불러왔다. 아이들은 이전까지의 방관적 태도를 버리고 결집된 목소리를 내기 시작했으며, 홍준식 패거리가 횡포를 부리려다 다수의 반발에 부딪혀 제지당하는 일이 연일 벌어졌다. 그러자 홍준식과 똘마니들은 눈에 띄게 위축되었다.

"똘마니들 교육 좀 제대로 시켜."

홍준식 패거리의 위세가 감퇴할수록 내 위상은 가파르게 올라갔다. 겁 없는 하룻강아지에서 갑자기 홍준식의 맞수로 급부상했다. 자리가 사람을 만든다는 속언을 증명이라도 하듯 나는 그런 변화에 부응하여 재빠른 변신을 이루었다.

"수업시간에 니 똘마니들이 마음대로 돌아다니는 거, 더는 못 봐주겠어."

아이들의 지지를 등에 업은 나는 고개를 빳빳하게 들고 홍준식의 면전에서 거만을 떨었다. 감히 홍준식을 상대로 그런 도발을 할 수 있었던 까닭은, 내가 그때 정수리에 돋은 뿔에 도취되어 있었기 때문이었다. 아니, 그것은 단순히 뿔이 아니라 송곳니였다. 그토록 간절하게 욕망해왔던 육식동물의 긴 송곳니가 내 정수리에 우람하게 돋아나 있었다.

"미꾸라지 몇 놈 때문에 우리들까지 욕먹잖아?"

나는 거대한 무리를 거느린 우두머리 들소였으며, 내 앞에 버티고 있는 이리떼는 고작해야 한 줌도 안 되는 소수에 불과했다. 더 이상 무서워할 이유가 없었다. 여차하면 뿔을 앞세워 우르르 몰려가서 짓밟아버리면 그만이었다.

"맞아! 저 새끼들 때문에 우리 반이 항상 꼴찌야."

"공부하기 싫거든 학교에 나오질 말든가."

"공부도 못하는 새끼들이 폼은 무지하게 재요."

너 나 없이 나서서 홍준식 패거리를 거침없이 성토하고 있었다. 쏟아지는 야유 속에서 홍준식과 똘마니들은 입술을 일그러뜨린 채 침묵을 지킬 뿐이었다. 나는 무기력한 대응으로 일관하는 그들에게 여봐란듯이 우쭐거렸다. 승부는 이미 가려진 것이나 진배없어 보였다. 나의 승리였다.

"좀 이상하지 않아? 홍준식이 왜 저렇게 얌전하지?"

나를 비롯한 대다수의 아이들이 물 만난 고기마냥 활개를 치며 평화로운 일상을 만끽하던 어느 날이었다. 점심시간에 도시락을 열고 첫술을 뜨려는데 현진이 시선을 도시락에 못박아둔 채 나직하게 말을 걸어왔다.

"가만히 있을 놈이 아니잖아."

현진이 덧붙인 한마디가 내 머릿속을 들쑤셔 불길한 생각들을 일깨웠다. 생각의 낱장을 넘기기 시작하자 그 동안 정수리에 돋은 뿔에 도취된 나머지 간과하고 있던 사실들이 갈피마다 튀어나와 둔중한 느낌으로 뒤통수를 후려쳤다.

뿔

내가 눈앞에서 건방을 떨거나 말거나 홍준식은 묵묵히 제 할 일만 하고 있었다. 아이들이 작당을 하고서 야유를 퍼부어도 얼굴 한번 붉히는 법이 없었다. 놀라운 인내심을 발휘하며 모범적인 학교생활을 이어가고 있기는 똘마니들도 마찬가지였다. 주먹질이나 욕설은커녕 언성을 높이는 일조차 없었다. 내가 아무리 우둔하기로서니 홍준식과 똘마니들이 보여주는 그 인내의 이면에 무언가 무시무시한 노림수가 도사리고 있으리라는 것을 짐작하기란 그리 어려운 일이 아니었다.

"그래 봤자 별수 없을걸? 선생들이 이중 삼중으로 감시를 하는 판에 어떻게 사고를 치냐?"

대답은 그렇게 해놓고도 나는 꺼림칙한 기분을 떨칠 수가 없었다. 입맛을 잃고 젓가락으로 밥을 헤집어가며 깨작거리고 있자니까, 현진이 몸조심하라는 당부를 내게 건넸다.

"쨉칼처럼 안 되게 조심해."

현진이 말끝에 쨉칼을 언급하자 나는 흠칫 놀라 현진에게 고개를 돌렸다. 현진은 여전히 도시락에 눈길을 고정하고 있었다. 그러고 보니 현진은 학급 분위기가 급변한 뒤에도 경계를 늦추지 않고 나와 일정한 거리를 유지하고 있었다.

나는 그제야 내가 처한 상황을 객관적으로 바라볼 수 있었다. 나는 너무 먼 곳까지 흘러와 있었다. 애초에 나와 홍준식의 충돌은, 하룻강아지가 범 무서운 줄 모르고 덤비는 바람에 일어난 우스꽝스러운 소동에 불과했다. 홍준식이 한번 포효를 터뜨리면 내가 자지러지며 오줌을 지리는 것으로 일단락될 사소한 사건이었다. 그런데 뜻밖의 상황으로 인해 대치하는 시간이 길어지면서 일은 엉뚱하게 풀려버렸다.
　나는 어느 틈엔가 또다른 쨉칼이 되어 있었다. 언제가 될지는 모르겠지만 홍준식과의 결투가 성사된다면 나는 홍준식에게 어떤 자비도 기대할 수 없는 처지였다. 아니, 과연 결투가 성사될지조차 의문이었다. 만약 무슨 일인가 일어나게 된다면 그것은 결투가 아니라 복수일 가능성이 높았다. 예전에 쨉칼에게 했던 것과 같은 끔찍한 보복이 나에게 가해질 것이 분명했다.
　"까짓것, 될 대로 되라지."
　나는 오기지게 말을 뱉었다. '어떻게 이 지경이 되도록 아무 생각도 없이 떠밀려온 것일까' 하고 후회하던 속마음과는 동떨어진 말이었다.
　"쨉칼처럼 병신이 된대도 상관없어. 단지……"
　나는 호기롭게 말머리를 끄집어낸 것과는 달리 말끝을 흐렸다. 그리고 하나마나한 소리를 풀죽은 목소리로 덧붙였다.
　"보복을 당해야 하는 거라면, 기왕이면 하루라도 늦게 당했으면 좋겠어."
　진심이었다. 뿔을 곧추세우고 육식동물들을 위협하는 순간의 짜릿한 쾌감을 나는 놓치고 싶지 않았다. 영원히 지속될 수 없는 것이어서 언젠가는 손에서 놓아야 한다면 가능한 한 일 분이라도 더 오래 즐기고 싶었다. 수컷 우두머리의 위용을 마음껏 뽐낼 수만 있다면 마침내 운명의 순간이 닥쳐와 백척간두에서 떨어지게 된다고 해도 크게 후회스러울 것 같지 않았다.

7

"이거 살충제여! 확 마시고 뒈져버릴 거여!"
늦은 오후였다. 여느 때처럼 음악교사와 함께 가파른 언덕배기를 올라온 나는 여인네의 찢어지는 듯한 외침을 들었다. 집으로 통하는 좁다란 골목에 들어서자 여인네의 목소리는 한결 또렷해졌다.
"나 죽는 꼴 보고 싶지 않으면 당장 내 눈앞에서 꺼져!"
귀에 익은 목소리라고 생각하다가 나는 이내 막냇고모 소영의 얼굴을 떠올렸다. 소영은 전날 자정이 가까운 시간에 가방 하나 들지 않은 빈 몸으로 불쑥 찾아와서는 때늦은 저녁을 챙겨먹더니 며칠 머물다 가겠노라는 뜻을 밝혔다.
목소리의 주인공이 누군지 분명해지자 나는 우뚝 멈춰 섰다. 느닷없이 내가 걸음을 멈추자 동행하던 음악교사가 영문도 모르고 "왜 그러니? 왜 안 가?" 하고 거듭 물어왔다. 나는 죄인처럼 고개를 숙인 채 모깃소리만한 목소리로 대답했다.
"저 소리, 우리집에서 나는 거예요."
그 무렵 나는 음악교사와 꽤 가까워져 있었다. 물론 처음에는 서로 서먹하여 인사말조차 변변하게 주고받지 못했다. 귀가시간 내내 어색한 분위기를 견뎌가며 침묵을 지키는 것은 정말이지 고역이 아닐 수 없었다. 그러던 것이 차츰 낯을 익히게 되면서 주고받는 말수가 늘어갔다. 음악교사는 부임한 지 이 년을 갓 넘긴 젊은 교사답게 격의가 없어 말을 건네기가 편했다. 뿐만 아니라 잔정이 많은 사람이어서 대화를 나누다보면 음악교사가 발산하는 훈훈한 인간미에 가슴이 푸근해졌다. 그럴 때면 마치 음악교사를 오래전부터 알고 지내온 듯한 기분이 들었다. 만약 나에게 친형이 있다면 이런 느낌일 거라는 생각도 했고, 가끔은 음악교사가 정말로 친형처럼 느껴져 슬그머니 기대고 싶어질 때도 있었다.

"제 고모예요."

나는 모멸감을 견뎌가며 사실을 털어놓았다. 음악교사를 남모르게 흠모했던 까닭에 더더욱 그에게만큼은 치부를 감추고 싶은 마음이 간절했지만 달리 수습할 방법이 없었다. 말을 마친 나는 아랫입술을 깨물었다. 쥐구멍이라도 있다면 기어들어가고픈 심정이었다.

"어, 그래?"

음악교사는 당황한 나머지 높낮이가 일정치 않은 목소리로 "그래? 그렇단 말이지?"라는 말만 되풀이하며 골목 어귀에서 오도 가도 못하고 시간을 허비했다.

"그래도 집에는 들어가야지. 안 그러니?"

이윽고 음악교사가 내 손을 잡아끌었다. 나는 신발을 바닥에 질질 끌어가며 집 앞에 다다랐다. 활짝 열려 있는 대문 저편으로 소영의 모습이 보였다. 소영은 살충제병을 들고 마당 한복판에 서서 웬 사내를 향해 소리를 질러대고 있었다. 키가 껑충한 사내였다. 비록 뒷모습밖에 안 보였지만 그 사내가 고모부라는 사실을 어렵지 않게 알아볼 수 있었다.

작년 초봄이었다. 소영이 우리집으로 낯선 사내를 데려왔다. 사내는 아버지에게 넙죽 큰절을 올리더니 "소영씨를 사랑하고 있습니다. 조촐하게 식을 올렸으면 합니다"라고 말했다. 아버지는 그 사내를 못마땅하게 여겼다. 기골이 장대하고 이목구비가 반듯한 호남이긴 했지만 마흔을 목전에 둔 나이가 문제였다. 겨우 스물넷인 소영과 나이차가 너무 많이 난다는 것이었다. 뿐만 아니라, 아버지는 사내가 사람으로서 마땅히 갖춰야 할 소양이 부족하다고 여겼다.

"젊으나 젊은 처녀를 꼬드겨 대뜸 한방 살림부터 차리는 것이 장년의 사내가 할 짓인가?"

혼전성교가 터부시되던 시절이었으므로 미혼 남녀가 동거부터 한다는 것은 당시로서는 상상하기조차 어려운 일이었다. 아버지는 화난 표정으로 사내의 무책임한 행실을 나무랐다. 하나를 보면 열을 안다는 속담을 대며 언성을 높인 끝에 삿대질까지 했다. 그러자 곁에서 듣고 있던 소영이 발끈하며 따지고 들었다.

"우린 서로 사랑한단 말예요. 사랑해서 결혼하겠다는데 뭐가 잘못됐다는 거예요?"

당사자인 소영이 앙칼지게 대들자 아버지는 할말을 잃고 말았다. 얼굴이 벌겋게 달아오른 채 방바닥만 뚫어져라 노려보던 아버지는 마지못해 뜨뜻미지근한 축하를 건넸다.

"네가 원해서 하는 결혼이니 누군들 말릴 수 있겠냐. 아무쪼록 잘 살아라."

결혼식은 소영의 소원대로 성당에서 엄숙하게 치러졌다. 모든 사람들이 밝은 표정으로 경사를 축하했지만 아버지만은 예외였다. 결혼식이 끝난 뒤에도 아버지의 얼굴에서는 수심이 떠나지 않았다. 세상 물정 모르는 철부지가 결혼생활을 잘해낼 수 있을 것 같지 않다면서 그날 밤늦도록 잠을 이루지 못했다. 아버지의 그같은 걱정은 일 년도 채 못 되어 현실로 나타났다.

고모부는 신혼의 단꿈에서 빠져나오기가 무섭게 뚜렷한 이유도 없이 소영에게 버림받고 말았다. 고모부는 자신을 팽개치고 집을 나가버린 이유만이라도 알게 해달라며 소영의 뒤를 쫓아다녔고, 소영은 머리꽁지도 보기 싫다는데 왜 자꾸 귀찮게 하느냐고 진절머리를 내며 도망 다녔다.

"난 너 남편으로 인정 못 해. 그러니까 가! 꺼지란 말이여!"

소영은 앙칼지게 소리소리 지르더니 다리를 뻗어 고모부의 정강이를 차려고 했다. 하지만 몇 번씩이나 발길질을 하고도 고모부를 걷어차지 못했다. 어머니가 소영을 부둥켜안다시피 하면서 앞을 가로막고 있었기 때문이었다. 소영의 발은 번번이 애꿎은 어머니의 아랫다리를 걷어찼다. 어머니는 고통으로 얼굴을 일그러뜨린 채 "이러지 말아요. 제발 진정하고 말로 풀어요" 하고 애처로운 음성으로 통사정하고 있었다.

"그만 가세요."

치부를 모두 보이고 나자 자포자기의 심정이 들었다. 동시에, 내 힘으로 어찌해볼 수 없는 상황에 대해 분노가 치밀었다. 그래서였을까. 나는 음악교사의 눈을 똑바로 노려보며 "어서 가시란 말예요"라고 재차 씹어뱉었다. 나는 말을 마치고 나서 으스러져라 이를 악물었다. 불손한 말투를 문제 삼아 귀뺨이라도 올려붙인다면 기꺼이 맞아줄 각오였다.

"네 말대로 난 이만 돌아가는 게 좋겠구나."

음악교사가 어색한 미소를 짓더니 지나치다 싶게 다정스러운 말을 건넸다. 평소와 다르게 손까지 흔들어 보였다. 그러고는 스스로도 어색했는지 뒤통수를 긁적이며 쑥스러워하다가 등을 보이고 돌아섰다. 뒤 한 번 돌아보지 않고 골목을 빠져나가는 음악교사의 뒷모습을 지켜보면서 나는 수치심과 분노에 몸을 떨었다.

"내버려둬요! 자기들끼리 죽이든 살리든 우리가 무슨 상관이에요?"

대문 안으로 뛰어들어간 나는 곧장 어머니의 허리춤을 뒤에서 끌어안았다. 고모부와 소영 사이에서 애를 태우고 있던 어머니는 느닷없는 내 행동에 당황하여 어쩔 줄 몰라했다.

"이거 놔!"

어머니가 몸을 뒤틀며 언성을 높였다.

"네 인석! 어른들 일에 끼어들면 못써!"

어머니가 호통을 치거나 말거나 아랑곳하지 않고 나는 혼신의 힘을 다해 어머니를 집 안으로 끌고 들어가는 중이었다. 어머니가 끌려가지 않으려고 발을 땅에 끌어가며 버틸 때마다 나는 어디에 그런 힘이 숨어 있었던 것인지 스스로도 신통할 정도로 근력을 발휘하여 번번이 저항을 무산시켰다. 어머니를 강제로 아버지의 서재에 들여놓는 데 성공한 나는 바깥에서 문고리를 걸어버렸다. 서재는 창문 하나 없는 골방이어서 출입문이 잠기면 바깥으로 나올 길이 없었다.

"당장 열지 못해?"

서재 문을 두들기며 질러대는 어머니의 고함을 뒤로하고 나는 마당으로 뛰쳐나갔다. 마당에는 갑작스러운 훼방꾼의 등장으로 어안이 벙벙해진 연놈이 멀뚱하게 서 있었다. 나는 신발을 신을 생각도 하지 못하고 맨발로 뛰어가서는 화단 한 귀퉁이에 세워져 있던 삽을 집어들었다. 뻘겋게 녹슨 삽날이 하늘을 향하도록 쳐들고서 고모부를 노려보며 똑바로 걸어갔다.
"이 집에서 당장 나가."
나는 방 안에 있는 어머니의 귀에 들어가지 않도록 나직한 목소리로 읊렀다. 이혼하게 될지도 모른다지만 아직까지는 고모부였다. 집안 어른에게 막말하는 것을 어머니가 듣게 된다면 낙심이 이만저만이 아닐 터였다.
"안 나가면 죽여버릴 거야."
나는 고모부에게 한 발 다가서며 허공에 대고 삽을 휘둘렀다. 삽날이 공기를 가르면서 거대한 짐승의 거친 숨결을 연상케 하는 소리를 냈다.
"자네까지 나한테 이러면 어떻게 해?"
고모부가 '자네'라는 생경한 호칭을 사용해가며 울상을 지었다.
"자네도 나중에 어른이 되면 지금 내 심정이 어떤지 알게 될 거야. 난 정말 이 사람을 데리고 돌아가야 해."
고모부가 사정사정하는 도중에도 소영은 곁에서 몇 차례나 끼어들어 "그래, 잘한다. 기왕이면 머리통을 콱 쪼개라" 하고 소리쳤다.
"웃기고들 자빠졌네."
나는 코웃음을 쳤다. 그러고는 아래턱이 가슴팍에 닿도록 머리를 깊이 숙였다. 그 자세에서 눈을 한껏 치뜨자 고모부의 반짝이는 구두코가 시야에 들어왔다. 나는 그 구두코를 향해 나아가며 마구잡이로 삽을 휘둘러댔다.
"그, 그만 해! 어! 어! 이러다가 정말 다치겠어!"
고모부의 다급한 목소리가 들려왔지만 나는 걸음을 멈추지 않았다. 나는 들소의 머리에 돋은 우람한 뿔을 떠올리고 있었다. 땅에 닿을 듯이 머리를 숙이고서 날카로운 뿔을 앞세워 돌진하는 거대한 초식동물의 둔중한 발굽소리가 내 고막을 두드리고 있었다.

"한 번만 더 우리집에 찾아오면 그땐 진짜로 죽일 거야."

뒷걸음질을 치다가 대문 바깥으로 내몰린 고모부에게 협박과 욕설을 퍼붓고 나서 나는 대문을 닫아걸었다. 문틈으로 내다보니 고모부는 쉽게 발길을 돌리지 못하고 하염없이 발치만 내려다보고 있었다.

"잘 가라, 잘 가, 이 개새끼야! 꼴 조오타. 속이 다 시워언하네 이."

고모부가 어깨를 축 늘어뜨린 채 골목 저편으로 걸음을 옮기기 시작하자 소영이 고래고래 소리를 질렀다. 나는 소영이 하는 짓을 말없이 바라보다가 슬그머니 삽을 바닥에 내려놓았다. 그러고는 두 팔을 뻗어 소영의 멱살을 힘껏 움켜쥐었다. 내 돌발적인 행동에 놀란 소영은 그저 눈을 홉뜨고서 "너! 너! 너!" 하는 토막말만 되풀이했다.

분노로 인해 이성이 흐릿해진 상태에서 저지른 실수가 아니었다. 내가 멱살을 잡고 있는 사람이 아버지와 항렬이 같은 고모라는 사실을 분명하게 인지하고 있었을 뿐만 아니라, 집안 어른의 멱살을 잡고도 무사할 수 없으리라는 것도 충분히 헤아리고 있었다. 그럼에도 불구하고 막냇고모에게 적의를 드러낼 수 있었던 원동력은 다름아닌 뿔의 힘이었다. 나는 그 마술적인 위력에 도취되어 무모한 싸움을 벌이고 있었다. 마치 육식동물의 무리 한복판에 뛰어들어 우람한 뿔을 휘두르며 부연 흙먼지를 일으키는 성난 들소처럼.

복수

1

 복수는 늘 황홀한 상상이었다. 아버지의 여러 형제들과 정면으로 맞붙는 순간을 떠올리는 것만으로도 전율이 온몸을 훑고 지나갔다. 그러나 복수를 실천에 옮기는 일은 먼 미래에나 가능하리라고 여겼기에 나는 기다림을 유일한 사명으로 받들었다. 야만적인 족속들과 대적할 수 있을 정도의 강단을 갖춘 장정으로 성장하기까지는 아직도 흘려보내야 할 시간이 많이 남아 있다고 생각했다.
 그런데 뜻밖에도 복수의 순간은 터무니없이 일찍 찾아왔다. 나는 볼거리를 앓는 어린아이마냥 고열에 들뜬 채 악취 풍기는 복수의 늪을 얼떨결에 건너버렸다. 정신을 차려보니 열은 거짓말처럼 내린 뒤였고, 나는 이미 굳은 땅을 밟고 서 있었다.

2

"개 같은 년."
 나는 양손으로 소영의 멱살을 움켜쥐고서 거칠게 밀어붙였다. 체구가 왜소하고 근력도 시원찮은 소영은 저항 한 번 못 해보고 뒤로 밀릴 뿐이었다. 담장에 등이 닿아 더 물러설 곳이 없게 되자 소영은 내 손아귀에서 놓여나려고 사지를 버둥거리다가 앙칼지게 소리쳤다.
 "이 자식, 너 미쳤어? 내가 누군 줄 알고?"
 소영이 독기 서린 눈을 치켜뜨고 나를 쏘아보고 있었다. 나도 지지 않고 그 눈을 정면으로 응시하며 욕설을 뱉었다.
 "좆까! 씹할 년아!"
 누군 줄 알고 있느냐고? 물론 알고 있었다. 내 눈앞에서 거친 숨을 몰아쉬고 있는 암컷은 우덕도에서 태어나 편견과 광기로 오염된 대기를 마시며 성장한 짐승이었다.
 "살충제를 먹고 뒈지든 말든 니들 집에서 염병할 것이지, 왜 우리집에 와서 지랄이야?"
 말을 마치자마자 나는 느닷없이 이마로 소영의 턱을 받아버렸다. 신음소리를 내며 고개를 모로 비트는 소영을 향해 나는 말 한마디 한마디에 힘을 줘가며 씹어뱉었다.
 "우리 아버지, 어머니 좀 그만 괴롭혀."
 그 말을 뱉고 나서, 빌어먹을, 나는 감정의 격류에 휩쓸렸다. 부모를 떠올리자마자 갑자기 코끝이 시큰해지더니 또다시 등신처럼 눈물이 쏟아지기 시작했다.

"그만 좀 뜯어먹으란 말이야! 이 개 같은 년아!"
 집 안에 있는 어머니에게 들리지 않도록 목소리를 낮춰야 한다는 사실조차 잊어버리고 나는 목청껏 소리질러버리고 말았다. 외침은 어설펐다. 울음이 섞여든 탓에 발음도 뭉그러져 있었고 목소리의 높낮이도 일정치 않았다.
 "한 번만 더 우리 아버지 어머니한테 턱주가리를 벌렸단 봐!"
 나는 기도를 타고 꾸역꾸역 넘어오는 목울음을 섞어가며 악다구니를 퍼부었다.
 "죽일 거야! 주둥이를 짝짝 찢어발기고 이빨을 죄 뽑아버릴 거야!"
 죽인다는 말이 위협적으로 들리려면 눈알을 부라리고 윗입술을 치켜들어 상대를 위압해야 하건만, 나란 놈은 칠칠치 못하게 눈물바람을 앞세우고 있었다. 그런 식으로는 말발이 설 리가 없다는 데 생각이 미치자 불쑥 분노가 치밀어올랐다. 겨우 이만한 일조차 변변하게 마무리짓지 못하고 도중에 징징거리고 있는, 유약하기 짝이 없는 나 자신에 대한 울분이었다.
 "내 말 알아들었어? 알아들었으면 대답을 해야 할 것 아냐?"
 나는 격분에 휩쓸려 "대답해! 하란 말이야!"라고 거듭 외치다가 다시 한번 소영의 턱을 이마로 들이받았다.
 "알았은께, 제발 그만!"
 소영이 다급하게 소리쳤다. 비명에 가까운 그 외침을 듣고서야 나는 비로소 소영의 안색을 살폈다. 소영은 하얗게 질려 턱을 바르르 떨고 있었다. 흰자위가 허옇게 드러난 눈이 초점을 잃고 되록거리고 있었다. 잔뜩 겁에 질린 그 눈을 보는 순간, 나는 맥이 풀려

복수 281

소영의 멱살을 놓아버렸다. 그것은 육식동물의 눈빛이 아니었다. 야만의 파도 앞에서 눈물을 그렁거리던 내 어머니의 눈빛과 판박이처럼 닮아 있었다.
"우리집에 다시는 오지 마. 니들 우덕도 새끼들은 꼴도 보기 싫어."
소영이 담장에 등을 기댄 채 흐트러진 옷매무새를 만지는 것을 지켜보던 나는 그녀의 눈에 맺힌 눈물을 외면하느라 고개를 돌리며 씹어뱉었다. 하지만 소영은 간간이 흐느끼는 소리만 희미하게 낼 뿐 아무 대답이 없었다. 나는 기왕에 벌여놓은 일이니 단단히 매조지를 해야겠다는 생각에 다시 한번 다그치려고 소영을 향해 획 돌아섰다. 놀라운 일이 일어난 것은 바로 그때였다.
"미안해."
소영이 떨리는 음성으로 그렇게 말했다. 소영의 사과가 너무도 뜻밖이어서 나는 아무런 대꾸도 못 하고 그저 소영의 입술만 응시할 뿐이었다.
"너를, 볼 면목이, 없구나."
느껴 우느라 토막토막 떨어져나간 말마디들을 어렵사리 뱉어놓고 나서 소영은 두 손으로 얼굴을 감싼 채 어깨를 들썩거렸다.
"누구를 탓하겠냐? 내가 엽렵치 못한 탓이지."
한참 만에야 눈물로 얼룩진 얼굴을 드러낸 소영은 그 말만 남겨놓고는 단추가 떨어져 여밀 수 없게 된 목깃을 왼손으로 한데 모아 쥐고서 비척거리는 걸음으로 대문을 나섰다.

3

"고모는? 갔어? 어디로?"

서재의 문을 열어주기가 무섭게 어머니가 득달같이 달려들었다. 일찍이 한 번도 본 적 없는 성난 얼굴을 하고서 어머니는 나를 닦달하여 저간의 사정을 알아내려고 했다.

"네 어머니한테서 대충 얘기를 들었다. 대체 어떻게 된 영문인지 자세히 말 좀 해다오."

밤늦게 귀가한 아버지까지 추궁에 가세했지만 나는 말문을 열지 않았다. 온갖 회유와 호통에도 한사코 모르쇠로 일관할 따름이었다. 그러자 어머니가 앙가슴을 주먹으로 두들기면서 "이놈이 앞으로 뭐가 되려고 이 모양인지 모르겠어요" 하고 탄식했다. 그 말을 받아 아버지도 "인석아, 가타부타 말을 해라, 말을! 네 아비 어미가 속 터져 죽는 꼴을 봐야 직성이 풀리겠냐?" 하고 역정을 냈다. 그래도 돌아오는 대꾸가 없자 "허어! 환장하겠구먼, 환장하겠어" 하고 기막혀하다가, "그나저나 소영이 이것은 어째 전화 한 통이 없어? 오면 온다, 가면 간다, 말이 있어야 할 게 아닌가" 하고 언성을 높였다.

"제발 절 좀 내버려두세요. 피곤해 죽겠어요."

아버지와 어머니가 제풀에 지쳐 질문 공세를 거두고 나서야 겨우 입을 연 나는 앓는 소리를 냈다. 곤란한 자리를 모면해볼 요량으로 엄살떠는 것이 결코 아니었다. 몸뚱이가 마치 다른 사람의 것처럼 이물스러웠다. 어깨를 들썩여 숨쉬는 것조차 귀찮게 느껴질 정도로 극심한 피로감이 나를 괴롭히고 있었다.

'왜지?'
 혼자 있게 되자 나는 스스로에게 물었다. 눈앞에서 막내고모의 뒷모습이 어른거리고 있었다. 그 잔상을 떨쳐낼 요량으로 다른 곳으로 눈길을 옮겨도 막내고모가 힘겹게 발을 떼어놓으며 멀어져가는 모습이 자꾸만 오롯하게 떠올랐다.
 '왜 잠자코 물러간 거지?'
 쥐방울만한 새끼가 어디서 감히 행패냐고 소리질러가며 게거품을 물고 달려들었어야 했다. 그것이 소영다운 행동이었다. 하지만 그렇게 하는 대신 소영은 사과를 한 뒤에 흐느껴 울며 떠나갔다.
 '뭔가 이상해. 대체 뭐가 잘못된 거지?'
 나는 어디에서도 답을 구할 길 없는 질문들을 무수히 나 자신에게 던지다가 가슴 한 귀퉁이가 먹먹해지는 것을 느꼈다. 서글프다고 해야 할지, 외롭다고 해야 할지 분간이 가지 않는 야릇한 심경이었다.
 "요새 소영이 그것이 무슨 바람이 불어 이렇게 조용하지?"
 그로부터 보름쯤 뒤였다. 아버지가 저녁상을 물린 후에 석간신문을 뒤적이다가 어머니에게 소영의 소식을 물었다. 어머니와 함께 텔레비전을 보고 있던 나는 귀가 솔깃하여 어머니에게 눈길을 돌렸다.
 "그렇지 않아도 이따가 당신한테 따로 말하려던 참인데……"
 어머니는 힐끔 내 눈치를 살피고는 말을 이었다.
 "아까 시골 어머님이랑 통화를 하다가 알게 된 건데 막내고모가 어제 이혼서류를 법원에 냈다네요."
 아버지는 의외로 담담했다. 그리되리라고 진즉부터 예상하고 있었다면서 다시금 신문으로 눈길을 가져갔다. 하지만 신문을 읽고 있는 것 같지는 않았다. 광고만 빼곡하게 들어찬 페이지를 펴놓고는 마치 재미난 기사가 실려 있기라도 하듯 찬찬히 들여다보는 것으로 봐서 무언가를 골똘하게 생각하고 있는 듯했다.

"거참, 모를 일이네. 그런 큰일을 결정하면서 어째 이쪽에다가는 일언반구도 없었을까?"

한참 만에야 입을 연 아버지는 말끝에 고개를 갸웃거렸다. 속상한 일이 생길 때마다 사안이 크건 작건 가리지 않고 전화질을 해대던 평소 행실과는 딴판이라는 것이었다.

"그러잖아도 그게 이상해서 어머님이랑 통화가 끝나자마자 막내고모한테 전화를 했어요."

어머니가 또다시 내게 시선을 한 번 주더니 말을 이어가지 못하고 망설였다. 그러자 나는 눈치가 보여 더 앉아 있지 못하고 슬그머니 자리에서 일어나 마루로 나섰다. 대문 옆에 있는 변소에라도 가려는 것처럼 마루의 유리문을 여닫고 마당으로 내려섰다. 그러고는 유리문 틈새에 귀를 붙이고서 문지방을 넘어 희미하게 들려오는 어머니의 말을 엿들었다.

"당최 전화를 받아야 말이죠. 벌써 짐을 싸서 이사를 한 건지, 전화선을 뽑아버린 건지, 여기서야 알 도리가 없으니 갑갑하데요. 온종일 속을 끓이다가 해거름에야 간신히 통화를 했는데, 아 글쎄, 자기 인생은 자기가 알아서 할 거라면서 올케는 상관 말라더니 툭 끊데요."

나는 온갖 감정이 교차하는 복잡한 심경에 빠져들었다. 나와 소영의 충돌이 별다른 뒤탈 없이 매듭지어진 것에 안도하기도 하고,

내 손으로 여섯 마리의 짐승들 중 한 마리를 해치워버린 사실이 스스로 대견스러워 어깨를 으쓱거리기도 했다. 그러나 시간이 지나 감정의 격랑이 가라앉자 나는 다시금 애초의 불편한 심정으로 돌아갔다.

소영에게 복수를 감행한 이후로 나는 하루도 마음 편한 날이 없었다. 그 동안의 행실로 미루어볼 때 소영은 잠자코 당하고만 있을 위인이 아니었다. 쥐방울만한 조카녀석이 감히 고모에게 폭력을 휘둘렀다고 사방팔방 말을 퍼뜨려 나를 고립시키고, 자식교육을 어떻게 했기에 애새끼가 그 모양이냐면서 부모를 닦달하는 상황이 조만간 벌어질 줄로만 알고 마음을 졸였다. 포악한 작은아버지들을 대동하고 나타나 내 명줄을 끊어놓으려 들지도 모른다고 지레 겁을 먹어 잠을 설치기도 했다. 그런데 어찌된 영문인지 그같은 일들은 일어나지 않았고, 앞으로도 일어나지 않을 모양이었다. 천만다행으로 여겨 기뻐할 일이건만 나는 왠지 그럴 수 없었다. 오히려 까닭 모를 번민과 무기력감까지 덧얽히는 바람에 한층 심한 가슴앓이를 해야만 했다.

"이게 아니야. 뭔가 이상해."

나는 정신을 빼놓고 오래도록 한곳을 응시하다가 뜬금없이 그렇게 중얼거리곤 했다. 그럴 때면 어딘지 모를 곳에서 삐거덕거리는 소음이 밀려와 귓바퀴에서 맴돌았다. 세상을 받치고 있는 큰 기둥 하나가 기울면서 내는 소리 같기도 하고 세계의 운행을 관장하는 거대한 톱니바퀴 하나가 헐거워져 내는 소리 같기도 한, 음산한 느낌의 이명이었다.

4

 내가 다음 상대로 고른 사람은 다섯째인 희영 고모였다. 당시 희영은 고단한 결혼생활을 이어가고 있었다. 지방에서 자동차 대리점을 운영하는 남편은 돈도 잘 벌고 성격도 싹싹했지만 성격이 불같아서 걸핏하면 손찌검을 하는 버릇이 있었다. 남편에게 두들겨 맞은 날이면 희영은 옷가방을 챙겨들고 가출을 했는데, 매번 목적지는 우리집 안방이었다. 불쑥 찾아와서는 안방을 차지하고 주인 행세를 하며 빈둥거리다가 남편이 찾아와서 사정하면 못 이기는 척 따라나서는 일이 한 달에 두세 번씩 반복되었다.
 뚱딴지같은 소리를 보태자면, 나는 희영의 결혼생활이 폭력으로 얼룩지리라는 것을 일찌감치 예견했었다. 그때 나는 열한 살짜리 꼬마였는데, 희영이 결혼식을 올리기로 한 날 새벽에 해괴한 꿈을 꿨다. 꿈속에서 나는 날개가 달린 천사였다. 날개를 퍼덕여 높이 날아올라 산을 넘고 강을 건너니 단층집들이 즐비한 마을 하나가 눈에 들어왔다. 나는 마을 상공을 날아다녔다. 신기하게도 지붕들이 모두 유리처럼 투명해서 집 안을 훤히 들여다볼 수 있었다. 주방에서 밥을 짓는 아낙이며 장기를 두는 노인네들이며 장난감을 가지고 노는 꼬맹이들이며, 나는 지붕 위로 날아다니면서 이 집 저 집에서 일어나고 있는 온갖 소소한 일들을 구경했다. 그러다가 어느 낯선 집에 이르렀는데 그곳에서 희영을 발견했다. 희영은 실오라기 하나 걸치지 않은 채 어떤 남자에게 얻어맞으며 비명을 지르고 있었다. 주먹을 휘두르며 숨을 씨근거리고 있는 남자는 체구가 작달막하고 얼굴이 동그스름했으며 검정색 가죽점퍼 차림이었다.

꼭두새벽에 꿈에서 깨어난 나는 한동안 충격에서 헤어나오지 못했다. 아직 비디오나 인터넷이 보급되기 전이라 폭력물이나 음란물이라는 것 자체가 아예 없었으므로 사내가 벌거벗은 여자를 두들겨패는 것 같은 충격적인 장면은 볼 수도 들을 수도 없던 시절이었다. 상상조차 해본 적 없는 해괴망측한 광경을 어린 나이에 생생하게 목격하고 나니 가슴이 벌렁거려 한동안 몸을 가누기조차 힘겨웠다.

"개꿈이다. 원래 꿈은 반대란다."

꿈을 들려주자 어른들은 약속이라도 한 것처럼 못마땅한 표정을 지었다. 경사를 앞둔 마당에 아침부터 어린아이가 꿈타령으로 초를 친다면서 혀를 끌끌 차는 친지들도 있었다. 하지만 내 꿈은 신기하게 맞아들어갔다. 결혼한 지 보름도 채 못 되어 희영은 울면서 우리 집으로 도망을 왔다. 남편이 괜한 트집을 잡아 매일같이 자기를 두들겨패는데, 무슨 이유인지 옷을 전부 벗겨놓고 때리더라고 했다. 신기한 것은 그것뿐만이 아니었다. 희영이 며칠 동안 우리집에 기거하고 있자니까 남편이 용서를 구하고자 찾아왔는데 꿈에서 본 검정색 가죽점퍼 차림이었다.

꿈이란 것이 맞으려고 하면 기가 막히게 맞아떨어지기도 하는 모양이지만 대개는 허무맹랑한 개꿈이게 마련이어서, 나 또한 그렇게 신통방통한 꿈은 그때가 처음이자 마지막이었다. 그런데 희영은 그처럼 신묘한 꿈을 하루도 빠짐없이 꿀 수 있는 영능의 소유자였다. 희영이 우리집에 기식하는 동안, 우리 식구들은 매일 아침마다 밥상머리에서 희영이 간밤에 꾼 꿈 이야기를 경청해야 했다.

그리고 그날 저녁밥상 앞에서는 그 꿈이 얼마나 정확하게 맞아떨어졌는지를 확인하는 장광설을 들어야 했다. 까치가 세 번 우는 꿈을 꾼 날에는 오후 세시 정각에 우체부가 소포를 들고 벨을 눌렀고, 거울에 금이 간 것을 꿈에서 본 날에는 식구들 중 누군가 찰과상을 입는 사고가 발생했고, 남의 아기를 업는 꿈을 꾼 날에는 비가 왔다.

"그제, 그끄제에 네가 꿨던 꿈들은 억지 반 생떼 반으로 맞힌 것도 같다만 어젯밤 꿈은 어째 이상하구나. 꿈에 남의 애를 업은 거랑 비가 오는 거랑 무슨 상관이 있다는 거냐?"

"아따매, 오빠도 참말로 답답하요. 남의 애기를 업고 다니면 무거워서 어깨가 아플 것 아니오? 노인네들이 어깨가 쑤신다고 하면 비가 내리지라우? 그란께 남의 애를 업으면 비가 올 꿈 아니겠소?"

귀에 걸었으니 귀걸이요 코에 걸었으니 코걸이라고 우기는 것으로밖에는 안 보이는 해몽을 듣다보면 어처구니없을 때가 한두 번이 아니었다. 하지만 희영이 워낙 정색을 하고서 자신의 영능을 강변했기 때문에 우리는 마지못해 고개를 끄덕여줘야만 했다.

"올케언니, 찬밥하고 바가지 좀 내놔보시오."

흉몽을 꾼 날에는 액막이를 한다면서 찬밥을 물에 말아 마당에 흩뿌리며 이상한 주문을 웅얼거렸다. 때때로 액막이용 특별음식이 필요하다며 동네 초입에 있는 가게로 달려가 음식재료를 잔뜩 사들여 우리집 앞으로 외상을 달아놓는 바람에 어머니를 난처하게 만들기도 했다.

"내가 택일을 해줄 텐께 오빠가 나서서 날짜를 바꾸세요. 정히 날짜를 못 바꾼다면 내가 일러준 방책대로 액막이라도 해야 해요."
 그뿐만이 아니었다. 때마침 집안에 대사라도 있으면 희영은 기를 쓰고 끼어들어 자신의 영적 능력에 입각한 희한한 요구를 관철시키려고 했다.
 "네가 지금 감 내라 배 내라 할 처지냐? 서방이 데리러 올 때까지 자숙하지는 못할망정 어디라고 나서?"
 참다못해 아버지가 호통을 치면 희영은 도끼눈을 치켜뜨고 고릿적 일을 들춰내며 악다구니를 퍼부었다. 그럴 때면 목소리의 톤이 사정없이 높은 음역으로 치솟아 고막을 찔러대는 통에 곁에서 들어주기가 괴로웠다.
 "내가 오빠 밑으로 들어와서 눈칫밥 묵었던 것만 생각하믄 지금도 치가 떨려요. 일이 년도 아니고 십 년 넘게 묵었으면 됐지, 뭐가 부족해서 또 눈치를 줘요? 간밤 꿈에 기러기가 석양으로 날아감스로 피똥을 소낙비맨치로 싸갈기더만 이런 꼬라지를 보려고 그랬구만. 말이 나왔으니 한마디만 더 합시다. 오빠, 예전에 나한테 공책 사라고 돈 줬던 것 생각나요? 내가 그 돈 몇 푼 타내고 나서 얼마나 울었는지 알아요? 아이고, 그때 생각만 하면 지금도 복장이 터져. 토끼눈 되도록 울고 또 울고 또 울고. 하여튼 엄청나게 울었은께로."
 한 번 말문이 열리면 숨도 안 쉬고 줄기차게 말을 퍼붓는 것이 희영의 특기였다. 소프라노 톤으로 한도 끝도 없이 이어지는 장광설을 참고 듣다보면 지옥이 따로 없다는 생각이 절로 들었다. 희영의 시끄러운 입을 닫게 하는 방법은 오직 하나뿐이었으니, "알았다. 알았으니까 그만 해라. 내가 말이 좀 지나쳤나보다" 하고 손사래를 쳐가며 사과 아닌 사과를 건네는 길뿐이었다.
"왜 왔어? 남편새끼가 또 패디?"
이른 아침, 학교에 가려고 대문을 열고 골목으로 막 나섰을 때였다. 골목 저편에서 희영이 가방 하나를 들고 이쪽으로 걸어오고 있는 것이 눈에 들어왔다. 나는 대문 앞을 가로막고 서서 희영이 가까이 다가오기를 기다렸다. 희영이 어색하게 웃어 보이며 인사를 건네자 나는 대뜸 반말지거리를 했다.
"가려거든 우덕도로 갈 것이지, 여긴 왜 와?"
나는 희영이 늘 써먹던 방법을 동원했다. 희영에게 말할 기회를 주지 않으려고 쉴새없이 떠들어댔다. 하고픈 말은 얼마든지 있었다.
"옛날에 눈칫밥 먹느라고 무지 서러웠다면서? 그렇게 서러웠으면 집 나가서 따로 살 것이지 왜 붙어살았는데? 네가 아쉬워서 그랬던 거잖아! 아쉬울 땐 잘도 신세져놓고 이제 와서 눈칫밥 어쩌고 하면서 뒷말을 해? 은혜를 몰라도 분수가 있지, 이 짐승만도 못한 년! 그런 막말을 해놓고 무슨 낯짝으로 다시 왔어? 염치가 있어야지. 가! 꺼져버려! 여기가 네 별장이라도 돼? 네 맘대로 오고 가게?"
막상 흉내를 내보니 쉬운 일이 아니었다. 한참 동안 떠들자니까 점차 말소리가 작아지더니 산소 결핍으로 인한 현기증까지 일었다. 결국 나는 심호흡을 위해 말을 멈춰야 했다. 바로 그때 희영이 내게 한 발짝 다가섰다. 야무지게 내 뺨을 올려붙이고 나서 "너 이 새끼, 아까부터 반말 찍찍 했지? 건방진 것이 어디서 꼬박꼬박 말꼬랑지를 짤라묵어?" 하고 소리쳤다. 나는 그 말이 끝나기 무섭게 오른팔을 휘둘러 희영의 뺨을 후려쳤다. 한 번 되받아친 것만으로는 부족해 덤으로 왼팔을 휘둘러 한 대 더 보태기까지 했다. 연거푸 따귀를 얻어맞은 희영은 기가 막히는지 입을 딱 벌린 채 눈만 멀뚱거렸다.

"짐승한테 존대하는 등신새끼도 있다든? 은혜를 모르면 그게 사람이야? 짐승이지!"

나는 기세등등하여 다시 혀를 놀리기 시작했다. 그런데 너무 흥분한 나머지 아까처럼 말이 조리 있게 풀려나가지 않았다. 희영이 저지른 배은망덕한 짓들을 생각나는 대로 늘어놓다보니 횡설수설이 되고 말았다. 더이상 떠듬대서는 체면이 안 서겠기에, 우리 어머니가 못 먹고 못 입어가며 아껴서 모은 돈으로 너희 세 유학생들 뒤치다꺼리를 하다가 두 번씩이나 유산까지 했는데 그 은혜를 모르고 눈칫밥 운운할 수 있느냐는 말로 어렵사리 뒷수습을 했다.

"그려, 네가 뭔 소리를 하고 싶은 건지 알겠다. 좋아, 네 소원대로 나는 이만 가마. 까짓것 꺼져주면 될 거 아니냐?"

희영이 도끼눈을 뜨고서 나를 쏘아보며 입을 놀렸다. 여전히 기운이 넘치는 카랑카랑한 목소리였다.

"근디 이거 한 가지는 분명히 해야겠다. 우리 때문에 네 엄마가 두 번이나 유산을 했다고 그랬지? 그건 아니여. 네가 몰라서 그러는디, 그 일은 말이여, 자업자득이여. 네 엄마가 원래 식성이 까탈스러워서 고기를 싫어했어. 네 엄마가 산중 촌사람 아니냐. 육고기건 물고기건 먹으라고 줘도 입에도 안 대더라."

한창 열이 올라 있던 나는 희영의 말을 듣고 갑자기 말문이 막혀버렸다. 기가 막혀서 머릿속이 하얗게 바랬다. 그 바람에 나도 모르게 말을 더듬거렸다. 그나마 말을 끝까지 매듭짓지도 못하고 도중에 얼버무리기까지 했다.

"그, 그걸 지금 말이라고……?"

어느 홀어미가 어린 외아들을 사랑하여 생선을 구울 때마다 자신은 머리만 먹고 몸통은 아들에게 양보했더니, 아들이 장성하여 홀어미의 환갑 잔칫상을 차려주는데 생선 머리만 그득하게 올려놓더라는 이야기가 불현듯 떠올랐다. 설마 진짜로 그런 일이 있겠냐고 웃어넘겼더니 그것이 실없는 우스갯소리만은 아닌 모양이었다.

"거봐라. 혼자 잘난 척하믄서 까불더만 할말 없지야? 너도 살아봐라마는, 세상을 살다보믄 오해란 것이 생기게 마련인 것이여."

내가 당황하자 희영은 의기양양하여 콧대를 세웠다. 인생 선배로서 들려주겠다며 별의별 시답잖은 충고를 거들먹거리며 늘어놓더니 갑자기 휙 돌아섰다. 그리고 뒤도 돌아보지 않고 종종걸음으로 멀어져갔다.

"잘 먹고 잘 살아라, 이 호래자식아!"

희영은 골목 어귀에 이르러 한 차례 뒤를 돌아보더니 소리를 빽 내질렀다. 물론 그 한마디로 입을 닫을 희영이 아니었다. 골목 어귀를 돌아 대로변으로 모습이 사라지기까지의 몇 초 동안에도 희영의 입은 잠시도 놀지 않고 나불거렸다.

"아이고, 식전 아침부터 이것이 뭐여? 봉변도 이런 봉변이 없네 이. 어제 꿈자리가 뒤숭숭할 때 알아봤어야 하는 것인디."

그것이 내가 마지막으로 본, 우리집으로 도망쳐온 희영의 모습이었다. 그날 이후로 희영은 우리집에 발길을 끊었다. 무시로 걸어오던 전화조차 가뭄에 콩 나듯 뜸해졌다.

5

나는 울적했다. 희영마저 순순히 물러났으니 연이은 승리에 의기양양하여 신바람을 낼 법도 했건만 그러질 못했다. 원하는 바대로 일이 술술 풀려가고 있는데도 무슨 이유에선지 걸핏하면 울화가 치밀었다. 그때마다 나는 "이게 아니야. 뭔가 이상해" 하고 되뇌며 애꿎은 머리카락만 쥐어뜯었다. 그러던 어느 날이었다.
"작은아버지, 저도 술 한 잔 주세요."
가장 만만해 보이는 상대부터 차례로 각개격파중이던 나는 그날 울컥하는 바람에 순서를 훌쩍 건너뛰어 첫째 작은아버지인 재경에게 시비를 걸어버렸다.
"뭐? 술? 너 시방 나한테 술 달라고 했냐?"
재경의 힐문에 나는 고개를 끄덕여 보였다. 그쯤에서 재경이 대노하여 내게 주먹을 휘두른다고 해도 이상할 게 없었다. 이미 재경은 세간을 둘러엎어가며 집 안을 엉망으로 휘젓는 일을 끝마친 뒤였다. 그도 부족하여 아버지에게 포악을 부린 끝에 기어이 집 밖으로 쫓아내더니 기고만장하여 되지도 않는 노래를 목청껏 꽥꽥거렸다. 나중에는 괴롭힐 사람이 없어서 심심했던지 도망친 남편을 빨리 찾아오라며 어머니마저 집 밖으로 떠밀었다. 이제 집 안에는 나와 두 동생, 그리고 재경 네 일가족뿐이었다. 다들 각자의 방에 숨어 불을 끄고는 자는 척들을 하는 중이었고, 재경 혼자 마루를 차지하고서 작은어머니가 바들바들 떨며 새로 내다준 술상을 끼고 앉아 거드럭거리고 있었다.

"우리 종손이 그새 술을 배우셨다? 으히힛, 암만, 피는 못 속이지."

재경은 뭐가 그리 우스운지 천장을 올려다보며 너털거리다가 술잔을 내게 내밀었다. 나는 술잔을 받아 입으로 가져갔다. 역한 냄새를 풍기는 그 액체를 입 안 가득 물었다가 억지로 목구멍 너머로 삼키자 불덩이 하나가 식도를 훑어내려가서 뱃속을 홧홧하게 달구었다. 나는 치미는 구역을 간신히 되삼키고 나서 술병을 집어들었다.

"오호라? 받아마셨으니 이번에는 한 잔 따라주시겠다?"

내가 따르는 술을 받으며 재경이 껄껄거렸다. 그러고는 술을 한 번에 들이켜고 나서 냉큼 술잔을 다시 내밀며 "그것 참, 술맛 당기네. 뭐 하냐? 한 잔 더 쳐라" 하고 말했다. 술병을 움켜쥐고서 재경을 노려보고 있던 나는 무심결에 흠칫 놀라 뒤로 몸을 조금 뺐다가 얼른 자세를 고쳐 술을 따랐다. 재경은 눈을 지그시 감고서 고개를 젖혀가며 술을 입 속에 들이붓더니 꿀꺽 삼켰다. 술이 목을 넘어가면서 울대가 오르내리는 것을 지켜보다가 나는 이를 악물었다. 술병을 움켜쥔 오른손이 부르르 떨리고 있었다.

"우리집이 더 부자예요, 작은아버지네 집이 더 부자예요?"

재경네 식구들과 한집에서 살게 된 지 두 달쯤 되었을 때였다. 초등학교에 다니는 남동생 훈이 심각한 표정으로 아버지에게 물었다. 아버지는 대답을 망설였다. 뭐라고 답해야 좋을지 판단이 서지 않는 모양이었다.

"그야 당연히 우리가 더 부자지. 작은아버지네 식구들은 우리한테 얹혀사는 처지잖아."

곁에서 듣고 있던 내가 대뜸 그렇게 대꾸하자 훈은 고개를 내저었다. 아직 나이가 어려서 요령 있게 반론을 펴지는 못했지만 하고자 하는 말은 분명했다. 재경 작은아버지네 식구들이 우리 식구들보다 훨씬 잘 먹고 잘 입지 않느냐는 것이었다. 훈의 지적은 에누리 없는 사실이었다. 우리집 식구들이 재래시장을 뒤져 보세품이나 몇 해 묵은 재고품을 사들이는 데 반해, 재경네 식구들은 옷이든 신발이든 심지어 양말까지도 유명 상표가 아니면 상종을 하지 않았다. 먹는 것에 이르면 더 가관이어서 과일이며 갈비며 굴비며 가리지 않고 상자째로 사들여 게걸스럽게 먹어댔으며, 그때마다 우리 식구들은 그들이 선심을 쓰며 던져주는 얼마간의 음식을 얻어먹는 처지로 전락해야 했다.

구청 앞에 숯불구이 통닭집을 개업한 재경은 매일 자정이 넘어서야 장사를 마치고 귀가했는데, 집 안에 들어서자마자 곧장 전대를 들고 안방으로 쳐들어가서는 어머니에게 전대에 든 돈을 세어보게 했다. 그날 벌어들인 돈이 모두 얼마나 되는지 정확하게 셈해달라는 요청이었으나 실상은 돈자랑이었다. 웬만한 월급쟁이는 명함도 내밀지 못할 정도로 많은 돈을 벌어들이고 있다는 것을 물리도록 자랑하고서야 재경은 잠을 청하러 제 방으로 물러갔다.

매일같이 오밤중에 벌어지는 그 우스꽝스러운 소동을 관심 있게 지켜봐온 내 깜냥으로는 재경의 은행잔고가 적잖이 늘어나 있을 듯했다. 지난겨울에도 김양식으로 제법 큰돈을 만졌다고 하지 않았던가. 정확한 액수는 알 길이 없었지만 재경이 번듯한 전세방을 얻고도 남을 정도의 큰돈을 가지고 있는 것은 틀림없었다. 그런데도 재경은 어찌된 일인지 도통 이사할 기미를 보이지 않았다.

"너희도 이제 기반이 잡혔으니 집을 얻어서 그만 나가거라."

기다리다 못한 아버지가 재경에게 독립하라는 말을 어렵사리 꺼낸 것이 바로 어제 오후였다. 재경은 영문을 모르겠다는 표정으로 한동안 눈만 껌벅거리더니 "집을 얻어 나가라굽쇼? 왜요? 형님 집에 얹혀살면 전기요금이며 수도요금이며 몽땅 공짠데?" 하고 되물었다.

"너 지금 그걸 말이라고 하는 거냐?"

아버지는 어이없어 한동안 말을 잇지 못하다가 그렇게 나무랐다. 재경의 귀에 그 말이 꽤나 거슬렸던 모양이었다. 이튿날이 되자 재경은 몸살기운이 있다는 핑계로 가게 문도 열지 않고 방구석에서 뒹굴더니 날이 채 저물기도 전에 술을 사다가 병나발을 불었다. 취기가 오르자 재경은 집 안 구석구석을 쑤시고 다니면서 살림살이를 죄다 창밖으로 내던졌다. 아버지가 퇴근했을 무렵에는 집 안에 남아 있는 세간보다 마당에 던져진 세간이 더 많아 보일 정도로 집 안이 발칵 뒤집혀 있었다.

"코딱지만한 집 한 채 가진 것이 뭐 그리 대단해서 유세여?"

집 안으로 들어선 아버지는 넥타이 풀 틈도 없이 재경에게 멱살잡이부터 당해야 했다. 어머니도 뜯어말리려다 머리채를 잡혀 곤욕을 치렀다.

"개새끼!"

나는 손에 들고 있던 병을 뒤집어 병모가지를 움켜쥐며 소리쳤다. 내가 따라주는 술을 받아마시며 희희낙락하고 있던 재경이 "뭐? 너 시방 뭣이라고 했냐?" 하고 제 귀를 의심하며 다그쳐물었다. 나는 대답 대신 병을 휘둘러 정면에 앉아 있는 재경의 머리를 후려쳤다.

"어이쿠!"

재경이 상체를 뒤로 젖히며 비명을 질렀다. 하지만 그뿐이었다. 서부영화에서처럼 병이 깨져나가고 머리에서 피가 철철 나리라고 생각했던 것은 오산이었다. 병은 깨지지 않았고 재경의 머리도 멀쩡했다. 재경은 이내 몸을 일으켜세워 나에게 달려들었다.

"이놈!"

술병이 들려 있는 내 오른손목을 낚아채며 재경이 벽력같은 고함을 내질렀다. 술에 취한 사람의 움직임이라고는 믿기지 않을 정도로 날쌘 동작이었다.

"이런 호래자식!"

나를 후려갈기는 손매가 매서웠다. 아니, 묵직하게 느껴졌다는 편이 더 정확하겠다. 겨우 귀뺨 한 대 맞은 것뿐인데도 눈앞에서 불똥이 튀고 정신이 혼미해졌다. 간신히 정신을 수습하고 보니 나는 방바닥에 고꾸라져 있었다. 황급히 고개를 들자 코앞에서 재경이 산처럼 버티고 서 있는 것이 시야에 들어왔다. 감히 저항해볼 엄두도 내지 못하고 나는 몸을 공처럼 웅크리며 눈을 질끈 감았다. 사타구니가 뜨끈해지는 것이 나도 모르게 오줌까지 지린 모양이었다.

"허허, 이 박재경이가 어쩌다가 요런 꼬라지가 되었을꼬? 살다 살다 이런 개 같은 꼴을 다 보네이. 허어, 참 나."

재경의 목소리가 조금씩 멀어지고 있었다. 실눈을 떠보니 마당에 내려서서 대문을 향해 걸어가고 있는 재경의 뒷모습이 보였다. 재경은 뒤도 돌아보지 않고 대문 밖으로 나가버렸다. 나는 재경의 발소리가 들리지 않게 된 뒤에도 한참 동안 꼼짝도 않고 웅크린 자세로 누워 있었다. 이쯤에서 몸을 일으켜도 괜찮겠다는 생각이 들었지만 몸이 말을 듣지 않았다.

"오빠! 작은아버지 갔어?"

"형! 우리 나가도 돼?"

어린 동생들이 불 꺼진 방에서 나를 부르는 소리를 듣고서야 경직에서 풀려났다. 나는 캐스터네츠처럼 맞부딪치고 있는 턱을 의식하며 느린 동작으로 몸을 일으켰다. 간신히 두 다리로 서기는 했지만 맥이 풀린 탓에 천근만근 무겁게 느껴지는 몸뚱이를 주체하지 못하고 비틀거렸다.

그때, 나는 조금 전의 싱거운 결말이 무엇을 의미하는 것인지 까맣게 모르고 있었다. 그토록 꿈꿔온 복수가 성공적으로 이루어졌다는 사실을 깨닫기까지는 열이틀이라는 시간이 필요했다. 말이 쉬워 열이틀이지, 재경이 달려들어 닭 모가지를 비틀듯 내 목숨을 거둬갈지도 모른다는 두려움에 싸여 보냈던, 넌덜머리나도록 긴 시간이었다.

"형님, 형수님, 그 동안 잘 살았소. 잘들 계시오."

여느 때라면 한창 장사하고 있을 시간에 대문을 열고 들어선 재경의 손에는 차곡차곡 접힌 종이상자가 여남은 개 들려 있었다. 재경은 옷가지며 잡다한 살림살이를 한 시간도 안 되어 뚝딱 싸더니 대문 앞에 미리 끌어다놓은 손수레에 옮겨실었다. 그러고는 어디로 이사하게 되었다는 말 한마디 없이 아내와 자식들을 줄레줄레 뒤에 달고서 어둠에 싸인 골목을 빠져나갔다. 나중에야 알게 되었는데, 재경네 식구들이 전세를 얻은 곳은 동사무소 뒤편의 연립주택이었다. 우리집에서 도보로 십 분 남짓밖에 안 걸리는 가까운 거리였다. 그렇게 지척에 살면서도 재경은 그날 이후로 우리집에 걸음을 하지 않았다. 이따금씩 오지랖 넓은 어머니가 조촐한 음식상을 봐놓고 재경 내외를 초대하고는 했지만 그마저도 그럴듯한 핑계를 내세워 사양하기 일쑤였다.

  놀라운 일은 거기서 그치지 않았다. 재경에게서 어떤 말이 어떻게 퍼져나갔는지는 모르겠으나, 재헌과 재명의 왕래도 뜸해지는가 싶더니 나중에는 아예 안부조차 들을 수 없게 되었다. 처음에는 무소식이 희소식이라며 대수롭지 않게 생각하던 아버지와 어머니도 온갖 궂은일을 전해주던 전화기가 도통 울릴 생각을 않자 이상스러워했다.

  "요샌 왜 이다지 조용하지?"

  "그러게요."

  아버지와 어머니는 미심쩍은 표정으로 그런 말들을 주고받다가 고개를 갸웃거렸다.

6

  믿기지가 않았다. 혹시 꿈이라면 또 모를까, 한도 끝도 없이 밀려오던 파도가 갑자기 사라져버리는 일이 어떻게 현실에서 일어날 수 있단 말인가. 나는 의혹과 불안에 시달리며 잠시도 남녘을 향한 경계의 끈을 놓지 못했다. 그러나 나의 조바심과는 달리 시간은 평화롭게 흘러갔다. 하루하루가 적막하다는 느낌마저 자아내는 차분한 일상의 연속이었다.

'내가 해낸 거야. 틀림없어. 그 짐승 같은 새끼들을 쫓아버렸어.'

평화로운 나날이 한 달 넘게 지속된 뒤에야 나는 파도가 사라진 것을 비로소 현실로 받아들였다. 그러자 가슴 벅찬 희열이 밀려들었다. 형언하기 어려운 행복감과 성취감도 맛봤다. 그러나 그처럼 들뜬 기분에 휩싸인 와중에도 나는 마음 한구석이 편치 않았다. 너무도 싱겁게 쟁취한 승리의 이면에 내가 간과하고 있는 무엇인가 도사리고 있는 것만 같아 불안했다.

"이야, 너, 하나도 안 변했네?"

그러던 어느 날, 저녁나절에 뜻밖의 손님이 찾아왔다. 무거워 보이는 종이상자를 들고 나타난 그 사내는 아버지의 대학동창이었다. 사내는 건축기자재를 생산하는 중소기업을 조부에게 물려받아 운영하다가 부도를 내는 바람에 곤궁한 처지가 되었다는 사정을 장황하게 늘어놓더니 월부로 책 한 질을 들여놓지 않겠냐는 말을 꺼냈다. 형편이 어렵기는 매한가지인 터라 아버지가 거절의 뜻을 비치자, 사내는 호탕하게 웃어넘기고는 책은 됐으니 밥이나 좀 달라고 했다.

"이야, 생선국이네? 아니, 그런데 웬 생선토막이 이렇게 커? 제수씨, 이거 고래로 끓인 거 맞죠?"

다섯 식구가 단란하게 모여앉은 저녁상에 불쑥 끼어든 처지이면서도 사내는 조금도 쑥스러운 기색을 비치지 않고 식사시간 내내 대화를 주도했다. 별것 아닌 이야기도 맛깔스럽게 포장해내는 재주가 있는 사람이라 식구들의 웃음보를 곧잘 건드렸다.
"네 아버지가 학창 시절에 어땠는지 아냐? 히힛, 이런 얘기를 해도 되려나 모르겠네?"
저녁밥 얻어먹은 공을 걸쭉한 입담으로나마 갚겠다는 듯이 온갖 우스갯소리를 늘어놓던 사내는 능글맞은 웃음을 지어 보이며 아버지의 학창 시절을 끄집어냈다.
"이 친구가 무슨 소리를 또 하려고?"
아버지가 마뜩지 않다는 표정을 지었지만 사내는 막무가내였다. 아버지가 상사병에 걸려 식음을 전폐했던 이야기, 돈 한 푼 없이 여행에 나섰다가 거지로 전락하여 노천에서 잠을 잤던 이야기, 수업을 빼먹어가며 사흘 밤낮을 술독에 빠져 지낸 이야기, 사내의 입에서 술술 풀려나오는 이야기들은 하나같이 처음 들어보는 것들이었다.
"어쩜 세상에 그럴 수가! 당신한테도 그런 면이 있었네요?"
어머니는 눈을 반짝이며 경청하다가 간간이 아버지를 은근히 골리는 말을 보태어 이야기의 흥을 돋웠다. 그때마다 아버지는 손을 내저어가며 "이 사람아, 그걸 곧이곧대로 믿으면 어떻게 해?" 하고 발뺌해놓고는 천장을 올려다보며 너털거렸다.
"거짓말이죠? 전부 다 아저씨가 꾸며낸 얘기죠? 그렇죠?"
한창 이야기의 흥이 고조되었을 때였다. 나는 버르장머리 없게 사내의 말허리를 잘라가며 볼멘소리를 했다. 나는 그가 은근슬쩍 아버지를 욕보이려고 말도 안 되는 거짓말을 꾸며대는 중이라고 생각했다. 특히 아버지가 술에 만취하여 며칠씩이나 허송한 적이 있다는 대목에 이르러서는 나도 모르게 발끈 화가 치밀었다.
"천만에! 내가 왜 비싼 밥 먹고 거짓부렁을 하겠어?"
사내는 정색하고 손을 내젓더니, 슬며시 능글맞은 웃음을 흘렸다.
"하기야 그런 의심이 들기도 하겠지. 하지만 그건 네가 아버지에 대해 잘 몰라서 그래. 지금부터 내가 하는 이야기를 듣고 나면 너도 생각이 달라질걸?"
나를 살살 달래가며 사내는 다시 이야기를 풀어놓기 시작했다.
"네 아버지가 왕년에 한가락 했지. 까불다가 네 아버지한테 걸려서 혼쭐난 놈이 한둘이 아니었어."
아이들 앞에서 못 하는 소리가 없다면서 만류하고 나서는 아버지를 뿌리치며 사내가 들려준 이야기는 충격적인 것이었다. 교문 앞에서 어떤 건달이 아버지에게 괜한 시비를 걸었다가 늘씬하게 두들겨맞았던 사건, 귀대를 앞둔 휴가병들이 학교 식당을 독차지하고 제 세상인 양 소란을 피우자 아버지가 나서서 말 몇 마디로 쫓아버렸던 일, 학교 기숙사까지 찾아와 행패를 부리던 거구의 불량배를 아버지가 완력으로 경찰서까지 끌고 갔던 일, 어느 것 하나 놀랍지 않은 이야기가 없었다.
"히힛, 이제 알겠지? 네 아버지는 알아주는 건달이었어. 흐흐흐, 겉보기랑 다르게 여간한 강골이 아니었지. 이렇게 큰 어깨들도 한 방이었어, 한 방!"
나는 사내의 이야기를 한 대목도 믿을 수가 없었다. 사내의 큰 동작과 과장된 어투로 미루어 짐작건대 티끌만한 일도 태산처럼 부풀리는 허풍선이가 분명해 보였다. 그런 내 속마음을 눈치챈 것일까. 사내는 오른손을 자신의 왼쪽 가슴에 단정하게 올려놓더니 자못 엄숙한 어조로 모든 이야기가 진실임을 맹세했다.

"아버지! 아니죠? 이 아저씨가 우릴 재밌게 하려고 거짓말하는 거죠?"

사내가 들려준 이야기가 사실일지도 모른다는 생각이 치미는 바람에 조급증이 발동한 나는 아버지에게 돌아앉아 절박한 심정으로 물었다.

"이 사람이 쓸데없는 소릴 해가지고선, 쯧쯧."

아버지가 곤란한 표정을 지으며 암묵적인 긍정을 비치는 순간, 나는 세상을 지지하고 있던 기둥들이 무너지는 소리를 들었다.

"왜죠?"

나는 자리를 박차고 일어나며 소리쳤다. 타고난 울보답게 눈에서는 눈물이 넘쳐나기 시작했다. 방 안의 모든 사람들은 내 뜻밖의 행동에 놀라 어리둥절한 표정들을 짓고 있었다.

"왜 그랬어요?"

나는 변성기가 한창인 까닭에 어정쩡하게 굵어진 목소리를 쥐어짜면서 창피한 줄도 모르고 흐느꼈다. 하고픈 말들이 목젖 뒤편에 수북하게 쌓이고 있었다. 그런 강단을 가졌으면서도 왜 우리집에 들이치는 파도는 줄곧 못 본 척한 것이냐고, 행패를 일삼는 승냥이들을 늘씬하게 두들겨서 쫓아버릴 수도 있었을 텐데 왜 그러지 않았느냐고, 단 한 번만이라도 그렇게 단호한 모습을 보여줬다면 우리 가족은 진작 평화로운 가정을 꾸릴 수 있었을 텐데 어째서 마다했느냐고, 나는 발이라도 굴러가며 악악거릴 작정이었다.

"한 번쯤은! 단 한 번만이라도!"

하지만 내 외침은 '한 번'이라는 무의미한 말만 되풀이하다가 잦아들고 말았다. 아무리 말을 이어가려고 안간힘을 써도 한마디도 더 보탤 수가 없었다. 끓어오르는 격한 감정이 거대한 해일처럼 밀려와 어딘지도 모를 곳으로 내 혼을 휩쓸어가고 있었다.

7

예전에 별생각 없이 넘겼던 일들이 하나 둘 떠올라 머릿속에서 소란스럽게 굴러다니기 시작했다. 그중에서도 이태 전에 아버지가 직장에서 상급자와 맞섰던 일은 유난한 울림으로 뇌리를 맴돌았다.

"어쩌자고 교장한테 대들었어요?"

아버지가 저녁밥상을 물리자 어머니가 기다렸다는 듯이 전에 없던 타박을 했다. 요즘에는 다소 덜한 감이 있지만 당시만 해도 학교에서 교장이 갖는 권한은 실로 막대했다. 교사와 교직원들의 인사권을 틀어쥔 것은 물론이고, 예산 집행과 제반사업 추진에 이르기까지 모든 업무를 자신의 입맛대로 좌지우지할 수 있는 무소불위의 권좌였다.

"그럼 그놈이 학생들 돈으로 이자놀이 하는 꼴을 그냥 구경만 하라고?"

아버지는 단호했다. 설령 목이 달아날지언정 불의를 보고도 못 본 척할 수는 없다는 것이었다. 다른 교사들은 아무 말도 않고 지켜만 보는 마당에 꼭 당신이 나서야 할 필요가 어디 있느냐면서 내일이라도 당장 교장실로 찾아가서 사과하라는 어머니의 부탁이 이어졌지만, 아버지는 고집을 꺾지 않았다. 결국 아버지는 같은 재단에서 운영하는 여자상업고등학교로 발령이 나고 말았다. 해마다 신입생이 부족하여 시내 중학교를 전전하며 학생을 구걸해야 하는 데다가 그렇게 모아놓은 학생들 대부분이 문제학생들이라서 가출, 폭력, 절도, 임신 등의 말썽이 끊이질 않는 까닭에 교사들이 기피하는 학교였다. 말하자면 좌천인 셈이었는데, 정작 아버지는 차라리 잘된 일이라면서 태평이었다.

당시 나는 무골호인처럼 보이는 아버지에게 그같은 기개가 있다는 사실이 놀랍고 신기했다. 하지만 이제는 아니었다. 학창 시절에 주먹깨나 썼다는 사람에게 그만한 강단도 없겠냐는 식으로 쉽게 납득이 갔다. 그와 동시에, 어쩌면 내가 여태까지 알고 있던 아버지의 모습이 허상에 불과할지도 모른다는 의심이 고개를 쳐들었다.

"느그 아부지가 겉보기는 저래도 올매나 무서운 사람인지 모른다."

아버지를 향한 의구심에 기름을 부은 것은 할머니였다. 해마다 여름만 되면 할머니는 농사일이 잠시 한가해진 틈을 타서 김양식에 필요한 자금을 미리 융통해두려고 연례행사처럼 우리집을 방문하곤 했다. 나는 할머니가 저녁밥상 물리기를 기다렸다가 아버지의 어린 시절 이야기를 들려달라고 간청했다.

"독하기로만 치자면 이 세상에서 느그 아부지를 당해낼 사람이 없을 게다."

이런저런 이야기 끝에 할머니는 손금 이야기를 꺼냈다. 용하다는 무당에게 보리 한 됫박을 주고 점을 쳤는데, 그 무당이 맏아들 재운의 손바닥을 들여다보더니 손금 하나가 중간에 끊어져 있어서 크게 성공하기는 어렵겠다고 말했다. 그 말을 듣고 재운은 크게 낙담했다. 성공할 수 없는 운명을 타고났는데 열심히 살아서 뭣 하겠냐면서 몇날 며칠을 우울해했다. 그러던 어느 날이었다.

"아침에 밥상머리에서 재운이가 젓가락질을 이상하게 하길래 찬찬히 봤더니만 손바닥에 피가 뻘게. 기겁해서 들여다본께 손바닥을 뭣으로 후벼파놨더라."

재운은 밤새 대꼬챙이로 생살을 파서 손금을 이어버렸던 것이다. 비명이 새어나오는 것을 참아가며 제 손으로 생살을 파내고 있는 어린 소년의 모습이 눈앞에 떠오르는 순간, 나는 징그럽다는 생각을 했다. 하기야 그쯤 되니까 그 거친 섬에서 배겨낼 수 있었겠다 싶어 고개가 끄덕여지기도 했다.

아버지의 일관된 삶의 궤적이 내 머릿속에 그려진 것은 바로 그때였다. 강기가 대단했던 소년이 자라 강단 있는 청년이 되고 나중에는 강직한 성품을 지닌 교사가 된 것은 자연스러운 귀결이자 인과였다. 단 하나, 일관되지 못한 점이 있다면 아버지가 여러 형제에게 우유부단하고 연약한 모습을 보여왔다는 것뿐이었다. 무슨 이유로 아버지는 본디 성품마저 저버리면서 호구로 지내온 것일까.

"형만한 아우 없다더니만, 다른 것들은 심부름 하나 변변하게 하질 못하더라."

내가 생각에 잠겨 있는 동안에도 할머니의 맏아들 자랑은 줄기차게 이어지고 있었다. 손아래인 재경이나 재헌에게 심부름을 맡겨놓으면 사나운 개가 목줄이 풀려 돌아다니고 있다거나 어른이 집에 없어 만날 수가 없었다거나 아이들을 유난히 싫어하는 욕쟁이 아저씨가 술에 취해 골목 어귀에서 길을 막고 누워 있었다거나 하는 이유를 들며 되돌아오기 일쑤였다. 그때마다 할머니는 맏아들 재운에게 그 심부름을 다시 맡겨야 했다.
"짜잔한 동생들하고는 근기부터가 달랐어. 그것들도 그걸 알아봤은께 그러코롬 형한테 쩔쩔맸제."
포악하기 이를 데 없는 재경과 재헌에게 그처럼 소심한 면이 있었으며 아버지가 그런 미욱한 동생들을 휘어잡던 야무진 맏형이었다는 이야기를 듣고 나자 한층 더 궁금증이 심해졌다. 어떻게 해서 야무진 맏형이 어리석은 동생들에게 업신여김을 당하는 쪽으로 역전이 일어난 것인지 알다가도 모를 일이었다.
어쩌면 그때 나는 이미 모든 내막을 어렴풋하게나마 간파하고 있었는지도 모르겠다. 모든 화살들이 하나같이 아버지를 겨누고 있는 마당에 아무것도 눈치채지 못했다면 오히려 이상한 일이었다. 아마도 장막이 걷히면 드러나게 될 진실을 감당할 자신이 없어서 애써 외면했던 것이리라. 그도 그럴 것이 상대는 아버지였다. 내 삶의 터전이자 내 정신세계의 기둥이었다. 아버지를 허무는 것은 곧 나 자신을 무너뜨리는 행위였다. 그러나 모르는 척 덮어만 두기에는 내면의 상처가 너무 깊었다. 증오의 가시에 무수히 쓸린 탓에 덧날 대로 덧난 상처가 고약한 냄새를 풍기며 시시각각 썩어 들어가고 있었다.
"아버진 나빠요! 우리한테 어떻게 그러실 수가 있어요?"
초저녁잠이 많은 할머니가 베개도 없이 코를 골기 시작하자 나는 부엌에서 일하고 있는 어머니에게로 가서 밑도 끝도 없이 아버지를 욕했다. 그게 무슨 소리냐고 되묻는 어머니의 얼굴을 들여다보다가 나는 눈물을 글썽였다. 갑자기 어머니가 한없이 불쌍하게 느껴졌다. 가여워서 미칠 것만 같았다.

파국

1

우울한 나날의 연속이었다.
"물처럼 살 거라. 바위가 나타나면 부딪쳐서 깨뜨리려 하지 말고 넉넉하게 감싸안아준 뒤에 흘러가버려야 하는 거란다."
어머니가 늘 해주던 이야기가 시도 때도 없이 귀에서 쟁쟁거렸다. 그딴 소리는 힘없는 초식동물들이 자신의 비겁함을 정당화하기 위해 만들어낸 거짓부렁일 뿐이라고 일축하던 기백은 사라진지 오래였다. 나는 절망했고, 나날이 침울해졌다. 대체 무슨 고민이 있기에 그렇게 풀이 죽어 있는 거냐고 식구들과 친구들이 걱정스럽게 말을 건네왔지만 나는 묵묵히 안으로만 침잠할 따름이었다.
'아버지였어. 모두 아버지가 일으킨 파도였어.'
이따금씩 나는 넋 나간 사람처럼 구시렁거렸다. 그러다 갑자기 양손으로 귀를 틀어막으며 이를 악물었다. 나를 둘러싼 세계는 소음으로 가득 차 있었다. 내 의식의 촉수가 미치지 못하는 곳에서 정체불명의 톱니바퀴가 소름 끼치는 마찰음을 토해내고 있었다.

2

"너 요새 왜 그래? 어디 아파? 체육시간에도 교실만 지키더라?"
 점심시간에 매점에 들러 공책 한 권을 사들고 교실로 돌아오는 길이었다. 본관 건물을 끼고 모퉁이를 돌다가 마주 오는 민철과 맞닥뜨렸다. 민철은 근처에 경계할 만한 사람이 있는지 재빠르게 살피고 나서 빠른 어조로 내게 말을 걸어왔다.
 "그러면 안 돼. 기운 좀 차려. 안 그랬다간 너 정말 좆되는 수가 있어."
 민철은 뜻밖에도 내 건강을 염려해줬다. 얼떨결에 "걱정해줘서 고맙다" 하고 인사하자, 민철은 솥뚜껑만한 손바닥으로 가슴을 두드리더니 "어휴, 답답해, 진짜" 하며 한숨을 내쉬었다. 나는 뭐가 답답하다는 것인지 영문을 알 수 없어 자세한 이야기가 이어지기를 기다리며 민철의 입을 응시했다.
 "아무튼 난 분명히 경고했어. 그러니까 조심해, 알았지?"
 하지만 민철은 내 기대를 저버리고 뜻 모를 말만 남겨놓고는 제 갈 길을 가버렸다. 무엇을 경고했다는 것인지, 뭘 조심하라는 것인지 알 듯 모를 듯 혼란스러웠다. 교실로 돌아온 뒤에도 나는 민철의 말을 곰곰이 되새겼다. 불안해진 나는 기회가 있을 때마다 고개를 돌려 홍준식과 똘마니들의 동정을 살폈지만 미심쩍은 낌새는 발견할 수 없었다. 음악교사와 함께 귀갓길에 올랐을 때도 혹시나 하는 마음에 사방을 경계했지만 아무 일도 일어나지 않았다. 그 다음날에도, 그 다음다음날에도 평온한 일상이 이어질 뿐이었다. 그렇게 일주일이 지나가고 나자 나는 민철의 경고를 까맣게 잊어버렸다.

월요일 아침, 애국조회 시간이 돌아오자 나는 늘 그랬던 것처럼 아프다는 핑계로 교실에 남았다. 당번 두 명과 나를 제외한 모든 아이들이 교실을 빠져나가고 나자 고요가 찾아들었다. 나는 팔을 베고 책상에 엎드렸다.

"여기가 여관이냐, 잠을 자게?"

얼마나 시간이 흘렀을까. 누군가 내 책상을 툭툭 걷어차는 바람에 눈을 떴다. 고개를 들어보니 눈앞에 웬 꺽다리가 서서 나를 굽어보고 있었다. 나는 한눈에 녀석을 알아봤다. 이장수라고, 지난달 학교 대항 농구시합이 열렸을 때 선수로 출전해 맹활약하면서 유명세를 탄 녀석이었다.

"듣자니까 너 요새 되게 까분다면서?"

녀석이 대뜸 시비를 걸어왔다. 나는 위기가 닥쳤음을 직감했다. 동시에, 지난번 민철이 내게 했던 경고의 의미가 체육시간이나 교련시간에 교실에 남지 말라는 것이었음을 깨달았다. 하지만 너무 때늦은 깨달음이었다.

"준식이가 가만 내버려두니까 겁없이 기어오른다던데?"

내가 대꾸를 않고 외면하는데도 장수는 집요하게 비위를 긁는 말을 지껄여댔다. 함께 교실에 남은 두 명의 당번들이 지켜보고 있다는 사실을 의식하면서 나는 마지못해 자리에서 일어났다. 속수무책으로 수세에 몰리는 모습을 그들에게 보일 수는 없었다. 내가 가진 권위와 위엄은 그런 나약한 대응을 용납하지 않았다. 나는 더 이상 일개 초식동물이 아니라 무리를 이끄는 우두머리였다. 머리에 우람한 뿔이 돋은, 용맹하고 건장한 수컷이었다.

"너 이 자식, 내가 누군 줄 알고 까불어?"

나는 작은아버지들과 고모들이 입버릇처럼 되뇌는 말을 그대로 흉내냈다. 그들의 몸짓을 떠올려가며 내 몸뚱이가 최대한 커 보이도록 가슴을 펴고 고개를 치켜들었다. 하지만 그래 봤자 고목나무에 붙은 매미꼴을 면할 수는 없었다. 상대는 어른 못지않게 키가 큰 농구선수였고, 나는 평균 키에도 못 미치는 작은 체구였다.

"몰라. 그러니까 좀 가르쳐줘. 네가 누구야?"

장수가 주먹으로 내 머리를 쥐어박고는 조롱조로 지껄였다. 나는 화가 치밀어 달려들었다. 거푸 주먹을 휘둘렀다.

"어쭈? 야, 야, 이러지 마. 다치면 어쩌려고 이래?"

장수는 한 걸음 뒤로 물러서며 내 주먹을 가볍게 피하더니, 왼팔을 길게 뻗어 내 얼굴을 손바닥으로 덮어 눌렀다. 나는 앞을 제대로 볼 수 없어 허공에 대고 몇 차례 주먹질을 하다가 그만 균형을 잃고 쓰러져버렸다. 싸움 상대가 무방비상태로 넘어졌으니 그보다 더 좋은 공격 기회도 없으련만 장수는 멀찍이 물러서서 내가 다시 일어나기를 기다리며 히죽거릴 뿐이었다.

"네가 무진장 잘난 줄 아는 모양인데 착각하지 마, 좆만아."

장수가 자꾸만 빙글거리며 약을 올렸다. 나는 분김에 다시 달려들어 주먹을 휘둘렀다. 몇 번을 달려들어도 결과는 매번 똑같았다. 나는 장수의 긴 팔 때문에 가까이 다가가지도 못하고 허공에 주먹질을 해대다가 물러서야 했다. 아무리 발악을 해도 주먹은 장수의 얼굴은커녕 가슴팍 근처에도 닿지 않았다. 생각다 못해 깜치에게 써먹었던 방법을 동원해봤지만 그마저도 실패였다. 내가 럭비선수처럼 상체를 숙인 자세로 달려들면 장수는 뒤로 슬쩍 물러서며 긴 팔로 내 등 위에서 찍어 눌렀다. 나는 번번이 중심을 잃고 큰절 올리는 자세로 장수의 발 앞에 엎어졌다.

나는 양팔을 축 늘어뜨리고서 땀에 젖어 헐떡거렸다. 신장의 열세를 극복하기 위해 무리한 동작을 거듭하다가 체력을 소진해버린 탓에 몸을 가누기조차 힘겨웠다. 그런 나와는 달리 장수는 땀 한 방울 흘리지 않았다. 입가에 미소까지 머금고서 여유롭게 다리를 건들거리고 있었다. 이쯤 되면 싸움의 승패는 이미 결정된 것이나 진배없었다. 나의 완벽한 패배였다.

"야, 멀대! 어서 쳐! 쳐봐!"

기왕이면 인상적인 패배가 되기를 소망하며 나는 얼굴을 들이대고서 깐죽거렸다. 하지만 장수는 능글맞게 빙글거리기만 할 뿐 덤벼들지 않았다. 그러고 보니 장수는 아까부터 주먹으로 머리통을 쥐어박거나 손바닥으로 뺨을 후려치는 것 외에는 다른 어떤 공격도 하지 않고 있었다. 나를 장난감 다루듯 가지고 노는 것에 재미라도 붙인 것일까. 마음먹고 주먹을 휘두르면 당장이라도 싸움을 끝낼 수 있을 텐데 미적거리며 시간을 끌고 있었다.

"너네 엄마는 창녀야, 씹할 놈아!"

나는 싸움을 빨리 끝내고픈 마음에 도발을 거듭했다. 급기야 금기시되는 욕설까지 입에 담았다. 그러자 장수가 입술을 일그러뜨리더니 왼팔을 뻗어 내 멱살을 움켜쥐고는 거세게 밀어붙였다. 비틀거리며 뒤로 밀려나던 나는 벽에 뒤통수를 부딪치고 나서야 뒷걸음을 멈출 수 있었다. 장수의 왼손에 목이 눌린 까닭에 벽에 등을 붙인 채 옴짝달싹할 수가 없었다. 그 상태에서 장수는 내 뺨을 후려갈겼다. 장수가 오른손을 휘두를 때마다 고개가 휙휙 돌아갔다. 장수는 손바닥으로 왼뺨을 치고 나서 연이어 손등으로 오른뺨을 치는 식으로 성이 풀릴 때까지 수십 번이나 내 따귀를 갈겼다.
"학생이면 학생답게 고운 말을 써. 그래야 착한 학생이지."
손아귀의 힘을 풀어 내 목을 놓아주면서 장수가 비웃적거렸다. 나는 비틀거리는 걸음으로 교실 뒤편의 청소함으로 가서 대걸레를 집어들었다. 대걸레자루를 꼬나들고 장수에게 돌진했다. 그러자 장수는 재빨리 근처의 의자 하나를 들어 나에게 던졌다. 내가 의자를 피하려고 황급히 상체를 굽히는 사이, 장수가 그 틈을 이용해 내게 달려들었다. 내가 허리를 곧추세웠을 때는 이미 장수와 나의 거리가 너무 가까워져 대걸레자루를 휘두를 수 없었다. 한 번 휘둘러보지도 못하고 대걸레자루를 빼앗긴 나는 다시 장수의 손아귀에 멱살을 잡힌 채 수도 없이 뺨을 얻어맞아야 했다. 혀라도 깨물어 죽어버리고 싶을 만큼 치욕스러운 순간이었다.

3

애국조회를 마치고 교실로 돌아오는 학생들의 발소리가 복도에서 들려왔다. 그때까지도 교실에서는 고양이가 쥐를 가지고 노는 듯한 희롱이 집요하게 이어지고 있었다.

"어? 뭐야? 한판 붙은 거야?"

"완전히 가지고 노네!"

아이들은 교실에 들어서자마자 호들갑스럽게 떠들어댔다. 장수는 주변이 소란스러워지자 마지막으로 내 뺨을 몇 번 호되게 갈긴 뒤에 나를 놓아주었다. 그러고는 제 할 일은 다 했다는 듯 여유만만한 걸음걸이로 교실 앞문 쪽으로 멀어져갔다.

"어딜 가는 거야? 서! 거기 서지 못해?"

내가 악을 써댔지만 장수는 뒤도 돌아보지 않고 교실 밖으로 나가버렸다. 나는 분을 가눌 수 없어 책상을 둘러엎어가며 포악을 부렸다. "덤벼, 이 새끼야! 어디 한번 끝장내보란 말이야!" 하고 오기지게 악을 써댔지만, 장수는 이미 사라진 뒤였고 내 고함은 패배자의 부질없는 객기로 퇴색할 뿐이었다.

"왜들 서 있는 거야?"

때맞춰 교실에 들어온 홍준식은 영문을 모르겠다는 표정으로 주위를 둘러보더니 천연덕스럽게 자기 자리에 가서 앉았다. 똘마니들도 시치미를 떼고 얌전하게 굴기는 마찬가지였다.

"어? 쟤 뺨이 왜 저래? 우와! 시뻘게!"

홍준식이 나를 손가락으로 가리키며 낄낄거리자 똘마니들도 일제히 따라 웃었다. 웃음소리가 왁자하게 이어지는 가운데 똘마니들이 간간이 나를 조롱하는 말을 곁들였다.

"조회시간에 교장선생님이 하신 말씀 못 들었어? 폭력은 나쁜 거라잖아."

"맞아, 싸우지 말고 사이좋게 지내라고 하셨어. 아 참, 쟨 꾀병으로 안 나와서 그 좋은 말씀을 못 들었지?"

그때, 나는 참담한 심정이었다. 홍준식에게 조롱당하는 것이 속상해서도, 그의 수작에 말려들어 봉변을 당했다는 사실이 원통해서도 아니었다. 나를 절망으로 몰아간 것은 나를 바라보고 있는 반 아이들의 표정이었다. 그들의 얼굴에 어린 것은 분노나 두려움 따위가 아니었다. 놀랍게도 그들은 안도하고 있었다. 자신들이 희생자가 아니라 구경꾼의 입장이라는 사실을 다행스럽게 생각하고 있었다.

나는 비로소 초원에서 일어나는 불합리한 숫자놀음의 진실을 꿰뚫어볼 수 있었다. 초식동물들이 압도적으로 개체수가 많으면서도 소수에 불과한 육식동물들을 피해 죽도록 도망만 다니는 이유는 종족의 유대감보다 더 강렬한 힘을 발휘하는 생존본능 때문이었다. 육식동물이 사냥에 성공하여 동료의 살을 뜯어먹는 광경을 물끄러미 구경만 할 수 있는 것도 생명에 대한 이기적 애착에 기인했다. 그들은 동료의 희생에 대해 슬퍼하거나 분노하지 않았다. 오히려 동료의 희생 덕분에 희생자의 처지를 면했다는 사실을 기뻐했으며, 자신이 누리게 될 삶의 시간이 연장된 것에 감사했다. 그것이 초식동물의 한계이자 초원의 불합리한 숫자놀음의 진실이었다.

"처음부터 난 혼자였어."

나는 비장한 어조로 말문을 열었다. 내 속에서 뜨거운 기운이 화톳불처럼 이글거리고 있었다. 믿을 건 너 자신뿐이야. 어서 가! 가서 네 손으로 직접 끝장을 내버려. 저런 비열한 자식에게 뒤를 보여선 안 돼! 아버지의 형제들을 물리친 뒤로 영영 사라져버린 줄로만 알았던 악귀가 싱싱한 목소리로 내 가슴속에서 준동하고 있었다.

"하지만 넌 달랐어. 똘마니들, 선생들, 그리고 만난 적은 없지만 네 아버지까지……"
 나는 홍준식이 자기 아버지에 대해 이야기하는 것을 끔찍이도 싫어한다는 사실을 떠올리며 '아버지' 라는 단어에 일부러 또박또박 힘을 줬다. 아니나 다를까, 그 말을 듣자마자 홍준식의 표정이 순식간에 굳어졌다.
 "똘마니들이 없으면 넌 아무것도 못 하지? 네 아버지가 이사장이라서 그 빽만 믿고 까부는 거지?"
 나는 무덤으로 걸어들어가는 심정으로 거듭 도발했다. 지난번처럼 홍준식이 직접 싸움에 나서는 상황이 또다시 재연될 가능성은 희박하다는 것을 알면서도 실낱같은 희망에 의지하여 무모한 도박을 감행하는 중이었다.
 "쩹칼이랑 붙었을 때도 똘마니들이 쩹칼 팔다리를 붙들고 있었다면서? 비겁한 새끼! 그러고도 네가 사내새끼냐?"
 나는 사내답게 단둘이서 당당하게 붙어 승부를 가려보자고 소리치며 홍준식을 향해 주먹을 들어 보였다. "싫어? 일대일은 겁나서 못 하겠지?" 하고 이죽거리고 나서 가운뎃손가락을 펴들었다.
 "너처럼 비겁한 새끼를 오대 독자랍시고 귀여워하는 네 애비가 좆나게 불쌍하다."
 비수를 꺼내드는 심정으로 나는 다시 한번 홍준식의 아버지를 입에 올렸다. 순간, 홍준식이 자리를 박차고 일어났다. 집게손가락으로 나를 가리키며 "저 새끼 밟아버려!" 하고 고함쳤다. 그 말이 떨어지기가 무섭게 똘마니들이 일제히 내게로 몰려왔다. 수많은 주먹과 발이 사방에서 날아들자 나는 균형을 잃고 바닥에 쓰러졌다. 나는 몸을 웅크린 채 교실 바닥을 굴러다니며 비명을 질러댔다.

그러다 누군가의 발에 무릎이 밟히는 순간, 정신이 아찔해질 정도의 고통에 휩쓸렸다. 곧이어 숨조차 제대로 쉴 수 없는 극한의 통증이 왼팔에서도 전해져왔다.
"전부 비켜!"
그때였다. 독이 바짝 오른 홍준식의 외침이 들렸다. 내 몸뚱이로 쏟아지던 발길질이 일순간 멈췄다. 똘마니들이 뒤로 물러서자 나는 눈을 가늘게 뜨고 주위를 살폈다. 저만치서 홍준식이 책상을 머리 위로 높이 치켜들고서 내게로 다가오고 있는 것이 보였다. 나는 피할 엄두도 내지 못하고 성한 오른팔로 머리를 감싼 채 몸을 웅크릴 따름이었다. 한 번, 두 번, 세 번, 홍준식이 책상으로 나를 내리쳤었다. 책상 모서리에 머리를 찍히는 순간, 의식이 아득해지면서 눈앞이 어두워지는 것을 느꼈다.

4

정신을 차려보니 나는 낯선 곳에 홀로 누워 있었다. 젊은 의사가 다가오더니 내 눈을 들여다보기도 하고 몸뚱이 여기저기를 두들겨보기도 했다. 그러고는 내가 두 시간가량 혼수상태에 빠져 있었다는 사실을 무뚝뚝한 말투로 알려주고 나서 바쁜 걸음으로 사라졌다. 그 두 시간 동안 어떤 일들이 일어났는지 자세하게 알려준 사람은, 면회 금지 표지판이 병실 문짝에서 떨어지자마자 득달같이 달려온 민철이었다.
"난 네가 죽었다고 생각했어. 나뿐만 아니라 다들 그렇게 생각했을걸?"

핏기라고는 없는 새하얀 낯빛으로 교실 바닥에 널브러져 있는 나를 허겁지겁 들쳐업은 사람은 학생주임이었다. 그는 동동걸음으로 복도를 빠져나가며 "누구 없어요? 도와줘요! 여기 학생 하나가 죽어가요!" 하고 고래고래 소리를 질러댔는데, 금방이라도 울음을 터뜨릴 것 같은 우거지상이 볼 만했다고 한다. 그리고 나를 응급실까지 실어나른 것은 구급차가 아니라 교장의 승용차였다. 학생주임이 나를 안고 뒷좌석에 올라타자 운전대를 잡은 교장이 "꽉 잡아요!" 하고 소리치더니 기어를 넣는 것도 잊고 액셀러레이터만 부웅부웅 밟아대더란다.

"내가 네 생명의 은인이야. 그러니까 앞으로 나한테 잘해."

설명을 마치고 나서 민철이 웃으며 농을 걸어왔다. 고맙다는 말을 듣자고 한 말이 아니라는 것을 알면서도 나는 진지하게 "그래, 은혜 꼭 갚을게"라고 대답했다.

사실 민철이 나를 구해낸 것이나 마찬가지였다. 학생주임이 적시에 나타나 홍준식에게서 책상을 빼앗고 나를 구해낼 수 있었던 것은 모두 민철 덕분이었다. 내가 뭇매를 맞기 시작하는 것을 보고 민철이 황급히 교무실로 달려가 알리지 않았다면 어찌되었을까. 나는 죽음을 맞았을지도 모른다. 설사 요행히 목숨을 보존했더라도 산송장 신세를 면하기는 힘들었을 것이다.

민철과 나의 전학수속은 일사천리로 진행되었다. 배신자라는 낙인이 찍힌 민철은 보복이 두려워 학교 근처에는 얼씬도 못 하다가 수속이 모두 끝나자 새 학교로 등교를 시작했다. 학교가 너무 멀어서 멀미날 지경이라고 툴툴거리면서도 민철은 한결 밝아진 표정으로 새 학교의 구조며 새 교사들의 면모에 대해 침이 마르도록 떠들어댔다.
"빨리 좀 나아라. 학교 같이 다니게. 아는 새끼도 하나 없고, 좆나게 심심해."
 민철은 하루도 빠짐없이 병문안을 와서 말동무가 되어주었다. 그러더니 어느 날엔가는 느닷없이 공책 한 무더기를 내게 안겨줬다. 펼쳐보니 학교에서 들은 수업 내용이 꼼꼼하게 정리되어 있었다. 덕분에 나는 교과서와 참고서와 민철의 공책을 한꺼번에 펼쳐놓고 수업 내용을 따라잡기 위해 밤늦도록 공부에 매달릴 수 있었다. 평소와 달리 공부에 열을 올렸던 이유는 그것 말고는 딱히 할 일이 없었기 때문이었다.
 정말이지 넌덜머리가 날 정도로 지루한 나날들이었다. 민철이 매일 물어나르는 소식들도 시시껄렁한 것들이 대부분이었다. 홍준식과 똘마니들이 경찰서에 불려갔다가 모조리 훈방 조처되었다는 소식은 신기할 게 없는 뉴스였다. 교장, 교감, 학생주임, 담임이 줄줄이 사직서를 제출했으나 한 장도 수리되지 않았다는 것 또한 마찬가지였다. 홍준식의 부모가 병실로 찾아와서 머리를 조아린 것이며 내 병원비 전액을 부담키로 한 것은 다소 뜻밖이긴 했지만, 곰곰이 생각해보면 그렇게 풀려나가야 마땅한 일이었다. 하지만 입원생활이 거의 끝나갈 무렵 민철이 허겁지겁 달려와서 전해준 소식은 너무도 충격적이어서 심장이 벌떡거리는 통에 잠시도 진정할 수가 없었다.
 가뜩이나 비만한 체구 때문에 뜀박질이라면 질색인 민철이 숨을 헐떡거리며 병실 문을 박차고 뛰어들어온 것부터가 심상치 않았다. 민철은 나를 보자마자 "홍준식이 쨉칼한테 당했대" 하고 새된 소리를 질렀다. 그 말이 귓바퀴에 걸리기가 무섭게 나는 아픈 팔다리를 당분간 움직여서는 안 된다는 의사의 당부도 잊은 채 자리에서 벌떡 일어났다. 빨리 자세한 내막을 듣고 싶었지만 민철은 침대 가장자리에 둘러쳐진 은회색 난간을 두 손으로 붙들고서 가쁜 숨만 몰아쉴 뿐, 좀처럼 말을 잇지 못했다.

"쨉칼이! 못으로 그 씨팍새끼를! 꽉 찍어버렸대!"

어렵사리 숨을 돌린 민철은 벌겋게 상기된 얼굴을 내 코앞에 들이대며 소리소리 질러댔다. 민철이 두서없이 쏟아놓는 이야기들은 내 머릿속에서 씨줄과 날줄이 되어 서로 얽히면서 마치 연속장면을 담은 여러 장의 사진을 차례로 펼쳐보는 듯한 상상을 직조해냈다.

장소는 매점 뒤뜰의 창고 앞이다. 창고의 야트막한 처마 밑에 부서진 책상이며 의자가 무질서하게 무더기무더기 쌓여 있다. 모두 겨울철에 땔나무로 쓰려고 팔뚝만한 크기로 쪼개어 쌓아놓은 것들인데, 개중에는 시뻘겋게 녹슨 못이 뻐죽뻐죽 튀어나와 있는 각목들도 여럿 눈에 띈다.

그 앞에서 홍준식 패거리와 쨉칼이 대치하고 있다. 똘마니들이 뭇매를 놓으려고 달려드는 순간, 쨉칼이 창고 앞에 쌓여 있는 장작더미에서 각목 하나를 집어든다. 그 서슬에 주춤하는 똘마니들, 그 틈을 놓치지 않고 쨉칼이 곧장 홍준식에게 달려든다.

"그냥 각목이 아니라니깐. 시뻘건 대못들이 숭숭 박혀 있었는데, 씹할, 그걸로 머리를 정통으로 얻어맞은 거래!"

쨉칼이 각목을 휘두른다. 비명소리, 홍준식이 피를 흘리며 쓰러진다. 의식을 잃은 홍준식 주위로 몰려드는 똘마니들, 소식을 듣고 구경하기 위해 허옇게 쏟아져나오는 학생들, 겹겹이 둘러쳐진 인의 장막을 비집고 들어가서 홍준식의 축 늘어진 몸뚱이를 들어 옮기는 교사들, 요란한 사이렌 소리를 내며 달려오는 구급차, 홍준식을 누인 들것을 들고 달음질치는 흰 가운 입은 사람들, 그 뒤를 구름처럼 따르는 교사들과 학생들……

"머리통에 구멍이 뻥뻥 뚫려버렸대. 피가 철철, 우와, 좆도, 여기고 저기고 시뻘겠대. 니기미, 쇼킹! 쇼킹!"

병실이라는 것도 잊고 흥분하여 떠들어대던 민철은 결국 성난 간호사에게 덜미를 잡혀 병실에서 쫓겨났다. 복도로 끌려나가면서도 민철은 "그 새끼, 빨리 수술받아야 한대. 안 그랬다간 식물인간이 될지도 모른대" 하고 입을 나불거렸다.

뒷이야기를 마저 듣기 위해 나는 목발을 짚고 서툰 걸음으로 민철의 뒤를 쫓았다. 하지만 민철이 알고 있는 내용은 그때까지 떠들어댄 것이 전부인 모양이었다. 아무리 캐물어도 이미 했던 이야기만 다시 되풀이할 뿐이었다.

"대가리를 톱으로 썰어서 뚜껑을 따야 한다나봐."

"설마 사람 머리에다가 톱질을 하겠어?"

"이 새끼, 뭘 몰라도 한참 모르네. 톱질을 안 하면 어떻게 뚜껑을 따니?"

흥분한 우리들은 쉴새없이 떠들어대며 병원 건물을 빠져나갔다. 병원 뒤뜰의 잔디밭 가장자리에 있는 벤치에 나란히 앉은 뒤에도 시끄러운 대화는 좀처럼 잦아들지 않았다. 그러던 어느 한순간, 나는 민철의 얼굴을 들여다보며 불쑥 물었다.

"설마 죽진 않겠지?"

"좆도, 그러고도 살아남을 새끼가 어딨어?"

민철이 펄쩍 뛰더니 침을 튀겨가며 단호하게 외쳤다. 민철의 눈이 섬뜩한 광채를 발하며 희번덕거리고 있었다.

5

퇴원한 뒤에도 나는 한 달가량 등교하지 못하고 통원치료에 전념해야 했다. 하루하루가 낙엽 떨어지듯 차곡차곡 쌓이고 있었다. 내 안에서 들끓던 증오의 감정도 그 시간의 퇴적에 묻혀 사라져갔다.

희미해진 증오심을 대신하여 나를 괴롭히기 시작한 것은 상실감이었다. 등교를 시작한 뒤에도 상실감은 좀처럼 나를 놓아주지 않았다. 그로 인해 나는 새 학교에 정을 붙이지 못하고 물 위의 기름처럼 떠돌았다. 방과 후에도 곧바로 집에 가지 못하고 이곳저곳 기웃거리며 방황하기 일쑤였다.

어느 날이었다. 나는 무엇에 홀린 사람처럼 솔밭으로 홀로 걸어 들어갔다. 텅 빈 공터에 도착한 나는 솔그늘이 짙게 드리워진 그루터기에 엉덩이를 붙이고 앉았다. 나는 그곳에서 누군가를 기다리고 있었다. 누구를 기다리는지조차 모른 채 그저 그리움만을 가슴에 품고서 하염없이 시간을 흘려보내는 중이었다. 자기 연민에 휩싸여 흐느끼기도 하고 머리를 쥐어뜯으며 자학하기도 하면서, 해가 서편으로 기울도록 나는 그 작은 공터를 홀로 지켰다.

솔숲 너머 점점이 뜬 조각구름 사이로 낮달이 모습을 드러냈다.

나는 하늘을 쳐다보던 눈길을 거두어 발치로 떨어뜨렸다. 다리를 기어오르고 있는 개미 한 마리가 가장 먼저 시야에 들어왔다. 나는 손가락으로 개미를 튕겨낸 뒤에 주위를 둘러봤다. 소나무들이 드리운 기다란 그림자가 공터를 가로질러 건너편 소나무의 밑동을 삼키고 있었고, 바람 한 줄기가 풀잎들을 흔들며 휑뎅그렁한 공터를 휘돌고 있었다. 공터를 에워싼 솔숲 저편으로 바람이 수런거리며 사라져버리고 나자 사위는 다시 쥐 죽은 듯 고요해졌다.

'버림받은 거야. 우리 모두.'

나는 파도가 밀어닥치던 순간들을 반추하다가 이를 악물었다. 가냘픈 몸짓으로 파도와 맞서던 어머니를 기억해냈다. 금방이라도 물 밑으로 가라앉을 것만 같은 어머니라는 섬에 의지하여 두려움과 맞서야 했던 작은 소년의 모습도 떠올랐다. 그러다가 문득 회의에 빠져들었다. 홍준식이라는 작은 벽조차 끝끝내 넘지 못한, 유약하기 짝이 없는 나도 쉽게 잠재울 수 있었던 파도를 아버지는 어째서 지난 십수 년간 무책임하게 방치해온 것일까. 참담한 대답을 잉태한 질문이 내 영혼의 알껍데기를 쪼아대고 있었다. 내면을 에워싸고 있던 울타리의 빗장이 열린 것은 바로 그때였다. 금단의 울타리 너머에는 오래도록 귓전에서 울리던 정체불명의 이명이 나를 기다리고 있었다. 거기서 삐걱거리고 있는 것은 다름아닌, 아버지가 거인 아틀라스처럼 두 어깨로 떠받치고 있는 아버지만의 고립된 세계였다.

그제야 나는 그때까지 외딴 공터에서 무턱대고 기다리던 사람이 누구인지 깨닫고 오열했다. 나는 아버지를 기다리고 있었다. 아버지가 정겨운 미소를 입가에 머금고 나타나서는 내 어깨를 짓누르고 있는 절망의 무게를 이해하고 따뜻한 말 한마디 건네주기를 고대하고 있었다. 내 행방은 물론이고 공터의 위치도 모르는 아버지가 내 눈앞에 나타나기를 바라는 것은 비현실적인 소망이었지만, 나는 불가해하게도 그것을 간절히 욕망하고 있었다.

나는 젖은 눈을 들어 땅거미가 내리기 시작한 뱀길을 바라봤다. 어둑한 숲그늘에 덮인 뱀길에는 여전히 사람 그림자조차 비치지 않았다. 올 리가 없지 않느냐고, 왜 말도 안 되는 소망을 품고 있는 것이냐고 자신을 나무라며 나는 자리를 털고 일어섰다. 맥풀린 걸음으로 숲을 빠져나와 네온사인이 번쩍이는 거리를 헤매는 동안에도, 나는 줄곧 아버지를 생각하고 있었으며 지독한 고독에 시달렸다.

아버지.

불 꺼진 방에 누워도 가슴 한복판에 구멍이 휑하니 뚫린 것처럼 허전해서 잠을 잘 수 없었다. 나는 뒤척거리다가 자정이 넘어 마당으로 나섰다. 방마다 불이 꺼져 있었다. 아버지와 어머니가 잠을 자고 있을 안방의 창문도 캄캄했다. 흔하디 흔한 어둠이 서럽게 느껴질 수도 있다는 것을 나는 그때 처음 알았다.

그 너머에 있을 아버지와 어머니의 얼굴이 별안간 보고 싶었다. 자고 있는 모습이라도 훔쳐보면 외로움이 가실 것 같았다. 그러자 발이 안방을 향해 저절로 움직이기 시작했다. 나는 도둑처럼 살그머니 안방 문을 열고 안으로 들어갔다. 행여 아버지나 어머니가 깰까봐서 숨조차 제대로 쉬지 못하고 머리맡에 우두커니 서 있는데, 잠이 묻어나는 굵은 목소리가 들려왔다. 잠귀가 유달리 밝은 아버지는 내가 방 안에 들어설 때부터 줄곧 지켜보고 있었던 모양이었다.

"뭘 찾는 거냐?"

그 한마디에 나는 말문이 막혀버리고 말았다. 무시로 드나들던 안방이 언제부터인가 손톱깎이, 가위 따위의 자질구레한 물건들이 필요할 때만 그것들을 가지러 들락거리는 곳으로 변해버렸다는 사실을 깨닫고는 서글퍼졌다. 보이지 않는 장벽을 안방에 둘러친 장본인은 다른 누구도 아닌, 바로 나 자신이었다. 나도 모르는 사이에 나는 아버지를 멀리하고 있었던 것이다.

"불 켜주랴?"

어둠 속에 말없이 서 있는 내게 아버지가 다시 말을 걸었다. '뭘 찾으러 온 게 아니에요. 그냥 아버지가 보고 싶어서 왔어요'라고 낯간지러운 대답을 할 만한 용기가 내게는 없었다. 지금 생각하면 어려울 이유가 전혀 없는 말이었는데도, 나는 끝내 입을 떼지 못하고 도망치듯 문을 열고 마루로 나오고 말았다.

떠다니는 뿌리

1

고등학교를 졸업하던 날, 나는 혼자였다. 그날이 졸업식날이라는 것을 식구들에게 알리지 않았기 때문이었다. 학교 강당에서 졸업식을 마치자마자 나는 기념사진을 찍느라 부모 형제들에게 둘러싸여 법석을 떠는 친구들을 뒤로하고 쓸쓸한 귀갓길에 올랐다. 집에 돌아와서 졸업장을 내밀자 어머니는 "너 정말 왜 이래?" 하고 소리치더니 눈물을 비쳤다. 저녁 늦게 귀가한 아버지도 자초지종을 어머니에게 전해듣고는 "아무리 박복하기로서니 큰아들 졸업식에도 참석하지 못한대서야 원" 하면서 탄식했다.

"제 졸업식이잖아요. 아버지는 상관 마세요. 제 인생에 간섭하지 마시란 말예요."

나는 아버지의 가슴에 못이 박힐 말만 골라서 했다. 옹졸하게도 나는 그것을 복수라고 생각했다. 아버지가 우리 가족 모두의 가슴을 아프게 해온 것에 대한 당연한 응보라고 믿었다. 그 믿음에는 성장이 가져다준 각성이 깔려 있었다. 나이가 들어 사리를 분별하는 힘이 배가되자 나는 눈앞을 흐리던 안개를 걷어내고 아버지를 둘러싼 의혹의 근저를 꿰뚫어볼 수 있었다. 의혹의 실체는 배신이었다. 아버지는 우리 가족과 우덕도 사이에서 위태로운 줄타기를 하다가 결정적인 순간이 되면 매번 가족을 버리고 고향을 선택해왔던 것이다. 그것이 아버지가 마치 두 얼굴을 가진 것처럼 보였던 이유였다.

강건한 아버지상과 유약한 아버지상이라는 두 얼굴 중 허상이 있다면 그것은 후자였다. 애당초 아버지는 범접하기 쉬운 사람이 아니었다. 할아버지가 갑작스럽게 세상을 뜨자 그 뒤를 이어 종가의 당주가 된 아버지는 그에 걸맞은 위엄을 지니고 있었다. 세상이 바뀌어 전래의 가치들이 조롱과 도전의 대상으로 전락한 뒤에도 아버지는 가부장으로서의 풍모를 잃지 않았다.

"가게 비우라고 내용증명이 날아왔지 뭐요. 권리금을 꼼짝없이 날린 판국인데 이 일을 어쨌으면 좋겠소?"

"입대한 큰애가 훈련받다가 다쳤는디 일이 꼬이려니까 억울한 옥살이까지 하게 생겼어요."

여섯 명의 동생들이 아버지에게 우는소리를 하면 아버지는 기꺼이 그들의 아픈 곳을 어루만져주고 어깨에 얹힌 짐을 덜어주었다. 그럴 때면 그들은 영락없이 내 아버지의 자식들처럼 보였다. 물론 그들 여섯 명이 마치 친부를 따르는 어린 자식들처럼 고분고분하게 구는 것은 잠시뿐이었다. 자신을 괴롭히던 크고 작은 삶의 역경들이 해결되고 나면 태도가 돌변하여 금방이라도 물어뜯을 것처럼 입을 벌리고 으르렁거렸다. 어린 나로서는 아버지의 여러 형제들이 보여주는 그같은 이중적 태도를 이해하기 어려웠다. 또한 그들이 이빨을 드러낼 때마다 유약한 대응으로 일관하며 순순히 살점을 내주는 아버지의 모습도 불가해했다.

'나는 부모의 살을 뜯어먹으며 성장했다. 수없이 내게 뜯어먹히면서도 부모는 단 한 번도 아파하는 표정을 비친 적이 없었다.'

의혹의 실마리가 풀리기 시작한 것은 서점에서 우연히 번역소설 한 권을 펼쳐들었다가 짤막한 글귀를 읽고 나서부터였다. 서점을 나온 뒤에도 그 글귀는 뇌리에서 떠나지 않았다. 부모 자식간의 관계를 그보다 더 적절하게 짚어낸 표현이 달리 있을 것 같지 않았다.

작은아버지들과 고모들이 아버지에게 서슴지 않고 이빨을 드러내며 달려들 수 있었던 것은, 그들에게 내 아버지는 단순한 형이나 오빠가 아니라 친부나 다름없는 존재이기 때문이었다. 갓 태어난 아기에게 자신의 피와도 같은 젖부터 빨리는 어미의 행위가 상징하듯, 부모는 죽음에 이르는 순간까지 끊임없이 자식에게 피와 살을 떼어줘야 하는 숙명을 받들어야 하는 게 아닐까. 그리고 부모에게 그같은 희생을 요구하는 것은 자식들의 당당한 권리인지도 모른다. 마치 염낭거미가 새끼들의 허기를 채워주기 위해 자기 몸뚱이를 바치는 것이 당연한 의무이며, 새끼들이 어미의 살점으로 생명을 유지하는 것이 당연한 권리인 것처럼.

"대체 아버지한테 우리들은 뭐였어요?"

어느 날엔가 나는 작심을 하고 아버지에게 대들었다. 친자식들에게 아버지 노릇을 하는 것보다 형제들의 친부 노릇을 해내는 것이 늘 우선했던 이유를 따져물은 것이었다.

"그 꼴 같지도 않은 촌구석이 그렇게도 좋던가요?"

나는 더이상 우덕도를 일컬으면서 고향이라는 말을 사용하지 않았다. 그곳은 오래전부터 내 고향이 아니었다. 오직 아버지 혼자만의 고향이었다.
"그깟 좀팽이 같은 가문이 뭐 그리 대단해서 처자식까지 팽개치고……"
나는 말하는 도중에 균형을 잃고 비틀거렸다. 근엄한 표정으로 듣고만 있던 아버지가 별안간 손바닥으로 내 뺨을 때렸던 것이다. 자식들이 장성하도록 한 번도 손찌검을 한 적이 없는 아버지였다.
"당장 나가! 내 눈앞에서 썩 꺼져!"
아버지가 부들부들 떨리는 손으로 문을 가리키며 고함쳤다.

2

나는 몸에서 습기가 남김없이 빠져나가 심혼마저 버석거리는 듯한 느낌에 줄곧 시달렸다. 시간이 흘러 취직도 하고 직장 근처에 월셋방을 얻어 독립도 했지만, 건조한 사막을 홀로 걷고 있는 듯한 기분은 좀처럼 나를 놓아주지 않았다.
'어쩌다가 이렇게까지 사이가 벌어졌을까.'
나 혼자 외떨어진 듯한 열패감에 함몰되어 있노라면 불현듯 아버지의 얼굴이 떠오를 때가 있었다. 그럴 때면 심경이 착잡했다. 나는 세월의 강물에 휩쓸려 아버지에게서 너무 멀리 떠내려와 있었다. 서로의 인력권에서 벗어난 두 개의 행성처럼 아버지와 나는 어떤 간섭도 없이 각자의 궤도를 따라 까마득하게 멀어질 따름이었다.

"일요일에 시간 좀 내거라."

미세하나마 약간의 인력이 남아 있었던 것일까. 아버지가 내게 전화를 걸어 일요일 점심때 집에 방문해줄 것을 당부하자 나는 꽤나 즐거운 기분이 되어 그날을 기다렸다. 당일 아침이 되자 이른 시각부터 부산을 떤 끝에 약속시간보다 무려 두 시간이나 일찍 단칸셋방을 나섰다. 가는 길에 가게에 들러 과일을 한 봉지 사들자 괜스레 가슴이 부풀면서 휘파람이 절로 나왔다.

"내가 이렇게 너희 삼남매를 갑자기 모이라고 한 것은 말이다……"

그렇게 서두를 꺼낸 뒤로 아버지는 십 분 넘게 찻잔만 만지작거리고 있었다. 이따금씩 "음, 음" 하고 소리내어 목을 가다듬기도 하고 괜한 헛기침을 쿨럭이기도 하면서 무슨 말인가를 꺼내려고 벼르는 중이었다. 대체 무슨 말이기에 그렇게 꺼내기가 힘든 것이냐고 감히 따져묻는 사람은 아무도 없었다. 다들 아버지의 엄숙한 표정에 압도되어 힐끔힐끔 눈치만 살필 뿐이었다.

"이사를 하실 생각이시란다."

곁에서 잠자코 앉아만 있던 어머니가 그렇게 말을 거들고 나서야 비로소 아버지의 말문이 트였다.

"이참에 고향으로 아주 내려갈 참이다. 너희들 교육문제 때문에 미뤄왔다만 이제 막내가 대학에 입학했으니 더이상 미룰 이유가 없구나."

아버지는 말끝에 헛기침을 한 차례 하더니 "어제 복덕방에다 집을 내놨다"라는 말을 덧붙였다. 다니고 있는 직장에는 이미 사직서를 제출했으며, 고향마을에서 버스로 한 시간 거리에 있는 소도시의 사립학교에 자리를 마련했다는 설명도 했다. 말을 마친 아버지는 다반에 놓인 찻잔을 집더니 오래전에 식어빠졌을 차를 한 모금 마셨다.

"고향이 별겁니까? 가족 친지들이 모두 모여 있는 곳이 고향 아닙니까?"

아버지가 더는 말을 이어갈 기미를 보이지 않자, 나는 침묵을 깨고 가시 돋친 말을 풀어놓았다.

"지난 몇년 동안 친지들을 전부 서울로 불러올리셨으니 이제 이곳이 고향인 셈인데 아무도 없는 우덕도에는 뭣 하러 내려가신단 말입니까?"

우덕도에 아무도 남아 있지 않다는 말은 사실이 아니었다. 우덕도의 오래된 한옥에는 여든을 넘긴 할머니가 살고 있었다. 할머니를 봉양하며 함께 살던 재명 작은아버지가 몇 해 전에 사고로 급작스레 세상을 떠나버리자 남은 식솔들은 모두 살길을 찾아 서울로 이주했고, 할머니만 홀로 그 고옥에 남았다. 귀신이라도 나올 것 같은 낡은 집에서 늘그막에 혼자 고생스럽게 살 필요가 뭐 있냐면서 서울로 올라와 함께 살자고 아버지가 애걸복걸했지만 할머니의 쇠고집을 꺾지는 못했다.

아버지의 해묵은 소망은 고향에 내려가 살면서 할머니를 봉양하는 것이었다. 더 늦기 전에 맏아들의 도리를 다함으로써 그간의 불효를 씻고 싶어했다. 할머니가 우덕도의 고옥에 홀로 남겨진 뒤로 그 소망이 한층 더 간절해졌으리라는 것은 불문가지였다.

"삭막한 서울이 싫어서 전원생활을 하시고픈 거라면 경기도에

터를 잡으시죠. 아버지 어머니는 노년에 큰 병원이 가까운 곳에 살아서 좋고, 자식들은 수시로 왕래할 수 있어서 좋고, 이거야말로 누이 좋고 매부 좋은 일 아닙니까."

나는 아버지의 속내를 훤히 알면서도 아무것도 모르는 척하며 어깃장을 놓았다. 아버지가 저 지긋지긋한 섬과 합일을 꾀하는 것에 심사가 뒤틀린 나머지 잠자코 지켜만 볼 수 없었던 것이다.

"큰놈 말에도 일리가 있네요. 다시 한번 생각해보시지 그러세요?"

그때였다. 한 번도 아버지의 뜻을 거스른 적이 없는 어머니가 어쩐 일인지 내 편을 들고 나섰다. 의외였다. 아버지와 어머니 사이에 예전에는 없던 틈새가 생긴 것인지도 모른다는 생각이 설핏 뇌리를 스쳤다.

3

"이건 우리를 버리는 거야. 여태 자식들을 내팽개친 것으로도 부족해서 마지막으로 한번 더 내쳐보시겠다? 마음대로 하시라고 해, 마음대로!"

아버지가 방에서 나가고 나자 나는 형제들을 향해 소리쳤다. 내벽이 얇아 방음이 시원찮은 한옥의 특성상, 서재로 들어간 아버지의 귀에까지 내 말이 들리리라는 것을 알고도 일부러 목청을 돋우는 중이었다.

"아주 미쳤어. 우덕도에 미친 양반이야."

여동생 란이 내 말을 막으려고 만류하는 손짓을 했지만 나는 아랑곳하지 않고 악을 써댔다. 그러자 란이 발끈해서 "무슨 말을 그렇게 함부로 해?" 하고 나무랐다. 남동생 훈도 "고향에서 사시겠다는 게 뭐가 어때서? 얼마든지 그런 생각을 하실 수 있는 거잖아?" 하고 아버지의 역성을 들었다. 하지만 나는 그쯤에서 입을 닫을 수 없었다.

"너희들은 몰라! 아무것도!"

나는 자리를 박차고 일어나며 꽥 소리를 질렀다.

"지금까지 우리를 괴롭혀온 게 뭐라고 생각해? 가난? 작은아버지들? 고모들? 할머니?"

나는 길길이 날뛰는 것으로도 부족하여 재떨이를 걷어찼다.

"천만에! 그건 아버지였어!"

거기까지였다. 고래고래 소리를 질러대던 나는 갑자기 입을 닫아버렸다. 소란을 일으켜봤자 아무것도 달라지지 않으리라는 데 생각이 미치자 맥이 풀렸다. 나는 발길에 채어 엎어져 있는 재떨이를 다시 한번 걷어찬 뒤에 "에이, 썅! 바쁜 사람 불러다놓고 기껏 한다는 소리 하고는!" 하고 씹어뱉어놓고는 방문을 열어젖혔다. 그길로 뛰쳐나가 곧장 시내에 있는 셋방으로 돌아갈 생각이었다.

"가지 마라."

방 한쪽 구석에 정물처럼 앉아 난동을 지켜보고 있던 어머니가 울먹이는 목소리로 말문을 연 것은 바로 그때였다. 나를 포함해서 방 안에 있던 모든 사람의 눈이 어머니에게로 쏠렸다.

"너라도 나서서 막아야지. 너 아니면 누가 막아?"

어머니는 눈에 눈물을 그렁그렁 담고서 나를 바라보고 있었다.

금방이라도 눈물을 줄줄 쏟을 듯한 표정이었다.
"하긴 너라고 별수 있겠냐? 아무도 네 아버지는 못 말리지. 네 아버지가 어디 보통 사람이냐? 한번 해야겠다고 작심한 일은 하늘이 두 쪽 나는 한이 있더라도 기어이 하시는 양반 아니냐?"
말을 마친 어머니는 양손으로 얼굴을 감싼 채 흐느끼기 시작했다. 어머니가 그렇게 작정하고 우는 모습을 나는 한 번도 본 적이 없었다. 이를 악물어가며 울음을 참아내려고 사력을 다하다가 자신의 의지와는 무관하게 비어져나오는 눈물을 보인 적은 많았지만, 이번처럼 자식들 앞에서 거리낌 없이 울음보를 터뜨린 것은 처음이었다. 노년에 접어든 어머니의 애끓는 울음소리를 듣고 있자니까 애간장이 다 녹아내리는 듯했다. 나는 참담한 심정으로 어머니에게 다가섰다. 어머니의 들썩거리는 어깨라도 어루만져줄 생각이었다. 그때였다.
"암만 그래도 이건 안 돼. 난 안 내려갈란다. 이 집이 어떤 집인데 팔고 떠나?"
어머니의 흐느낌이 일순간 멈추는가 싶더니 격정적인 외침이 방 안을 쨍 울렸다.
"너희 돌아가신 외할아버지 외할머니께서 당신들 눈감기 전에 딸 하나 있는 것 제대로 사는 꼴을 봐야겠다면서 지어주신 집이야. 다른 사람도 아니고 자식이 살 집인데 행여 부실공사 될까봐서, 행여 밤중에 인부들이 자재 빼돌릴까봐서, 낮에는 뙤약볕에 시달리고 밤에는 찬 이슬 맞아가며 공사현장 지키다가 생병까지 얻으셨어. 그런데 어떻게 이 집을 팔고 떠나? 난 못 팔아! 죽어도!"
어머니는 찢기는 듯한 고함을 내질렀다. 얼굴은 백지장처럼 하얇게 질려 있었고 입 가장자리에는 게거품이 맺혀 있었다. 어머니의 격분한 모습 앞에서 나는 어찌할 바를 몰랐다. 우두커니 선 채로 굳어버린 나와는 달리, 란과 훈은 쪼르르 무릎걸음으로 다가가 어머니를 부둥켜안으며 "왜 이러세요. 제발 고정하세요" 하고 울부짖었다. 자식들의 위로가 이어지는 동안에도 어머니는 목놓아 흐느끼며 머리를 좌우로 가늘게 흔들었다. 오십대 중반인 어머니는 나이에 걸맞지 않게 체머리를 앓고 있었다. 머리칼은 벌써 은발이었고 왼쪽 무릎은 퇴행성관절염 때문에 제구실을 못 했다. 나이보다 십 년쯤 빨리 늙어가는 어머니의 모습을 곁에서 지켜봐온 것이 어제오늘의 일이 아니건만, 어머니의 처연한 흐느낌 때문이었을까, 어머니의 조로가 유난한 상심으로 다가와 내 가슴을 할퀴었다.

"안 된다, 안 돼! 절대로!"

어머니가 눈물로 반들거리는 얼굴을 들어 나를 쳐다보며 울음 섞인 목소리로 외쳤다. 어머니의 축축한 눈에 간절한 빛이 어려 있었다. 그때 그 눈빛이 전하는 속말을 알아챘어야 했다. 하지만 나는 그러질 못했다. 둔감하고 미련하여 그만 놓쳐버리고 말았다.

4

아버지가 집을 팔아치우는 것을 포기하고, 대신 세를 놓기로 했다는 소식이 들려왔다. 우덕도에 새 집을 짓는다는 소식도 들렸다. 일부러 시간을 내서 고향에 다녀온 훈의 말에 따르면 폐가나 다름없는 고옥을 허물고 그 자리에 꽤 고급스러운 양옥을 짓고 있는 모양이었다.
"이만하면 잘 지어진 집이지. 안 그러냐?"
아버지는 마무리공사가 한창인 집 안 구석구석을 살피며 흡족한 표정으로 몇 번이나 그렇게 물었다. 아버지의 뒤를 따라다니며 함께 집을 둘러보던 훈은 그때마다 "정말 그러네요" 하고 동의를 표했다.
"나 여기서 죽으련다."
집을 모두 둘러보고 나서 현관 앞에 이르렀을 때, 아버지는 나직한 목소리로 그렇게 말했다. 그 말을 듣고 훈은 둔기로 뒤통수를 얻어맞은 듯한 기분이 들었다. 지난 몇 달 동안 아버지는 자신의 무덤을 짓고 있었단 말인가.
"나는 아버지가 노인이라는 걸 잊고 있었어."
훈이 침통한 어조로 말을 이어가고 있었다. 아버지의 흰머리가 늘었다느니, 기력이 예전만 못해 보인다느니, 내 눈치를 살펴가며 변죽을 울리더니 슬그머니 속말을 꺼내놓았다.
"형, 이제 맺힌 걸 풀 때도 되지 않았어?"
훈이 우덕도에서 올라오자마자 나를 찾아온 이유는 그 말을 하기 위해서였다. 훈의 의도를 짐작한 나는 고개부터 모로 틀었다. 무슨 소리를 하는 것인지 모르겠다고 시치미를 뗀 다음, 부모 자식 간에 풀고 말고 할 게 뭐가 있겠냐고 퉁명스럽게 내뱉고는 자리를 털고 일어나버렸다.
"우린 다 죽어! 아버지도, 형도, 나도 언젠가는 죽게 돼!"
훈의 격앙된 외침이 내 덜미를 붙드는 바람에 나는 문턱을 넘어서다 말고 뒤를 돌아다봤다. 훈의 한마디가 마치 물너울처럼 밀려와 내 속에 응어리져 있던 원망을 씻어내리고 있었다. 하기야 무엇인들 항구적일 수 있겠는가. 삶도, 사랑도, 그리고 증오도, 잠시 스쳐가는 바람 같은 것일 텐데……

"그래, 다 죽겠지."

나는 눈길을 발치에 떨어뜨린 채 짤막하게 대꾸했다. 증오로 어둡게 채색된 유년의 일상들, 어머니를 지켜주지 못하고 있다는 자책감에 고통받던 순간들, 아버지를 미워하는 감정과 아버지의 사랑을 잃고 싶지 않다는 욕망의 틈바구니에서 방황하던 시간들, 기억의 수면 위로 수많은 상흔들이 떠오르고 있었다.

"왜 그랬는지 모르겠어. 그런다고 달라지는 것도 없는데 말이야."

너주레한 속말들을 모두 삼켜버린 탓에 선문답처럼 아리송해져버린 말 한마디만을 남겨놓고 나는 방을 빠져나왔다. 자꾸만 눈앞을 흐리는 물기를 씻어내기 위해 욕실로 들어가 세면대에 물을 받았다. 세수를 한 뒤 물이 뚝뚝 떨어지는 얼굴을 쳐들고서 턱 밑을 손바닥으로 쓰다듬어가며 거울을 들여다보다가 "면도를 해야겠는걸" 하고 혼잣말했다. 그때 한 소년의 얼굴이 문득 떠올랐다. 소년은 코 밑에 솜털이 거뭇해지기가 무섭게 면도를 시작했다. 면도날에 묻어나온 거뭇한 솜털, 자신이 어른이 되고 있다는 그 분명한 증거를 들여다보며 이를 갈아댔다.

'조금만 기다려라, 이 개자식들아. 내가 어른이 되기만 하면 너희들을 절대로 가만두지 않을 테니까.'

소년의 다짐이 귓전에서 쟁쟁거렸다. 하지만 거울 속에는 이글거리는 눈빛의 소년은 간 곳이 없고, 굵은 수염이 꺼칠하게 자란 사내가 충혈된 눈을 부릅뜨고 있었다. 나는 거울 속의 사내를 오래도록 노려보다가 세월의 무게를 납득하고 고개를 끄덕였다.

"네 말마따나 이사하기 전에 부모님 모시고 외식 한번 하자."
"그래, 잘 생각했어. 아버지도 굉장히 기뻐하실 거야."

그런 말을 주고받으며 훈을 배웅하고 나니 한결 마음이 가벼워지는 것을 느꼈다. 하지만 내가 소망했던 외식은 이루어지지 않았다. 아버지는 아버지대로, 나는 나대로 바쁜 일상에 치여 짬을 내기가 어려웠다. 적당한 시기를 찾는답시고 차일피일 시간을 허비하는 사이, 아버지의 새 집이 완성되었고 이삿날이 잡혔다.

"너무 서운하게 생각 마라. 사람은 누구나 태어난 곳으로 돌아가는 거야. 우리가 어디에서 왔냐? 자궁에서 나왔으니 자궁으로 돌아가는 것이 당연한 것 아니냐?"

고속터미널에서 아버지가 내게 건넨 작별인사 속에는 우덕도와 자궁을 하나로 묶는 비유가 담겨 있었다. 그리고 그 비유에는 나 역시 언젠가는 자궁으로 회귀하게 되리라는 암시가 깃들어 있었다. 평소 같았으면 아버지의 의중을 간파하자마자 발끈하여 염장 지르는 말을 입에 담았으련만, 나는 그러는 대신에 추석연휴를 이용해서 한번 내려가겠노라고 말했다.

"오냐, 그래라. 암만 그래야 하고말고."

아버지는 실로 오랜만에 내게 함박웃음을 지어 보였다. 아버지를 태운 버스가 멀어져 안 보이게 되자 곁에 있던 란이 "오빠, 방금 한 말 진심이야?" 하고 물어왔다. 아버지를 대하는 내 태도가 갑자기 변한 것이 이상스러운 모양이었다. 나는 선선히 고개를 끄덕였다. 정말로 명절이 되면 귀향길에 오를 생각이었다. 아버지가 좋아하는 정종과 어머니가 좋아하는 조기를 사들고 남들처럼 귀성대열에 참여하고 싶었다.
"네 어머니가 요즘 이상해지셨어."
 진심으로 나는, 넉 달 뒤 우덕도에서 갑작스럽게 전화가 걸려오기 전까지는, 아버지와 화해하려고 마음을 다져먹고 있었다. 전화벨이 울린 것은 늦은 저녁밥상을 차려놓고 막 한술 뜨려던 찰나였다. 수화기에서 흘러나오는 아버지의 침울한 목소리를 듣는 순간, 머릿속에서 돌풍이 일더니 모든 것을 둘러엎어버렸다.
"정신병원에 데려가야겠는데, 죽으면 죽었지 병원에는 안 가겠다고 저렇게 버티니 어찌해야 좋을지 모르겠구나."
 운전석에 앉은 뒤에도 마치 귓속에 날벌레라도 기어들어간 것처럼 아버지의 말소리가 잠시도 쉬지 않고 귀에서 윙윙거렸다. 나는 평소와는 딴판으로 과격하게 운전대를 비틀고 액셀러레이터를 깊숙이 밟아가며 어둠이 깔린 도로를 질주했다. 직장동료가 폐차 비용이 아까워 공짜로 넘긴 고물자동차는 한계를 넘나드는 주행이 힘에 부치는지 금방이라도 조각조각 부서질 것처럼 기분 나쁜 소음을 내고 있었다.
 속도계 바늘이 백육십 킬로미터를 넘나드는 주행을 지속했다고는 해도 자정이 되기 전에 우덕도에 도착한 것은 뜻밖이었다. 새로 놓인 고속도로와 국도 덕분에 우덕도는 더이상 외떨어진 고장이 아니었다. 게다가 해진포와 우덕도 사이의 바다가 간척사업으로 사라져버린 까닭에 우덕도는 더이상 섬도 아니었다. 해진포구와 우덕도 사이에는 번듯한 포장도로가 놓여 있었다. 그 길을 따라 한재를 끼고 십 분 남짓 달리니 도로 오른편으로 바다가 보였다. 바다를 힐끔거리며 오 분쯤 더 달리자 신우리가 나타났다. '신우리'라고 적힌 표지를 발견하기 전까지는 미처 알아보지 못했을 정도로 동네 초입은 몰라보게 변해 있었다. 야트막한 초가집들은 간데없고 네모반듯한 양옥들이 길가에 즐비했다. 질척거리던 흙길도 시멘트로 깨끗하게 포장되어 있었으며, 진입로 오른편에는 삼층짜리 현대식 건물이 '마을회관'이라는 현판을 달고 서 있었다.
"이게 몇년 만이지?"
기억 속에 존재하는 신우리와 현실에 존재하는 신우리 사이의 괴리를 쉽게 좁히지 못하고 사방을 두리번거리다 나는 음울하게 중얼거렸다. 햇수를 꼽아보니 꼭 십 년 만의 귀향이었다.

5

어머니의 짓무른 눈에서 눈물이 쉼없이 흘러넘쳤다.
"안 울려고 해도 자꾸 울음이 나와."
식욕도 없고 기력도 없다고 했다. 밤에 잠을 이룰 수가 없어 괴롭다고도 했다. 갑자기 가슴이 답답해지기 시작하면 잠을 이루기는커녕 숨쉬는 것조차 힘들어진다는 것이었다.
"바닷가에 가서 밤새 울어도 안 채워지더라."
하루는 가슴이 하도 허전해서 견딜 수가 없더란다. 실컷 울고 나면 허전한 가슴이 채워질 줄 알고 한밤중에 혼자 바닷가 모래사장에 앉아 목이 잠기도록 울었지만 헛수고였다. 도저히 견딜 수 없어 하릴없이 바닷가를 허위허위 걷다보면 자신도 모르게 발길이 바다를 향했다. 텅 빈 가슴을 채울 수만 있다면, 눈앞의 바다로 뛰어들어 세상을 하직해도 미련이 없겠다는 생각이 검질기게 피어올랐다.
"병원에? 지금 정신병원에 가자는 거지? 난 안 간다. 못 가!"
무슨 까닭인지 어머니는 우울증을 앓고 있는 것처럼 보였다. 나는 어머니를 읍내 병원으로 데려가서 전문의에게 진단을 받아보고 싶었다. 하지만 어머니는 완강히 거부했다. 죽으면 죽었지 정신병원의 문턱을 넘을 수는 없다는 것이었다.
"내가 거길 가면 너희들은 정신병자의 자식들이 되고 말아. 내 한 몸 편하자고 너희들한테 그런 소릴 듣게 해서야 되겠냐?"
어머니는 고집스럽게 고개를 가로젓고 있었다. 나는 한동안 말을 잃고 우두커니 서 있다가 버럭 화를 냈다. 병원에 안 가겠다는 이유가 고작 그것이냐고 목이 메어 소리쳤다. 자신을 돌보지 않는 것을 당연하게 여기는 태도가 수십 년에 걸쳐 몸에 익어버린 어머니는 웬만큼 아파서는 병원에 가지 않으려고 했다. 맛난 음식을 입에 넣는 것도 죄스러워했고 좋은 옷을 몸에 걸치는 것도 불편해했고 얼굴에 화장품을 바르는 것도 싫어했다. 오죽했으면 아버지의 제자가 우리집에 문안인사차 찾아왔다가 어머니에게 '사모님' 대신 '아줌마'라는 호칭을 사용하는 실수를 저질렀을까. 어머니의 남루한 행색을 보고 그 제자는 어머니가 일을 해주러 온 가정부인 줄로만 알았던 것이다.
"이제는 버릴 때도 됐잖아요? 안 그래요?"
아등바등 살던 시절에 몸에 익힌 습관들을 훌훌 벗어던지지 못하는 이유가 뭐냐고 나는 어머니에게 다그쳐물었다. 자식들도 장성했고 살림도 넉넉해졌으니 여유를 가져볼 만도 하지 않느냐고, 지금부터라도 어머니 자신의 삶을 챙겨야 하지 않겠느냐고, 나는 어머니의 주름진 얼굴을 들여다보며 거듭 설득했다.

"너무 걱정하지 마십시오. 약만 잘 드시면 완치되실 수 있습니다."

반나절 넘게 옥신각신한 끝에 강제로 들쳐업다시피 하여 읍내 병원에 어머니를 데려가자 예상했던 대로 의사는 우울증이라는 진단을 내렸다. 증세가 다소 심각하여 자해할 가능성이 엿보이므로 안정을 찾을 때까지 입원치료를 하는 것이 좋겠다고 했다.

"결국에는 이런 험한 꼴을 보이는구나. 네 아버지가 이사를 하자고 할 때부터 심장이 벌렁거리더니만…… 난 말이다, 젊어서부터 이상스럽게 우덕도가 싫더라. 특히나 네 할머니한테는 지금까지도 정을 붙일 수가 없어. 어떻게 된 게 얼굴만 봐도 소름이 좍 돋아."

의사가 처방해준 약을 먹고 열다섯 시간이나 죽은 듯이 잠을 자고 일어난 어머니는 한결 차분해진 목소리로 저간의 사정을 털어놓았다. 늘 그래왔듯이 이번에도 문제의 발단은 할머니였다. 아들 내외와 살림을 합치자마자 할머니는 사사건건 트집을 잡아 아들과 며느리를 들볶았다. 할머니다운 행동이었다. 자신이 세상에서 가장 잘난 사람이라는 굳은 믿음을 가지고 있는 할머니는 그렇게 아랫것들을 혹독하게 다잡음으로써 군림하고자 했을 것이다.

"다른 건 다 참아도 도둑 누명까지는 못 참겠더라."

할머니가 느닷없이 어머니를 도둑으로 몬 것은 지지난달 초이레였다. 현금을 넣어둔 종이봉투가 감쪽같이 사라졌다면서 식전 아침부터 야단을 피우더니 기어이 어머니의 머리채를 잡았다. 당장 돈을 내놓으라는 닦달에 시달린 지 사흘 만에 인내심의 한계에 도달한 어머니는 할머니의 방에 들어가 구석구석을 들쑤셨다. 오만 잡동사니를 죄다 꺼내 방바닥에 늘어놓아가며 이 잡듯이 뒤진 끝에 베갯잇 속에서 돈봉투를 발견한 어머니는 할머니에게 그것을 던져주며 "옛소, 돈! 여기다 잘 모셔놓고 왜 애먼 사람을 잡으세요?" 하고 소리쳤다. 그러자 할머니는 도끼눈을 뜨고 맞고함을 쳤다.
"네년이 어제저녁에 몰래 이 방에 들어와서 여기다가 미리 숨겨놨지야? 나한테 무참을 주려고 꾸민 수작이라는 걸 누가 모를 줄 알고? 요 흉악한 것!"
할머니는 자신의 과오를 인정하지 않았다. 오히려 모든 것을 어머니의 농간으로 몰아붙이며 길길이 날뛰었다. 그러자 아버지가 두 사람 사이에 끼어들었다. 돈을 찾았으니 그것으로 된 것 아니냐고 할머니를 달래는 한편, 누명을 벗었으니 그것으로 충분하지 않느냐고 어머니를 달랬다. 그 덕에 사태는 흐지부지 매듭지어졌지만, 평화는 일주일도 못 가서 다시 깨지고 말았다. 할머니는 희영 고모가 부쳐준 용돈을 지갑에 분명히 넣어뒀는데 하룻밤 새 없어졌다면서 당장 내놓으라고 또다시 어머니를 들볶기 시작했다.
"그 어미에 그 자식이라더니, 예전에 그것들이 나를 도둑으로 몰 때부터 알아봤어야 했어."
어머니는 까마득한 옛일까지 떠올려가며 분노에 몸을 떨었다. 희영과 재찬과 소영이 똘똘 뭉쳐서 어머니를 도둑으로 몰던 때의 일을 생생하게 기억하고 있었다. 그때 느꼈던 모멸감을 어떻게 잊을 수가 있겠느냐고, 죽는 순간까지 잊지 못할 것이라고 치를 떨었다.

"환장하겠더라. 처음 한 번은 그저 어쩌다가 생긴 오해려니 하고 넘어갔다만 두 번 연속으로 도둑 누명을 쓰고 보니까 그저 죽고만 싶더라."

의심받는 것이 분통 터져 잠을 이루지 못하던 어머니는 날이 밝자마자 다시 한번 할머니의 방을 발칵 뒤집어가며 돈을 찾았다. 하지만 이번에는 아무리 찾아도 돈이 나오지 않았다. 돈의 행방이 묘연하자 할머니는 기세등등하여 어머니를 쥐 잡듯 몰아세웠다.

"우리 집안에 도둑년은 필요 없은께 당장 이 집에서 나가거라."

타고난 강골인데다가 유달리 먹성이 좋아서 끼니때마다 머슴밥을 게눈 감추듯 해치우는 할머니는 젊은 사람 못지않은 근력을 유지하고 있었다. 그에 반해 어머니는 오십 줄에 들어서자마자 한 해가 다르게 쇠약해지더니 몇년 전부터는 노인성질환에 시달리고 있었다. 그러니 당하는 쪽은 늘 어머니였다. 어머니는 그것이 원통했다. 아무 죄가 없는데도 종국에는 대거리할 힘이 부쳐 죄인처럼 수모를 감내해야 하는 일이 반복되자 괴로워 미칠 지경이었다.

"이 사람이 어머니한테 용돈을 보태드리면 드렸지, 어머니 돈에 손을 대겠습니까?"

아버지가 몇 번이나 호소했지만 갈등을 봉합하기에는 역부족이었다. 할머니는 콧방귀만 뀔 뿐 아버지의 말을 귀담아들으려고 하지 않았다. 그러자 아버지는 아예 한발 뒤로 물러서버렸다. 할머니와 어머니의 중간에 서서 어느 쪽으로도 기울지 않고 사태를 관망하기만 했다. 지난 세월 내내 그러했듯이 아버지는 또다시 외줄타기를 하는 중이었다. 과거에는 야만의 섬과 문명의 도시 사이에서 위태로운 줄타기를 했던 것이라면, 이번에는 할머니와 어머니 사이에 줄을 걸쳐놓고 있었다. 하긴, 따지고 보면 달라진 것은 하나도 없는 셈이었다. 아버지에게 할머니는 곧 고향이었으며, 어머니는 여전히 바다 위에 위태롭게 떠 있는 작은 섬이었다.

6

그나마 불행 중 다행이라고 나는 생각했다. 우울증의 원인이 단지 고부간 갈등이라면 어렵지 않게 치유될 수 있을 듯했다. 하지만 그건 섣부른 생각이었다. 뜻밖에 어머니가 앓는 우울의 뿌리는 깊었다.

7

임시휴가는 겨우 이틀이었다. 나는 날이 밝는 대로 서울로 올라가야 했고, 어머니의 병세는 약간 호전되는 듯하다가 다시 악화되기를 반복하며 차도를 보이지 않고 있었다.
"네 아버지가 젊었을 적엔 참말로 잘생겼더니라. 얼굴은 달처럼 희고 눈매는 서글서글하고 콧날은 오뚝하고 키는 훤칠했지. 내가 단단히 반했던가봐. 결혼하기로 마음을 먹고 나니까 주위에서 하는 말은 하나도 귀에 안 들어오더라."
밤이 고요히 깊어가고 있었다. 캄캄한 창밖을 하염없이 내다보고 있던 어머니는 느닷없이 해묵은 이야기를 끄집어내 땀직땀직 길게 이어가기 시작했다. 이튿날이면 아들이 서울로 떠난다고 생각하니 서운한 마음에 말이 많아진 것일까. 아니면 우울증이 깊어져 다변증이 나타난 것일까.

"결혼식 끝나자마자 네 아버지랑 단둘이서 옷가방 달랑 하나씩 들고 버스를 탔지. 터미널이랍시고 허허벌판에 매표소만 하나 있는 곳에 내려주더라."

금촌이란 곳인데 거기서 해진포까지 버스로 반 시간 거리야. 네 아버지가 고향 생각을 끔찍이 하시는 걸 하늘도 아셨는지 고향에서 가까운 곳으로만 발령이 나더라. 어휴, 그때 생각하면 지금도 막막하다. 거기 중학교 관사에 새살림을 차렸는데, 말이 좋아 관사지, 그냥 학교 뒤편에 있는 허름한 단칸방이야. 그 좁은 방에서 시동생들 줄줄이 데리고 살았지. 못 먹고 못 입고, 그 당시엔 다들 그렇게 살았지 뭐. 그래도 신혼이라고 힘든 줄은 몰랐다.

그러다가 애가 들어섰어. 태동이 어찌나 당찬지, 정녕 장군감이 하나 들었나보다 했어. 아이고, 그때 생각을 하니까 벌써부터 기가 꽉 막히려고 하네. 하루는 누가 밖에서 기침을 하기에 내다봤더니 네 할머니가 서 있더라. 깜짝 놀라 버선발로 마당에 내려서서 인사를 했지. 그 양반, 성격도 급하지. 인사도 안 받고 대뜸 내 손에 낫 한 자루를 쥐여주더라.

"띠 베러 왔다. 너도 좀 거들어라."

김양식을 생업으로 삼는 우덕도 사람들에게 띠는 없어서는 안 되는 풀이었다. 당시는 젖은 김을 인공적으로 건조하는 방법이 보급되기 전이어서 다들 햇볕에 널어 김을 말렸는데, 이를 위해서는

떠다니는 뿌리 351

띠를 엮어 건장이라고 불리는 건조대를 제작해야 했다. 집집마다 어른 키만한 건장을 적게는 수십 미터, 많게는 수백 미터가량 만들어야 하는 까닭에 띠를 확보하려는 경쟁이 해마다 치열하게 벌어졌다. 산과 들에 사람들이 허옇게 깔려 한바탕 법석을 피우고 나면 우덕도 일대의 띠는 씨가 마를 지경이 되었고, 사람들은 모자라는 띠를 보충하려고 멀리 내륙까지 진출하여 극성을 떨었다.

아이고 아이고, 배는 불룩해가지고 뙤약볕 아래서 낫질을 하자니까 힘들어 죽겠더라. 그래서 뱃속에 든 아기 핑계를 대면서 잠시만 좀 쉬었다 하자고 했지. 웬걸, 본전도 못 찾았다. 자기는 애를 일곱이나 줄줄이 낳았지만 힘들다는 소리 한번 해본 적이 없다면서 모진 소리만 하더라. 그 양반, 보통 강골이 아니야. 온종일 한번도 쉬질 않아. 점심도 안 먹고 내리 저녁까지 일만 하는데, 나중에는 정녕 저것이 사람인가 싶더라. 시집살이하느라고, 어머니 밥 좀 먹고 합시다, 그 말도 못 꺼내고 일만 했지.

다음날 아침에 보니까 밤새 다리가 퉁퉁 부었지 뭐냐. 도저히 운신을 못 하겠기에 사정을 했더니 뭐 씁은 얼굴로 혼자 나가긴 하더라. 그래놓고는 동네 꼬맹이들을 시켜서 계속 심부름을 시키는 거야. 이거 가져오래요, 저거 가져오래요, 다 필요 없는 물건들인데 나를 불러내려고 괜한 심부름을 자꾸자꾸 시키는 거였어. 결국에는 못 견디고 낫을 들고 나갔지. 그날도 종일 띠를 벴어. 그랬더니 몸이 이상한 거야. 온몸이 퉁퉁 부었어. 겁이 더럭 나서 얼른 친정으로 전화를 했지.

울 어머니가 그 먼 길을 한달음에 달려왔어. 그때 내 몰골이 얼마나 험했으면 어머니가 날 보고도 그 동안 잘 지냈냐는 인사 한마디 못 하시더라. 그길로 어머니를 따라서 서울로 올라갔어. 여자한테는 친정보다 좋은 게 없지. 손가락 하나 까딱 않고 이틀간 내리 잠만 자고 나니까 좀 살 것 같더라. 기운을 차렸으니 금촌으로 다시 내려가겠다고 했더니 울 아버지가 나서서 말리는 거야. 혹여 딸 하나 있는 거 죽게 될까봐 겁이 나셨던가봐. 나한테 작은 편물점을 하나 내주면서 장사를 해보라고 하시더라. 말하자면 구실을 만든 거지. 서방한테 못 내려가게 하려면 돈 번다는 구실 정도는 있어야 한다고 생각하셨던가봐. 처녀 점원 하나가 편물기를 돌리고 나는 가만히 앉아서 주문받고 돈 세는 일만 했지.

사흘간 가게에서 먹고 자고 하면서 장사하고 있자니까 배가 아파오더라. 아직도 많이 남았는데, 벌써 나오면 안 되는 건데, 오밤중에 배가 아파오는 거야. 그러면 안 되는데, 안 되는 건데, 자꾸자꾸 아파. 통금시간이라 밖에 나가지도 못하고 혼자서 끙끙거리다가 새벽 네시에 가게에서 나왔어. 걸어가다가 배가 아프면 멈춰 서서 아픈 거 지나갈 때까지 참아. 그러다가 조금 살 만해지면 다시 걸어가. 아파오면 또 가만히 서서 참고, 그런 식으로 우리 아버지 어머니 사는 집까지 걸어갔어. 어머니가 밥을 차려주더라. 배가 아프면 가만히 앉아 있다가 통증이 멎으면 재빨리 밥을 먹고 다시 아파오면 가만 앉아 있고, 그렇게 밥을 다 먹었어. 그 밥심으로 애를 낳았지.

딸이었는데 참말 예뻤어, 어쩜 그렇게 백옥 같은지…… 그 예쁜 것이 몇 시간 못 살고 죽더라. 윗목에 밀어놨지. 날이 밝으니까 울 아버지 어머니가 어린애는 동이에다 담아가야 뒤탈이 안 난다면서 아기를 동이에 담더라. 세상에, 그 무거운 동이를 어떻게 그 먼 곳까지 날랐을꼬. 두 양반이 죽을 고생을 해가면서 공동묘지까지 갔던 모양이야. 돌아와서는 밤새 끙끙 앓으시더라. 자식이 돼가지고 부모한테 효도는 못 할망정 그런 고생을 시켰으니 나처럼 불효막심한 자식이 세상에 또 어디 있겠냐. 딸자식은 자식도 아니라더니, 그 말이 괜히 있는 게 아니야.

"그래서 말 못 했어, 어째서 애가 그리됐는지……, 울 아부지 어무니한테 알려서 뭐 하겠냐. 딸자식 시집살이, 그거 알아봐야 가슴만 아프지. 그 동안 마음고생 시킨 것만으로도 불효는 충분하잖아. 더는 불효를 못하겠더라."

어머니는 말을 더 잇지 못하고 흐느껴 울었다. 그러다가 "나도 자식 노릇 한번 해보고 싶었는데 한 번도 못 해봤어. 허구한 날 원수 노릇만 했지" 하고 자책하더니 오열했다. 그때, 나도 울고 있었다. 한마디 위로도 건네지 못하고 이를 악문 채 눈물만 흘리고 있었다. 하고픈 말이야 헤아릴 수 없이 많았지만 그것들을 입 밖에 내서는 안 될 것 같았다. 그러기에는 어머니가 안고 있는 슬픔이 너무 거대해 보였다.

얼마나 시간이 흘렀을까. 기력이 쇠한 까닭에 시원찮게 이어지던 어머니의 목울음이 가녀린 흐느낌으로 변했다. 그나마도 시나브로 잦아들더니 나중에는 희미한 딸꾹질만 남았다. 차츰 숨결이 차분해지기에 그대로 잠이 들려나보다 했더니, 어머니는 간간이 한숨을 쉬어가며 다시금 나직나직 말을 이어가기 시작했다. 말소리는 금방이라도 꺼질 듯 가물거리는 촛불처럼 위태위태하게 이어졌다.

"혼자서 버스를 타고 금촌으로 내려가는데 어찌나 서러운지 눈물이 마르질 않더라. 가는 동안 내내 울었다."

　유산한 직후에는 임신이 수월하게 된다더니만 금촌에 내려가자마자 애가 바로 들어서더라. 아, 그런데, 그해 여름에 네 할머니가 또 띠를 베러 관사로 찾아왔지 뭐냐. 이번에는 함께 가잔 소릴 안 하고 혼자서 띠를 베러 가더라. 작년에 나를 부려먹고 낙태하게 한 것이 미안해서 그러나보다 하고 안심했더니, 그게 아니었어. 조금 있으니까 나를 불러내더니, 베어놓은 띠를 학교 운동장에다 널어 말리는 일을 시키는 거야. 띠를 베다 모아놓은 자리에서 학교 운동장까지는 거리가 워낙 멀어서 오래 걸어야 했어. 한여름이라 날은 푹푹 찌는데 땀으로 목욕을 해가면서 몇 시간씩 풀단을 날랐지.

　사흘째 되던 날 기어이 사달이 났어. 한참 풀단을 이고 가는데 갑자기 아랫도리에서 힘이 쫙 빠져나가는 거야. 그러더니 배가 아파오기 시작하더라. 띠고 뭐고 다 집어던지고 집으로 돌아왔지. 모아두었던 천조각들을 모두 꺼내놓고는 아기가 나오면 입힐 배내옷을 지으면서 네 아버지가 퇴근하기만을 기다렸어. 옷이 다 되어갈 무렵에 네 아버지가 집에 들어왔지. 그길로 네 할머니를 부르러 간다면서 뛰쳐나가더라. 네 아버지가 나간 뒤에 바로 애가 나왔어. 내 손으로 탯줄을 끊고 목욕까지 시켜서 새로 지은 옷을 입혀가지고 포대기에 싸놓으니깐 그제야 네 아버지랑 할머니가 돌아오더라.

　아들이었어. 쉬지도 않고 계속 울기만 하데. 처음 낳았던 애랑 다르게 얼굴이 쪼글쪼글한 것이 덜 성숙한 태가 완연하더라. 첫 애기는 얼굴이 매끈하면서 참말 예뻤거든. 그 예쁜 애도 하루를 못 넘겼는데 미숙한 둘째 애는 오죽했겠냐. 목쉬게 울기만 하다가 갑자기 잠잠해지데. 그것이 무슨 죄가 있다고, 아이고, 내가 못나고 멍청스러워서 애를 둘씩이나 잡았지. 요즘 세상 같으면 인큐베이터에 넣어서 다 살렸을 것이다. 암, 살렸고말고.

　자정 무렵에 네 할머니랑 아버지가 애를 묻으러 밖으로 나가더라. 속이 상해 밤새 울었더니라. 할머니는 할머니대로 속이 상해서 통 말이 없더니, 이튿날 아침이 되니까 또 띠를 베러 나가더라. 워낙 힘든 일이라 저녁에 돌아와선 드렁드렁 코를 골면서 잠만 잤어. 그리고 그 다음날이 되니까 그냥 우덕도로 돌아가버리데. 어떻게 미역국 한 그릇 안 끓여주고 그냥 가버릴 수 있나 싶어 많이 서운했지. 그나마 아무 소리도 않고 돌아갔으면 말도 않겠다. 아기를 자꾸 유산하는 걸 보니 영 틀려먹었다면서 나 듣는 데서 네 아버지한테 씨 받을 여자를 새로 들이라고 하더라. 어찌나 기가 막히고 서럽던지 울고 또 울고, 지치면 좀 쉬었다가 또 울고 그랬지.

　애를 낳고 나면 그러잖아도 몸이 붓는데 거기다가 자꾸 울어놨으니 얼굴이 어떻게 생겨먹었겠냐? 온몸이 퉁퉁 부어서 사람이라고 할 수 없는 몰골이 돼가지고 빨래하러 냇가에 나갔더니 동네 사람들이 놀라서 난리도 아니었어. 대신 빨래도 해주고, 아버지한테 달려가서 저대로 놔두면 큰일 치를 수 있다고 겁도 주고 했지. 그 덕에 네 아버지가 읍내에 나가 장모한테 전화를 했던가보더라. 우리 어머니, 그 전화 받고 얼마나 놀라셨을꼬. 부랴부랴 나를 서울로 데려가 큰 병원에 입원시키셨지. 그때 울 어머니가 얼마나 지극정성으로 간호해주셨는지 모른다. 그 은공을 언제고 꼭 갚으려고 했었는데, 결국 눈곱만큼도 못 갚아보고 저세상으로 보냈어. 오매, 오매, 그 생각만 하면 가슴이 찢어져.

거기까지 말해놓고 어머니는 울음소리를 키웠다. 나는 어머니에게 위로의 말을 건넬 엄두도 내지 못하고 머뭇거리다가 고작 한다는 소리가 "전 그냥 영양실조 때문인 줄만 알았어요"였다. 가슴이 파들거려 그 짧은 말조차 변변하게 매듭짓지 못해서 말꼬리가 흐지부지 뭉그러졌다.

'외할머니가 딸을 살려낸 거야. 무지와 야만의 소굴에서.'

머릿속에서는 오직 그 한 가지 생각이 구름 낀 그믐밤의 반딧불처럼 명정한 빛을 발하고 있었다.

어머니의 고향

1

"이 넓은 세상에 내 몸 하나 누일 곳이 없어. 그게 제일 서러워. 집에서 기르는 개도 제 몸 누일 곳이 있는데 나는 이게 뭐냐."

새벽녘, 어머니는 지친 목소리로 넋두리를 하다가 내 권유에 못 이겨 잠을 청했다. 눈을 감은 뒤에도 한참 동안 잠을 이루지 못하고 뒤척이다 날이 밝고 나서야 어렵사리 잠들었다.

'못 내려가게 막았어야 했어. 어머니만이라도 서울에 붙들어뒀어야 했어.'

어머니의 고른 숨결을 확인하고 나서 나는 아프도록 아랫입술을 질겅거렸다. 무책임하게 방관만 해온 그간의 내 처신에 화가 치밀었다. 어머니의 영혼이 중병을 앓게 된 것이 모두 내 탓인 것만 같았다.

'이대로는 못 올라가!'

어머니의 꺼칠한 얼굴을 들여다보다 나는 다짐했다. 어머니는 누군가의 보살핌이 절실히 필요했다. 그런 어머니를 병실에 홀로 버려두고 상경했다가는 어머니의 병세가 급속도로 악화될 것이 분명했다. 만약 내가 떠난다면 나를 대신해 어머니를 보살펴줄 사람이라고는 아버지뿐인데, 어머니에게 전처럼 버팀목이 되어줄 수 있을지 의문이었다.

반목이 심해져서 아버지와 어머니 사이가 예전 같지 않았다. 아버지는 매일 퇴근하자마자 병실을 찾았는데, 그때마다 어머니는 아버지를 등지고 벽을 향해 누워 꼼짝도 하지 않았다. 말을 걸어도 대꾸하지 않았으므로 아버지는 변변한 대화 한마디 나눠보지 못하고 돌아가야 했다. 하루는 아버지가 작심한 듯 끈질기게 말을 건 적이 있었다. 그러자 어머니는 "나는 고아요! 아버지, 어머니, 오빠, 줄달아 돌아가시고 세상천지에 나 혼자요!" 하고 소리쳤다. 그것이 병원에 입원한 뒤로 어머니가 아버지에게 건넨 처음이자 마지막 말이었다. 그 이후로 어머니는 다시 입을 닫아버렸고 아버지 또한 더이상 말을 걸지 못했다.

수십 년을 한결같이 시가를 위해 헌신해온 어머니였다. 시집 식구들에게 공부시키고, 집 얻어주고, 먹고살 터전 마련해주고, 병간호하고, 결혼시키고, 그러면서 늙어버린 한평생이었다. 그런 어머니가 매정하게 등을 돌리자 아버지는 당혹스러운 심기를 감추지 못했다. 어머니와 말 한마디 나누지 못하고 병실을 나설 때면 아버지는 어깨가 피로에 지친 사람처럼 축 처져 있었고 얼굴빛이 어두웠다.

"네가 중간에서 잘 좀 해줘야겠다."

아버지는 몇 번이나 병실로 전화를 걸어 자존심이 허락하는 한도 내에서 은근한 화법으로 도움을 청했다. 아버지는 내가 두 사람 사이를 중재하여 화해의 계기를 마련해주기를 희망했다. 그리하여 어머니가 다시 아버지에게 마음을 열어주기를 바랐다.

'멀쩡하던 사람을 이 지경으로 만들어놓고 나더러 뒷감당을 하라는 거야?'

새우처럼 등을 웅크리고서 가녀린 숨소리를 내고 있는 어머니를 굽어보다가 문득 아버지의 당부를 떠올린 나는 속에서 분기가 치밀어오르는 것을 느꼈다. 나라고 무슨 뾰족한 수가 있는 것은 아니었지만, 설사 있다고 하더라도 아버지의 부탁을 좇아 어머니를 설득하는 일 따위는 하게 될 것 같지 않았다. 어머니를 설득하여 다시 아버지와 할머니의 곁으로, 저 무지와 편견의 땅으로 돌려보내는 것이 과연 옳은 일인지 확신이 들지 않았다. 오히려 어머니가 그곳을 떠날 수 있도록 도와야 할지도 모른다는 생각이 들었다. 그런 생각은, 어머니의 입원생활에 필요한 몇 가지 소소한 물건을 가지러 신우리의 양옥집에 들렀다가 할머니와 대면한 뒤로 한층 굳어졌다.

"네가 웬일로 내 방엘 다 들어오냐?"

내가 방문을 열고 들어서자 노파가 살쾡이처럼 몸을 도사렸다.

"너거 엄니는 도둑년이여. 네 아버지 재산을 다 도둑질해서 저거 친정으로 빼돌렸어야."

약삭빠른 노파는 내가 말문을 열기도 전에 흰자위를 희번덕거리며 선수를 쳤다. 켕기는 게 있으니까 꾀병을 부리는 것이니 절대로 속아 넘어가서는 안 된다고 단호한 어조로 못을 박기까지 했다.

"아버지 재산이요? 언제부터 아버지 재산이 따로 있고 어머니

재산이 따로 있었죠?"

말이 통할 상대가 아니라는 것을 알면서도 나는 조목조목 따지고 들었다.

"그럴 리야 없겠지만 만에 하나 할머니 말씀대로 그 돈을 어머니가 어디로 빼돌렸다고 칩시다. 그래도 지금까지 아버지가 우리 집 재산을 우덕도로 빼돌린 것에 비하면 새 발의 피 아닙니까?"

어머니가 계속 이 집에서 살아야 하는 것이라면 나는 노파의 심기를 언짢게 하는 말을 삼가야만 했다. 내가 불손한 태도를 보이면 그 대가는 훗날 어머니가 대신 치르게 될 것이기 때문이었다. 하지만 나는 개의치 않고 말의 수위를 높였다. 내가 보기에 어차피 어머니는 노파와 한집에서 살면서 배겨낼 수 있는 사람이 못 되었다. 오래지 않아 노파의 등쌀에 말라 죽거나 병들어 죽게 될 것이 분명했다. 그렇게 되기 전에 어머니를 이 넌덜머리나는 집구석에서 구해내야 했다.

'그 일을 할 사람은 나밖에 없어. 내가 어머니를 서울로 모시고 가야 해.'

나는 속으로 그렇게 다짐하며 노파의 탁한 눈동자를 정면으로 쏘아보았다.

"뭣이여?"

노파가 발끈하여 언성을 높였다.

"너는 박씨여, 박씨! 네 아버지도 박씨고 네 할아버지, 할아버지의 할아버지, 그 할아버지의 할아버지도 다 박씨여. 네 아버지의 형제들도 박씨고 네 형제들도 모두 박씨여. 근디 네 엄니는 김가여, 김가! 그것을 알아야제!"

고함을 질러대는 쭈글쭈글한 가죽부대를 노려보며 나는 점퍼 주머니 속에서 주먹을 그러쥐었다. 마음 같아선 내 어머니를 괴롭혀온 그 노구를 늘씬하게 두들겨패고 싶었다. 하지만 섣불리 건드릴 수는 없었다. 그랬다가는 패륜아를 단죄하기 위해 일가친척들이 들고일어날 텐데, 다른 사람들은 별로 겁나지 않았지만 아버지가 마음에 걸렸다. 어둑한 섬과 휘황한 도시 사이에서 외줄타기를 하다가 결정적인 순간이 되면 항상 우덕도 편에 서온 아버지였다. 그런 아버지에게 할머니와 아들 중 어느 한쪽을 선택해야 하는 상황이 닥친다면 어떤 선택을 하게 될까. 아무리 생각해봐도 아버지가 내 편에 서줄 것 같지는 않았다.

"할머니도 그 잘난 박가는 아니잖습니까."

나는 주먹을 주머니 속에 감춘 채 자리를 박차고 일어섰다. 저런 호래자식을 봤냐며 펄펄 뛰는 노파를 남겨놓고 집을 나섰다.

2

"왜 벌써 돌아왔어? 뭘 두고 간 거야?"

침대에 걸터앉아 창밖을 내다보고 있던 어머니는 내 기척을 느끼고 뒤돌아보더니 가녀린 목소리로 물었다. 나는 화난 사람처럼 아무 대꾸도 하지 않고 침대 밑에서 가방 두 개를 꺼냈다.

"병실을 옮겨야 한다던?"

내가 수납함에 들어 있던 짐을 가방 두 개에 모두 나눠담고 나자 어머니가 물었다. 나는 대답 대신 옷 한 벌을 어머니에게 건네며

"어서 갈아입으세요" 하고 말했다. 어머니는 어리둥절한 표정으로 "옷을?" 하고 되물었다. 나는 비장한 심정으로 고개를 끄덕거린 후에 말을 이었다.

"저랑 함께 서울로 올라가게요."

예전에 외할머니가 어머니를 야만의 소굴에서 구해냈듯이 이번에는 내가 어머니를 구해낼 작정이었다. 어머니를 서울 도심에 있는 유명한 병원에 입원시킨 뒤에 삼남매가 돌아가면서 병구완하여 완쾌시킬 생각이었다. 나는 그때, 어머니가 퇴원한 뒤의 일까지도 이미 계획을 세워둔 상태였다. 다소 경제적으로 무리가 따르더라도 방 두 칸짜리 셋방으로 이사를 하여 어머니에게 한 칸을 내어줄 생각이었다. 세상천지에 몸 하나 둘 곳이 없다고 슬퍼하는 어머니에게 볼품없을지언정 방 한 칸이라도 아늑하게 꾸며주고서야 내 마음이 편해질 것 같았다.

"난 서울 싫다. 네 아버지 말마따나 거긴 사람 살 곳이 못 돼."

어머니는 물끄러미 나를 바라보다가 퉁명스럽게 대꾸했다. 예상 밖이었다. 나는 어머니의 안색을 살피다가 "우덕도보다는 백 번 낫죠" 하고 대꾸했다. 그러고는 다시 옷을 내밀며 갈아입을 것을 재촉했다.

"싫다니까 그러네."

어머니는 그 말만 던져두고는 입을 닫아버렸다. 아예 고개를 모로 틀어 나를 외면하는 것으로 봐서 내가 어떤 말을 해도 대꾸하지 않을 심산인 듯했다.

"그럼 저 징글징글한 촌구석에서 계속 사실 생각이에요?"

내가 되쳐 묻자 어머니는 입을 다문 채 고개를 내저었다. 이래도

어머니의 고향 363

싫고 저래도 싫고, 어머니는 내가 어떤 말을 건네도 고집스럽게 도리질할 뿐이었다. 대화가 벽에 부딪혀 제자리를 맴돌자 나는 상대가 환자라는 것도 잊어버리고 그만 분통을 터뜨리고 말았다. 그러잖아도 며칠째 머릿속에 복잡한 생각들이 굴러다니는 통에 별것 아닌 일에도 화가 왈칵왈칵 치솟던 참이었다.

"좋아요. 꼭 서울에서 살란 법 있나요? 다른 데로 가죠, 뭐. 수원은 어때요? 인천은요? 여기고 저기고 다 싫으세요? 그럼 뭘 어쩌시겠다는 거예요? 그렇게 고개만 젓지 마시고 말씀 좀 해보세요!"

한바탕 퍼붓고 나니 속이 좀 후련해지긴 했다. 하지만 내 행동이 얼마나 경솔했는지 깨닫는 데는 삼 초도 채 걸리지 않았다. 잠자코 듣고만 있던 어머니는 울음을 터뜨리며 침대 위로 고꾸라지듯 엎드렸고 나는 때늦은 후회를 하며 혀끝을 질근거렸다.

"어쩌다가 내가 갈 곳 하나 없는 신세가 됐는지 모르겠어. 울 아부지, 어무니, 오빠는 야속도 하시지. 어째 나 혼자만 두고 떠나셨을까. 친정이 없어지고 나니까 아무 데도 갈 곳이 없어. 이제 내가 의지할 사람이라고는 네 아버지뿐이야. 아이고, 내가 여기 이러고 있으면 안 되는데, 너희 아버지, 밥이나 잘 챙겨잡숫는지 모르겠다. 가서 들여다보고 반찬이라도 좀 장만해놓아야 하는 건데 이러고 몸져누워만 있으니…… 하지만 도저히 발이 안 떨어져. 그 집 구석에는 들어가기가 싫은 걸 어째."

어머니는 지난밤 수없이 되풀이했던 하소연을 또 늘어놓으며 흐느끼고 있었다. 나는 '갈 곳이 없긴 왜 없어요? 저랑 함께 서울에 가서 살면 되잖아요?' 하고 소리소리 질러대고 싶었지만 차마 입을 떼진 못하고 잠자코 어머니를 지켜보기만 할 따름이었다. 어머니가 되뇌고 있는 '몸 누일 곳'이라는 것이, 내가 빚을 얻어 마련해주고자 했던 방 한 칸처럼 공간적인 의미가 아니라는 생각이 들었다. 어딘지도 모를 곳을 표류하고 있는 어머니의 영혼은 정박하기 위해 묵직한 닻을 간절하게 희구하는 것이 아닐까. 거기까지 생각이 미쳤을 때 나는 기억의 심연에서 의미심장한 말 한마디를 건져올릴 수 있었다.

"나중에 네가 커서 어른이 된 뒤에 혹시 길을 잃게 되면 그 주소가 필요하게 될 게다."

언제였을까. 까마득한 세월 저편에서 아버지가 어린 내게 수수께끼 같은 말을 던져놓고는 빙그레 웃고 있었다. 문득 나는 아버지가 외우게 했던 고옥의 주소를 떠올리고는 씁쓸한 입맛을 다셨다. '장원군 해진면'으로 시작하는 그 주소를 십수 년이 흐른 뒤에도 한 글자도 더듬거리지 않고 단숨에 욀 수 있다는 사실이 가슴을 아리게 했다.

아마도 그때 아버지는 내게 뿌리내릴 곳을 만들어주고 싶었던 것이 아닐까. 잿빛 콘크리트 구조물 속에서 자라나는 어린 자식이 고향이라는 푸근한 흙에 튼실하게 뿌리내리기를 소망했으리라. 그리하여 당신이 삶을 지탱하는 근원적인 힘을 고향이라는 뿌리에서 얻었듯이, 당신의 어린 자식 역시 고향으로부터 그같은 힘을 얻게 되기를 기대했던 것이리라.

물론 아버지의 희망은 물거품이 되어버린 지 오래였다. 우덕도는 내게 고향이 아니라 증오의 대상일 뿐이었다. 나에게는 고향이 없었다. 나는 뿌리가 들뜬 채 어딘지도 모를 곳을 떠돌아다니는 부초였다. 이따금씩 삭막한 세상 어딘가에 닻을 내리고픈 생각이 간절해질 때면 친구들과 어울려 왁자한 술판을 벌이거나 교외에 나가 마른바람을 쐬고 돌아오는 것으로 바삭한 존재의 뿌리에 물을 축이는 도시내기였다.
 하지만 어머니는 나와 다르지 않을까. 아버지처럼 어머니에게도 분명 고향이 있을 터였다. 어머니가 태어나고 자라난 곳, 어머니의 영혼이 뿌리를 두고 있는 곳……, 아, 그러고 보니 나는 어머니의 고향이 어디에 있는지조차 몰랐다. 어째서 나는 이 나이가 되도록 어머니의 고향에는 한 번도 가본 적이 없는 것일까.
 나는 연민과 자책이 뒤섞인 심정으로 어머니의 눈을 들여다봤다. 눈물에 씻겨 반짝거리는 눈동자를 오래도록 응시하다가 말문을 열었다. 햇수로 이십오 년을 모자지간으로 살아왔으면서 한 번도 궁금해하지 않았다는 사실이 이상스럽게 느껴지는 질문이었다.
 "어머니 고향이 진무리라고 했던가요? 맞죠? 거기가 어디쯤이죠? 여기서 먼 가요?"
 뱉어놓고 나니 너무 뜬금없었다. 흐느껴 울고 있는 어머니에게 위로 삼아 건네기에는 적합한 말이 아니었다.

3

 "진무리? 거긴 왜? 뭐 하러?"
 어머니가 평정을 되찾자 나는 다시 어머니의 고향에 대해 말을 꺼냈다. 나중에 완쾌되어 퇴원하게 되면 함께 진무리에 한번 다녀오자고 했다. 내 딴에는 어머니의 울적한 기분을 풀어줄 요량이었는데 어머니가 별안간 언성을 높였다. "난 안 간다. 미쳤냐? 내가 거길 가게?" 하고 극언도 서슴지 않았다.

"진무리에서 사실 적에 무슨 안 좋은 일이라도 있었어요?"

어머니가 지나치다 싶게 고향을 매도하자 나는 이상한 생각이 들어 그렇게 물었다. 그 동네에서 사는 동안 무언가 몹시 수치스럽거나 분통 터지는 사건에 휘말린 적이 있었는지도 모른다는 의구심이 치밀었다. 그런 게 아니라면 저렇게 정색을 해가며 펄쩍 뛸 것까지는 없지 않을까.

"일은 무슨 놈의 일? 지긋지긋해서 그런다. 그 동네를 왜 진무리라고 하는 줄 알아? 진짜로 아무것도 없다고 해서 진무리야."

어머니는 얼굴을 찌푸리며 그곳에서의 삶을 회상했다. 우묵하게 들어간 자리를 집터로 삼은데다가 디근자로 집을 들어앉힌 까닭에 방 안으로 바람이 나들지 않았다. 때문에 여름 한철 나는 것이 여간한 고역이 아니었다. 저녁마다 우물에서 물을 길어다가 마당이며 지붕에 뿌리는 것이 빠뜨릴 수 없는 일과였다. 그렇게 하지 않으면 더위 때문에 잠을 이룰 수가 없었다.

견디기 힘든 것은 더위뿐만이 아니었다. 집이 습하다보니 집 안 곳곳에 곰팡이가 슬어 퀴퀴한 냄새가 가실 날이 없었고, 갖가지 벌레들이 천장이며 벽이며 방바닥이며 가리지 않고 기어다니다가 도처에 고치를 틀거나 알을 슬어놓았다. 특히 쌀을 두는 광에는 이가 득실거렸다. 밥할 때마다 발에 물을 묻히고 들어가서 재빨리 쌀을 퍼가지고 나와서는 얼른 발을 다시 씻어야 했다. 게다가 뒤꼍의 옹달샘은 물이 탁해서 식수로 쓸 수 없었으므로 조석으로 동네 우물에서 물을 길어와야 했다.

"아유, 징글징글하다. 그 갑갑한 세상을 어떻게 살았는지 원."

어머니는 잠시 말을 멈추더니 몇 차례 어깻숨을 쉬었다. 그것만으로는 답답증이 가시지 않는지 주먹으로 앙가슴을 토닥거렸다.

"네 외할아버지께서 용단을 내려 서울로 떴기에 망정이지, 안 그랬으면 그 골짜기에서 여태 살고 있을 게 아니냐? 아이고, 생각만 해도 끔찍하다."

어머니는 과장된 몸짓으로 진저리치는 시늉을 해 보이더니, 진무리에 대한 이야기라면 더이상 하고 싶지 않다면서 이불을 둘러쓰고 드러누워버렸다. 그럴수록 내 속에서는 기필코 진무리에 가봐야겠다는 생각이 한층 더 무성하게 피어올랐다. 왜 그랬을까. 어머니의 방황하는 영혼을 붙들어 어딘가에 안주토록 하기 위한 실마리를 그곳에서 찾고자 했던 것일까. 아니면 어머니의 고향에 대해 그 동안 무관심했던 것에 대한 자책의 발로였을까.

"그냥, 바람도 쐴 겸, 드라이브한다고 생각하세요."

나는 사근사근한 어조로 어머니를 다시 한번 구슬렸다. 어머니가 이불을 확 걷어내며 몸을 일으킨 것은 바로 그때였다. 나와 눈이 마주치자마자 어머니는 소리를 버럭 질렀다.

"안 가겠다는데 왜 자꾸 귀찮게 굴어? 나 말라 죽는 꼴 보려는 거야?"

나는 그 서슬에 놀라서 "알았어요. 다시는 진무리에 함께 가자고 안 할 테니까 제발 고정하세요" 하고 다급히 무마에 나섰다. 평소라면 그 정도의 사과로도 충분히 어머니의 진노를 가라앉힐 수 있으련만, 어찌된 영문인지 사태는 악화되기만 했다.

"함께 가자고 안 하겠다니? 그럼 너 혼자서라도 기어이 그 산골

짝에 가보겠다는 거야? 그런 거지? 아니라면 왜 대답을 못 해?"
 계속해서 어머니가 목에 핏대를 세워가며 따져묻자 나는 말문이 막혀버렸다. 내가 알고 있는 어머니의 모습이 아니었다. 아무리 화가 나도 기껏 한두 마디 싫은 소리를 비치는 것이 고작이던 어머니였다. 그런 어머니가 완전히 딴사람으로 돌변하여 말꼬리까지 붙들고 늘어지면서 소리소리 질러대고 있었다.
 "거기서 나고 자란 나도 그쪽에다가는 침도 안 뱉고 사는데 네가 거길 무슨 중뿔났다고 일부러 찾아가겠다는 거야? 거기에 네 외사촌 하나라도 살기를 해, 아는 친구 하나 있기를 해?"
 어머니가 눈을 치뜨며 목소리를 쥐어짰다. 꽉 쥔 두 주먹이 부르르 떨리고 있었다.
 "헛돈 쓰고! 시간 낭비하고! 괜한 고생이지!"
 고함소리를 듣고 간호사가 놀라서 뛰어들어온 뒤에도 어머니의 발작에 가까운 신경질은 멈추지 않았다. 간호사가 안정제를 가지러 나간 사이, 나는 어머니를 달래기 위해 진무리에는 절대로 가지 않겠노라는 약속을 거듭했다. 하지만 약속은 아무런 효력도 발휘하지 못했다. 어머니는 간호사에게 주사를 맞고 나서야 약기운에 의지하여 간신히 안정을 되찾았다.
 "사소한 일에도 지나치다 싶을 정도로 화를 내시는 일이 앞으로 자주 생길 거예요. 그렇다고 너무 상심하지 마시고 끈기 있게 보살펴드리세요."
 복도로 나를 불러낸 간호사는 격려의 말을 건넸다. 감정을 조절하는 능력이 약화되어 쉽게 화를 내거나 짜증을 부리게 되는 것이라는 설명을 듣고서 나는 슬픔을 느꼈다. 자제력이 강해 좀처럼 속

어머니의 고향 369

마음을 겉으로 드러내지 않던 어머니가 그렇게 변모한 것이 가슴 아팠다. 또한 기껏 간호하겠다고 먼 길을 달려와서는 괜한 소리를 해서 도리어 병세를 악화시키는 데 일조한 듯하여 죄책감에 시달렸다.

병실로 돌아가자마자 나는 어머니에게 사과의 말부터 건넸다. 내 멋대로 행동한 것을 용서해달라고 머리를 조아리고는, 다시는 어머니의 뜻을 거스르지 않겠노라고 다짐했다. 그러자 어머니가 오른팔을 뻗어 내 손을 살그머니 쥐더니 차분한 눈길로 나를 응시했다.

"정히 가려거든 택시를 타라. 산길이 워낙 복잡해서 초행길에 찾기 어려울 거야."

어머니는 안정제의 약효 때문에 맥이 풀린 목소리로 그렇게만 당부했다. 내가 어리둥절하여 아무 대꾸도 못 하고 눈치를 살피고 있자니까 어머니가 심드렁하게 말을 보탰다.

"한 번 가겠다고 마음먹으면 나 모르게라도 언제고 기어이 갈 놈 아니냐. 내 속으로 낳은 새낀데 아무려면 어미가 돼가지고 그 속을 모를까봐서."

말을 마친 어머니는 길게 한숨을 내쉬고 나서 눈을 감았다. 약기운 때문에 어머니는 금세 잠들었다. 그런데 잠을 자면서도 어머니는 미간을 살짝 찌푸리고 있었다. 잠조차 편하게 이루지 못할 정도로 영혼이 고통받고 있는 것일까.

4

 언제고 내가 혼자서라도 진무리에 찾아갈 것이라던 어머니의 장담이 현실로 이뤄진 것은 그로부터 열 달 뒤였다. 별안간 어머니가 세상을 등지자 나는 밑동이 잘려나간 나무처럼 하루가 다르게 말라갔다. 어머니를 흙 속에 꽝꽝 묻어놓고 돌아오던 날, 나는 도저히 제어할 길 없는 슬픔과 충동에 휩쓸려 해진포로 승용차를 몰았다.
 어린 시절 나는 해진포가 육지의 끝이고 모든 길이 그곳에서 끝난다고 생각했다. 하지만 길은 해진포를 지나서도 어디론가 한없이 이어지고 있었다. 해진포 시외버스 주차장 한편에 승용차를 주차한 다음 우체국 앞의 택시정류소에서 잡아탄 택시는 해진포를 무질러 달리는가 싶더니 한 번도 가보지 않은 길로 접어들었다. 길은 첩첩한 산을 끼고 굽이굽이 감돌다가 완만한 골짜기로 들어섰다. 그러자 비탈에 층층이 들어앉은 집들이 보였다. 그 동네가 바로 진무리, 어머니의 고향이었다.
 "어? 벌써 도착했습니까?"
 택시가 마을 앞에서 멈추자 나는 어리둥절하여 택시운전사의 뒤통수에 대고 반편이처럼 어눌하게 물었다. 길고 지루한 여행이 되리라는 예상을 빗나가게 한 것은 세월의 힘이었다. 산길이 복잡해서 길을 잃게 되리라던 어머니의 염려와는 달리 포장도로가 반듯하게 닦여 있었고 갈림길마다 표지판도 세워져 있었다. 거리도 멀지 않았다. 고작 이십여 분쯤 걸렸을까. 우덕도에는 번질나게 드나들었으면서도 진무리에는 지난 수십 년간 한 번도 발걸음을 하지 않은 것이 기이하게 느껴질 정도로 지척이었다.

어머니의 말마따나 진무리는 작은 동네였다. 계단식으로 층층이 서 있는 집들은 전부 합해봐야 겨우 이십 호가 될까 말까 했다. 나는 내키지 않는 발걸음을 떼어 동네로 이어지는 좁다란 길에 들어섰다. 특별한 용무도 없으면서 낯선 동네로 걸어들어가려니 괜스레 뒤가 켕기면서 발걸음이 주춤거렸다. 야트막한 집들 사이로 뻗은 골목에 접어들자 사방에서 개 짖는 소리가 들려왔다. 나는 느릿느릿 걸으며 주위를 두리번거렸다. 멀리서 보기와는 달리 동네는 깨끗하고 아늑했다.

"총각, 누굴 찾아왔소?"

골목길은 곧장 공터로 이어져 있었다. 꽤 오래전에 지어진 듯한 우중충한 마을회관이 공터 맞은편에 서 있었으며, 건물 양옆에는 아름드리고목이 넓은 그늘을 펼치고 있었다. 그늘 아래 놓인 평상에 노옹 하나가 앉아 있다가 나를 향해 말을 걸어왔다.

"누구 아들이라고? 윤금이? 그게 누굴꼬?"

햇볕에 새까맣게 그은 노옹의 얼굴에는 굵은 주름이 촘촘하게 고랑을 만들고 있었다. 생각에 잠겨 눈썹을 움직거릴 때마다 차곡차곡 접힌 주름들이 꿈틀거렸다.

"어이, 자네는 알겠는가?"

고개를 갸웃거리던 노옹은 상체를 틀어 어딘가를 바라보며 소리쳤다. 왜소한 체구의 노인답지 않게 목소리가 짜랑짜랑했다. 나는 노옹의 시선을 따라 옆을 돌아보았다. 십여 미터쯤 떨어진 곳에 가게가 하나 있었다. 간판은 물론이고 흔하디 흔한 광고전단지 하나 나붙어 있지 않은 까닭에 얼핏 봐서는 가게라는 것을 알아보기가 힘들었다. 주위의 다른 집들과는 달리 공책만한 유리 여섯 장이 달린 미닫이문이 공터를 향해 나 있어서 그곳이 가게라는 것을 짐작하게 할 따름이었다.

"누구긴 누구여. 고인이 되신 김사장님한테 외동딸이 하나 있잖수."

미닫이문의 유리 너머에는 짙은 그늘이 드리워져 있어서 밖에서는 안이 보이지 않았다. 그 컴컴한 실내에서 노파의 목소리가 들려왔는데, 진즉부터 대화를 엿듣고 있었던 듯 거두절미하고 곧바로 대화의 맥을 이어가고 있었다.

"아하, 김사장네 딸? 맞아, 맞아. 그 집 딸이 윤금이었어."

노파의 말이 떨어지기가 무섭게 노옹이 무릎을 쳤다. 기억을 되찾은 것이 꽤나 흡족한 듯 노옹은 앞니가 하나도 남아 있지 않은 입을 한껏 벌리더니 바람 빠지는 소리를 냈다. 숨이 성대까지 닿지 못하고 어딘가 다른 구멍으로 새어나가고 있는 듯한 느낌을 주는 웃음이었다.

"나도 알제, 암만. 요만했을 적에 보고는 한 번도 못 봤구먼. 그래도 오라비는 해마다 봤제. 자네한테는 외삼촌이 되겠구만? 내가 그 사람은 아주 잘 알제. 해마다 조상님 산소 돌보러 내려왔잖은가. 아따, 참말로 훤훤장부였는디 아깝게 되얐어. 무쇠도 씹어먹게 생긴 사람이 그리 허무하게 갈지 누가 알았겄어."

노옹은 아까보다 한결 다정한 어조로 말을 걸어왔다.

"모친께서는 건강하시제?"

내 어머니가 유명을 달리했다는 사실을 까맣게 모르는 노옹은 만면에 미소를 띠고 그렇게 물었다. 나는 가슴이 에이는 듯한 통증을 견디며 고개를 끄덕였다. 아무것도 눈치채지 못한 노옹이 "기왕이면 모친을 모시고 오지 그랬는가" 하고 인사치레를 겸해 아쉬움을 비쳤다. 나는 대꾸하지 못하고 한동안 고개를 숙인 채 이를 악물고만 있었다. 그러다가 어렵사리 입을 열어 "전에 어머니가 살던 집을 좀 구경하고 싶은데, 어딘지 가르쳐주시겠습니까?" 하고 화제를 돌렸다.

"집? 가만, 가만, 전에 김사장네가 저어기 영석이네 앞집서 살았제, 아마?"

손끝으로 이마를 긁적이다 말고 노옹이 어딘가를 가리켰다. 노옹이 가리키는 쪽에는 서너 채의 집들이 다닥다닥 붙어 있어서 구체적으로 어느 집을 말하는 것인지 알아채기 어려웠다.

"뭔 소리여? 거기서는 간난이 어매가 살았제."

드르륵, 미닫이문이 열리더니 허리 굽은 노파가 지팡이를 짚고 가게에서 비척비척 걸어나왔다. 어두운 실내에 있다가 바깥에 나오니 눈이 부신 듯, 주름이 자글자글한 눈언저리를 찡그리고 있었다.

"저어기 저 집이요. 지붕을 기와로 올린 것만 빼면 그때랑 별로 달라지지도 안 했제."

노파가 턱짓으로 어딘가를 가리켰다. 나는 고개를 돌려 노파의 시선이 머무는 곳을 눈어림했다. 녹색 기와를 얹은 지붕이 눈에 들어왔다.

"아따, 그 총각 고개 빠지겠네. 암만 고개를 빼봐도 여그서는 지붕밖에 안 보여. 정히 집 구경을 하려거든 저쪽 길로 해서 안으로 돌아들어가야제."

노파는 자신의 왕성한 기억력을 자랑이라도 하려는 듯 지난 수십 년간 그 집을 거쳐간 사람들의 내력을 막힘없이 읊었다. 그러고 나서 어머니와 관련한 시시콜콜한 이야기들도 들려주었다. 그래 봤자 고작 몇 분도 안 되는 짤막한 일화 몇 토막이 전부였지만 내게는 모두 처음 듣는 진귀한 이야기들이었다.

"흐훗, 내가 윤금이한테서 고구마깨나 얻어먹었제. 그애가 어찌나 착한지 어른 말이라면 항상 고분고분했어. 밭에 나갔다가 들어와서 배가 출출하면 윤금이를 불러다가 '느그 집에 찐 고구마 있으면 쪼까 갖다주라' 하고 살살 꼬셨는디, 그러면 그 어린것이 아까운 줄도 모르고 죄다 가져왔어. 나중에 지 어매한테 야단을 흠박 듣게 될 게 뻔할 뻔 잔데도 무슨 애가 남한테 퍼주는 걸 그리 좋아하는지 원. 너는 이담에 커서 살림하기는 다 틀렸다고 어른들이 어지간히 놀렸제."

어린 시절에도 어머니는 약빠르지 못하고 계산속이 없어서 남 좋은 일만 하고 다닌 모양이었다. 나는 그 이야기를 들으면서 과연 어머니답다는 생각을 했다. 불현듯 가슴이 아릿했다. 다른 사람들을 돌보느라 정작 자신은 돌아볼 틈이 없었던 어머니의 남루한 모습이 눈앞에서 어른거리고 있었다.

"선생질하는 사람한테 시집갔담서? 김사장이 여길 떠난 건 백번 천 번 잘한 일이여. 여그서 묻혀살았으면 언감생심 선생 사위를 얻었겄는가?"

잠자코 듣고만 있던 노옹이 알은체하며 끼어들었다. 자신도 그때 과감하게 고향을 버리고 떠났으면 최소한 자식들의 혼처 걱정은 면하지 않았겠냐면서 아쉬워했다.

"시집을 잘 보내다니, 거 물정 모르는 소리는 하덜 마쇼. 부잣집 외동딸을 데려간 쪽이 남는 장사를 했겠소, 가난한 장손 사위를 맞은 쪽이 남는 장사를 했겠소? 어째서 그런 집안에 딸을 줬을까 몰라. 나 같으면 거기다가는 절대로 안 줬겠더만."

노파가 마뜩잖은 표정으로 타박을 줬다. 그러고는 입술을 달막거리며 입맛을 다셨다. 무슨 말인가를 더 하고 싶은 눈치였다. 하지만 노파는 나를 힐끔거리다가 입을 닫아버렸다. 자식이 듣는 데서 할 소리가 아니라고 생각한 것일까. 말을 아끼는 기색이 역력했다.

"뭔 말을 하려다가 말어?"

노옹이 눈치 없게 말을 재촉하자 노파는 고개를 살래살래 흔들었다.

"아, 생전에 김사장님이 여기 오셔가지고 술김에 하시는 소리 못 들었소? 그쪽 식구들이 자존심 하나는 짱짱한갑디다."

그렇게만 얼버무려놓고는 노파는 겸연쩍어하면서 내 눈치를 살폈다. 나는 갑자기 어색해진 분위기를 바꿔볼 요량으로 노파에게 "가게에 술도 팝니까?" 하고 물었다. 노파의 뒤를 따라 어둑한 가게로 들어서자 통나무를 통째로 깎아서 만든 진열대 위에 온갖 생필품과 의약품, 각종 과자와 라면이 무질서하게 쌓여 있는 것이 보였다. 상품의 종류가 많지 않아서 무엇을 살 것인지 고민할 필요가 없었으므로 나는 바로 막걸리 세 병과 안주 삼아 먹을 만한 과자 한 봉지를 집어들고 돈을 치렀다.

"뭐 할라고 우리들한테 돈을 쓴가? 어쨌거나 고맙게 잘 먹기는 할라네. 어이, 뭐 한가, 얼른 나오소. 한잔하세."

노옹은 바람이 빠져나가는 듯한 웃음을 다시금 터뜨리더니 거듭 노파를 불렀다. 가게 안에서는 아무 대답도 들려오지 않다가, 한참 만에야 노파가 막사발 세 개를 쟁반에 받쳐들고 모습을 드러냈다. 내가 낯모르는 노인네들에게 무언가를 대접한 것은 그때가 처음이었다. 왠지 그렇게 해야 할 것 같아서 그랬던 것인데 노인들이 즐거워하며 술병을 기울이는 광경을 보고 있자니 가슴이 훈훈해졌다. 마치 그 노인네들이 내 살붙이라도 되는 것처럼 괜스레 가깝게 느껴졌다.

"그런 구질구질한 얘기는 뭣 땜시 들어볼라고 그래싼가."

해가 서산머리에 걸리도록 두 노인은 많은 이야기를 했는데 주로 내 외할아버지와 관련한 추억담이었다. 외할아버지가 육이오전쟁 때 인민군 장교와 담판지어 하마터면 떼죽음을 당할 뻔한 마을 사람들을 수십 명이나 살려냈다는 이야기를 제외하면, 진무리를 떠나 서울에서 이룩한 기적적인 성공에 관한 이야기가 전부였다. 정작 내가 듣고 싶었던 것은 외가 식구들이 진무리에서 살던 시절의 소소한 일화였기에 그쪽으로 화제를 유도했더니 두 노인은 탐탁지 않아했다.

"지지리도 못살아서 피똥 쌌다는 소리 말고는 들을 게 뭐가 있겠는가. 하이고, 그게 벌써 언젯적 일인가. 귀신 씨나락 까먹던 시절 아닌가."

취기 오른 노옹의 잔주가 내 등을 떠밀고 있었다. 나는 손목시계를 들여다보고 나서 자리를 털고 일어났다. 그러자 노파가 손을 뻗어 까슬까슬한 손바닥으로 내 손등을 쥐더니 "엄니 고향이라고 여기까지 댕기러 와줘서 참말로 고맙소. 조심해서 잘 가소. 엄니한테도 안부 쪼까 전해주고. 날 기억이나 할지 몰겄네마는" 하며 서운해했다.

택시를 부르기 전에, 나는 예전에 어머니가 살았다는 집을 잠시 들여다보기로 했다. 그 집은 곧게 뻗은 골목 어귀에 있었는데, 집이 들어앉은 터가 골목보다 낮은 까닭에 처마가 골목의 지면과 맞닿아 있었다. 집 안으로 들어가려면 내리막길인 샛길로 접어들어 빙 둘러가야 했다. 야트막한 담장 너머로 보이는 집은 예전 그대로라던 노파의 말과는 달리 새 집이었다. 대문은 열려 있었고, 마당에는 거의 벌거벗다시피 한 남자아이 하나와 여자아이 하나가 쪼그리고 앉아서 흙장난을 하고 있었다. 개가 짖어대는 소리를 듣고 대문 쪽으로 고개를 돌린 남자아이가 나를 발견하고는 "누구요?" 하고 물었다.

"응, 그냥 지나가는 사람."

입 밖에 낸 말을 증명이라도 하려는 것처럼 나는 바로 발길을 돌려 동네 어귀로 향했다. 아이들에게 빈말을 한 것은 아니라는 생각이 들었다. 그저 지나가는 나그네처럼 슬쩍 둘러보고 돌아가는 것 외에는 달리 할 일이 없는 곳이 바로 진무리였다. 그곳은 내가 얼굴을 익히고 있는 친지도, 장소를 외우고 있는 조상의 묘도, 하다못해 너주레한 추억 한 조각도 배어 있지 않은 낯선 동네였다.

5

아직 끝나지 않았다. 악귀에 대한 이야기가 남아 있다. 하루도 빠짐없이 악귀가 내 자취방에 찾아오고 있다. 어머니의 유품인 반지를 움켜쥔 채 고치 속의 번데기처럼 이불 속에 웅크리고 있는 내 머리맡에 더러운 엉덩짝을 내려놓기가 무섭게 악귀는 고약한 입냄새를 풍기며 속삭거린다.

내가 뭐랬어? 죽여버리랬잖아. 입이 닳도록 일러도 끝끝내 듣지 않더니만 꼴좋게 됐다. 내 말대로 그 빌어먹을 할망구를 없애버렸다면 어머니가 이렇게 빨리 죽진 않았을 거 아냐.

입술을 달싹거릴 때마다 악귀는 칠흑 같은 어둠을 토해낸다. 어둠은 한데 응어리져 거대한 동굴의 입구처럼 아가리를 벌린다. 나는 암흑의 동굴 안으로 끝없이 굴러떨어지다가 비명을 지르며 잠에서 깨어난다. 등이 식은땀에 젖어 서늘하다. 나는 악몽의 잔영을 떨쳐내려고 도리질을 해댄다. 하지만 부질없는 짓이다. 꿈속에서 나를 빨아들이던 어둠은 내 눈앞에서 음험한 아가리를 벌린 채 여전히 버티고 있다. 그 어둠 너머에 무엇이 도사리고 있는지 이미 알고 있는 까닭에 나는 몸서리친다. 어둠 너머에서 나를 노려보고 있는 것은 살의다. 피비린내가 물씬거리는 금단의 욕망이다.

아직도 안 늦었어. 이제라도 어머니의 한을 풀어드려. 자, 어서! 뭘 망설여?

악귀가 구역질나는 입냄새를 면전에 끼얹으면 나는 별안간 오슬오슬한 한기를 느낀다. 한바탕 진저리친 후에 나는 무릎을 가슴께로 당겨 양팔로 끌어안는다. 이를 악물고 눈앞의 어둠을 쏘아보며 "미쳤어. 난 미친 게 분명해" 하고 중얼거리고는 가쁘게 숨을 몰아쉰다.

어느새 나는 남녘의 바다를 향해 숨을 헐떡거리며 내닫고 있다. 내 몸뚱이에는 윤기가 자르르한 검은 털가죽이 씌워져 있다. 아니, 그것은 이미 내 몸뚱이의 일부다. 허리를 활처럼 휘어 앞발을 멀찌감치 뻗었다가 공처럼 몸을 웅크려 뒷발을 당기는 동작을 되풀이하며 시커먼 네발짐승 한 마리가 달빛 아래서 남쪽으로 바람처럼 달려가는 중이다. 이윽고 짐승의 눈에 낯익은 정경이 비쳐든다. 달빛을 산란하며 꿈틀거리는 바다, 불을 밝히고 점점이 떠 있는 고깃배들, 바다를 끌어안은 허연 모래사장, 여인네의 둔부를 닮은 검은 능선, 그런 것들이 육지가 끝나는 곳에 펼쳐져 있다. 짐승은 술렁거리는 바다를 등지고 불 꺼진 마을로 들어선다. 마을 위쪽의 흰색 양옥을 향해 털북숭이 다리를 재게 놀린다.

어두운 집 안으로 도둑처럼 숨어든 짐승은 거실을 가로질러 방문 앞에 다다른다. 문손잡이를 쥐려고 오른팔을 들어올리다가 갑자기 뻣뻣하게 굳어버린다. 오른손은 허공에서 멈춘 채 움직일 줄 모른다. 푹신한 베개를 움켜쥔 왼손은 아까부터 가늘게 떨리고 있다. 그 베개는 며칠 전 재래시장에서 산 것이다. 자고 있는 노파의 얼굴을 그 베개로 눌러 질식시킬 작정이다.

유리창으로 미끄러져들어온 달빛이 짐승의 발목을 붙들고 있다. 달빛을 벗어나면 어둠이다. 어둠은 고요 속에 잠겨 있고, 오직 벽시계가 째깍거리는 소리만이 고요를 단속적으로 침범하고 있다. 아니, 그것뿐만이 아니다. 벽시계 외에도 고요의 표면에 미세한 파문을 일으키는 소음이 존재한다. 오랫동안 숨을 참았다가 한꺼번에 몰아쉬는 행위를 반복하며 짐승은 귀를 쫑긋거린다. 방문 저편에서 희미하게 들려오는 저 소리, 노파가 코를 골고 있다.

한 번, 두 번, 세 번, 네 번, 짐승은 부질없는 짓인 줄 알면서도 노파가 코 고는 횟수를 속으로 세고 있다. 열넷, 열다섯, 열여섯, 숫자가 늘어감에 따라 노파의 얼굴 생김새가 눈앞 허공에 하나하나 아로새겨진다. 회색빛이 많이 도는 까닭에 지저분해 보이는 은발, 표주박을 엎어놓은 듯 유난히 둥근 이마에 깊게 팬 고랑들, 잿빛 눈동자가 담겨 있는 우묵한 눈자위, 남자처럼 길고 우뚝한 콧날과 기름한 인중, 쭈글쭈글한 뺨에 촘촘하게 돋은 검버섯이 차례로 어둠 속에 등불처럼 떠올랐다가 사라져간다.

 바로 그때, 지척에서 두견이가 탁한 음색으로 울기 시작한다. 그 울음이 마치 저주를 푸는 마법의 주문이라도 되는 양, 짐승은 경직에서 풀려난다. 허공에 멈춰 있던 오른팔이 서서히 움직인다. 손이 문손잡이에 가까워진다. 금속 특유의 매끄러우면서도 차가운 느낌을 감촉하는 순간, 머리끝이 쭈뼛 곤두선다.

에필로그

봄이 되자 나는 화분에 작은 꽃씨를 하나 심었다. 내가 그 씨앗에게 해줄 수 있는 것이라고는 사나흘에 한 번씩 물을 주는 일뿐이었다. 하지만 그것만으로도 충분했다. 씨앗은 검은 땅을 뚫고 여린 빛깔의 떡잎을 밀어올렸다. 가을 문턱에는 꽃도 피웠다. 모두 제 힘만으로 해낸 찬란한 기적이었다.

해설

성스런 저주

허병식(문학평론가)

사람은 땅에서 자란다

　인간의 모든 역사와 활동은 근본적으로 땅에 뿌리를 내리고 있다. 인간이 실존한다는 것은 거주한다는 것이고, 거주란 곧 장소를 갖는 것이기 때문에 장소는 인간 실존의 근원적 중심을 이룬다. 그리하여 인간이 거주하는 장소는 인간 존재가 세계와 관계를 맺는 방식을 결정하고, 인간의 실존이 이루어지는 생활세계를 이루는 터전이 된다. 장소란 그 장소를 경험하는 사람과의 관계를 고려하지 않고는 존재할 수 없는 것이어서, 사람들 각자는 자신의 존재의 장소를 둘러싼 관념과 형식, 이미지와 표상에 대한 투쟁으로부터 자유로울 수 없다. 자신이 태어나거나 정착하고 있는 땅의 의미를 생각하는 것이 개인의 자아 형성에서 중요한 이유는 이 때문이다.
　에드워드 렐프는 집이라는 장소가 개인의 정체성을 뒷받침하는 유일무이한 토대라고 말했다. 집을 지시하는 영어 'Home'이 갖는 의미를 보아도 알 수 있듯이, 인간이 거주하는 물질적 장소를 의미하는 그 용어는, 때로 가족들의 내밀한 공간인 가정을 의미하기도 하고, 혹은 태어난 장소인 고향을 의미하기도 한다. 『달꽃과 늑대』 가 주목한 인간 존재의 비밀 또한 이 집, 가정, 또는 고향이라는 장 소가 어떻게 층위를 달리하면서 한 인간의 영혼에 어떠한 각인을 남기게 되는가, 그리하여 한 인간의 정체가 어떠한 경로를 통해 형 성되는가 하는 문제와 관련을 갖는다.

『달꽃과 늑대』에서 특별히 한 영혼을 사로잡는 장소로서 중요하 게 등장하고 있는 것은 고향이란 공간이다. 사람들의 삶이 상징적 인 장소와의 결속에 영향을 받는 것이라면, 고향이란 장소는 그 땅 과 인간의 관계를 사회적 내지 인격적 연대로 묶고 있어서, 인간의 언어, 관습, 풍속 등의 문화적 요소가 그 장소와 밀접한 연관을 지 닌 것으로 드러나게 된다. 고향이란 장소는 혈연관계로 엮어진 가 족의 결속을 떠올리게 만들고, 그 장소에서는 이해관계에 따라 인 간의 유대가 형성되는 것이 아니라, 사랑이나 정, 혈연적 유대감 같은 것이 사람들의 관계를 지배하게 된다. 고향에 집착하는 사람 들은 가족에 대한 무한한 책임을 자신의 존재의 근거로 삼고 있는 자들이다.

『달꽃과 늑대』에서 이러한 의미에서의 고향에 사로잡힌 영혼을 대표하는 존재는 화자의 아버지이다. 그는 고향으로의 귀환을 갈 망한다는 점에서 누구보다도 강렬한 노스탤지어에 사로잡힌 인물 이다. 현재라는 시간과 공간에 대한 부정적인 감정을 배경으로 과 거의 장소에 대한 간절한 갈망을 드러내는 감정의 상태를 지시하 는 노스탤지어는 서울에서의 오랜 생활을 마감하고 서둘러 고향으 로 존재의 거처를 옮겨가는 아버지의 심정을 대표하기에 매우 적절한 용어이다. 그 노스탤지어의 정념은 이 작품을 통어하는 하나의 인상적인 장면을 통해 제시되고 있다. 장을 달리해 살펴보자.

만인은 만인에 대해 늑대인 것이니

『달꽃과 늑대』에 등장하는 「프롤로그」의 전문은 "야만의 바다 한복판에 외롭게 떠 있는 작은 섬에서 나는 태어났다. 따사로운 햇살이 꽃비처럼 내리는 그곳에는 건드리기만 해도 부러질 것만 같은 가녀린 꽃자루에 탐스러운 꽃송이를 위태롭게 매단 꽃나무들이 지천으로 자라고 있었다"(7쪽)이다. 그리고 첫 장인 「검은 초원」의 제1절은 "유년의 길목에서 나는 수상한 네발짐승 한 마리와 마주쳤다. 윤이 자르르한 흑색 털을 휘날리며 교교한 달빛으로 물든 들판을 가로질러 달려오더니 파르스름한 안광을 번득이며 짐승은 내 안으로 성큼 뛰어들었다"(11쪽)이다. 이 두 간명한 문장들 속에 이 작품의 제목이자 그것이 의도하는 고향의 은유로서 '달꽃'과 '늑대'라는 식물과 동물의 이미지가 섞여들고 있다. '따사로운 햇살'과 '교교한 달빛', '탐스러운 꽃송이'와 '수상한 네발짐승'의 대비는 고향이 갖는 상징성을 성급하게 독자들에게 제시하는 제사와도 같다. 이 이미지가 고향에 대한 강렬한 열망의 이야기를 상징한다는 것은 노스탤지어의 실재에 대한 민담적 버전과도 같은 다음 이야기를 통해 독자 앞에 제시되고 있다.

달꽃은 사람들의 눈을 피해 깊고 깊은 계곡에만 뿌리를 내리는 영험한 화초였다. 스무사흘간 밤마다 달빛을 빨아들여 꽃봉오리에 응축해뒀다가 그믐칠야에 꽃망울을 터뜨려 은빛의 꽃잎을 펼쳤다. 죽기 직전이었던 반인반수의 괴물은 칠흑 같은 어둠 속에서 교교한 빛을 뿜어내고 있는 그 신비로운 꽃을 발견하고 엉금엉금 기어가서 꽃을 따먹었다. 꽃에 서린 달의 정기는 괴물의 몸속에 들어가자마자 놀라운 힘을 발휘하여 꺼져가던 생명을 기적적으로 회복시켰다.(30쪽)

사람들에게 쫓겨 죽음 직전에 이른 괴물이 달꽃에 서린 영험한 정기를 통해 놀라운 생명력을 획득하게 된다는 그 이야기는 추방당한 저주받은 존재가 하나의 신성을 획득하는 어떤 예외적인 장면을 독자들에게 인상적으로 제시하고 있다. 추방과 재생, 저주와 신성의 경계 속에 살아가는 괴물의 비유가 아버지의 고향에 대한 갈망을 암시하고 있다는 점을 알아차리는 것은 어렵지 않다. 그 이야기가 아버지를 향하고 있다는 점은 그것을 들려준 외할머니가 "네 고향마을 어딘가에도 틀림없이 달꽃이 피어 있을 게다"라고 말하고, 그에 대해 화자가 "내 아버지의 집요한 고향 사랑에 대한 은근한 책망이 담긴 농담이었다"(31쪽)라고 생각하는 대목을 통해서도 암시적으로 드러나지만, 다음과 같은 장면들에서 보다 직접적으로 제시되고 있다.

시름시름 앓다가도 달꽃만 따먹으면 거짓말처럼 원기를 회복한다는 괴물의 피가 어쩌면 아버지의 혈관 속에도 흐르고 있는지 모를 일이었다. 그 불온한 피가 달의 운행에 따라 일렁이면 아버지는 허겁지겁 고향으로 달려내려가, 깊은 밤에 눈부신 달꽃을 욕심 사납게 혼자서만 몰래 따먹는 것이리라.(31쪽)

조금 전까지 버스 안에서 여독에 지쳐 흐느적거리던 아버지는 어디론가 사라져버리고, 눈앞에는 어느새 생기 넘치는 늑대 한 마리가 번드레한 털빛을 자랑하며 게걸스럽게 음식을 씹어 삼키는 중이었다.(46쪽)

저주받은 생명에 신성한 기운을 부여하는 고향에 대한 갈망을 지닌 아버지는 자신의 큰아들인 화자 또한 그러한 정념을 이어받아 지니기를 바라고 있다. 틈만 나면 어린 화자를 동반하고 먼 길을 달려 고향으로 향하던 아버지는 화자에게 고향집의 주소를 외우게 하면서, "나중에 네가 커서 어른이 된 뒤에 혹시 길을 잃게 되면 그 주소가 필요하게 될 게다"(27쪽)라고 말한다. 그리하여 화자는 "수십 년의 세월이 흐르는 동안 행정구역 개편이 수차례나 이루어져 이제는 면사무소의 대장에서조차 자취를 감춰버린 옛 주소를 번지수 끝자리까지 분명하게 기억한다"(27쪽)고 고백하게 되지만, 그가 지닌 아버지의 고향에 대한 감정은 아버지가 원하던 방향으로 자라난 것은 아니다. 일반적으로 고향이 아늑함, 보호받음, 가족의 사랑 등의 이미지로 떠올려지는 장소라면, 화자에게 그것은 정반대의 이미지를 지니고 있는 장소로 자리잡게 된다. 무엇보다도 그것은 집과 가정을 위협하는 존재가 다름아닌 고향의 사람들, 아버지의 형제들이라는 점에서 그러하다.

『달꽃과 늑대』에 나타나는 늑대라는 동물의 비유는 중의적으로 사용되고 있는데, 그것은 무엇보다도 그 동물의 비유가 고향을 갈 망하는 아버지의 존재를 지시할 뿐만 아니라, 아버지의 고향 사람들, 특히 아버지의 친형제들을 지시하기 위한 것으로도 사용되고 있다는 점에서 그러하다. 아버지의 형제들은 화자의 부모에게 기생하면서, 일상적으로 폭력을 행사하여 어린 화자를 공포에 사로잡히게 만들었던 존재들이다. 화자는 텔레비전을 시청하면서 동물의 왕국에 등장하는 육식동물들의 포식행위를 목격하고는, 그것이 자신의 부모를 괴롭히는 일가들의 모습과 흡사하다고 느낀다. 아프리카 '동물의 왕국'에 등장하는 육식동물과 초식동물의 관계를 지켜보면서, 화자는 초원에서 생존을 놓고 잔혹한 경주를 벌이고 있는, '잡아먹는 쪽'과 '잡아먹히는 쪽'의 대비를 고향 사람들과 부모와의 관계로 파악하고 있다. 그러한 인식은 고향 사람들과 고향 자체에 대한 적대로 드러나게 된다.

  우덕도였다. 징그러운 눈빛과 소름 끼치는 고함이 잉태되고 태어나고 성장한 곳, 과대망상이라는 끈적한 피를 대물림해온 자들이 고향이라고 부르는 곳, 그곳이 바로 나를 비롯한 가족 모두를 벼랑 끝에 선 듯한 공포로 내몰던 파도의 근원이었다.(166쪽)

화자가 경험하는 것은 집과 고향, 가정과 고향의 분리이다. 고향이라는 이름을 대표하는 존재들이 혈연적 유대로 정을 나누는 사람들이 아니라 "무지와 편견이라는 고질병을 집단으로 앓는 사람들"이고, "그들의 몸에는 미친 피가" 흐르고 있다고 생각하는 화자가 그 "잔혹한 광기"로 가득한 곳이자, "증오하는 대상들이 뿌리를 두고 있는 남녘의 섬"을 고향이라는 이름으로 부르기를 거부하는 것은 어찌 보면 당연한 일이다. 화자는 아버지를 향해 "아버지의 고향까지 대물림해 내 고향으로 받아들여야 하는 이유가 어디 있느냐고, 더이상 저 후락한 섬을 고향이라고 부르도록 강요하지 말라고"(169쪽) 반항하기도 하고, 고향의 저 "짐승의 눈빛을 가진 사람들과 한데 뒤섞여 뛰고 뒹굴고 소리치던 시절"(172쪽)이 아버지에게 존재했다는 점을 믿을 수 없어 혼란스러워하기도 한다.

그러나 아버지에게 고향이란 장소는 화자가 받아들이는 우덕도의 실재와는 판이하게 다른 장소이다. 화자의 짐작과는 달리 아버지의 추억 속에 등장하는 고향의 모습은 조금도 어둡지가 않을 뿐만 아니라, 하나의 유토피아와도 같은 장소이기까지 하다. 화자는 고향에 대한 추억을 이야기하는 아버지의 말을 좀처럼 믿을 수가 없어서, "우덕도의 실체를 누구보다도 잘 알고 있는 내가 그 허무맹랑한 추억담을 고분고분 받아들일 수는 없는 노릇이었다"(180쪽)라고 개탄하지만, 문제는 바로 고향에 대한 아버지의 태도로부터 발생하였던 것이다. 그것은 "가족과 우덕도 사이에서 위태로운 줄타기를 하다가 결정적인 순간이 되면 매번 가족을 버리고 고향을 선택해왔던"(332쪽) 아버지에 대한 반발로 이어지게 된다. 그리하여, "나는 더이상 우덕도를 일컬으면서 고향이라는 말을 사용하지 않았다. 그곳은 오래전부터 내 고향이 아니었다. 오직 아버지 혼자만의 고향이었다"(334쪽)라는 결의는 고향이라는 장소에 맞서서 외로운 투쟁을 시작하게 된 화자의 모습을 잘 보여주고 있다.

규율이란 또한 야만의 다른 이름이니

아버지에게 유년의 고향이 하나의 소중한 추억의 장소였다면, 화자에게 그러한 공간을 대표하는 곳은 가족들이 모두 떠나간 집이다. 겨울방학이 되어 식구들이 귀향을 준비할 때 화자는 아버지의 질책에도 불구하고 고향으로 내려가는 것을 거부함으로써 결국 혼자 집에 남게 되는데, 그때 느낄 수 있었던 자유의 기억을 생애에서 가장 즐거웠던 겨울방학의 기억이라고 말하고 있다.

매일 아침마다 온 집 안을 청소하는 행위는 흠 하나 없이 완전무결한 세계에 대한 일종의 예배이자 감사의 축수였다. 외톨이로서 감내해야 하는 수고와 고독쯤은 얼마든지 지불해도 아깝지 않을 만큼 소중한 가치가 그 세계에 깃들어 있었다. 아니, 그보다 훨씬 더한 희생을 감수하는 한이 있더라도 반드시 지켜내고 싶은 무엇인가가 그때의 내 일상에 분명히 존재했다.(200쪽)

고향 사람들뿐만 아니라 자신의 가족들까지도 곁을 떠나간 자리에서 경험한 자유는 또한 평화라는 축복도 동반한 것이었는데, 화자는 수년 전 "군식구들이 모두 떠나버리자 나는 난생처음 가족끼리만 단란하게 사는 재미가 어떤 것인지를 알게 되었"(201쪽)던 때를 회상하면서 고향과 가족과 집의 위계를 분명하게 확인하게 된다. 그리하여 고향 사람들로부터 자신의 가족을 지키고, 그 가족 속에서 자아의 영역을 분명하게 만들기 위해서는 고향 사람들에 맞서 싸우고, 복수를 해야만 한다는 다짐을 하게 된다.

그러나, 그 자유와 평화가 그리 오래 유지되지는 않는 법이란 것은 누구나 경험적으로 알고 있는 것인데, 무엇보다도 겨울방학에 맞이한 자유란 개학과 동시에 무화되기 마련인 것이다. 화자가 학교에 가야 하는 존재라는 점은 이 작품에서 분량상으로 가장 비중 있는 이야기를 마련하고 있으며, 그만큼 중요한 의미를 지니고 있다. 앞에서 『달꽃과 늑대』에 등장하는 인간의 조건이 만인이 만인에 대해 늑대인 상태를 지시하고 있다는 것을 살펴보았다. 알다시피 만인이 만인에 대해 늑대이며 인간이 언제나 전쟁을 수행하고 있다는 생각은 그런 원시적인 상태를 인간의 규율과 정체(政體)를 통해 극복할 수 있다는 사고로 이어졌고, 그것은 근대 계몽주의의 핵심적인 입장이 되었다. 그러나 이 작품이 파악한 인간의 존재조건은 문명과 이성에 기반한 규율권력에 대한 기대를 허락하지 않는 세계이다.

본래 학교란 규율의 내면화를 통한 지배방식이 적용되는 장(場)이면서, 동시에 계몽주의적 주체 생산의 장이기도 하다. 학교에서의 훈육을 통해 개인은 어떤 문화에 귀속되는 질서의 체계와 감각을 배우게 되는 것이지만, 『달꽃과 늑대』의 화자에게 학교란 자신에게 너무나 익숙한 저 동물의 세계의 반복과 다를 바 없는 장소로 다가온다. 그는 학교 경험을 통해 자신을 둘러싸고 있는 동물의 세계를 더욱 철저하게 경험하게 되고, 그것을 넘어서기 위한 최초의 도전을 수행하게 된다. 사람들이 학교에서의 위계화된 교육과정을 통해서 스스로를 통제하고 자신의 경계를 설정하는 능력과 방식을 습득하며, 그를 통해 자기 정체성을 확립하는 중요한 과정을 거치게 되는 것이라면, 화자가 경험하는 학교생활 또한 이와 다르지 않은 의미에서 하나의 통과제의와도 같은 시련으로 기억된다.
　화자에게 학교란 곧 홍준식의 패거리가 있는 장소이고, 그 패거리란 고향 사람들로부터 가족을 지키고, 그들에게 복수를 하기 위해서 우선적으로 넘어서야 할 대상이다. 화자는 그들과 맞서 싸우는 방법을, "나는 간절하게 그 날카로운 송곳니를 소망했다. 그것이 내 무른 잇몸에 돋아나기를 바랐다. 그리하여 당당한 육식동물이 되고자 했다"(20쪽)는 고백에서 보듯이 동물의 왕국에 등장하는 육식동물들에게서 배우거나, "나는 그 눈빛에 매료되어버렸다. 그것은 육식동물의 눈빛이었다. 주눅들어 눈길도 변변히 맞추지 못하던 사내아이의 모습은 간데없고 어엿한 수컷 승냥이 한 마리가 형형한 눈빛을 발하고 있었다"(214쪽)에서 보이듯이 자신이 적대적으로 인식하는 고향 사람들의 '육식동물의 가정교육'에서 배우고 있다. 그는 "그 절박한 순간에 내가 의지했던 것은, 아이러니컬하게도 그토록 증오해온 작은아버지들과 고모들이었다"(217쪽)는 점을 너무나도 잘 인식하고 있다. 그러니, '육식동물의 사고방식과 행동양식'을 몸에 익혀서 육식동물에 저항하기 위한 장소가 학교이고, 그밖의 어떠한 훈육이나 계몽도 그 장소에는 존재하지 않는 것이다. 홍준식 일당과의 싸움의 과정에서 학교가 믿을 만한 자기 보존의 울타리가 되지 못하는 점이나, 결국 참담한 결말을 맞이하게 되는 홍준식의 이야기를 보아도 알 수 있듯이, 학교에서 수행되는 훈육이란 야만의 다른 이름일 뿐인 것이다.
　학원을 배경으로 한 많은 서사들이 알려주는 것처럼, 그리고 『달꽃과 늑대』의 학교 이야기가 인상적으로 제시하는 것처럼, 오히려 만인이 만인에 대해서 늑대임을 사람들이 최초로 알게 되는 장소가 학교라고 보는 편이 좋을 것이다. 그렇다면, 늑대와 맞서서 인간적 연대를 수행할 수 있는 장소를 찾고자 하는 자는 어디로 가야 할 것인가. 만인이 만인에 대해 늑대인 것이 자연상태라고 주장한 홉스가 인간과 자연에 대한 심각한 오해에 빠져 있다고 생각한 것은 루소였다. 그리하여.

인간은 자연으로 돌아가라

루소는 자연상태에 놓인 인간의 자기애와 자기 보존의 욕구를 제어할 수 있는 심성이 인간에게 존재한다고 믿었는데, 그는 그 심성의 이름이 연민이며, 새끼에 대한 어미의 애정 등에서 나타나는 이 감정이 인간의 자기애로 향하는 충동을 완화하여 인류의 상호적 보존에 기여한다고 믿었다.(장 자크 루소, 『인간 불평등 기원론』, 주경복·고봉만 옮김, 책세상, 2003) 무지와 편견, 잔혹한 광기와 야만이 지배하는, 문명화되기 이전의 상태를 지시하는 말이 우덕도로 대표되는 고향이라면, 화자는 인간의 연민과 유대에 기반한 또 다른 고향의 존재를 꿈꾸고 있는데, 그 장소는 모성이라는 이름의 공간이다. 그는 유년 시절에 자신이 "어느 이름 모를 작은 섬에서 내가 태어났을 것이라는 터무니없는 상상에 빠져 있었다"(23쪽)고 고백하고 있다. 그러나 그 작은 섬은, 물론 아버지의 고향인 우덕도가 아니다.

아버지는 내 마음속에 자리하고 있는 정체불명의 섬이 우덕도일 것이라고 단정하고 있었다. 하지만 나는 마음속으로 연방 도리질을 했다. 그 섬의 정체가 아버지의 고향일 것이라는 추측은 당치도 않았다. 아버지의 고향인 남녘의 섬을 생각하면 불콰한 얼굴로 고함치는 술꾼들과 그들에게서 풍기는 쉬척지근한 술냄새가 떠올랐다. 그에 반해 내 마음속에 오롯하게 떠 있는 작은 섬에서는 어머니의 품을 연상하게 하는 고소한 젖내가 물씬 풍겨왔다. 이토록 판이하게 다른 두 섬을 어떻게 혼동할 수 있단 말인가.(52쪽)

화자는 이후로 그 섬에 대해 언급하는 것을 피하지만, 우덕도가 아니라 자신의 존재가 기원하였다고 생각되는 그 섬을 잊은 것은 아니다. "비록 어느 누구에게도 털어놓을 수는 없었지만 내 가슴속에는 작은 섬을 연상케 하는 어떤 느낌이 분명하게 자리하고 있었다"(52~53쪽)고 말한 이후, 화자는 그 섬의 정체를 짐작한 한 사건에 대해서 들려주고 있다.

화자가 중학교에 입학했을 무렵, 학교에서 돌아와 장어를 커다란 솥에 삶고 있는 어머니의 모습을 발견한다. 그는 힘겹게 솥뚜껑을 붙잡고 있다가 장어가 뛰어올라 혼비백산한 어머니의 겁에 질린 눈을 보고는, "내가 야릇한 기분에 사로잡힌 것은 바로 그때였다"(59쪽)라고 말한다. 그 순간적인 인식을 통해 알게 된 것은 "섬은 어머니의 영역이었다"는 점이고, 그 섬으로 상징되는 장소, "가족, 평화, 안녕, 행복 등으로 이름 붙일 수 있는 소중한 가치들을 보듬어품은 둥지"(65쪽)가 곧 어머니라는 발견이었다.

화자가 홍준식의 패거리에 맞서 싸운 이유는 앞서 살폈듯이 아버지의 고향 사람들에 대한 복수를 상징적 차원에서 감행하기 위한 행위였지만, 또한 그 과정에서 "홍준식 패거리가 저지르는 온갖 악행에 쉽게 동화될 수 없었던 데에도 어머니를 슬프게 해서는 안 된다는 강박이 한몫했다"(223쪽)는 것을 깨닫게 된다. 화자를 포함한 가족에 대한 맹목적인 신뢰 속에서 늘 한결같은 모습으로 가족을 뒷받침하고 있는 어머니는 자식들에게 잘못된 일이 생기면 "몇 달이나 몇년에 걸쳐 시름 속에 여위어가는 모습을"(224쪽) 보일 것이고, 그 모습을 고통스럽게 곁에서 지켜봐야 하리라는 것을 잘 알고 있기에, 화자는 홍준식의 무리 속에서 악행을 저지를 수는 없다고 생각한 것이다. "그때 내 머릿속에는 한 가지 생각뿐이었다. 어머니였다. 그 불쌍한 여인을 지켜주고 싶었다"(237쪽)는 고백은 어머니에 대한 연민이 새로이 자신의 고향과도 같은 장소를 만들어 줄 것이라는 암시를 전달하고 있다.

어머니에 의한 정서적 공간이자 물리적 공간이었으며 어머니라는 존재 그 자체이기도 했던 그 장소에 대한 기억을 떠올린 화자는, 가정을 지켜내기 위해 어머니와 함께 사력을 다해야 했을 아버지의 모습이 기억 속에서 깨끗하게 지워져버린 이유에 대해 궁금증을 품게 된다. 그것은 앞서 살폈던 바대로, 고향 사람들의 온갖 악덕 속에 가족을 방치한 아버지의 태도에 대한 의문이다.

화자가 작은아버지인 재경에 맞서 최초의 반항을 한 후, 그토록 꿈꿔온 복수가 뜻밖의 성공을 거두게 되고, 그후 재경뿐만 아니라 다른 친척들도 더이상 집을 찾아오지 않게 되어 화자의 가족은 평화를 맞이하게 된다. 그러나 그후 집을 방문한 아버지의 대학동창으로부터 전해듣게 된 아버지의 과거 이야기는 커다란 충격으로 다가오게 된다. 동창이 전하는 말에 따르면, 아버지는 결코 나약하거나 유약한 사람이 아니라, 오히려 "왕년에 한가락" 했던 인물이며, "알아주는 건달"이었고, "겉보기랑 다르게 여간한 강골이 아니"어서, 여러 가지 일화를 지니고 있다는 일을 알게 된 것이다. 화자는 아버지에게 "그런 강단을 가졌으면서도 왜 우리집에 들이치는 파도는 줄곧 못 본 척한 것이냐고"(304쪽) 반발을 하게 되고, 그 움직임으로 "끓어오르는 격한 감정이 거대한 해일처럼 밀려와 어딘지도 모를 곳으로 내 혼을 휩쓸어"(305쪽) 간다. 그 장소에서 만나게 된 존재가 어머니라는 것은 이미 밝혀졌다. 『달꽃과 늑대』의 서사는 "금방이라도 물 밑으로 가라앉을 것만 같은 어머니라는 섬에 의지하여 두려움과 맞서야 했던 작은 소년의 모습"(325쪽)에 대한 보고인 것이다. 그리고 그 소년은 어머니라는 이름의, 또다른 고향이 제공할 것이라고 기대되는, 인간의 자연상태 속으로 돌아가기를 간절히 희구하게 된다.

하여, 성스러운 저주는

『달꽃과 늑대』가 들려준 고향과 집, 고향과 가정의 맞섬에 대한 인식은 이제 고향이란 공간을 분리하여 두 개의 고향에 대한 상반된 인식을 지니게 되는 이야기로 발전한다. 고향에 대한 노스탤지어를 견딜 수 없어서 서울의 집을 처분하고 우덕도로 내려가려는 아버지와, 친정부모가 어렵게 마련해준 집을 파는 것을 양보할 수 없어서 고통스러워하는 어머니의 대립은 그 대결구도를 극적으로 진행시키는 중요한 사건이 된다. 화자는 아버지를 따라 고향으로 내려갔으나, 이내 우울증에 빠져 입원하게 된 어머니로부터 그간 알지 못했던 인고의 세월에 대한 이야기를 전해듣게 된다. 어머니는 시어머니의 시집살이로 인한 고통과 거듭된 유산의 아픔에 대해 이야기하면서, 그 무지와 야만의 소굴에서 자신을 살려낸 것이 친정의 부모였음을 화자에게 들려준다. 화자는 그리하여, 어머니에게도 실재하는 고향이 존재하고 있다는 것을 비로소 인식하게 된다.

이제 성인이 된 화자는 "나중에 네가 커서 어른이 된 뒤에 혹시 길을 잃게 되면 그 주소가 필요하게 될 게다"라던 아버지의 말을 상기하고, 아버지 자신이 삶을 지탱하는 근원적인 힘을 고향이라는 뿌리에서 얻었듯, "잿빛 콘크리트 구조물 속에서 자라나는 어린 자식이 고향이라는 푸근한 흙에 튼실하게 뿌리내리기를 소망했으리라"(365쪽)는 점을 이해하게 되지만, 이미 자신은 "뿌리가 들뜬 채 어딘지도 모를 곳을 떠돌아다니는 부초"(365쪽)일 뿐임을 깨닫는다. 그는 갑작스런 어머니의 죽음을 당하여, 어머니의 영혼은 정처 없이 떠돌면서 정박하기 위해 묵직한 닻을 내리기를 간절하게 희구한 것인지도 모른다는 깨달음을 얻게 되어 충동적으로 어머니의 고향마을을 찾게 된다. 그러나 그 장소 또한, "내가 얼굴을 익히고 있는 친지도, 장소를 외우고 있는 조상의 묘도, 하다못해 너주레한 추억 한 조각도 배어 있지 않은 낯선 동네였다"(378쪽)는 점을 확인하게 되었을 뿐이다.

화자는 이미 현대적 삶의 한가운데에서 정박할 장소를 찾을 수 없는 존재였던 것이고, 고향이라는 장소를 둘러싸고 있는 어떤 성스러운 아우라와, 그곳을 향한 신성한 갈망을 하나의 저주로 경험한 존재인 것이다. 그 성스러운 저주에 맞서기 위해, 그는 자신의 상징적 고향을 빼앗은 존재가 살고 있는 장소로 달려간다. 그는 다시금 추방당한 존재, 저주받은 짐승이 된 자신의 모습을 깨닫는다.

어느새 나는 남녘의 바다를 향해 숨을 헐떡거리며 내닫고 있다. 내 몸뚱이에는 윤기가 자르르한 검은 털가죽이 씌워져 있다. 아니, 그것은 이미 내 몸뚱이의 일부다. 허리를 활처럼 휘어 앞발을 멀찌감치 뻗었다가 공처럼 몸을 웅크려 뒷발을 당기는 동작을 되풀이하며 시커먼 네발짐승 한 마리가 달빛 아래서 남쪽으로 바람처럼 달려가는 중이다. (……)
바로 그때, 지척에서 두견이가 탁한 음색으로 울기 시작한다. 그 울음이 마치 저주를 푸는 마법의 주문이라도 되는 양, 짐승은 경직에서 풀려난다.(379~381쪽)

그 짐승은 과연 저주에서 풀려날 수 있었던 것일까. 『달꽃과 늑대』의 서술자는 「에필로그」에서 자신이 화분에 심은 씨앗이 "검은 땅을 뚫고 여린 빛깔의 꽃잎을 밀어올렸다"는 보고를 전해준다. 그것은 "모두 제 힘만으로 해낸 찬란한 기적이었다"(383쪽)는 것이 서술자의 해석이다. 화분 속에 심어진 그 작은 자연은, 스스로 그러한 성취를 이룰 수 있는 힘을 지니고 있던 것일까. 화분 속에 심어진 씨앗으로 대표되는 그 자연의 소박한 표상은 성스러운 저주로 봉인된 자연 속에 숨겨진 생명력에 대한 기원이다. 자연으로부터 기원하였다고 알려진 그 신비로운 힘은, 화자에게도 전달될 수 있는 것이었을까.

루소는 인간이 투박한 오두막에 만족하는 한, 그들의 본성이 허용하는 만큼 자유롭고 행복한 삶을 누릴 수 있다고 말했다. 그러나 『달꽃과 늑대』의 서사가 증명하는 것은 현대인이 살고 있고, 살아가야 할 실존의 장소가 인간의 자연상태를 향한 지향에 있어 더이상 의미 있는 성취를 얻어내기 어렵게 되었다는 것이다. 이성을 지니고 사유하는 존재, 자연적인 욕구를 본능의 한계들 너머로 확장하려는 열망을 지닌 존재인 인간들 속에서 고향이란 장소는 신성을 잃었고, 인간이 돌아가야 할 자연은 성스러운 저주 속에 봉인되어 있다. 그 저주를 풀려는 시도가 어떠한 지향으로 이어질 것인지에 대해서는, 작가의 다음 작품을 지켜볼 수밖에 없을 것이다. 한 스토아 철학자가 남긴 다음과 같은 말을 되새기는 것으로 이야기를 마친다. "고향을 감미롭게 생각하는 사람은 아직 허약한 미숙아이다. 모든 곳을 고향이라고 느끼는 사람은 이미 상당한 힘을 갖춘 사람이다. 그러나 전 세계를 타향이라고 느끼는 사람이야말로 완벽한 인간이다."(Hugh of St. Victor, *Didascalicon*, 에드워드 W. 사이드, 『오리엔탈리즘』, 박홍규 옮김, 교보문고, 1991, 416쪽에서 재인용)

작가의 말

1

꽤 오래전부터 야만의 본능에 관한 이야기를 쓰고 싶었다. 내면에 도사린 짐승, 그 징그러운 벌거숭이가 볼썽사납게 껑중거리는 이야기를.

2

어둠나라 임금이 불개에게 해를 물어오라고 명했다. 불개는 바람처럼 달려가 해를 덥석 물었다. 하지만 너무 뜨거워 곧 뱉고 말았다. 번번이 입만 델 뿐이었지만 불개는 포기하지 않고 몇 번이고 달려들어 해를 물었다 뱉기를 되풀이했다.
　스물아홉이 되던 해에 '야만의 바다 한복판에 외롭게 떠 있는 작은 섬에서 나는 태어났다' 라는 첫 문장을 끼적였다. 그때부터 나는 불개라도 된 것처럼 이 소설을 물었다가 뱉는 일을 반복했다. 단숨에 끝장을 보겠노라며 겁 없이 덥석 물었다가 한 달도 채 못 되어 화상만 잔뜩 입은 몸뚱이를 이끌고 파지가 수북한 책상에서 도망치곤 했다. 생활비를 벌어야 한다는 핑계로 밖으로 나돌며 일 년쯤 허송하다보면 화상을 입었던 자리가 아물었다. 상처에 새살이 돋으면 나는 다시금 불덩이를 입에 물려는 불개가 되어 입맛을 쩍쩍 다시곤 했다.

그러는 사이에 나는 한 여인을 만나 결혼했다. 그리고 수년의 기다림 끝에 어렵사리 아이를 가졌다. 아내의 절박한 신음을 딛고 아기가 세상에 검붉은 머리를 내밀던 순간, 곁을 지키고 있던 나는 감격하여 울먹였다. 아기를 포대기에 싸서 집으로 데려온 날, 나는 밤이 깊도록 홀로 깨어 있었다. 커튼 사이로 희미하게 비쳐드는 가로등 불빛에 의지하여 아기의 배냇짓을 몇 시간이고 싫증도 내지 않고 들여다보다가 도둑처럼 발소리를 죽이며 침실을 빠져나갔다. 서재로 쓰는 골방에 들어서자마자 맨 처음으로 한 일은 그간 써놓은 원고를 모조리 상자에 쓸어담아 다락에 처박아버리는 것이었다. 책상 위에 쌓인 허연 먼지를 말끔하게 훔쳐낸 후에 나는 첫 문장부터 다시 써내려가기 시작했다.

3

나에게 소설쓰기는 묵묵히 인내하며 해치워야 하는 숙제 같은 것이었다. 사 년 전, 이십대 후반에 썼던 치기 어린 단편소설들을 모아 소설집으로 묶었을 때도 나는 그저 해묵은 숙제 하나를 끝낸 듯 홀가분했을 뿐, 기쁘다거나 행복하다거나 하는 감정은 느낄 수 없었다. 아무에게도 내색할 수 없었지만 사실 나는 작가의 길에 들어선 것을 줄곧 후회했다. 부질없는 뜬구름을 쫓느라 소중한 인생을 낭비하고 있다는 생각이 하루에도 몇 번씩 치밀곤 했다.

그런데 이 소설을 쓰는 도중에 뜻밖의 체험을 했다. 소설 중반부가 끝나갈 무렵부터 나는 일찍이 느껴본 적이 없는 몰입을 경험했다. 전에 단편소설을 끼적일 때의 몰입과는 차원이 달랐으며, 글 쓰는 일에 그렇게 빠져들 수 있다는 사실이 놀라웠다. 그리고 탈고를 마친 뒤에는, 수년간 붙들고 있던 원고가 내 손을 떠나자, 마치 오래 사귄 연인과 헤어진 듯한 기분이 들었다. 그 상실감 덕분에 나는 비로소 깨달을 수 있었다. 소설을 쓰는 동안 내내 행복했다는 사실을, 그리고 소설과 함께한 시간을 몹시 사랑했다는 사실을.

문득, 작가가 되길 참 잘했다는 생각이 들었다. 작가라는 직업이 어쩌면 축복일 수도 있겠다는 생각도 했다. 그러자 삶이 진실로 고맙게 느껴졌다. 한 가지 부끄러운 고백을 덧붙이자면, 그때 나는 내가 아는 모든 사람을 찾아다니며 일일이 끌어안고서 고맙다는 말을 속삭이고픈 충동까지 느꼈더랬다.

물론 세상은 귀 따갑도록 소란스럽고, 내가 쓴 이 소설은 아마도 그 시끄러운 세상에 또하나의 소음을 보탠 것에 불과할 것이다. 그러니, 너무도 당연한 이야기겠지만, 이 소설은 세상에 나오자마자 곧 잊힐 것이다. 아무도 이 소설을 기억해주지 않겠지만, 그딴 건 아무래도 좋다. 나는 이 소설과 더불어 즐거웠고, 행복했다. 그것으로 충분하다.

한 가지 소망이 있다면, 내 아이가 건강하게 잘 자라 성인이 된 뒤에 이 책을 재미나게 읽어줬으면 한다. 그래준다면 얼마나 좋을까. 상상하는 것만으로도 가슴이 따뜻해진다.

4

이 책을 어머니에게 바친다. 어머니와 나를 이어주던 탯줄이 끊긴 지 이미 오래지만, 여전히 나는 보이지 않는 줄로 어머니와 이어져 있다.

2008년 가을
한동림

문학동네 장편소설
달꽃과 늑대
ⓒ 한동림 2008

초판인쇄 │ 2008년 9월 29일
초판발행 │ 2008년 10월 6일

지은이 한동림
펴낸이 강병선
책임편집 조연주 고경화 최유미 강건모
마케팅 장으뜸 방미연 정민호 신정민
제작 안정숙 차동현 김정후

펴낸곳 (주)문학동네
출판등록 1993년 10월 22일 제406-2003-000045호
주소 413-756 경기도 파주시 교하읍 문발리 파주출판도시 513-8
전자우편 editor@munhak.com │ 전화번호 031)955-8888 │ 팩스 031)955-8855

ISBN 978-89-546-0676-9 03810

* 이 책의 판권은 지은이와 문학동네에 있습니다.
  이 책 내용의 전부 또는 일부를 재사용하려면 반드시 양측의 서면 동의를 받아야 합니다.
* 이 책은 한국문화예술위원회의 문예진흥기금을 받아 출간되었습니다.
* 이 도서의 국립중앙도서관 출판시도서목록(CIP)은 e-CIP 홈페이지(http://www.nl.go.kr/cip.php)에서 이용하실 수 있습니다.(CIP제어번호: CIP2008002874)

www.munhak.com

2008, 필독 한국문학!

혀 조경란 장편소설
한국문화예술위원회 선정 우수문학도서

사랑을 속삭이고 사랑을 나누는… 맛보는… 거짓말하는… 혀

추억은 늘 머리가 아닌 몸이 먼저 기억한다. 따뜻한 밥냄새에 따라오는 어린 시절의 기억들, 독특한 허브향의 이탈리안 요리에 뒤따라오는 첫사랑의 추억…… 『혀』는 이런 모든―우리의 몸이 기억하고 있는―맛과 향과 추억을 불러온다. 그 향과 맛이 독특해 미량만으로도 다른 음식의 향을 모두 덮어버린다는 송로버섯처럼, 이 책의 책장을 여는 순간 독자들은 화려하고 다채로운 미식의 세계 속에 숨은 인간의 사랑과 욕망과 거짓을 감각적이고도 섬세하게 그려 보이는 조경란의 식탁에서 쉽게 떠날 수 없을 것이다.

네가 누구든 얼마나 외롭든 김연수 장편소설
한국문화예술위원회 선정 우수문학도서 | 한국출판인회의 선정 이달의 책
동아일보 선정 올해의 책 | 시사IN 선정 올해의 책

'이야기'를 통해 새로운 역사가 가능해진다면, 바로 이 소설을 통해서일 것이다. 역사와 개인과 사람에 대해 돌아보게 만드는 진짜 이야기. 지난 역사 속, 그리고 오늘 현재의 인물들이 만들어가는 이야기들은 끝도 없이 끼어들고 중첩되며 갈라지고 증식한다. 이 꼬리를 물고 한없이 이어지는 이야기, 서로에게 등을 기댄 이야기, 한없이 넓어지고 깊어지는 이야기에 독자들은 열광했다. 21세기의 오늘, 독자들이 원했던 바로 그 소설!

퀴즈쇼 김영하 장편소설
한국간행물윤리위원회 선정도서

인생은 퀴즈다!

도시적 감수성과 세련된 필치로 일찍부터 젊은 층의 열광적인 지지를 받아온 '시티헌터' 김영하가 그려 보이는 21세기 청춘의 풍속도. 2007년 서울, 스물일곱 청년백수 이민수의 아찔하고 짜릿한 한낮의 백일몽. 일간지에 연재할 때부터 폭발적인 관심을 받았던 이 소설은 "역시 김영하!"라는 탄성을 자아내게 한다.

내 아들의 연인 정미경 소설

이상문학상 수상작가 정미경 신작 소설집!
2006년 이상문학상 수상작「밤이여, 나뉘어라」수록

생의 이면이나 밑그림을 파헤쳐 그늘 속의 빛보다는 빛 속의 그늘을, 기쁨에서 조차 우러나오는 삶의 슬픔을 감식해낼 수 있는 혜안이 이 작가에게는 있다. 견디기 힘든 것은 세상의 불완전함이 아니라 불완전함에 대한 혐오나 배척임을 아는 이 작가의 소설은, 그래서 의외로 차가우면서도 따뜻하다. 눈물처럼.
_김미현(문학평론가)

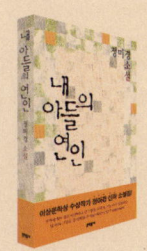

일곱시 삼십이분 코끼리열차 황정은 소설

"황정은풍" 소설의 탄생!

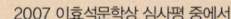

황정은의 소설은 젊고 발랄한 상상력으로 가득 찬 작품이다. 우리 소설의 가장 중요한 본질적인 차원에 해당하는 '아버지' 혹은 '가족사'의 문제를 '모자'라는 메타로 해결하는 이 젊은 작가의 감수성은 우리 소설의 세대교체를 실감하게 한다. 가족의 탄생과 유지과정에 대한 작가의 애증 어린 고찰은 우리 소설의 새로운 희망이 될 것이다.
_2007 이효석문학상 심사평 중에서

악기들의 도서관 김중혁 소설

책으로 따뜻한 세상을 만드는 교사들 권장도서

제2회 김유정문학상 수상작「엇박자D」수록

이 소설집은 제가 여러분께 드리는 녹음테이프입니다. 테이프 속에는 모두 여덟 곡의 노래가 녹음되어 있습니다. 저에겐 특별한 노래들입니다. 이 녹음테이프 속에는 제가 이 년 동안 세상 여러 곳에서 붙잡아둔 소리가 담겨 있습니다. 그리고 여기에는 저의 취향과 마음과 선택이 담겨 있습니다. 이제 여러분의 카세트 데크에 있는 파란색 플레이버튼을 눌러 제가 녹음한 소리를 들어봐주십시오. _'작가의 말'에서